LA FLÈCHE DE POSÉIDON

Clive Cussler est né aux États-Unis en 1931. Après avoir servi dans l'armée en tant qu'ingénieur mécanicien, il entame une carrière dans la publicité et se lance également dans l'écriture. Dès ses premiers romans, *Mayday!* et *Iceberg*, il donne naissance à son héros récurrent Dirk Pitt. Clive Cussler a également acquis une solide réputation de chasseur d'épaves, il est d'ailleurs président de l'Agence nationale maritime et sous-marine (NUMA). Cette activité inspire nombre de ses romans dont *Renflouez le Titanic!*, qui lui a valu un succès mondial.

Dirk Cussler a activement participé aux expéditions de son père au sein de la NUMA, dont il préside le conseil de surveillance. Il vit en Arizona.

Paru au Livre de Poche :

ATLANTIDE
CYCLOPE
DRAGON
ICEBERG
L'INCROYABLE SECRET
MAYDAY !
ODYSSÉE
ONDE DE CHOC
L'OR DES INCAS
PANIQUE À LA MAISON-BLANCHE
LA POURSUITE
RAZ DE MARÉE
RENFLOUEZ LE *TITANIC* !
SAHARA
TRÉSOR
VIXEN 03
VORTEX
WALHALLA

Avec Grant Blackwood
L'EMPIRE PERDU
L'OR DE SPARTE
LE ROYAUME DU MUSTANG

Avec Graham Brown
LA FOSSE DU DIABLE
L'HEURE H
LA HORDE

Avec Dirk Cussler
LE COMPLOT DU CROISSANT
DÉRIVE ARCTIQUE
LE TRÉSOR DU KHAN
VENT MORTEL

Avec Craig Dirgo
BOUDDHA
CHASSEURS D'ÉPAVES (2 vol.)
PIERRE SACRÉE

Avec Jack Du Brul
CORSAIRE
CROISIÈRE FATALE
JUNGLE
LA MER SILENCIEUSE
MIRAGE
QUART MORTEL
RIVAGE MORTEL

Avec Paul Kemprecos
À LA RECHERCHE DE LA CITÉ PERDUE
GLACE DE FEU
MÉDUSE BLEUE
MORT BLANCHE
LE NAVIGATEUR
L'OR BLEU
SERPENT
TEMPÊTE POLAIRE

Avec Thomas Perry
LES SECRETS MAYAS
LES TOMBES D'ATTILA

Avec Justin Scott
L'ACROBATE
LA COURSE
L'ESPION
LE SABOTEUR

CLIVE CUSSLER
DIRK CUSSLER

La Flèche de Poséidon

ROMAN TRADUIT DE L'ANGLAIS (ÉTATS-UNIS) PAR JEAN ROSENTHAL

GRASSET

Titre original :

POSEIDON'S ARROW
Publié par Putnam en 2012.

© Sandecker, RLLLP, 2012.
Publié avec l'accord de Peter Lampack Agency, Inc.
© Éditions Grasset & Fasquelle, 2015, pour la traduction française.
ISBN : 978-2-253-08619-2 – 1ʳᵉ publication LGF

PROLOGUE

Barbarigo

Octobre 1943, océan Indien

La lune à demi pleine répandait sur la houle une traînée argentée que reflétaient les franges d'écume, illuminant une masse de nuages loin vers le nord. Une tempête était en train de s'abattre sur la côte d'Afrique du Sud, à une cinquantaine de milles de là.

Se protégeant des embruns qui lui fouettaient le visage, Conti se tourna vers le jeune matelot, de quart comme lui sur la plate-forme du *Barbarigo*, un sous-marin de la flotte italienne.

— Une soirée romantique, n'est-ce pas, Catalano ?

Le matelot lui lança un regard perplexe.

— Un temps plutôt agréable, lieutenant, si c'est ce que vous voulez dire.

Malgré la fatigue qui pesait sur les épaules de l'équipage, le marin gardait devant les officiers une attitude respectueuse.

— Je parlais de la lune, dit Conti. Je parie qu'elle brille aussi sur Naples cette nuit et qu'elle fait reluire les pavés. Je ne serais d'ailleurs pas surpris qu'en ce moment même un bel officier de la Wehrmacht soit en train de conter fleurette à votre fiancée sur la Piazza del Plebiscito.

Le jeune matelot cracha par-dessus bord, puis tourna vers l'officier un regard enflammé.

— Ma Lisetta préférerait sauter du haut du pont Gaiola plutôt que de fréquenter un de ces cochons d'Allemands. Mais je ne m'inquiète pas : quand je ne suis pas là, elle trimbale un gourdin dans son sac à main et, croyez-moi, elle sait s'en servir.

— Peut-être, fit Conti avec un grand rire, que si nous armions toutes nos femmes, ni les Allemands ni les Alliés n'oseraient mettre un pied chez nous.

Comme il était en mer depuis des semaines et loin de chez lui depuis des mois, Catalino ne trouvait vraiment pas drôle cette remarque. Il scruta l'horizon, hocha la tête puis tourna les yeux vers la masse sombre de la proue tandis que le sous-marin fendait les vagues.

— Lieutenant, pourquoi nous a-t-on réduits aux missions de transport pour les Allemands au lieu de nous laisser attaquer les navires marchands ? C'est quand même pour ça que le *Barbarigo* a été construit…

— J'ai bien peur qu'aujourd'hui nous ne soyons que des marionnettes dont le Führer tire les ficelles, répondit Conti en secouant la tête.

Comme la plupart de ses compatriotes, il ignorait tout des forces qui, à Rome, allaient dans quelques jours chasser Mussolini du pouvoir et annoncer la signature d'un armistice avec les Alliés.

— Quand je pense qu'en 1939, nous possédions une flotte de sous-marins plus forte que celle des Allemands et que maintenant, nous recevons nos ordres de la Kriegsmarine, ajouta-t-il. On a parfois du mal à comprendre le monde.

— Ça ne me paraît pas juste.

Conti contempla le grand pont avant du submersible.

— Sans doute que le *Barbarigo* est trop gros et trop lent pour s'attaquer aux convois militaires les plus récents, mais nous valons certainement mieux qu'un cargo. En tout cas, on peut dire que notre *Barbarigo* a fait une belle guerre avant sa conversion.

Lancé en 1938, le *Barbarigo* avait coulé dans l'Atlantique une demi-douzaine de navires pendant les premiers jours du conflit. Jaugeant plus de mille tonnes, il était bien plus gros que les redoutables U-Boot VII pratiquant la tactique de la « meute de loups ». Mais, comme les pertes de navires de surface commençaient à augmenter, l'amiral Dönitz suggéra qu'on convertisse quelques-uns des gros *sommergibili* italiens en bateaux de transport. Dépouillé de ses torpilles et de son canon de pont, le *Barbarigo* se dirigeait vers Singapour et faisait office de cargo, avec un chargement de mercure, d'acier et de fusils de 20 mm destiné aux Japonais.

— En tant que navire de transport, notre rendement est considéré comme précieux pour l'effort de guerre. Je suppose qu'il faut bien que quelqu'un joue le rôle du mulet, dit Conti.

Au fond, il avait horreur de ce genre de missions. Pourtant comme tout sous-marinier, il avait en lui ce côté chasseur, ce goût pour traquer l'ennemi. Mais actuellement, ce genre de rencontre signifierait la mort pour le *Barbarigo* car, privé de son armement et se traînant à douze nœuds, le submersible faisait plus figure de cible que d'agresseur redouté.

Une lame frangée d'écume vint s'écraser contre la proue et Conti consulta sa montre.

— Moins d'une heure avant le lever du soleil.

Réagissant à cet ordre implicite, Catalino saisit une paire de jumelles et scruta l'horizon au cas où il apercevrait d'autres navires. Le lieutenant l'imita, faisant le tour du kiosque pour balayer du regard la mer et le ciel. Ses pensées l'entraînèrent jusqu'à Casoria, une petite ville située au nord de Naples où l'attendaient sa femme et leur jeune fils. Un petit vignoble s'étendait derrière leur modeste ferme, et il songea soudain avec nostalgie aux paisibles après-midi où il poursuivait son petit garçon parmi les pieds de vigne.

C'est à cet instant qu'il entendit quelque chose.

Dominant le ronronnement des deux moteurs diesels, il perçut un bruit anormal, une sorte de bourdonnement. Se redressant brusquement, il ne perdit pas de temps à essayer d'en découvrir l'origine.

— Amenez le panneau d'écoutille ! cria-t-il.

Il dévala aussitôt l'échelle intérieure. Un instant plus tard, la sirène de plongée retentissait, appelant les membres de l'équipage à regagner précipitamment leurs postes. Dans la salle des machines, un engrenage se mit en marche, stoppant les diesels pour puiser à présent l'énergie motrice dans un groupe de moteurs qui alimentaient des batteries électriques. La mer commençait à lécher les tôles du kiosque quand Catalino verrouilla le panneau d'écoutille avant de descendre à son tour dans le poste de navigation.

Normalement, un équipage bien entraîné était à même d'effectuer en moins d'une minute une plongée d'urgence. Mais, parce qu'il transportait une lourde cargaison, le sous-marin ne pouvait pas réagir aussi rapidement, et c'est avec une lenteur désespérante qu'il finit par s'enfoncer sous la surface environ deux minutes après que Conti eut repéré l'avion qui approchait.

Ses bottes résonnant bruyamment sur les barreaux de l'échelle métallique, Catalino se précipita vers son poste. Le claquement des moteurs diesels s'était tu maintenant que le sous-marin passait au régime de la propulsion électrique, et le silence avait gagné l'équipage qui parlait à voix basse. Le commandant De Julio, un homme au visage un peu rond, demanda à Conti, en frottant ses yeux encore lourds de sommeil, s'il croyait qu'on les avait repérés.

— Je ne pourrais pas vous dire. Je n'ai pas aperçu l'avion. Mais il y a de la lune et relativement peu de vagues. Je suis sûr qu'on peut nous voir.

— Nous le saurons bien assez tôt.

Le commandant s'approcha de la barre, jetant au passage un coup d'œil à la sonde de profondeur.

« Amenez-nous à vingt mètres, et la barre à droite toute. »

Le chef timonier acquiesça d'un signe de tête tout en répétant les ordres du commandant, les yeux fixés sur les jauges, ses mains serrant la roue du gouvernail. Dans un silence pesant, les hommes attendaient que se joue leur destin.

*

À trois cents mètres au-dessus d'eux, un hydravion britannique, un PBY Catalina, largua deux grenades sous-marines qui, comme une paire de toupies, descendirent en vrille vers la mer. L'appareil n'était pas encore équipé de radar; c'était le mitrailleur arrière qui avait repéré sur les vagues le sillage laiteux du *Barbarigo*. Tout excité, le nez plaqué contre le hublot, il suivit du regard les deux projectiles qui s'enfonçaient dans la mer. Quelques secondes plus tard, deux petits geysers d'écume jaillirent dans les airs.

— Un peu en retard, je crois, dit le copilote.
— C'est ce que je pensais.

Le pilote, un grand Londonien à la moustache soigneusement taillée, fit virer sèchement le Catalina avec le même calme que s'il se versait une tasse de thé.

Le largage d'une grenade sous-marine tenait un peu du hasard, car le sous-marin avait déjà disparu, ne laissant à la surface qu'un sillage à peine visible, et l'hydravion devrait donc frapper sans perdre de temps. Les charges explosives étant réglées pour se déclencher à une profondeur de seulement huit mètres, le sous-marin n'aurait donc aucun mal à plonger hors de portée si on lui laissait le temps.

Le pilote amorça une nouvelle trajectoire, s'alignant sur la bouée qu'ils avaient lancée avant la première attaque. Suivant les traces de moins en moins précises de l'ennemi, le Catalina ventru ne put que supposer la route du sous-marin, puis piqua juste après la bouée.

— Je fonce droit dessus, dit-il au bombardier. Largue les grenades si tu repères une cible.

L'appareil ne tarda pas à apercevoir le submersible : il piqua du nez et lâcha une seconde paire de grenades sous-marines arrimées sous les ailes du Catalina.

— Grenades larguées. En plein dans le mille, à mon avis, capitaine.

— Essayons encore un coup pour faire bonne mesure, ensuite, voyons si nous pouvons contacter un navire en surface dans les parages, répondit le copilote qui amorçait déjà sa descente en piqué.

*

À l'intérieur du *Barbarigo*, les deux explosions firent trembler les cloisons. Les lumières des coursives clignotèrent et on entendit gémir les parois de la coque, mais nulle part l'eau ne s'engouffra à l'intérieur. Pendant un moment, les dégâts parurent se limiter au grondement assourdissant de l'explosion qui résonnait aux oreilles de l'équipage comme les cloches de la basilique Saint-Pierre. Mais ce bruit fut bientôt masqué par une vibration qui venait de l'arrière du sous-marin, aussitôt suivie d'un crissement aigu.

Le commandant sentit un léger changement dans l'équilibre de son navire.

— Rapports des dommages avant et arrière ! cria-t-il. Donnez-moi notre profondeur.

— Douze mètres, commandant, répondit le timonier.

Dans le poste de navigation, pas un mot. À mesure que le sous-marin poursuivait sa plongée, une cacophonie de sifflements et de grincements envahissait le compartiment. Mais ce qui tenait en alerte, c'était le bruit qu'on n'entendait pas – le clapotis et le déclic des grenades sous-marines qui explosaient sur le flanc du bâtiment.

Lors de son dernier passage, le Catalina avait largué ses charges trop loin : son pilote supposait que le *Barbarigo* faisait route vers le nord, alors qu'il avait viré cap au sud. La dernière explosion avait à peine secoué le sous-marin qui avait déjà plongé hors de portée des grenades. Comprenant que, pour l'instant, ils étaient hors de danger, tous les hommes poussèrent un soupir de soulagement. Leur seule crainte maintenant était qu'on alerte un navire de surface allié pour prendre le relais.

Un cri du timonier coupa court à cette euphorie.

— Commandant, on dirait que nous perdons de la vitesse.

De Julio s'approcha pour examiner une rangée de jauges près du siège du timonier.

— Les moteurs électriques sont opérationnels et ils sont branchés, dit le jeune matelot d'un ton soucieux. Mais le compte-tours de l'arbre de transmission est à zéro.

— Demandez tout de suite à Sala de venir au rapport.

— Bien, commandant.

Un homme d'équipage debout près du périscope se précipita à la recherche du chef mécanicien. Il n'avait pas fait deux pas que celui-ci déboula dans la coursive arrière.

Fonçant comme un bulldozer, Eduardo Sala se planta devant le commandant.

— Ah, Sala, vous voilà, dit le commandant. Quelle est la situation ?

— Commandant, la coque est intacte. Mais nous avons une fuite importante à la sortie de l'axe moteur. Je n'ai qu'un blessé à signaler : le mécanicien Parma, qui a fait une chute et s'est cassé le poignet durant l'attaque.

— Très bien, mais la propulsion ? Les moteurs élecriques ne sont pas endommagés ?

— Non, commandant. J'ai débrayé ceux qui assurent la propulsion.

— Vous êtes fou, Sala ? On nous attaque et vous débrayez les moteurs ?

Sala jeta au commandant un regard méprisant.

— Ils ne servent à rien maintenant, dit-il avec calme.

— Qu'est-ce que vous dites ? demanda De Julio, interloqué.

— C'est à cause de l'hélice, expliqua Sala. Une pale a été tordue ou faussée par l'explosion. Elle a heurté la coque et s'est détachée.

— Une des pales ? demanda De Julio.

— Non... toute l'hélice.

Ces mots retentirent comme un glas. Privé de son unique hélice, le *Barbarigo* allait être ballotté par la mer comme un bouchon. Son port d'attache, Bordeaux, semblait soudain aussi loin que la lune.

— Que pouvons-nous faire ? demanda le commandant.

L'officier mécanicien secoua la tête.

— Rien d'autre que prier, murmura-t-il. Prier que la mer ait pitié de nous.

PREMIÈRE PARTIE

La flèche de Poséidon

1

Juin 2014, désert Mojave, Californie

C'est un mythe, se disait l'homme, un conte de vieilles femmes. Il avait fréquemment entendu dire que les températures brûlantes de la journée cédaient place la nuit à un froid glacial. Mais, à l'endroit où il se trouvait en juillet, au cœur du désert, au sud de la Californie, il pouvait affirmer que c'était faux. La sueur ruisselait sous son mince maillot noir et lui trempait le creux des reins. Il faisait encore près de trente-cinq degrés. Jetant un coup d'œil au cadran lumineux de sa montre, il vérifia qu'il était bien deux heures du matin.

La chaleur ne l'accablait pas à proprement parler. Né en Amérique centrale, il y avait passé toute sa vie, et participé à de nombreuses campagnes de guérilla dans les jungles de la région. Cependant le désert était pour lui une nouveauté et il ne s'attendait simplement pas à cette chaleur nocturne.

Son regard parcourut le paysage poussiéreux jusqu'à un groupe de lampadaires allumés qui signalaient, au milieu de collines, l'entrée d'un complexe de mines à ciel ouvert.

— Eduardo devrait être en position en face du poste de garde, dit-il à un homme barbu couché au creux d'une dune à quelques mètres de là.

Il était lui aussi vêtu de noir, depuis ses rangers jusqu'au bonnet de coton enfoncé sur son crâne. La sueur luisait sur son visage. Il but une gorgée de sa bouteille d'eau.

— J'aimerais qu'il se grouille un peu. C'est plein de serpents à sonnette par ici.

Son compagnon sourit.

— Ce n'est pas le plus dangereux.

Une minute plus tard, la radio portable accrochée à sa ceinture crépita.

— C'est lui. Allons-y.

Ils se levèrent et reprirent leurs légers sacs à dos. Les lumières des bâtiments de la mine brillaient çà et là, baignant le désert d'une pâle lueur jaunâtre. Ils parcoururent une petite distance jusqu'au grillage qui entourait le complexe. Le plus grand des deux hommes s'agenouilla et fouilla dans son sac pour prendre une paire de pinces coupantes.

— Tu sais, Pablo, on pourrait passer sans rien couper, chuchota son partenaire en désignant le ruisseau asséché qui courait sous la clôture.

Au milieu du lit du ruisseau, le sol était sablonneux et mou et il n'eut aucun mal à le fouiller du pied. Pablo l'aida à racler la terre, et rapidement ils creusèrent un petit passage sous le grillage puis, poussant leurs sacs devant eux, ils se glissèrent de l'autre côté.

Un grondement sourd emplissait l'air. C'était le bruit incessant des machines qui, creusant une mine à ciel ouvert, fonctionnaient vingt-quatre heures sur vingt-quatre. Les deux hommes contournèrent le poste de garde sur leur droite et gravirent une petite pente qui menait à la mine. Dix minutes de marche les amenèrent près d'un ensemble de bâtiments vieillissants au milieu desquels s'entrecroisaient de larges tapis roulants. L'extrémité avant d'un chargeur déversait des tas de minerai sur un tapis qui les transportait jusqu'à une trémie montée sur des pieds métalliques.

Les deux hommes se dirigèrent plus haut sur la colline vers un second groupe de constructions. La cuvette de la mine leur barrait le passage, les obligeant à passer par la zone d'exploitation où le minerai était broyé et concassé. Évitant les lumières, ils traversèrent rapidement ce périmètre puis se glissèrent derrière un vaste entrepôt. Afin de contourner un secteur exposé entre les hangars, ils longèrent sur leur gauche une casemate à demi enfouie. Soudain, une porte s'ouvrit au milieu du bâtiment qui se dressait devant eux. Les deux hommes se séparèrent alors, Juan plongea de côté et se tapit derrière la casemate tandis que Pablo filait le long d'un hangar.

Il n'alla pas loin.

Une lumière éblouissante l'aveugla.

— Pas un geste, ou tu le regretterais, lança une voix râpeuse.

Pablo s'arrêta net tout en tirant prestement de sa ceinture un petit pistolet automatique qu'il dissimula dans la paume de sa main gantée.

Le gardien, un homme bedonnant, s'approcha lentement, le faisceau de sa torche électrique braqué sur les yeux de Pablo. Il put constater que l'intrus était un solide gaillard de plus d'un mètre quatre-vingts, au visage couleur café au lait avec des yeux très noirs qui le fixaient d'un air mauvais. Un sillon de peau plus claire lui traversait le menton et le bas de la joue gauche, souvenir lointain d'un combat au couteau.

Le gardien en avait vu assez pour comprendre qu'il ne s'agissait pas d'un passant égaré : il s'arrêta donc à une distance raisonnable, en brandissant un .357 Magnum.

— Si tu croisais tes mains derrière la tête et que tu me dises où est passé ton copain ?

Le grondement d'un tapis roulant à quelques mètres de là étouffa le bruit des pas de Juan qui jaillit de son abri pour venir plonger son poignard dans le dos du gardien. La surprise se peignit un instant sur le visage de l'homme avant que son corps tout entier ne se crispe. Une balle perdue jaillit de son arme, passant bien au-dessus de la tête de Pablo. Puis l'homme s'écroula sur le sol dans un tourbillon de poussière.

Pablo braqua son pistolet devant lui, s'attendant à voir d'autres gardiens se précipiter, mais personne ne vint. Le vacarme du tapis roulant et le martèlement du concasseur avaient étouffé le bruit du coup de feu. Un bref appel radio à Eduardo confirma que rien ne bougeait du côté du poste de garde. Personne n'avait remarqué leur présence.

Juan essuya la lame de son poignard sur la chemise du cadavre.

— Comment nous a-t-il repérés ?

Pablo jeta un coup d'œil en direction de la casemate. Pour la première fois, il remarqua un panneau rouge et blanc fixé à la porte qui annonçait : DANGER – EXPLOSIFS.

— Ça doit être bourré de dynamite. C'est sûrement surveillé.

Manque de bol, se dit-il. La casemate ne figurait pas sur le plan, et maintenant, toute l'opération était compromise.

— Est-ce qu'on ne devrait pas la faire sauter ? demanda Juan.

On leur avait donné l'ordre de saboter l'installation, mais il faudrait que cela ait l'air d'un accident. Désormais les choses se compliquaient. Les explosifs de la casemate pouvaient être utiles, mais ils étaient entreposés trop loin de leur cible.

— Laisse tomber.

— On abandonne le gardien ici ? demanda Juan.

Pablo secoua la tête. Il ôta l'étui fixé à la ceinture de l'homme puis lui retira ses brodequins. Il lui fouilla les poches, y prit son portefeuille ainsi qu'un paquet de cigarettes à moitié vide puis fourra le tout avec le .357 Magnum dans son sac à dos. Une mare de sang s'étendait sur le sol. Il poussa du pied un peu de sable par-dessus, puis saisit l'un des bras du gardien, Juan prit l'autre et ils traînèrent le corps à l'ombre d'un buisson.

À une trentaine de mètres de là, ils arrivèrent devant un tapis roulant surélevé qui transportait des blocs de minerai gros comme des melons. Non sans mal, les deux hommes soulevèrent le corps du gardien jusqu'au convoyeur qui l'emporta vers une grande trémie métallique.

Le minerai, du fluorocarbone connu sous le nom de bastnaésite, était déjà passé par un premier broyeur et une première trieuse. Le corps du gardien subit alors la seconde phase de pulvérisation, celle qui réduisait le minerai en fragments de la grosseur d'une balle de tennis, puis un troisième concassage répéterait l'opération pour transformer le tout en fin gravier. Si quelqu'un examinait la poudre brune accumulée à la sortie du dernier tapis roulant, peut-être remarquerait-il par endroits des taches d'un rouge bizarre : seules traces de ce qui restait du pauvre homme.

Le concassage et le broyage tenaient une place importante dans l'exploitation d'une mine, mais pas aussi grande que les opérations qui se concentraient dans le second complexe bâti sur la colline. Pablo regarda les lumières des bâtiments où le minerai était trié et séparé en une série de composants. Comme il n'apercevait aucun véhicule en mouvement dans cette zone, Juan et lui repartirent d'un bon pas.

Ils durent contourner le flanc est de la mine à ciel ouvert, sautant dans une tranchée quand ils croisaient un camion de décharge qui passait dans un grondement assourdissant. Quelques instants plus tard, Eduardo les avertit qu'un gardien de l'équipe de sécurité patrouillait à bord d'une camionnette. Ils s'abritèrent derrière un amas de déchets où ils restèrent sans bouger près de vingt minutes jusqu'à ce que la voiture revienne à la grille d'entrée.

Ils se dirigèrent alors vers les deux principaux bâtiments du complexe supérieur, prirent à droite et s'approchèrent d'un petit hangar situé devant un gros réservoir de propane. Juan, armé de pinces coupantes, ouvrit un passage dans le grillage. Pablo s'y glissa, fit le tour du réservoir pour s'agenouiller devant la vanne de remplissage, prit dans son sac à dos une petite charge de plastic qu'il fixa sous la valve. Il régla le dispositif d'allumage sur vingt minutes, le déclencha et repartit aussitôt par l'ouverture qu'ils avaient découpée dans la clôture.

À quelques mètres de là, Pablo dispersa sur le sol les brodequins avec l'arme et l'étui du gardien. Puis ce fut le tour du portefeuille qui contenait encore un peu d'argent, et d'un paquet de cigarettes tout froissé. C'était peu probable, mais une enquête superficielle pourrait déduire que le gardien avait accidentellement mis le feu à un réservoir qui fuyait et avait été pulvérisé par l'explosion.

Les deux hommes coururent ensuite jusqu'au bâtiment voisin, un vaste ensemble abritant des douzaines de cuves montées sur rails et emplies de différents solvants. Des ouvriers de l'équipe de nuit surveillaient l'installation.

Les deux intrus se gardèrent bien de pénétrer dans les hangars, ils préférèrent s'intéresser à un vaste enclos où toute une collection de produits chimiques était rangée le long d'un mur. Pablo attacha une seconde charge, munie elle aussi d'un dispositif à retardement, à une palette de bidons sur lesquels était inscrit : ACIDE SULFURIQUE, puis il décampa dans la nuit.

Ils repartirent vers un second centre d'extraction, une centaine de mètres plus loin, sans oublier que la minuterie égrenait les secondes. Pablo découvrit à l'arrière du bâtiment la valve qui coupait l'arrivée d'eau. Quelques secondes plus tard, le réservoir de propane s'embrasait avec un « boum » qui se répercuta entre les collines voisines. Une violente lueur bleutée dissipa soudain la nuit et illumina le paysage. La partie supérieure du réservoir s'envola comme une boule de feu dans un hurlement semblable à celui d'une fusée Atlas, avant d'aller s'écraser dans la mine voisine. Des éclats de métal jaillirent dans toutes les directions, projetant des débris sur les constructions, les véhicules et le matériel dans un rayon d'une centaine de mètres autour du réservoir.

L'hécatombe durait encore lorsque la seconde explosion projeta dans les airs une montagne de barils pleins d'acide sulfurique qui retombèrent dans la première cuvette d'extraction. Des ouvriers poussaient des cris et tentaient de s'enfuir encerclés par les cuves qui volaient en éclats. D'horribles vapeurs de produits chimiques s'échappaient par les portes que les fuyards avaient piétinées sur leur passage.

Tapis dans un fossé près du second bâtiment, Juan et Pablo s'efforçaient de se protéger de cette averse de fragments métalliques tout en surveillant une ouverture non loin de là. Des ouvriers, surpris par le fracas des explosions, sortirent pour voir ce qui se passait. Apercevant la fumée et les flammes qui jaillissaient de l'installation, ils appelèrent leurs compagnons, et se précipitèrent vers le bâtiment voisin pour aider les secours. Pablo compta six hommes.

— Reste ici et couvre-moi.

Il atteignait la poignée de la porte quand il la sentit tourner de l'intérieur. Il recula d'un bond et se trouva en face d'une femme en blouse blanche de laborantine. Le regard fixé sur les panaches de fumée, elle suivit ses collègues sans même le remarquer.

Pablo se glissa par l'entrebâillement et arriva sur un quai, brillamment éclairé, encombré de douzaines de cuves de minerai. Il se dirigea sur la gauche vers l'arrière du bâtiment où d'énormes réservoirs s'alignaient le long du mur. Tandis qu'il s'approchait des panneaux qui indiquaient KÉROSÈNE, il saisit le tuyau d'une lance et ouvrit tout grand le robinet. Un torrent de liquide inonda le sol, répandant une forte odeur d'essence.

Pablo attrapa, accroché à des patères, un paquet de blouses blanches avec lesquelles il obstrua toutes les grilles d'écoulement. Le liquide se répandait et recouvrait rapidement le sol. Pablo revint alors jusqu'à la porte puis sortit de sa poche un briquet. Même si le kérosène lui léchait presque les pieds, il se pencha pour l'enflammer et se précipita dehors.

Peu volatile et avec un point d'ignition élevé, le kérosène au lieu d'exploser s'enflamma en une rivière de feu. Les détecteurs d'incendie se déclenchèrent alors dans tout le bâtiment et les extincteurs automatiques fixés au plafond se mirent en action – mais à peine une seconde puisque le système d'alimentation en eau ne fonctionnait plus. Le feu se propagea rapidement.

Sans se retourner, Pablo courut rejoindre son camarade dans le fossé.

Juan le regarda en secouant la tête.

— Eduardo dit que le gardien de la grille d'entrée arrive.

De tous côtés hurlaient les sirènes et les signaux d'alarme. Personne n'avait encore remarqué le panache de fumée qui s'échappait du toit du bâtiment voisin. Là-haut et à trois heures du matin, personne n'arriverait à combattre ces multiples foyers d'incendie, de plus la caserne des pompiers du secteur était à cinquante kilomètres.

Pablo ne perdit pas de temps à contempler le désastre. Il fit un signe de tête à son partenaire puis fila vers l'est si vite que Juan eut du mal à le suivre. Ils traversèrent le chemin de terre quelques instants avant l'arrivée d'une voiture. Au-delà de la piste, le désert était parsemé de petits tertres ; ils se plaquèrent au sol au moment où le premier véhicule de secours passait en trombe. Ils reprirent leur course, arrivèrent devant un grillage, y découpèrent un trou qu'ils élargirent pour pouvoir passer.

Après quarante minutes de marche, ils atteignirent enfin la route. Ils vidèrent en chemin leur réserve d'eau en bouteille et continuèrent d'un bon pas jusqu'à ce qu'ils repèrent une camionnette noire garée près d'un petit canal en partie dissimulé par la berge. Eduardo, leur compagnon, vêtu d'un polo fatigué, était installé au volant et fumait une cigarette.

Les deux hommes déposèrent leurs sacs, ôtèrent leurs bonnets et leurs maillots noirs qu'ils remplacèrent par des T-shirts et des casquettes de base-ball.

— Félicitations, dit Eduardo. Ça m'a l'air plutôt réussi.

Pour la première fois, Pablo tourna les yeux vers les bâtiments de la mine. D'épaisses colonnes de fumée s'élevaient, illuminées par des langues de flammes orange qui jaillissaient de divers foyers. Le matériel d'incendie était totalement insuffisant pour lutter contre une telle catastrophe et, selon toute apparence, le feu continuait à s'étendre.

Pablo se permit un demi-sourire. À part l'intervention inattendue du gardien, tout s'était déroulé conformément au plan. Les deux principales mines à ciel ouvert, le cœur du complexe, ne seraient bientôt plus que des décombres calcinés. Dans l'impossibilité d'extraire le minerai, toute l'exploitation allait être paralysée pendant au moins un an, peut-être deux. Et, avec un peu de chance, tout cela passerait pour un regrettable accident.

Juan suivit le regard de son partenaire et observa le brasier avec satisfaction.

— On dirait que ce soir nous avons foutu le feu à tout l'État.

Le grand gaillard, les yeux brillants, se tourna vers lui.

— Non, mon ami, dit-il avec un grand sourire. C'est au monde entier que nous avons mis le feu.

2

La sueur ruisselait sur la nuque du président, et trempait le col empesé de sa chemise blanche. Le mercure du thermomètre frôlait les quarante degrés, une température rarement atteinte en juin dans le Connecticut. Même une légère brise soufflant du goulet de Rhode Island ne parvenait pas à dissiper l'humidité qui faisait du chantier naval installé en bord de mer une véritable serre. À l'intérieur d'un atelier baptisé Bâtiment 260, la climatisation s'efforçait en vain de lutter contre la chaleur étouffante de l'après-midi.

La Compagnie maritime d'électricité avait dès 1910 commencé à produire des moteurs diesels marins dans des installations situées au bord de la Tamise, mais la société avait fini par tirer l'essentiel de ses revenus de la construction de sous-marins. Le chantier de Groton avait livré son premier submersible à la Marine américaine en 1934 et n'avait cessé depuis lors de fournir aux États-Unis l'essentiel de leur flotte sous-marine. À l'intérieur du bâtiment vert se dressait la coque imposante du *North Dakota*, le dernier submersible rapide de la classe Virginia.

Après avoir emprunté l'échelle métallique pour descendre du centre opérationnel du *North Dakota*, le Président arriva lourdement sur le quai en poussant un soupir. Plutôt solidement bâti, il était néanmoins content que la visite se termine même si l'intérieur du sous-marin était climatisé. Étant donné le triste état de l'économie et le Congrès une fois de plus engagé dans une discussion qui n'avançait pas, visiter un chantier naval n'était pas au premier rang de ses projets, mais il avait promis au secrétaire à la Marine de venir remonter le moral des ouvriers. Comme un petit groupe se pressait autour de lui pour le rattraper, il dissimula son irritation en s'émerveillant des dimensions du submersible.

— Une étonnante réussite, lança-t-il au hasard.

— Oui, monsieur le Président, dit un homme blond impeccablement habillé et qui ne le quittait pas d'une semelle. C'est un véritable exploit technologique (Tom Cerny, le chef d'état-major adjoint, s'était spécialisé dans les problèmes de Défense avant d'entrer dans l'Administration).

— Il est légèrement plus long que les unités de la classe Seawolf, mais vraiment minuscule comparé au *Trident*, ajouta l'ingénieur en chef plein d'entrain de la société Electric Boat qui leur servait de guide. La plupart des gens ont l'habitude de les voir dans l'eau, si bien que les deux tiers sont cachés.

Le Président hocha la tête. Reposant sur d'énormes cales, la coque longue de cent quinze mètres les dominait de sa masse.

— Ce sera une belle adjonction à notre arsenal. Je vous remercie de m'avoir donné l'occasion de le voir de près.

Un homme au visage qu'on aurait dit taillé dans le granit s'avança.

— Monsieur le Président, malgré le plaisir que nous avons à vous faire visiter en avant-première le *North Dakota*, ce n'est pas la raison de notre invitation.

Il ôta le casque blanc frappé du sceau présidentiel, le tendit à l'amiral et essuya une goutte de sueur sur son front.

— Si une boisson fraîche et encore un peu de climatisation sont inclus, alors je vous suis.

On l'escorta à l'intérieur d'un bâtiment jusqu'à une petite porte devant laquelle un homme en uniforme du service de sécurité montait la garde. Après l'avoir ouverte, les membres du cortège présidentiel entrèrent un par un, leur visage filmé par la caméra de surveillance fixée au-dessus du seuil.

L'amiral alluma d'un geste une batterie de petits projecteurs encastrés dans le plafond, éclairant ainsi une baie vitrée large d'environ cent vingt mètres. Le Président vit alors un autre sous-marin dont la construction était presque terminée, mais celui-ci ne ressemblait à rien de ce qu'il avait jamais eu l'occasion de voir.

Presque deux fois moins grand que le *North Dakota*, il était d'une conception radicalement différente. Sa coque d'un noir de jais avait une proue extraordinairement effilée. Un kiosque assez bas, en forme d'œuf, dépassait le pont d'à peine deux mètres. Deux gros tubes fuselés, fixés près de la poupe, rappelaient un peu la queue d'un dauphin. Mais le détail le plus insolite était une paire de stabilisateurs rétractables en forme d'ailerons triangulaires qui saillaient de chaque côté de la coque. Deux grosses boîtes tubulaires étaient fixées sur le dessous du sous-marin.

La forme lui rappela une raie manta géante qu'il avait vue en pêchant au large de la Basse-Californie.

— Bon sang, qu'est-ce que c'est que cet engin ? demanda-t-il. Je ne savais pas que nous construisions d'autres navires que ceux de la classe Virginia.

— Monsieur le Président, dit l'amiral, c'est le *Sea Arrow*. Un prototype de plate-forme conçu dans le cadre d'un programme secret de Recherche et de Développement pour tester des technologies de pointe.

Cerny se tourna vers l'amiral.

— Pourquoi le Président n'a-t-il pas été informé de ce programme ? J'aimerais savoir sur quelles bases il a été financé !

L'amiral lui lança un regard de pitbull en colère.

— Le *Sea Arrow* a été construit avec le concours de l'Agence des Projets avancés de la Défense et le soutien du Bureau des Recherches navales. Le Président a été dûment informé de son existence.

Sans s'occuper d'eux, le Président s'avança le long du navire, intrigué par les étranges appendices qui pointaient de la coque, et notamment un ensemble de petits tubes concentriques qui sortaient à l'avant du navire. Puis, se dirigeant vers l'arrière, il remarqua que le sous-marin n'avait pas d'hélice. Il se tourna vers Winters.

— Amiral, vous avez éveillé ma curiosité. Parlez-moi un peu du *Sea Arrow*.

— Monsieur le Président, je vais laisser cette tâche à Joe Eberson, qui est à la tête du projet. Vous l'avez déjà rencontré : c'est lui qui dirige à l'APAD le service de Technologie des plates-formes marines.

Un homme barbu s'avança. Il parla d'un ton calme avec un soupçon d'accent du Sud.

— Monsieur le Président, le *Sea Arrow* représente un véritable bond en avant dans la technologie sous-marine. Nous évitons les méthodes de développement traditionnelles en faisant appel à des procédés absolument nouveaux de construction. Nous avons commencé par adopter un certain nombre de techniques qui n'en étaient encore qu'au stade de la pure conception. Grâce aux efforts de nombreuses équipes d'ingénieurs, je suis heureux de vous annoncer que nous sommes très près de mettre au point le sous-marin d'attaque le plus perfectionné au monde.

Le Président hocha la tête.

— Alors, parlez-moi de tous ces étranges appendices. On dirait une créature volante de la préhistoire.

— Commençons par l'arrière. Vous remarquerez que ce navire n'a pas d'hélice. (Eberson désigna les nacelles arrondies.) Voilà qui explique la présence de ces caissons. Le *Sea Arrow* possède un système de propulsion sans axe extérieur. Le *North Dakota*, comme vous l'avez vu, utilise un réacteur nucléaire pour actionner une turbine à vapeur traditionnelle qui elle-même actionne une hélice montée sur axe. Sur le *Sea Arrow*, nous avons conçu un système de propulsion externe actionné directement par le réacteur. Chacun de ces caissons abritera un moteur à haute intensité magnétique commandant une pompe à réaction. (Eberson sourit.) Outre le fait que cela réduit considérablement le bruit, cette disposition libère un espace considérable, ce qui nous a permis de diminuer la taille du sous-marin.

— Que sont donc des moteurs à intensité magnétique constante ?

— Il s'agit d'une évolution, ou plutôt d'une révolution dans les progrès du moteur électrique : nous y sommes parvenus grâce à de récentes découvertes dans la recherche des matériaux. On synthétise des métaux rares pour créer des aimants extrêmement puissants qui permettent d'obtenir des moteurs à courant continu et à haute performance. Nous avons poussé très loin les recherches dans ce domaine – et nous pensons ainsi révolutionner la propulsion des navires de guerre du futur.

Son supérieur se pencha vers l'ouverture d'un des caissons et aperçut une lumière qui filtrait vers l'extérieur.

— On dirait que c'est vide à l'intérieur.

— C'est que nous n'avons pas encore reçu ni installé les moteurs. Le premier doit arriver du laboratoire de recherche de la Marine à Chesapeake, dans le Maryland.

— Vous êtes certain que cela marchera ?

— Nous n'avons pas encore pu essayer des moteurs de cette taille, mais les tests en laboratoire nous permettent d'assurer que nous obtiendrons les niveaux de performance prévus.

Le Président se pencha sur un des stabilisateurs, puis jeta un coup d'œil à deux excroissances fuselées qu'on apercevait devant et derrière le kiosque. Eberson s'approcha en expliquant :

— Ces extensions sont des stabilisateurs rétractables pour les opérations à grande vitesse. Elles se replient automatiquement lorsque la vitesse tombe au-dessous de dix nœuds. Le caisson tubulaire abrite une réserve de quatre torpilles pour chaque stabilisateur. On peut les recharger rapidement en les remettant à l'intérieur de la coque.

Eberson désigna les deux objets cylindriques au-dessus d'eux.

— Ce sont des mitrailleuses Gatling sous-marines semblables à celles qu'utilisent les navires de surface : elles tirent des balles d'uranium appauvri pour assurer leur protection contre les missiles. Les nôtres ont été conçues pour être utilisées sous l'eau contre les torpilles. Bien sûr, nous comptons ne jamais voir de torpilles ennemies arriver près de nous.

Il le suivit alors qu'il s'approchait de la coque.

— Comme vous le remarquerez, le kiosque a une forme aérodynamique afin de permettre une vitesse élevée.

— Il n'y a pas beaucoup de place pour un périscope.

— Le *Sea Arrow* n'a pas à proprement parler de périscope, du moins pas au sens traditionnel, expliqua Eberson. Il utilise une caméra vidéo télécommandée et fixée à un câble en fibre optique. On peut l'envoyer depuis une profondeur de deux cent cinquante mètres pour donner à l'équipage une image en haute définition de ce qui se passe à la surface.

Le Président continua jusqu'à la proue effilée et se pencha pour tâter un des petits tubes qui pointait comme un fer de lance.

— Et ça ?

— C'est ce qui assure vraiment la propulsion, dit Eberson. Un perfectionnement que nous espérons encore améliorer grâce à une découverte technologique due à un de nos sous-traitants de Californie.

L'amiral Winters l'interrompit.

— Monsieur le Président, pourquoi ne pas faire un tour rapide à bord, suivi d'une brève présentation qui devrait apporter une réponse à toutes vos questions ?

— Très bien, amiral. Mais j'attends toujours le verre que vous m'avez promis.

L'amiral fit faire au petit groupe une visite rapide de l'intérieur du sous-marin : ils découvrirent un intérieur fonctionnel qui contrastait avec celui du *North Dakota* par sa sobre modernité et l'abondance des systèmes automatisés. Le Président admira en silence la technologie de pointe du poste de commandement, le poste d'équipage exigu mais confortable et la profusion de sièges capitonnés et munis de harnais.

La visite terminée, on le dirigea vers une salle de conférences sécurisée et il eut enfin droit à une boisson fraîche. Comme Cerny, son aide de camp, il abandonna son attitude joviale et rugit :

— Très bien, messieurs. Que se passe-t-il exactement ici ? Je vois bien autre chose qu'un centre d'essais pour de nouvelles technologies : nous avons là un navire pratiquement prêt à prendre la mer.

— Monsieur le Président, dit l'amiral en s'éclaircissant la voix, ce que nous possédons avec le *Sea Arrow*, c'est un moyen de totalement renverser la situation sur le plan naval. Comme vous le savez, nos forces dans ce domaine ont vu de nouvelles menaces se préciser. Les Iraniens ont obtenu que les Russes leur communiquent un ensemble de technologies sous-marines : ils s'efforcent d'ajouter à leur flotte des submersibles de la classe Kilo à propulsion diesel-électrique. De leur côté les Russes, grâce aux revenus du pétrole, ont fait des efforts considérables dans le domaine de la construction navale pour rajeunir leur flotte vieillissante. Et, bien sûr, il y a les Chinois. Ils ont beau prétendre que leur expansion sur le plan militaire n'est motivée que pour assurer leur défense, ce n'est un secret pour personne qu'ils disposent maintenant d'une flotte des plus respectables. Selon des observateurs bien informés, on peut s'attendre à voir leur sous-marin nucléaire de type 097 être bientôt opérationnel. Tout cela représente un réel danger dans le Pacifique, l'Atlantique et le golfe Persique.

L'amiral le regarda avec un sourire un peu las.

— En ce qui nous concerne, nous avons une flotte dont le budget ne cesse d'être écorné par les recherches extrêmement coûteuses dans le domaine spatial. Avec un coût de plus de deux milliards de dollars par sous-marin, et des crédits de plus en plus restreints, nous savons tous que nous ne pouvons nous permettre qu'un nombre limité de sous-marins de classe Virginia.

— La dette nationale ne cesse de s'alourdir, dit le Président. La Marine doit se restreindre comme tout le monde.

— Voilà justement, monsieur le Président, les raisons qui nous ramènent au *Sea Arrow*. Éliminer des frais colossaux allant de la recherche à la production et rogner sur les dépenses du programme Virginia nous ont permis de construire ce submersible pour une fraction de ce qu'a coûté le *North Dakota*. Comme vous pouvez le voir, tout a été effectué dans le plus grand secret. Nous l'avons mis en chantier à côté du *Dakota* afin de détourner l'attention et nous permettre d'acheminer les matériaux sans éveiller de soupçons. Nous espérons procéder secrètement à des essais en mer quand le *North Dakota* sera officiellement mis en service.

— Je reconnais, dit le Président, que jusqu'à maintenant vous avez admirablement camouflé l'opération.

— Merci, monsieur le Président. Comme vous l'a expliqué le Dr Eberson, ce que vous avez devant vous représente le submersible techniquement le plus perfectionné qu'on ait jamais construit. La propulsion sans hélice, les tubes lance-torpilles externes et la suppression même des projectiles sous leur forme classique, tout cela est à la pointe de la technologie. Mais il y a encore un autre détail qui en fait un navire tout à fait à part.

Eberson avait déjà introduit une disquette dans un projecteur.

Sur un fond blanc apparut une image vidéo montrant l'arrière béant d'un petit navire qui flottait sur un lac de montagne. Deux hommes soulevèrent du pont un appareil de couleur jaune en forme de torpille et le disposèrent sur l'eau. En voyant les appendices en forme d'aileron, le Président reconnut une maquette télécommandée du *Sea Arrow*.

— C'est un modèle réduit, dit Eberson. Une réplique exacte et qui utilise le même système de propulsion.

Lorsque la maquette fut mise à l'eau, on découvrit alors sur l'écran une vue de l'intérieur du sous-marin miniature. Une rangée de cadrans apparut au bas de l'écran, indiquant la vitesse du modèle réduit, la profondeur à laquelle il évoluait, les effets du tangage.

La maquette plongea de quelques mètres dans les eaux vertes et commença à accélérer. Un tourbillon de vase passa devant la caméra tandis que le petit sous-marin prenait de la vitesse. Soudain, une nuée de petites bulles envahit l'écran, obscurcissant l'image, tandis que le petit sous-marin continuait à accélérer. Le Président resta bouche bée en voyant le compteur de vitesse afficher un nombre à trois chiffres. Puis la maquette ralentit, remonta à la surface pour être récupérée, et la vidéo s'arrêta.

Dans la salle, le silence se prolongea un moment avant que le Président ne murmure :

— Dois-je comprendre que ce modèle réduit a atteint en plongée une vitesse de cent quatre-vingts kilomètres à l'heure ?

— Non, monsieur le Président, répondit Eberson en souriant. Une vitesse de cent quatre-vingts nœuds, ce qui équivaut à deux cent soixante-dix-huit kilomètres à l'heure.

— C'est impossible. On m'a dit que les technologies actuelles ne permettent pas de dépasser cent trente à cent cinquante kilomètres à l'heure. Même le *North Dakota* n'arrive qu'à une soixantaine de kilomètres à l'heure.

— Est-ce que les Russes n'ont pas mis au point une torpille capable de filer à cent quatre-vingts ?

— En effet, ils ont le *Shkval*, répondit Eberson, une torpille propulsée par fusée. Nous avons utilisé un principe similaire pour le *Sea Arrow*. Ce n'est pas la propulsion qui permet une vitesse aussi élevée, mais plutôt la supercavitation.

— Pardonnez-moi mon manque de connaissance en génie maritime, mais ne s'agit-il pas de provoquer des perturbations dans l'eau ?

— Exactement. Dans le cas présent, il s'agit de créer autour de l'objet voyageant en plongée une bulle de gaz suffisamment chaude pour diminuer la pression de l'eau, et permettre ainsi d'augmenter la vitesse de déplacement. L'ensemble des tubes à l'avant du *Sea Arrow* est un élément du système de supercavitation que nous comptons utiliser. Combiné avec la puissance des moteurs magnétiques, nous espérons atteindre ce niveau de vitesse sans être limités par l'emploi de torpilles à fusée utilisées par les Russes.

— Peut-être, dit Cerny, mais il existe une différence substantielle entre une torpille et un sous-marin de soixante mètres.

— La différence tient essentiellement au moyen de contrôler le mobile à des vitesses élevées, précisa Eberson. Les ailerons qui, comme dit le Président, font penser à des créatures préhistoriques, contribueront à assurer la stabilité. Le système de supercavitation à lui seul contribuera à assurer la stabilité du sous-marin en contrôlant les paramètres de la bulle de gaz. C'est une théorie qu'on n'a pas encore testée sur un navire de cette dimension, mais notre sous-traitant a toute confiance dans ses possibilités. D'ailleurs, je vais observer la semaine prochaine les essais en mer de leur modèle.

Le Président s'assit en se frottant le menton. Puis il se tourna vers l'amiral.

— Amiral, si tout marche comme vous l'annoncez, qu'est-ce que cela signifie exactement ?

— Le *Sea Arrow* nous donnera vingt ans d'avance sur notre premier adversaire éventuel. Les efforts des Chinois, des Russes et des Iraniens seront totalement neutralisés. Nous disposerons d'une arme pratiquement invulnérable. Et, avec juste une poignée de *Sea Arrows*, nous serons en mesure de défendre, dans les plus brefs délais, n'importe quel point du globe. Ce qui signifie, monsieur le Président, que nous n'aurons plus, de notre vivant, à nous préoccuper de la sécurité sur les mers.

Le Président hocha la tête. Il parut oublier la chaleur et l'humidité accablantes et, pour la première fois, un sourire éclaira son visage.

3

C'était, pour le sud de la Californie, un petit matin classique, avec une bruine déplaisante qui tombait sur la marina. Joe Eberson descendit de sa voiture de location, inspecta rapidement le parking avant d'extraire du coffre une boîte d'articles de pêche et une canne de bambou. Il les avait achetés la veille au soir après qu'un vol en provenance de Washington l'eut déposé à l'aéroport de San Diego. Se coiffant d'un vieux chapeau de toile, il se dirigea vers le port de plaisance.

Sans se soucier du bourdonnement d'un avion de surveillance qui décollait de la base de l'Aéronavale de Coronado de l'autre côté de la rade, il passa devant des douzaines de petits voiliers et de canots à moteur, joujoux de week-end dont la plupart quittaient rarement leur mouillage. Puis, repérant un yacht de plaisance d'une quinzaine de mètres, il s'en approcha. Le bateau avait près de cinquante ans mais sa coque, que son propriétaire entretenait avec soin, était d'un blanc étincelant et son pont soigneusement astiqué. Un murmure régulier provenant de l'arrière indiquait que le moteur tournait déjà au ralenti.

— Ah, Joe, vous voilà, dit un homme en sortant de la cabine. Nous allions presque partir sans vous.

Avec sa silhouette frêle, ses grosses lunettes et ses cheveux blancs taillés en brosse, le Dr Carl Heiland avait bien le physique de l'ingénieur électricien qu'il était. Le regard vif et l'air souriant il semblait, même à six heures du matin, déborder d'énergie.

On ne pouvait en dire autant d'Eberson, qui n'avait pas assez dormi et n'était pas encore tout à fait remis de son long vol. Ce fut d'un pas encore incertain qu'il monta à bord pour lui serrer la main.

— Pardon d'être en retard, docteur, dit Eberson en étouffant un bâillement.

— Cela m'a donné le temps de tout préparer à bord, répondit Heiland en désignant de la tête un amoncellement de caisses attachées au bastingage. Laissez-moi ranger votre matériel, ajouta-t-il et, prenant la canne à pêche d'Eberson, il éclata de rire à la vue de son chapeau de toile.

— C'est la truite qui vous intéresse aujourd'hui ?

Eberson ôta son chapeau en examinant le bord garni de mouches artificielles aux couleurs vives.

— Vous aviez bien dit tenue de pêche.

— Vous n'avez pas dû en effet passer inaperçu, fit Heiland en riant. Manny, lança-t-il vers l'intérieur de la cabine, en route.

Un homme au teint foncé, et portant un bermuda et un maillot de corps, largua les amarres. Quelques instants plus tard, il était à la barre et guidait le yacht pour sortir du chenal et prendre le large sur une mer un peu houleuse. Eberson ne tarda pas à se sentir barbouillé et alla s'asseoir à l'intérieur.

Heiland lui servit un bon de café et vint s'asseoir auprès de lui.

— Alors, Joe, comment vont les choses à Arlington ?

— Comme vous le savez, nous avons mis le Président au courant. Cependant, il va falloir comme d'habitude le persuader de nous accorder quelques crédits supplémentaires, et cela ne va pas être facile.

— Je croyais que tout était réglé. Heureusement que j'ai obtenu un contrat de cinq ans.

— Ne vous inquiétez pas, Carl. Le travail de votre firme est de la plus haute importance. D'ailleurs, j'ai obtenu l'accord de la Marine pour pousser un peu les performances du Bloc Deux. Je présume que c'est pour cela que vous m'avez fait venir d'urgence ?

— C'est peut-être un peu risqué, fit Heiland avec un petit sourire. Vous n'avez pas encore testé le système du Bloc Un.

Eberson réprima une nausée avant de répondre à Heiland.

— Carl, nous savons tous les deux que cela va marcher.

— Vous avez trouvé les composants pour la propulsion ?

— Oui, même s'il y a encore deux ou trois questions matérielles à régler. Mais, ajouta-t-il en regardant Heiland, nous nous intéressons davantage à la mise au point du Bloc Deux.

— Nous avons nous aussi eu de petits problèmes matériels, mais je crois que nous avons trouvé la solution.

— C'est pour cela que j'ai sauté dans le premier avion pour venir vous rejoindre. Je sais que vous tenez à garder le secret sur nos travaux.

— Étant donné la nature du projet, je ne veux pas attirer l'attention sur nos essais. Il semble que cela ait bien marché pour le Bloc Un, alors voilà pourquoi nous nous bornons aujourd'hui à une petite partie de pêche, conclut-il en regardant avec un sourire le chapeau d'Eberson.

— Vous pensez vraiment que nous pourrons atteindre les niveaux théoriquement prévus ?

— Nous n'allons pas tarder à le savoir, répondit Heiland, le regard brillant.

Quelques minutes plus tard, Manny arrêta le moteur, annonçant qu'ils étaient arrivés sur le lieu de l'essai. Ils avaient pénétré dans les eaux mexicaines, à quelque vingt milles de la côte, et hors de portée des patrouilleurs de San Diego. Comme il y avait trop de fond pour jeter l'ancre, le bateau dériva doucement tandis que Heiland se mettait au travail.

Sans s'occuper d'une longue caisse rectangulaire que des courroies retenaient au bastingage, il en ouvrit plusieurs autres de plus petite taille qui contenaient deux ordinateurs portables, du câblage et des raccords électriques. Après avoir déposé les ordinateurs sur un banc, il entreprit de les configurer.

Soudain Manny passa la tête par la fenêtre du poste de pilotage.

— Doc, il y a un cargo qui vient droit sur nous.

Heiland jeta un coup d'œil par-dessus son épaule.

— Il nous aura dépassés avant que nous ne soyons prêts à partir, fit-il en se penchant de nouveau vers les ordinateurs.

Eberson regarda le navire approcher. Il était de taille moyenne et paraissait de construction récente, à en juger d'après la partie visible de la coque et l'absence de rouille. De couleur grise, il avait presque l'air d'un bâtiment de la Marine, cependant l'attention d'Eberson fut attirée par les fenêtres de la passerelle qui, teintes en noir, donnaient au cargo un air étrange, presque menaçant.

Sur le pont principal, quelques hommes d'équipage en treillis travaillaient derrière un gros conteneur. Le navire approchait, et Eberson constata qu'ils étaient en train d'ajuster un large objet en forme de disque sur une plate-forme située au milieu du bateau. Le disque de couleur vert sombre était tourné vers le ciel comme une voile gonflée par le vent. Puis les hommes disparurent du pont et Eberson s'aperçut que le cargo ralentissait.

— Carl, fit-il, mal à l'aise, ce bateau ne me plaît pas.

— Nous n'avons rien qu'ils puissent voir d'où ils sont, dit Heiland. Si vous preniez une canne en faisant semblant de pêcher un thon ?

Eberson attrapa une canne à pêche et lança par-dessus bord un hameçon auquel il n'avait pas même pris la peine d'accrocher un appât. Comme le navire se rapprochait sur leur flanc, il fit un signe amical dans sa direction.

Une douleur brûlante lui traversa la main et remonta le long de son bras jusqu'à son torse. Il se secoua, mais la sensation de brûlure se répandait déjà dans tout son corps. En quelques secondes, il eut l'impression qu'un millier de fourmis rouges lui mordaient la peau. Puis le feu gagna sa tête et ses yeux parurent bouillir dans leurs orbites.

— Carl... articula-t-il dans un gargouillement rauque.

Heiland ressentit la même douleur dans le dos. Se retournant soudain, il enregistra deux scènes simultanément : Joe Eberson en train de mourir, la main toujours crispée sur sa canne à pêche, et l'appareil en forme de disque braqué sur lui depuis le pont du cargo, à quelques dizaines de mètres.

Torturé par cette brûlure qui ravageait tout son corps, il trébucha vers la cabine. Manny arrivait sur le pont : il haletait, le sang ruisselait de son nez et de ses oreilles. Heiland passa près de lui, avec l'impression que son corps tout entier prenait feu. Poussé par on ne sait quelle force, il tituba jusqu'au siège du pilote, avec l'impression que sa tête allait exploser et, malgré ses doigts qui le brûlaient littéralement, il saisit un caban qu'il essaya d'enfiler mais s'écroula soudainement, mort.

4

Tu viens te baigner avec moi ?
Loren Smith-Pitt se tourna vers son mari qui, après avoir jeté l'ancre, revêtu sa combinaison de plongée et fixé sa bouteille d'air, semblait maintenant avoir hâte d'explorer les profondeurs. La mer, se dit-elle, l'attirait comme un aimant.

— Je crois, dit-elle, que je vais rester ici à profiter du soleil et de la pureté du ciel du Chili. Comme le Congrès reprend ses travaux lundi, une bonne bouffée d'air marin me fera du bien.

— Pour le Capitole, des boules Quies seraient plus utiles.

Loren ne releva pas la remarque de son mari. Représentante du Colorado au Congrès, elle était trop heureuse d'échapper pour quelques jours aux discussions politiques de Washington, et se sentait plus détendue à l'étranger. Vêtue d'un maillot deux pièces des plus réduits que jamais elle n'aurait jamais osé porter chez elle, elle étira son corps aux formes entretenues avec soin par des séances régulières de yoga et de gymnastique.

Se penchant un peu, elle trempa prudemment ses doigts de pied dans l'océan.

— Ouïe, qu'elle est froide ! Merci bien, je vais rester ici au chaud et au sec.

— Je ne serai pas long, dit son mari avant de prendre entre ses dents l'embout de son régulateur et de plonger dans les eaux bleues du Pacifique.

Loren suivit quelques minutes la trace des bulles d'air laissées par son mari, puis contempla l'horizon. Ils avaient ancré leur petit hors-bord rouge à un demi-mille de la côte chilienne, devant une petite plage, la Playa Caleta Abarca.

Non loin de là se dressait l'imposante silhouette de l'hôtel Sheraton, avec sa piscine envahie d'amateurs de soleil. Un peu plus au sud se trouvait Valparaiso et son port pittoresque baptisé « Joyau du Pacifique » par les marins. Elle remarqua, ancré dans la baie, un énorme paquebot de croisière tout blanc, le *Sea Splendour*. Tournant la tête, elle vit passer un petit voilier jaune qui vira au nord vers un cargo qui approchait. Puis, fermant les yeux, elle s'allongea confortablement sur la banquette capitonnée du hors-bord.

Une quinzaine de mètres au-dessous d'elle, Dirk Pitt venait de traverser les eaux un peu froides du courant de Humboldt et poursuivait sa descente. Rien ne le détendait comme la mer. Certains s'y montraient claustrophobes, mais Pitt y ressentait au contraire une étrange impression de liberté. C'était une expérience qui remontait à ses années de jeunesse où il passait le plus clair de son temps à explorer les criques de la Californie du Sud, et cette sensation de planer sous l'eau l'avait amené tout naturellement à l'Académie de l'Air Force.

Cependant, l'attrait de la mer l'avait poussé à renoncer à une carrière prometteuse de pilote pour s'engager dans un organisme fédéral récemment créé, la National Underwater and Marine Agency. Sa mission étant l'étude et la protection des océans du globe, la NUMA était exactement ce qui lui convenait, en lui permettant de travailler sur et sous la mer dans le monde entier. Longtemps directeur des Projets spéciaux, il se trouvait maintenant à la tête de l'Agence, ce qui comblait sa passion pour l'océan.

Le penchant de Pitt pour l'exploration sous-marine l'avait amené à découvrir des douzaines d'épaves mais, cet après-midi, l'objet de ses recherches était infiniment plus modeste. Il le dénicha bientôt et, plongeant un bras dans une crevasse rocheuse, il en ramena un homard de près de cinq livres qu'il fourra aussitôt dans son sac.

Un léger tapotement faisait résonner l'eau, dominant le rythme bruyant de son régulateur...

Il retint son souffle pour mieux entendre. Ce bruit régulier lui rappelait une cadence familière : deux coups brefs, deux longs, puis deux coups brefs. Pas exactement le code morse d'un SOS de détresse qui utilisait trois points, trois traits et trois points, mais cela y ressemblait. Il ne pouvait pas en repérer la provenance exacte mais deviner seulement que la source était proche. Ce devait être Loren.

Il remonta vers le hors-bord en s'orientant grâce à la chaîne d'ancre et fit surface quelques mètres derrière lui. Penchée contre le bastingage, Loren frappait la coque avec un plomb de plongée. Concentrée sur ses efforts, elle ne le vit même pas émerger.

— Qu'y a-t-il ? cria-t-il.

Elle leva les yeux et il lut dans son regard une peur intense. Incapable de trouver ses mots, elle se contenta de lui désigner la mer derrière lui. Il tourna la tête et se trouva englouti par une ombre gigantesque.

C'était un navire, un énorme cargo qui, à moins d'une trentaine de mètres, poussait devant lui une redoutable masse d'eau écumante et fonçait droit sur eux. Pitt maudit ces crétins aveugles ou endormis aux commandes de leur bateau.

Sans hésiter, il nagea énergiquement vers le canot et réussit à passer un bras par-dessus le rebord.

— Tu veux que je mette le moteur en marche? cria Loren d'une voix crispée. Je n'osais pas le faire tant que tu étais sous l'eau.

Pitt réalisa que la chaîne d'ancre était toujours tendue à l'arrière du hors-bord tandis que le grondement des machines du cargo se rapprochait impitoyablement. La moindre erreur, le moindre retard pour détacher la chaîne et démarrer le moteur et leur canot volerait en éclats, tout comme eux.

Tenant toujours le régulateur entre ses dents, il se tourna vers Loren en secouant la tête et lui fit signe d'approcher.

Elle se précipita, lui tendit la main pour l'aider à monter.

Mais, contre toute attente, il lui passa un bras autour de la taille. Elle n'eut pas même le temps de réagir qu'elle bascula par-dessus bord. Aspirant désespérément une grande bouffée d'air, elle aperçut l'énorme masse d'acier qui se dressait devant eux.

Puis, happée comme une poupée de chiffon, elle disparut dans les remous.

5

Sans ralentir ni changer de cap, le cargo poursuivit sa route. Sa coque d'acier frappa de plein fouet le hors-bord qu'il engloutit dans un tourbillon. Le petit canot rebondit contre les tôles puis, étonnamment, remonta à la surface pour venir danser dans le sillage du navire qui s'éloignait, le côté bâbord à peine endommagé.

Quelque part sous la surface, Loren se retrouva agrippée à son mari, tous deux plongeant désespérément vers le fond. Surprise par cette immersion dans une eau anormalement froide, et manquant d'air, elle faillit s'affoler en sentant Pitt la tirer dans les profondeurs. Puis elle sentit qu'il lui enfonçait son régulateur dans la bouche tout en lui passant le bras autour de son harnais de plongée. Elle commença alors à se calmer.

La lumière tremblotante de la surface disparut soudain quand la masse noire de la coque passa au-dessus d'eux. Loren eut l'impression qu'en levant la main, elle pourrait toucher les bernacles incrustées sur les tôles, à quelques dizaines de centimètres.

Ils avaient échappé à la masse de la coque, mais Pitt continuait à plonger sans relâche. Il entraîna Loren vers un énorme récif de corail et, comme leurs genoux touchaient enfin le fond de la mer, il agrippa une branche du récif pour se mettre debout.

Loren se rendit compte alors que, pendant toute la descente, son mari n'avait pas aspiré une seule bouffée d'air. Elle s'empressa de lui passer le régulateur qu'il prit avec un clin d'œil comme si frôler la mort n'était qu'un incident banal.

Pitt prit quelques profondes aspirations puis rendit le tuyau à Loren. La coque passait au-dessus d'eux mais le brassage des pales de l'hélice dont il apercevait le reflet l'inquiétait bien plus. Enfin le navire passa, projetant derrière lui une pluie de sédiments. Pitt lâcha la branche de corail et à grands coups de pied remonta à la surface, Loren enroulée autour de lui. Leurs têtes émergèrent dans la lumière du soleil et ils avalèrent goulûment de grandes gorgées d'air.

— J'ai cru une seconde, dit Loren encore haletante, que tu allais me faire mourir avant que le cargo s'en charge.

— Plonger m'a paru la solution la plus raisonnable, dit Pitt en contemplant l'arrière du navire qui s'éloignait. (Il repéra le nom, *Tasmanian Star*.)

Se retournant dans la direction opposée, Loren scruta la mer.

— Ils sont passés sur un voilier, dit-elle, en cherchant du regard des rescapés. Il m'a semblé qu'il y avait un vieux couple à bord.

— La rapidité de tes réflexes nous a sauvés tous les deux, mais tu devrais réviser ton alphabet morse.

Pitt à son tour scruta la mer et n'aperçut aucun débris.

— Nous pourrons le signaler à la police, dit Loren, pour qu'elle rattrape l'équipage à Valparaiso.

Se tournant vers la côte, Pitt eut la surprise de voir à peu de distance leur canot dansant sur les vagues. Un morceau de la coque à bâbord était cabossé et le bateau, un peu trop enfoncé dans l'eau, flottait encore. Ils nagèrent vers lui et remontèrent à bord.

— Nos vêtements et notre déjeuner ont disparu, observa-t-elle en frissonnant tout en commençant à se sécher.

— Avec mon homard, dit Pitt.

Il ôta sa combinaison de plongée puis s'approcha du tableau de bord. La clef de contact étant toujours en place, il essaya le démarreur. Après quelques toussotements, le moteur se mit en marche car le compartiment intérieur était pratiquement resté au sec. Poussant la manette en avant, il regarda le cargo.

Le *Tasmanian Star* tenait le même cap et apparemment à la même vitesse. À un mille ou deux, on apercevait la rade de Valparaiso. Résolu, Pitt fonça en direction du navire. Malgré la cale et le poste de pilotage à demi inondés, le canot finit peu à peu par prendre de la vitesse.

Loren, qui avait renoncé à écoper l'eau avec un coussin, s'approcha de son mari.

— Pourquoi ne met-on pas le cap sur la côte?

Dirk désigna le cargo.

— Regarde ce qu'ils ont devant eux.

Loren regarda : le grand paquebot de croisière blanc était toujours ancré dans la rade – exactement à la perpendiculaire du cargo qui avançait toujours. Si le *Tasmanian Star* ne changeait pas de route, il allait éperonner le *Sea Splendour*.

— Dirk, il y a sans doute un millier de personnes sur ce navire.

— S'il n'y a qu'un marin myope à la barre du *Tasmanian Sea*, des centaines de gens vont mourir.

Loren serra l'épaule de Dirk tandis que le hors-bord bondissait sur les vagues. La pompe de la cale s'était remise à fonctionner, le canot prenait de la vitesse et se rapprochait du cargo.

— On pourrait alerter le paquebot ? hurla Loren pour se faire entendre par-dessus le vrombissement du moteur.

— Nous n'avons pas de radio, fit Pitt en secouant la tête. Et le navire est à l'ancre. Impossible qu'il puisse bouger à temps.

— Nous pourrions au moins prévenir les passagers.

Facile à dire, songea Pitt. Il réfléchit aux options qui s'offraient à lui. Aucun bateau dans les parages, impossible de donner l'alerte par radio. Pitt envisagea d'aborder le cargo mais il écarta cette idée. On ne voyait aucun accès facile et, même s'il trouvait un moyen pour monter à bord, il n'atteindrait pas à temps le poste de pilotage. Le grand paquebot blanc était en plein sur sa route, à moins d'un mille de là.

Pitt appuya sur le bouton de la sirène du hors-bord en arrivant sur le flanc du cargo, Loren agita un chiffon en direction du gaillard d'avant, mais rien n'y fit. L'embarcation, sans ralentir, avançait toujours vers la catastrophe. Pas un marin non plus derrière les vitres : selon toute apparence, il s'agissait d'un navire fantôme sans personne pour le contrôler.

Pitt parcourut du regard les parages mais aucune aide possible à l'horizon ; seule en vue : la masse imposante du *Sea Splendour* à l'ancre.

Massés sur le pont supérieur, des passagers faisaient de grands gestes en montrant le cargo qui approchait. Sans doute un veilleur de garde avait-il donné l'alerte et le commandant du paquebot appelait-il frénétiquement le *Tasmanian Star* par radio. Mais en vain.

De son canot, Pitt tentait d'estimer la longueur du bateau dont l'arrière semblait étrangement haut sur l'eau.

On pouvait lire sur son visage une froide détermination car, en période de crise, son esprit semblait fonctionner en vitesse surmultipliée, examinant tous les éléments de la situation avant de concevoir calmement un plan d'action. Il s'en présenta bientôt un.

Tournant à fond la barre, il passa devant la proue du gros navire et vint se placer sur le côté tribord.

— Loren, passe-moi ma combinaison de plongée.
— Qu'allons-nous faire?
— Écarter ce mammouth.
— Avec ce petit canot? C'est impossible.

Pitt fixa le cargo d'un regard résolu.

— Pas si nous le frappons au bon endroit.

6

C'était la panique sur le *Sea Splendour* : des parents entraînaient leurs enfants vers l'autre bord du navire, d'autres grimpaient en hâte les escaliers pour gagner les ponts supérieurs. Même l'équipage se précipitait pour s'éloigner du point où allait se produire l'impact.

Était-ce par hasard ou intentionnellement que le *Tasmanian Star* se dirigeait vers le cœur du paquebot, fendant la mer avec assez de force pour le couper en deux ?

Sur la passerelle du *Sea Splendour*, le commandant Alphonse Franco n'avait guère de choix. Il tenta désespérément de positionner le paquebot parallèlement au cargo, mais il ne disposait que du moteur auxiliaire, puisque les machines étaient à l'arrêt ; il laissa filer la ligne de mouillage et actionna les propulseurs latéraux dans l'espoir de faire pivoter le paquebot.

Mais, en regardant le cargo qui arrivait, Franco savait que c'était trop tard.

— Vire, bon sang, vire donc ! marmonna-t-il.

Soudain, un petit canot rouge qui bondissait sur la crête des vagues à l'arrière du cargo attira son regard. Un homme de haute taille, aux cheveux noirs, tenait la barre avec auprès de lui une femme vêtue d'une combinaison de plongée trop grande pour elle. Ils fonçaient droit sur le *Tasmanian Star* dans ce qui ressemblait fort à une attaque suicide.

— De la folie, dit Franco en secouant la tête. De la pure folie.

*

Pitt réduisit un instant les gaz, puis se tourna vers Loren :

— Saute !

Loren se leva et sauta par-dessus bord. Elle n'avait pas encore touché l'eau que Pitt remettait les gaz à fond et que le canot repartait en trombe. Ballottée par les vagues, elle le regarda s'éloigner en priant le ciel pour que son mari ne se tue pas en essayant de sauver d'autres vies.

Pitt savait qu'il n'avait qu'une seule chance d'accomplir un miracle. Le cargo n'était qu'à un quart de mille du *Sea Splendour* : cela ne laissait aucune place à la moindre erreur. Mettant le cap droit sur l'arrière du cargo, il attendit le choc.

Le pont arrière du *Tasmanian Star* s'avançait au-dessus de l'eau, sa coque s'incurvant en retrait au-dessus de la ligne de flottaison. C'était dans cette direction que Pitt fonçait. En approchant, il repéra la partie supérieure de l'arbre du gouvernail qui dépassait de l'eau et qui surmontait l'hélice : de quoi le broyer sans mal avec le canot en prime.

Si le cargo avait navigué à pleine charge, le plan de Pitt n'aurait jamais pu réussir. Mais, comme le navire avait l'arrière assez haut sur l'eau, cela pouvait marcher. Visant un point situé à un ou deux mètres de l'arbre du gouvernail, il s'élança dans cette direction.

Dans un grand fracas, le hors-bord frappa le panneau extérieur de la barre, surgissant presque hors de l'eau sous le choc, pour retomber aussitôt dans le sillage bouillonnant du gros navire et frapper une nouvelle fois l'arbre de transmission en endommageant légèrement la plaque supérieure qui le protégeait.

Sa coque à demi enfoncée, le canot rouge replongea dans la mer, où les remous du cargo le repoussèrent, tandis que son petit moteur épuisé s'arrêtait.

Pitt retira un éclat de verre du pare-brise qui s'était fiché dans son jarret et constata qu'à part cela, il était indemne. Quelques instants plus tard, Loren vint le rejoindre à la nage avant de se hisser à bord du canot qui coulait lentement.

— Tu n'as rien ? demanda-t-elle. Dis donc, quelle collision !

— Ça va, répondit-il, mais je me demande si cela a servi à grand-chose.

Il observa la silhouette imposante du cargo qui s'approchait toujours du paquebot. Au premier abord, il ne vit pas de changement apparent dans sa course mais, de façon presque imperceptible, la proue du *Tasmanian Star* commença à virer à bâbord.

Quand Pitt avait embouti le gouvernail, le déplaçant de quelque vingt degrés, le système de pilotage automatique du cargo avait tenté de corriger le cap. Mais l'assaut du petit hors-bord frappant l'arbre de transmission l'avait légèrement faussé et les contrôles automatiques de la passerelle n'avaient pu réparer les dégâts.

Pitt avait réussi à dévier le cargo de sa course. Mais serait-ce suffisant ?

À bord du *Sea Splendour*, le commandant Franco avait enregistré ce changement.

— Il vire ! s'écria Franco en fixant les yeux sur l'écart qui s'accentuait.

Centimètre par centimètre, puis mètre par mètre, l'avant du cargo mettait le cap sur la côte. À bord du *Sea Splendour*, on priait pour que la collision n'ait pas lieu, mais la distance entre les deux bateaux diminuait : le choc semblait inévitable.

Tandis que la sirène hurlait, équipage et passagers se préparaient au pire. De plus en plus proche, le *Tasmanian Star* semblait bien décidé à éperonner le flanc tribord du paquebot. Pourtant, au dernier moment, la haute proue du cargo évita le choc frontal et frôla l'étambot du pont arrière. Les passagers affolés entendirent le grincement de deux coques métalliques frottant l'une contre l'autre et, sans ralentir un instant, le cargo continua sa route sous une pluie d'éclats d'acier.

Le cargo trembla en heurtant la partie supérieure de la dunette du *Sea Splendour* puis, aussi soudainement qu'il avait frappé, il se dégagea, cap sur la côte. Filant encore à plus de douze nœuds, il emportait quelques mètres de la plage arrière du *Sea Splendour*.

Sous le choc, le gros paquebot avait été déporté à bâbord, mais se redressait lentement. Les rapports envoyés à la passerelle ne mentionnaient que des avaries mineures. Le pont arrière avait été évacué et on n'avait signalé aucun blessé. Ils avaient vraiment frôlé la catastrophe.

Maintenant que son navire avait survécu et qu'on ne déplorait aucune victime, le soulagement du commandant céda la place à la colère.

— Parez à mettre à l'eau la vedette du capitaine, ordonna-t-il à un matelot. Quand j'aurai examiné les dégâts, je m'en vais m'occuper de ce clown dès qu'il posera le pied à terre.

Il ne se préoccupait pas de repérer la route du *Tasmanian Star*, supposant qu'il se dirigeait vers le port de Valparaiso. Mais le cargo gardait toujours le même cap et se dirigeait vers la petite plage de sable située à côté de la ville.

Un couple de Canadiens d'un certain âge, qui avaient dégusté un peu trop du chardonnay local, faisait la sieste sur le sable lorsque le *Tasmanian Star* toucha le fond à quelques mètres de la ligne de ressac. Un frottement sourd comme celui d'un gigantesque moulin à café se fit entendre lorsque la coque racla le fond. La proue fendit sans effort le sable avant de ralentir, balayant au passage l'éventaire d'un marchand de glaces qui s'enfuit en courant.

Le vaisseau fantôme finit par s'arrêter sous l'œil incrédule de quelques promeneurs. Le gémissement de ses machines et le battement de l'hélice qui tournait toujours étaient les seuls signes de vie à bord.

Entendant le bruit et sentant une ombre passer au-dessus de lui, le Canadien encore mal réveillé donna un coup de coude à sa femme.

— Chérie, qu'est-ce que c'est ?

Elle ouvrit un œil, se redressa et vit l'imposante silhouette de la coque du cargo qui avait bien failli les écraser.

— Harold... fit-elle en clignant des yeux. Je crois que notre bateau est arrivé.

7

Le visage rouge de colère, le commandant Franco inspectait depuis la vedette l'arrière endommagé de son paquebot. Les dégâts étaient cependant moins importants qu'il ne le craignait car la tôle arrachée de l'étambot ne laissait qu'un vilain trou. Des plongeurs examineraient la coque sous la ligne de flottaison mais, semblait-il, l'équipage pourrait réparer tout ce qui était actuellement visible. On interdirait simplement l'accès au pont arrière et le paquebot pourrait poursuivre sa croisière avec un minimum de retard. Franco imaginait fort bien le dépit des dirigeants de la compagnie s'il avait fallu débarquer les passagers et rembourser leurs billets. Heureusement, ce n'était pas le cas mais le navire était comme un membre de la famille et il était furieux de le voir ainsi défiguré.

— Conduisez-nous au cargo, dit-il au jeune pilote de la vedette.

Un officier fit signe au capitaine.

— Commandant, une petite embarcation semble en difficulté à notre tribord.

Le commandant se pencha et aperçut le hors-bord rouge à demi submergé qui dérivait. Le couple qu'il avait aperçu était non seulement vivant mais, assis à la proue, il faisait de grands signaux.

— C'est le dingue qui a embouti son canot sur le cargo, dit-il en secouant la tête. Avancez pour qu'on les prenne à bord.

La vedette vint se ranger le long du hors-bord. Pitt aida Loren à embarquer, puis sauta à son tour. Il jeta un dernier coup d'œil au canot avant que celui-ci ne s'enfonce dans la mer.

— Je crois bien que je vais devoir en acheter un autre, dit-il en se tournant vers le commandant.

Franco regarda Pitt : grand, mince avec un corps musclé, ce n'était pas un jeune fou ni un ivrogne. Malgré une plaie au jarret, il se tenait droit, l'air assuré. Son visage aux traits énergiques gardait les traces d'années passées au grand air et ses yeux, d'un très beau vert, brillaient d'intelligence.

— Merci pour le sauvetage, dit Pitt, vous m'avez épargné le trajet jusqu'à la plage.

— Je vous ai vu détruire votre hors-bord en fonçant sur ce cargo, dit Franco. Pourquoi avez-vous fait ça ? Vous auriez pu vous tuer.

— Pour fausser le gouvernail. (Pitt contempla les dégâts à l'arrière du paquebot.) On dirait que je ne suis pas arrivé tout à fait à temps.

— Bon sang, mais bien sûr que si ! fit le commandant. C'est vous qui lui avez fait changer de cap à la dernière seconde.

Il saisit la main de Pitt et la secoua à presque lui démancher le bras.

— Vous avez sauvé mon navire et des centaines de vies. Nous n'avions pas le temps de manœuvrer... nous aurions été pulvérisés par cet idiot.

— Il a foncé sur un voilier et a bien failli nous avoir aussi.

— Des fous ! Ils n'ont même pas répondu à nos appels radio. D'ailleurs, regardez, ils se sont échoués.

La vedette reprit de la vitesse et fila vers le cargo ensablé, évitant soigneusement l'hélice qui tournait toujours. Des dizaines de personnes, abasourdies, s'étaient rassemblées sur la plage tandis qu'au loin des sirènes annonçaient l'arrivée de la police de Valparaiso.

Le navire était là, penchant juste un peu sur tribord. Aucun signe de vie sur les ponts. Un tapis roulant pendait dans le vide comme un membre blessé. Utilisé pour charger et décharger le fret, il avait été à moitié arraché lors de la collision avec le *Sea Splendour*. Franco comprit qu'il avait là un moyen de monter à bord et ordonna à la vedette d'approcher.

Un marin s'assura que le tapis résistait, puis il adressa un signe affirmatif au commandant et sauta sur le pont du cargo. Franco suivit, un peu nerveux, si bien qu'il ne remarqua pas Pitt à quelques pas de lui.

Avec l'aide d'un matelot qui l'attendait, il enjamba le bastingage et fut surpris en découvrant Pitt à ses côtés.

— Nous ferions bien d'arrêter ces machines, lança Pitt et, passant devant lui, il se hâta vers la passerelle.

Pour ne pas être en reste, Franco lança au matelot :

— Fouillez le pont et le poste d'équipage, puis retrouvez-moi sur la passerelle.

Il tourna les talons pour se précipiter derrière Pitt.

La passerelle se trouvait à l'arrière, en haut d'une superstructure. Pitt au passage observa les grands panneaux qui fermaient les principales cales du bateau. Seul le dernier était entrouvert. Pitt jeta un coup d'œil par l'entrebâillement. La vaste cale était vide à l'exception d'un petit tracteur recouvert d'une couche de poussière argentée. Pitt se dit que les cales avant abritaient sans doute encore leur cargaison, ce qui expliquait la position surélevée de l'arrière du bateau. Il remarqua aussi sur le pont des fragments de roche argentée, en fourra un dans la poche de son short, puis se dirigea vers la passerelle.

— Il n'y a personne à bord de ce bateau? dit Franco en rejoignant Pitt au moment où celui-ci s'engageait dans un escalier.

— Je n'ai pas encore vu de comité d'accueil.

Ils montèrent plusieurs étages et pénétrèrent sur la passerelle par une porte latérale. Il n'y avait personne non plus dans la vaste salle de contrôle. Cet étrange silence fut brisé par la radio du bord qui s'anima soudain, retransmettant la voix d'un opérateur des gardes-côtes chiliens qui appelait le cargo. Franco éteignit l'appareil puis se dirigea vers une console centrale pour arrêter les machines.

Pitt examina la barre.

— Le pilote automatique est sur un cap de cent quarante-deux degrés.

— Ça ne montre absolument pas qu'ils allaient abandonner le navire.

— Un acte de piraterie me paraît une explication plausible, dit Pitt. À voir la cale numéro cinq, on dirait qu'elle a été vidée après que le cargo a quitté le port.

— En prenant l'équipage en otage? dit Franco en se frottant le menton. Mais s'emparer d'une cargaison de cette importance en pleine mer, je n'ai encore jamais vu ça !

Le commandant aperçut soudain une tache sombre sur une cloison et des traces similaires sur le plancher : il devint très pâle.

Un coup d'œil suffit à Pitt pour deviner que c'était du sang séché. Il lui suffit de frotter un doigt sur le mur pour que cette hypothèse se confirme.

— Ça n'a pas l'air récent. Peut-on consulter le système de navigation du navire pour voir d'où il venait ?

Franco s'approcha de la barre, soulagé de s'éloigner de ces taches macabres. Il repéra un moniteur de navigation qui montrait une représentation miniature du *Tasmanian Star* superposée à une carte digitale du port de Valparaiso. Une ligne jaune indiquait la route du cargo depuis le haut de l'écran tandis que Valparaiso reculait sur la côte chilienne. Le tracé continuait vers le nord au large de la côte ouest de l'Amérique centrale. Franco le suivit à travers le Pacifique pour situer le point de départ en Australie.

— Il venait de Perth.

Puis il revint au point où le navire changeait de cap et leva les yeux vers Pitt en hochant la tête.

— Votre hypothèse d'une attaque par des pirates tient debout. Le cargo ne traverserait pas le Pacifique avec des cales vides.

— Voyons où s'est produit ce changement de cap, suggéra Pitt.

Franco régla l'image.

— Cela semble être à environ dix-sept cent milles juste à l'ouest du Costa Rica.

— Un secteur bien isolé sur l'océan pour monter un abordage.

— Si l'équipage a quitté le navire à cet endroit, le *Tasmanian Star* a alors couvert tout seul plus de trois mille cinq cent milles jusqu'à Valparaiso.

— Ce qui veut dire qu'il a été détourné il y a plus d'une semaine. Voilà une piste à suivre qui n'est pas de première fraîcheur.

Le matelot de Franco déboula brusquement par la porte latérale de la passerelle. Il était tout rouge et hors d'haleine après avoir monté quatre à quatre l'escalier. Pitt remarqua que sa main tremblait sur le chambranle.

— Le poste d'équipage est vide, commandant. On dirait qu'il n'y a personne à bord, dit-il, hésitant. J'ai quand même trouvé un homme.

— Mort? demanda le commandant.

Le matelot acquiesça.

— Je ne l'aurais pas repéré s'il n'y avait pas eu l'odeur. Il est sur le pont principal, près de la première cale avant.

— Conduisez-moi là-bas.

Le matelot tourna lentement les talons et entraîna Franco et Pitt dans l'escalier. Ils traversèrent le pont en suivant les rangées de panneaux des cales. Comme ils approchaient de la première, l'homme s'arrêta et leur précisa sans aller plus loin :

— Il est sous une des armatures de levage.

Pitt et Franco s'avancèrent, puis remarquèrent un objet bleu coincé dans le système hydraulique de levage du panneau. S'approchant davantage, ils constatèrent qu'il s'agissait du corps d'un homme vêtu d'une salopette bleue. L'odeur de chair en décomposition était insupportable, mais le spectacle qui s'offrait à leurs regards était encore pire.

Les vêtements de l'homme, dépourvus d'insignes, étaient parfaitement propres. D'après les grosses bottes de caoutchouc et une paire de gants de travail coincés dans sa ceinture, Pitt en déduisit qu'il s'agissait d'un simple matelot, mais il ne pouvait en dire davantage.

La peau avait pris une couleur moutarde et s'était boursouflée dans des proportions grotesques. De minces filets de sang s'étaient écoulés autour des oreilles et de la bouche. Un essaim de mouches bourdonnait au-dessus du visage et s'amassait autour des yeux toujours ouverts et exorbités. Mais les extrémités du corps offraient un spectacle encore plus horrible. Tout ce qui restait de peau était intact, mais absolument noir. Pitt se souvint de photos d'explorateurs polaires qui avaient souffert de gelures. Pourtant, le *Tasmanian Star* n'avait navigué dans aucune de ces régions.

Lentement, Franco se recula.

— *Santa Maria!* dit-il d'une voix étranglée. Il a été la proie du démon en personne.

8

Quand il revint à Washington, Pitt découvrit un casque de protection cabossé et à la peinture écaillée trônant au beau milieu de son bureau, avec une note dactylographiée collée sur le viseur pour l'accueillir :

Papa,
Tu devrais vraiment être plus prudent !

Pitt poussa de côté le casque, en se demandant si c'était son fils ou sa fille qui l'avait posé là. Tous deux appartenaient à la NUMA et venaient de partir pour Madagascar où ils travaillaient sur un projet concernant les structures géologiques sous-marines.

On frappa à la porte et surgit une voluptueuse créature à la coiffure aussi impeccable que le maquillage. Bien qu'elle eût dépassé la quarantaine, Zerri Pochinsky ne faisait vraiment pas son âge. Fidèle secrétaire de Pitt depuis des années, elle aurait pu tenir une place plus importante dans sa vie s'il n'avait pas d'abord rencontré Loren.

— Bienvenue dans l'antre du lion, fit-elle en déposant avec un sourire une tasse de café sur le bureau. Je ne sais franchement pas ce que ce casque fait ici.

— Personne ne respecte ce sanctuaire, dit Pitt en lui rendant son sourire.

— J'ai reçu un appel de la secrétaire du vice-président, lui annonça Pochinsky, son regard redevenant sérieux. Il vous demande d'assister à une réunion dans son bureau aujourd'hui à quatorze heures trente.

— Elle n'a pas précisé à quel sujet ?

— Non, simplement que c'était un problème de sécurité.

— Comme toujours à Washington, observa-t-il en secouant la tête avec agacement. Bon, confirmez-leur que j'y serai.

— Et puis Hiram est là. Il a dit que vous vouliez le voir.

— Faites-le entrer.

Pochinsky s'éclipsa pour être remplacée par un barbu. Avec des cheveux qui lui tombaient sur les épaules, vêtu d'un jean, de bottes de cow-boy et d'un T-shirt noir d'un groupe rock, Hiram Yaeger avait l'air prêt à se rendre à un rallye de motards. Seuls ses yeux bleus au regard intense laissaient soupçonner des préoccupations plus intellectuelles, en dépit de lunettes dignes d'une grand-mère. En fait, Yaeger était un génie de l'informatique dont le passe-temps consistait à créer des logiciels. Responsable du parc d'ordinateurs ultraperfectionnés de la NUMA, il avait élaboré un réseau sophistiqué qui recueillait des données océanographiques en provenance de milliers de points du globe.

— Alors, le sauveteur du *Sea Splendour* est de retour, dit-il en se laissant tomber dans un fauteuil en face de Pitt. Ils ne t'ont pas invité à une croisière autour du monde pour avoir sauvé le joyau de leur flotte ?

— Ils n'auraient demandé que cela, répondit Pitt. Mais Loren est au régime, ç'aurait été du gâchis pour le buffet du bord. Et puis, je suis un peu rouillé au croquet, alors...

— Ç'aurait été un plaisir de faire cette croisière à ta place.

— Pour risquer de voir toute l'agence s'écrouler sans toi ?

— C'est vrai que je suis indispensable ici. Rappelle-moi de te rafraîchir de temps en temps la mémoire à ce propos.

— Je n'y manquerai pas, dit Pitt en souriant. Alors, je suppose que tu as trouvé quelque chose à propos du *Tasmanian Star* ?

— Rien de bien intéressant. Construit dans un chantier coréen en 2005. D'une longueur de cent cinquante-cinq mètres et un port en lourd de cinquante-quatre mille tonnes, il est classé comme cargo pour le transport du vrac sec. Cinq cales, deux grues et un tapis roulant. Propriété de Sendai, une compagnie maritime japonaise, et régulièrement en service dans le Pacifique, principalement pour du transport de minerai. Lors de son dernier voyage, il était sous contrat avec une société américaine de pétrochimie. Il a quitté Perth il y a trois semaines et demie, avec une cargaison enregistrée comme de la bauxite, à destination de Los Angeles.

— De la bauxite. (Pitt tira de sa poche un petit sac en plastique pour en extraire le fragment de roc ramassé sur le pont du *Tasmanian Star* qu'il posa sur son bureau.) Aucune idée de la valeur que représentait la bauxite qu'il transportait ?

— Selon la qualité du minerai, ça se vend couramment entre trente et soixante dollars la tonne.

— On ne détourne pas un navire pour ça.

— Personnellement, je préférerais une cargaison d'iPad.

— Aucune idée de l'endroit où se sont enfuis les pirates ?

— Pas vraiment. J'ai enregistré les coordonnées que tu m'as données sur l'endroit où le navire a changé de cap, mais ça n'a rien donné. Les images satellites du National Reconnaissance Office dataient d'une semaine. C'est une partie du Pacifique qui n'intéresse pas les services secrets. Cela dit, j'ai une idée sur la présence du *Tasmanian Star* à Valparaiso.

— Je serais ravi de l'entendre.

— Le navire a brusquement mis cap au sud il y a neuf jours, à quelque dix-sept cent milles à l'ouest du Costa Rica. Une de nos bouées météo flottantes s'est échouée à peu près au même moment dans cette zone. Il s'avère qu'une assez forte tempête tropicale s'est abattue par là puis qu'elle s'est calmée en arrivant sur le Mexique. Nous avons quand même enregistré des vents de force 9 avant de perdre la bouée.

— Si bien que nos pirates ont peut-être dû abandonner leur butin précipitamment.

— C'est ce que je crois. Et qu'ils ont laissé les machines tourner.

Pitt réfléchit un moment.

— Y a-t-il des îles dans les parages ?

Yaeger sortit de sa poche une tablette et montra une carte de la zone où le navire avait changé de route.

— Il existe un petit atoll appelé île de Clipperton, à seulement vingt milles de la position que tu m'as donnée... (Il regarda Pitt et secoua la tête.) Jolie déduction, tu ne trouves pas ?

— Ils ont probablement mis le cap sur Clipperton et comme ils n'ont pas eu le temps de faire couler le bateau avant de l'abandonner, ils se sont dit qu'il s'embrocherait sur un récif et disparaîtrait.

— Mais la tempête l'a éloigné de l'île, reprit Yaeger, et il a continué à voguer pendant encore quatre mille milles avant d'arriver à Valparaiso.

Pitt but une gorgée de café.

— Ça ne nous dit toujours pas qui a attaqué le navire et s'est débarrassé de l'équipage.

— J'ai examiné les documents du port mentionnant des cargaisons récentes de bauxite, mais sans rien trouver.

— Ça ne m'étonne pas. Hiram, vois donc si tu ne trouves pas de mention d'attaques de pirates ou de disparitions de navires survenues récemment dans le Pacifique. (Pitt reprit le fragment de métal et le lança à Yaeger.) Je l'ai ramassé sur le *Tasmanian Star*. En rentrant au centre informatique, remets-le donc aux gars de la géologie sous-marine pour qu'ils nous disent ce que c'est.

— Entendu. (Yaeger examina le fragment de roc en se dirigeant vers la porte.) Ça n'est pas notre bauxite ?

Pitt secoua la tête.

— Une douleur à l'estomac et un bateau fantôme échoué me disent que non.

9

Pitt monta d'un pas alerte le perron du bâtiment Eisenhower, s'efforçant de dissiper les effets du décalage horaire. Situé juste à côté de la Maison-Blanche, c'était l'immeuble gouvernemental que Pitt préférait. Construit en 1888, il se présentait comme un monument de granit et d'ardoise, pratiquement sans charpente en bois pour réduire les risques d'incendie, ce qui n'avait pas empêché de voir le bureau du vice-président Cheney presque détruit par le feu en 2007.

Une fois plusieurs contrôles de sécurité franchis, Pitt déboucha dans le vestibule du premier étage d'où on l'escorta jusqu'au bureau du vice-président. Bien qu'il fût juste à l'heure, Pitt arriva en pleine réunion. Deux hommes et une femme, assis dans de profonds fauteuils autour d'une table basse, écoutaient le vice-président qui arpentait l'épaisse moquette en mâchonnant un gros cigare.

— Ah, Dirk, vous voilà, lança-t-il, traversant en quelques enjambées la pièce. Venez vous asseoir.

Plutôt frêle, Sandecker débordait cependant d'énergie. Ses yeux bleus, au regard intense, contrastaient avec ses cheveux d'un roux flamboyant, et il arborait une moustache assortie d'une barbe qu'on aurait pu croire toujours naissante. Vieil habitué de Washington, ce qui ne l'empêchait pas de mépriser les politiciens, son franc-parler et son intégrité en faisaient un homme tout à la fois respecté et redouté. Pour Pitt, c'était un peu une figure paternelle qui pendant des années avait été son patron à la NUMA avant de devenir vice-président des États-Unis.

— Content de vous voir, amiral. Vous avez l'air en pleine forme.

— On le reste à ce poste rien qu'en se débarrassant des casse-pieds, répondit-il. Dirk, laissez-moi faire les présentations. Dan Fowler, que voici, est à la DARPA, Tom Cerny est conseiller spécial du Président, et Ann Bennett appartient au Service d'enquêtes criminelles de la Marine.

Pitt échangea quelques poignées de main puis prit un siège en jetant un coup d'œil à sa montre.

— Vous n'êtes pas en retard, dit Fowler. Nous avions une autre affaire à régler avec le vice-président.

— Parfait. Alors, en quoi un humble ingénieur maritime peut-il vous être utile ?

— Vous n'êtes sans doute pas au courant, dit Sandecker, mais, depuis ces trois dernières années, on a relevé une inquiétante recrudescence d'atteintes à la sécurité dans nos programmes de nouveaux armements. Sans entrer dans les détails, je peux vous assurer qu'elles ont considérablement augmenté et qu'elles nous coûtent beaucoup d'argent.

— Je présume que les Chinois en sont les principaux bénéficiaires ?

— En effet, dit Fowler. Comment le savez-vous ?

— Je me rappelle que l'an dernier ils ont lancé un nouveau chasseur à réaction qui ressemblait étonnamment à notre F-35.

— Ce n'est que la partie émergée de l'iceberg, dit Sandecker. Nous n'avons malheureusement connu que des succès limités pour ce qui est d'empêcher les fuites. À la demande du Président, on a donc formé un groupe de travail interservices pour enquêter sur ce sujet.

— Ces affaires menacent directement l'efficacité de nos forces, renchérit Cerny. (Il avait un visage au teint terreux avec de grands yeux sombres et parlait avec le débit intarissable d'un vendeur de voitures d'occasion.) Elles préoccupent profondément le Président et il a exigé que toutes les actions nécessaires soient réalisées pour protéger nos secrets technologiques.

Pitt se retint de ne pas crier « Bravo pour le Président! », Cerny lui paraissant le type même du béni-oui-oui de la Maison-Blanche, qui savourait son pouvoir sans rien en faire de valable.

— Très bien, dit Pitt, mais est-ce que la moitié du gouvernement n'est pas occupée à traquer les espions et à poursuivre les terroristes?

— Nous opérons aussi dans ce domaine.

Sandecker alluma son cigare, au mépris de l'interdiction formelle de fumer en ces lieux.

— Le groupe de travail a besoin d'appuis dans la Marine. Il s'agit d'un projet particulier où votre aide pourrait être précieuse. L'agent Bennett connaît tous les détails de cette affaire.

— En fait, il s'agit d'une disparition, précisa Bennett.

Pitt se tourna vers la jeune femme : la trentaine, séduisante derrière un air bien sage. Ses cheveux blonds, coupés court, allaient de pair avec le sérieux de son tailleur sombre. Mais les fossettes de ses joues et son petit nez retroussé venaient adoucir cette première impression. Soutenant le regard de Pitt de ses yeux verts, elle les baissa bientôt vers le dossier qu'elle tenait sur ses genoux.

— Un chercheur de haut niveau travaillant pour la DARPA, Joseph Eberson, a disparu voilà quelques jours à San Diego. On le croyait parti pour une partie de pêche à bord d'un petit yacht, le *Cuttlefish*. Les corps du propriétaire du bateau et de son assistant ont été découverts à quelques milles de la côte par un voilier de passage. Des équipes de sauvetage ont passé le secteur au peigne fin, mais sans retrouver aucune trace d'Eberson ni du yacht.

— Vous estimez qu'il pourrait s'agir d'un crime ?

— Nous n'avons aucune raison précise de le penser, dit Fowler, mais Eberson travaillait pour la Marine sur un programme de recherches très confidentielles. Il nous faut des précisions sur ce qui lui est arrivé. Rien ne nous laisse penser qu'il ait trahi, mais la possibilité d'un enlèvement a été envisagée.

— Ce que vous voulez vraiment, dit Pitt, c'est un corps. Malheureusement, si le bateau a coulé avec ses compagnons, son corps pourrait maintenant être à mi-chemin entre ici et Tahiti. Ou dans l'estomac d'un grand requin blanc.

— C'est pourquoi nous aimerions que vous nous aidiez à retrouver le yacht, dit Ann, avec quelque chose de presque suppliant dans le regard.

— Cela me semble plutôt du ressort de la police de San Diego.

— Nous aimerions récupérer le bateau pour que nos enquêteurs puissent tenter de déterminer si Eberson était à bord, dit Fowler. On nous dit que les eaux dans cette région pourraient être assez profondes, ce qui dépasse les moyens de la police.

— Où est donc la Marine dans tout cela ? fit Pitt en se tournant vers Sandecker.

— Il se trouve que la flotte de sauvetage de la Marine pour la côte ouest participe à des manœuvres d'entraînement en Alaska. Par-dessus le marché, les corps ont été retrouvés dans les eaux territoriales mexicaines. Les choses seraient plus simples si c'était un navire de recherche océanographique qui se chargeait de retrouver et de récupérer le yacht.

Sandecker se dirigea vers son bureau pour consulter une note.

— Il se trouve justement que le *Drake*, un navire de surveillance de la NUMA, se trouve à quai en rade de San Diego, dans l'attente d'une mission.

— Trahi par les miens, soupira Pitt.

— Vous savez, lança Sandecker, le regard pétillant, j'ai encore quelques amis dans votre immeuble.

— Alors, dit Pitt en adressant à Ann un regard en coin, on dirait que je suis votre homme.

— Comment comptez-vous organiser vos recherches ? demanda Cerny.

— Le *Drake* a à son bord différents systèmes de sonar, ainsi qu'un sous-marin de poche. Nous allons établir une grille de surveillance et nous la balaierons au sonar pour essayer de repérer le *Cuttlefish*. Quand nous l'aurons retrouvé, en fonction de la profondeur, nous enverrons des plongeurs ou nous utiliserons le sous-marin. Si le bateau est encore intact, nous verrons comment le remonter.

— Ann se joindra à vous pour suivre les opérations, annonça Fowler. Nous comptons bien entendu sur vous pour régler de toute urgence cette affaire. Dans combien de temps pensez-vous vous y mettre ?

— Dès que j'aurai pu trouver un vol pour San Diego... et que l'agent Bennett aura rassemblé quelques tenues de marin.

On remercia Pitt d'accepter et la réunion se termina. Quand il fut parti, Sandecker se tourna vers Cerny.

— Je n'aime pas le laisser dans le noir comme ça. Il n'y a pas un homme au monde à qui je fasse davantage confiance.

— Ordres du Président, répondit Cerny. Mieux vaut que personne ne sache ce que nous avons peut-être perdu.

— Y parviendra-t-il ? demanda Fowler. Trouver le bateau s'il a coulé ?

— Pour Pitt, ce sera un jeu d'enfant, dit Sandecker en projetant vers le plafond un rond de fumée. Ce qui m'inquiète le plus, c'est ce qu'il va exactement trouver à bord.

10

L'homme arpentait le pont d'un air soucieux, deux réservoirs de plongée sous chaque bras presque aussi gros que ses jambes et son torse, qui ressemblait à un pneu de tracteur trop gonflé.

Al Giordino s'arrêta en apercevant Pitt et Bennett qui arrivaient et les accueillit en haut de l'échelle de coupée.

— Salut, mon ami, dit-il, l'air marin te souhaite la bienvenue. Tu as fait un bon vol ?

— Pas mauvais. Le vice-président s'est arrangé pour nous caser sur un Gulfstream de la Marine qui amenait deux amiraux à Coronado.

— Et moi qui finis toujours par prendre un car. (Giordino considéra Bennett en souriant.) Tiens, une nouvelle tentative pour relever le niveau esthétique de l'équipe.

— Ann Bennett, je vous présente Albert Giordino, directeur technique de la NUMA, et joli cœur à l'occasion. Miss Bennett travaille au NCIS et va participer aux recherches.

— Ravi de vous rencontrer, Mr Giordino.

— Je vous en prie, appelez-moi Al. Nous nous serrerons la main plus tard.

— Je ne pense pas que nous ayons besoin de ce genre de matériel cette fois-ci, dit Pitt. Il faudra sans doute aller plus profond.

— Rudi a seulement parlé de récupérer quelque chose sous l'eau. Il n'a pas précisé quoi.

— C'est parce qu'il ne le sait pas. Il est à bord ?

— Tu le trouveras au labo, à soigner ses poissons.

Pitt et Ann dénichèrent deux cabines libres pour déposer leurs affaires puis s'en allèrent chercher Rudi Gunn. Ils n'eurent aucun mal à le trouver car le *Drake* bien que le plus moderne navire de la flotte de la NUMA, était aussi le plus petit. Long de moins de trente mètres, il était conçu pour les recherches côtières, mais pouvait parfaitement opérer au grand large. Sur son pont étroit étaient arrimés un sous-marin de poche et un véhicule de plongée autonome. Des laboratoires étaient aménagés dans l'espace laissé libre par l'équipage réduit.

Ils entrèrent dans l'un des laboratoires, plongé dans une obscurité presque totale : les lumières étaient éteintes et les hublots masqués, le seul éclairage provenant de quelques petites ampoules fixées au plafond. Pitt se dit que la climatisation devait fonctionner à plein régime car la température semblait ne pas dépasser dix degrés.

— Fermez bien la porte, s'il vous plaît.

Leurs yeux s'habituant à la pénombre, ils repérèrent d'où venait la voix de leur interlocuteur : un homme mince, vêtu d'un blouson, était penché sur un grand aquarium qui occupait presque toute la pièce. Le nez chaussé de lunettes de vision nocturne, il contemplait le bassin.

— Encore à espionner la sexualité des sardines, Rudi? demanda Pitt.

Le reconnaissant immédiatement, l'homme se leva aussitôt et se précipita pour accueillir les intrus.

— Dirk, je ne savais pas que c'était toi.

Gunn retira ses grosses lunettes pour les remplacer par une paire à monture d'écaille. Brillant ancien officier de marine, il était aussi le directeur adjoint de la NUMA. Comme son patron, il sautait sur la moindre occasion pour échapper à l'atmosphère confinée de Washington.

Pitt le présenta à Ann.

— Pourquoi cette pièce sombre et glacée? demanda-t-elle.

— Venez voir, fit Gunn en lui tendant les lunettes de vision nocturne.

Il la guida jusqu'au bord de l'aquarium pour qu'elle comprenne. Une demi-douzaine de petits poissons nageaient en rond, mais des poissons comme Ann n'en avait jamais vu. Leurs corps étaient plats et translucides, leurs yeux énormes protubérants et leurs dents aiguisées comme des rasoirs pointaient de leur gueule béante.

— Quelles sont ces créatures? Ils sont affreux.

— Les chouchous de Rudi, expliqua Pitt. Ils viennent des abysses.

— *Evermanuella normalops*, c'est leur nom scientifique, précisa Gunn, mais on les appelle des poissons-sabres. Une espèce très rare qu'on ne trouve qu'à de grandes profondeurs. Nous en avons découvert tout un banc autour d'une source d'eau chaude près de Monterey et nous avons décidé d'en capturer quelques spécimens pour les étudier. Ce sont les derniers que nous n'avons pas encore ramenés à terre.

— On dirait qu'ils sont prêts à vous dévorer.

— En dépit de leur apparence, nous pensons que ce ne sont pas des prédateurs.

— Je ne vais quand même pas prendre le risque de tremper ma main dans l'eau, dit Ann en secouant la tête.

— Ne vous inquiétez pas, dit Pitt, la porte de votre cabine a un verrou, au cas où il leur pousserait des pattes pendant la nuit. Bon, Rudi, reprit-il, dans combien de temps pouvons-nous lever l'ancre ?

— D'ici une demi-heure tout au plus.

— Alors, allons-y, dit Pitt. Je suis curieux de savoir où Ann va nous emmener.

*

Comme promis, une demi-heure plus tard, Gunn fit larguer les amarres. Ann vint le rejoindre sur la passerelle accompagnée de Pitt et Giordino et leur expliqua les détails de la mission avant de tendre à Pitt un petit bout de papier.

— Voici les coordonnées de l'endroit où on a repêché les deux corps. Apparemment assez près l'un de l'autre.

— Cela peut indiquer que les courants ne les ont pas entraînés bien loin, dit Giordino.

Pitt tapa les coordonnées sur le système de navigation du *Drake* qui repéra leur position sur la carte digitale : juste au-delà d'un groupe de petits îlots rocheux au large de la côte mexicaine, appelé les Coronados, non loin de San Diego.

— Les courants longent la côte en direction du sud, dit Pitt, ce qui nous amènera sans doute à placer un peu plus bas la limite de notre zone de recherches.

— Le rapport du médecin légiste a situé leur mort entre huit et dix heures plus tôt, précisa Ann.

— Cela nous donne des informations utiles, dit Pitt en traçant un encadré avec un curseur. Nous allons commencer par un secteur de dix milles carrés au nord du site où on les a découverts et, si besoin en est, nous l'étendrons plus loin.

Ann estima du regard les dimensions du *Drake*, puis demanda à Pitt :

— Comment allez-vous procéder pour remonter l'épave ?

Pitt se tourna vers Gunn.

— Rudi ?

— J'ai trouvé là-bas une barge avec une grue prête à intervenir. La barge se rendra sur place quand nous aurons retrouvé l'épave. J'aurais dû poser la question, mais quelles sont les dimensions du bateau que nous recherchons ?

Ann consulta ses notes.

— Le *Cuttlefish* est enregistré avec une longueur de douze mètres.

— On le remontera, assura Gunn, et il prit la barre pour prendre le cap indiqué par Pitt.

Deux heures plus tard, ils arrivaient à l'endroit où le voilier avait découvert les corps de Heiland et de Manny, son assistant. Pitt nota que la profondeur dans ces parages était de cent trente mètres et décida de mener les recherches en utilisant le sonar du *Drake*. Des matelots le déployèrent à l'arrière, puis Pitt s'installa aux commandes et configura le disque à quelques mètres au-dessus du fond.

Collée à l'épaule de Pitt, Ann fixait l'écran de contrôle sur lequel se déroulait un tapis ondulant de sable doré.

— À quoi ressemblera l'épave ?

— Comme nous balayons un large secteur, elle paraîtra petite mais devrait être facilement reconnaissable.

La mer était déserte, à l'exception d'un gros hors-bord battant pavillon mexicain à un ou deux milles de là et dont les occupants semblaient en pleine partie de pêche. Gunn pilotait le *Drake* en suivant des bandes régulières allant du nord au sud. Le sonar repéra quelques pneus, un couple de dauphins qui s'ébattaient joyeusement, et ce qui ressemblait à un siège de toilette… mais pas la moindre épave.

Au bout de quatre heures de recherches, ils approchèrent du hors-bord mexicain, toujours à la même position, deux cannes à pêche sans pêcheurs dépassant à l'arrière.

— Je crois qu'il va falloir nous écarter un peu pour contourner ces types, dit Gunn.

Pitt regarda le canot puis ses yeux revinrent à l'écran de contrôle. Il sourit en apercevant un objet triangulaire se dessiner dans la partie supérieure de l'écran.

— Pas la peine, Rudi. Je crois qu'on vient de trouver l'épave.

Ann se pencha et vit l'image prendre la forme d'une proue, puis apparut en entier l'image d'un yacht posé droit sur le fond. Pitt nota la position exacte et mesura la longueur de l'épave.

— Une douzaine de mètres. Mes enfants, je crois que c'est notre bateau disparu.

Gun regarda l'écran et donna une grande claque sur l'épaule de Pitt.

— Joli travail, Dirk. Je vais appeler la barge et leur indiquer la route.

Ann contempla l'image jusqu'à ce qu'elle disparaisse du cadre.

— Vous êtes sûrs qu'on va pouvoir le soulever ?

— L'épave a l'air intacte, dit Gunn, alors cela ne devrait pas poser de problème.

— Il faut donc attendre l'arrivée de la barge ?

— Pas exactement, dit Pitt avec un petit sourire. Il va falloir envoyer un espion de Washington au fond de la mer.

11

Le sous-marin, suspendu au câble d'une énorme grue, tournoyait lentement dans l'air avant que Gunn ne le fasse descendre dans les eaux froides du Pacifique. Il desserra alors les mâchoires de la grosse pince hydraulique et permit au submersible de flotter librement. Pitt mit alors en marche les moteurs électriques pour s'éloigner du *Drake*, tandis que Giordino, depuis son fauteuil de copilote, poussait une commande pour emplir d'eau les ballasts. Blottie derrière eux sur un troisième siège, Ann observait les manœuvres avec une excitation enfantine.

Giordino jeta un coup d'œil par-dessus son épaule et vit avec quelle fascination elle regardait l'eau verdâtre défiler derrière les hublots.

— Vous n'avez jamais plongé?

— Des tas de fois, mais seulement dans une piscine. Au collège, j'étais monitrice de natation.

Le sous-marin amorça une lente descente et au-delà du faisceau des projecteurs extérieurs, la mer ne devint bientôt qu'une muraille noire.

— Je n'ai jamais été du genre à me jeter dans le vide de bien haut, dit Giordino. Comment êtes-vous passée du tremplin municipal à la poursuite des criminels?

— J'ai grandi au milieu de marins, alors, encore au collège, je me suis inscrite à l'École des officiers de réserve. Quand j'ai obtenu mon diplôme, j'ai choisi la Marine et je me suis débrouillée pour me faire payer mes études de droit. J'ai travaillé au cabinet d'un procureur à Bahrein, ensuite j'ai passé quelques mois à Guantanamo où je me suis fait pas mal de contacts dans l'Administration. À cette époque, je commençais à en avoir un peu marre des militaires, alors j'ai décidé d'essayer autre chose. Il y a deux ans, un ami m'a parlé du NCIS, le Service d'enquêtes criminelles de la Marine, et j'ai atterri à la direction du contre-espionnage.

— Une vraie James Bond.

— C'était un peu ça. Au bureau du procureur, j'aimais bien les enquêtes, mais pas la procédure. Ce qui me plaît dans mon poste actuel, c'est le côté investigation qui me permet de passer beaucoup de temps sur le terrain. On m'a chargée de l'affaire Eberson pour déterminer si lui ou ceux présents sur le bateau avaient été impliqués dans une affaire d'espionnage.

— Nous n'allons pas tarder à le savoir, dit Pitt. Nous arrivons en bas.

Comme on apercevait maintenant le sable au fond de la mer, Giordino neutralisa les ballasts. Pitt, de son côté, enclencha les propulseurs pour faire avancer le sous-marin. Ils n'avaient parcouru qu'une petite distance quand apparut sur leur gauche un gros objet blanc. Pitt vira à bâbord pour s'approcher de l'épave.

Avec son pont bien astiqué et ses cuivres étincelants, le *Cuttlefish* offrait un contraste étonnant avec le paysage sombre et sans vie des fonds marins. Pitt approcha le sous-marin et fit lentement le tour de l'épave qui, posée bien droit sur le sable, ne présentait aucun signe d'avarie importante.

— Le fond pourrait être endommagé, dit Pitt, remarquant une mince fissure dans la coque.

— Nous verrons en le remontant, répondit Giordino. Je ne pense pas que nous ayons de problème pour passer par-dessous une paire d'élingues, une à l'avant, une à l'arrière.

Pitt guida le submersible vers l'arrière du *Cuttlefish*, puis remonta légèrement pour inspecter le flanc.

Ann étouffa un cri. Le corps d'un homme était coincé contre une traverse. Sa peau blême, boursouflée, était déchiquetée aux endroits où des bêtes sous-marines avaient mordu la chair. Un banc de sébastes s'activait au-dessus de son visage et lui grignotait les joues.

— C'est Joe Eberson ? demanda Pitt à voix basse.

Ann acquiesça puis détourna les yeux.

Pitt regarda plus attentivement. Une mince cordelette entourait les pieds et les chevilles d'Eberson et maintenait le corps attaché au bateau. Le chercheur de l'Organisation centrale de recherche et de développement du département de la Défense, la DARPA, ne présentait aucune trace de blessure ni de brûlure.

Soudain Pitt remarqua les mains d'Eberson. Elles étaient deux fois plus grosses que la normale et la peau était parsemée de taches noires. Exactement ce que Pitt avait vu au Chili.

Comme le marin du *Tasmanian Star*, Joe Eberson avait connu une mort aussi horrible qu'inexpliquée.

12

Le sous-marin dut effectuer encore deux plongées pour récupérer le corps d'Eberson. On descendit sur l'épave une grande bâche qu'on avait cousue pour en faire une housse mortuaire. Utilisant une paire de bras articulés fixés à la base du submersible, Pitt glissa le sac par-dessus la tête et le torse d'Eberson. On coupa la cordelette et on remonta avec précaution le cadavre à la surface. Ann insista pour rester à bord du sous-marin pendant le macabre transbordement jusqu'au *Drake*. Une fois revenus sur le pont, Pitt et Giordino fixèrent les élingues qui serviraient à remonter le *Cuttlefish*. Une barge équipée d'une énorme grue utilisée pour les opérations de dragage arriva bientôt sur les lieux. Pitt se retourna pour rendre son salut à l'homme souriant derrière sa barbe grise qui pilotait le chaland.

Gunn et Ann examinèrent brièvement le corps, puis Ann vint sur le pont.

— C'est bien votre homme ? demanda Gunn.

Ann acquiesça.

— Nous avons trouvé dans sa poche un portefeuille détrempé qui le confirme. Nous remettrons le corps au médecin légiste pour une identification définitive et afin de connaître les causes du décès.

— Une semaine sous l'eau, ça ne va pas faciliter les choses, remarqua Pitt.

— Il semble en tout cas que la mort soit accidentelle. Peut-être qu'ils ont eu des problèmes avec le bateau et qu'ils se sont tout simplement noyés ?

Pitt, qui bouclait une des élingues dans les crochets fixés au sous-marin, ne fit aucune allusion aux mains d'Eberson.

Ann l'observait.

— Ne risque-t-on pas d'endommager le bateau en le remontant ?

— On ne peut pas vraiment connaître l'étendue des dégâts de la structure, alors la réponse est oui. Il y a toujours la possibilité qu'il s'effondre sur nous – mais, à mon avis, il va remonter comme un grand.

— Pour plus de sûreté, dit Ann, j'aimerais examiner le pont et l'intérieur avant que vous ne tentiez quoi que ce soit.

— Nous sommes en train de préparer une nouvelle plongée, alors bienvenue à bord.

Le *Cuttlefish* apparut quelques instants plus tard, un peu moins inquiétant maintenant que le corps d'Eberson n'était plus là. Pitt amena le sous-marin juste au-dessus du pont, puis pivota lentement pour que les projecteurs extérieurs éclairent l'épave.

— Stop ! cria Ann en désignant le hublot à bâbord. Regardez là-bas.

Pitt immobilisa le sous-marin pour leur permettre d'examiner une caisse oblongue fixée au pavois tribord.

— Vous croyez que c'est quelque chose d'important ? demanda Pitt.

— Ça se pourrait, à en juger par la taille du cadenas.

Elle s'en voulait de ne pas avoir remarqué la caisse plus tôt.

— Remontons-la.

— Elle semble plus en sécurité là où elle est, dit Giordino.

Elle secoua la tête.

— Je ne veux pas risquer qu'on l'endommage pendant qu'on remonte le bateau.

— Si vous voulez, dit Pitt avec un haussement d'épaules, mais il va d'abord falloir avoir les mains libres.

Il fit pivoter les bras articulés en montrant à Ann la corde qu'ils tenaient dans leurs pinces. Il s'éloigna de l'épave et la laissa sur le sable; puis il attrapa une extrémité de la corde et la fit passer le plus loin possible sous la coque avant de soulever l'autre bout du cordage pour le déposer sur le toit du rouf. Il répéta ensuite l'opération avec l'autre élingue. Amenant alors le sous-marin au-dessus du pont arrière, il entreprit de libérer la caisse pour la fixer à la coque du submersible. Giordino purgea l'eau du ballast et ils remontèrent à la surface.

Gunn les attendait accoudé au bastingage du *Drake* pour hisser le petit sous-marin à bord.

— Le lasso a bien tenu? demanda-t-il.

— Pas plus de problèmes que pour ramener un veau, fit Giordino en souriant.

— Ça va être un peu plus dur avec l'arrière, dit Pitt. Il faudra creuser pour faire passer l'élingue par-dessous.

Gunn aperçut la longue caisse serrée dans les deux bras articulés.

— Tiens, vous m'avez apporté un cadeau?

— C'est pour Miss Bennett, précisa Giordino.

Ann ne quittait pas des yeux la caisse pendant qu'on la déposait sur le pont. De son côté, Gunn aidait Pitt à brancher un épais tuyau à la valve d'évacuation du ballast avant.

— Nous avons des réserves de courant suffisantes ? demanda-t-il.

— Si nous n'avons pas trop de mal à arrimer la seconde élingue, nous devrions avoir assez de jus pour faire encore une plongée et fixer le câble de remontée.

— Je vais dire à l'opérateur de la barge de se tenir prêt.

Pitt et Giordino descendirent dans l'océan, cette fois sans Ann. Utilisant les bras articulés, ils déposèrent l'élingue et, prenant le gros tuyau dont l'autre extrémité était reliée au réservoir de ballast, ils aspirèrent assez de sable pour former un creux sous la coque du yacht permettant d'y glisser le câble.

— Paré pour la succion.

— Quand vous voudrez, fit Giordino.

Il libéra un petit flux d'air comprimé du ballast avant, qui s'engouffra dans le tuyau flexible et dans le conduit rigide, créant à son extrémité une aspiration. Un tourbillon de sable se forma sous le bateau avant de se disperser dans le courant. En quelques minutes, une brèche s'était creusée au-dessous de l'arrière du yacht, assez grande pour y glisser le cordage.

Giordino arrêta l'arrivée d'air, on passa sur le bord opposé et on répéta l'opération. On fit de même pour le second câble et, pendant que Pitt tenait solidement l'extrémité des élingues, Giordino prit un gros anneau dans lequel il introduisit les quatre bouts pour les bloquer.

Il n'y avait plus qu'à attacher un câble de levage et le tendre.

Pitt purgea les ballasts et le sous-marin entama sa lente remontée. Le soleil venait de disparaître à l'horizon quand ils firent surface à côté du *Drake*. Gunn se tenait auprès de la grue tandis que le submersible approchait de l'anneau de levage. Quand il le jugea assez près, il le souleva hors de l'eau, puis le laissa là, immobile.

— Allons, Gunn, dit Giordino, qu'est-ce que tu attends ?

Pitt regarda par le hublot bâbord : un grand gaillard qu'il ne connaissait pas était à côté de Gunn, tenant un pistolet. L'homme adressa à Pitt un sourire qui n'avait rien de chaleureux. Gunn lâcha les commandes de la grue, puis regarda Pitt avec un hochement de tête impuissant et s'écarta.

Giordino, qui avait vu Gunn abandonner les commandes, demanda :

— Qu'est-ce qui se passe ?

Pitt ne quittait pas des yeux l'homme au pistolet sur le pont du *Drake*.

— Je dirais qu'on veut nous couper l'herbe sous le pied.

13

Ils avaient attaqué le *Drake* en racontant qu'ils étaient à court de carburant.

L'équipage du gros hors-bord battant pavillon mexicain avait toute la journée surveillé discrètement le navire de la NUMA. Comme le soleil commençait à s'enfoncer dans la mer, une voix à l'accent espagnol avait appelé le *Drake* sur la radio de bord, pour expliquer qu'ils étaient en panne d'essence. Gunn, qui avait pris l'appel sur la passerelle, proposa au canot d'essayer de se ranger le long du bord et assura qu'il leur passerait un peu de carburant.

Le hors-bord fit semblant de se traîner à petite vitesse, en contournant la barge avant d'accoster le long du *Drake*. Pendant que leur canot était momentanément hors de vue, un homme sauta sur l'arrière de la barge et se glissa jusqu'au poste de pilotage.

Peu après, un solide gaillard arriva sur le pont arrière en faisant de grands gestes, fixant Gunn d'un regard glacial. Il portait un pantalon noir et un maillot noir, drôle de tenue pour une partie de pêche. Le crépuscule qui tombait masquait son teint couleur café et les traits aplatis de son visage, caractéristiques physiques plus fréquentes en Amérique centrale qu'au Mexique.

L'homme lança une corde au matelot qui attendait puis se tourna vers Gunn qui, penché par-dessus la rambarde, tendait un jerrican d'essence.

— Merci, *señor*, dit-il d'une voix de baryton. Nous sommes restés trop longtemps à pêcher et nous avions peur de ne pas pouvoir revenir jusqu'à la côte.

Il prit le jerrican et le posa sur le pont. Puis, avec une souplesse de félin, il agrippa la rambarde et sauta à bord du *Drake*. Un Glock semi-automatique jaillit de sa poche revolver, et à peine ses pieds avaient-ils touché le pont que l'homme le braqua sur la poitrine de Gunn.

— Dites à vos hommes de poser les mains sur la rambarde et de se tourner vers la mer.

Gunn transmit ces instructions à deux matelots qui étaient sur le pont : ils levèrent les bras et s'avancèrent jusqu'au bastingage.

Deux autres hommes armés montèrent à bord et se précipitèrent sur le pont du *Drake*. Gunn sursauta en entendant des coups de feu, puis fut rassuré en voyant l'homme de barre passer devant lui. Un des agresseurs avait repéré le canot de sauvetage en caoutchouc du *Drake* et l'avait au passage criblé de balles, le laissant comme un ballon dégonflé. Quand un des chercheurs sortit du labo pour voir la raison de tout ce chahut, il se fit empoigner sans ménagement et pousser avec le reste de l'équipage.

Gunn se tourna vers le grand gaillard en noir.

— Qu'est-ce que vous voulez ?

L'homme ne répondit pas. Une petite radio fixée à sa ceinture se mit à grésiller.

— La barge est sous contrôle, annonça une voix dans le récepteur.

— Amène-la et viens nous rejoindre à bord du bateau de recherche, répondit l'homme. Nous serons bientôt prêts.

— Pablo, fit de nouveau la voix, le sous-marin a refait surface.

En poussant un juron, le dénommé Pablo se retourna et aperçut le haut du submersible. Il fourra la radio dans sa poche, empoigna Gunn par le col et l'entraîna vers la grue.

— Remonte tes potes de l'eau, mais ne les fais pas venir à bord, lança-t-il en reculant, son arme toujours braquée sur lui.

Gunn saisissait les commandes tout en cherchant un moyen d'avertir Pitt quand le canon du Glock contre sa nuque le fit changer d'avis. Il mit l'énorme pince en position, souleva le sous-marin et resta figé, impuissant, laissant le bateau suspendu en l'air.

Quelques secondes plus tard, la vieille barge heurta l'arrière du *Drake*. Un quatrième homme, lui aussi vêtu de noir et armé d'un pistolet, traversa le pont en courant et sauta à bord du navire. Tout essoufflé, il rejoignit Pablo. Sa chemise était déchirée et sa lèvre inférieure portait une trace de sang.

— Qu'est-ce qui t'est arrivé? demanda Pablo.

— Au début, le commandant m'a causé des problèmes.

Pablo secoua la tête d'un air mécontent.

— Apporte la caisse à bord. Maintenant!

L'homme alla docilement rejoindre ses deux autres complices pour hisser sur leur canot la caisse récupérée à bord du *Cuttlefish*. Gunn pensa soudain à Ann et constata qu'elle n'était pas sur le pont.

Le chef des agresseurs se tourna vers lui en brandissant son Glock.

— N'essaie pas de nous suivre ou d'appeler au secours, sinon on reviendra vous tuer tous, dit Pablo en souriant. Et merci de ton aide.

Il alla jusqu'au bastingage sans se retourner et remonta dans son canot.

Pitt et Giordino avaient dû suivre la scène de l'intérieur du sous-marin. Ils auraient pu sortir par l'écoutille et sauter à bord du *Drake,* mais l'opération aurait été bien périlleuse. D'ailleurs, ils n'eurent pas le temps de réagir que tout était terminé.

En regardant Pablo enjamber la rambarde, Pitt décela un mouvement à l'avant du canot des agresseurs. Il se tourna vers Al.

— As-tu vu quelque chose passer, près de la passerelle ?

— Non, répondit Giordino. Je surveillais le type qui braquait son flingue sur Rudi.

Ils regardèrent le hors-bord qui s'éloignait du *Drake* et, au moment où le canot virait de bord et filait vers la côte, il aperçut brièvement l'autre côté du pont.

Giordino tendit le doigt vers le hublot.

— Est-ce bien ce que je crois ?

Pitt acquiesça d'un signe de tête.

C'était bien la silhouette d'une femme blonde et trempée, qui se cachait sur la plate-forme tribord du canot fonçant vers le Mexique.

14

Gunn se dépêcha de hisser le sous-marin.

— Personne n'a rien ? demanda Pitt.

— Aucun blessé, répondit Gunn. Ils ont menacé de nous tuer si nous appelions au secours ou si nous les poursuivions.

— *Ils*, c'était qui ? interrogea Giordino.

— Pas la moindre idée, fit Gunn en secouant la tête. Le chef s'appelait Pablo. Ils venaient pour cette caisse que vous avez remontée du *Cuttlefish*. Quelqu'un a une idée de ce qu'il y avait dedans ?

— Non, dit Pitt, mais je crois qu'Ann le sait. Comment a-t-elle pu se glisser sur leur canot ?

— Je la croyais dans sa cabine.

— Nous l'avons aperçue à côté de la timonerie de leur hors-bord quand ils démarraient en trombe, précisa Giordino.

Gunn pâlit.

— S'ils la trouvent, ils pourraient la tuer.

— Appelle les gardes-côtes, dit Pitt. Ils ont peut-être un bateau de la patrouille antidrogue dans les parages. Mais ne dis rien à propos d'Ann, au cas où les autres capteraient le message. Al et moi allons essayer de les suivre avec le canot de sauvetage gonflable.

— Impossible, dit Gunn. Ils ont canardé la radio de bord et le canot de sauvetage. Nous avons bien quelques émetteurs portables avec lesquels je peux passer l'appel, mais pour le canot gonflable, niet.

— Et la barge? suggéra Giordino.

— D'abord, il vaudrait mieux voir si le pilote n'a rien. Je crois qu'ils l'ont un peu tabassé.

— Rudi, dit Pitt, essaie de passer un appel. Al et moi allons voir ce qui s'est passé là-bas.

Pitt et Giordino se précipitèrent : la proue de la barge était collée juste en dessous du pont, le vieux bateau poussant lentement le navire de la NUMA. Ils sautèrent à bord, traversèrent au pas de course le pont un peu huileux et arrivèrent à la timonerie située à l'arrière de la barge. En approchant, ils entendirent un chien aboyer et entrèrent.

Un homme aux cheveux grisonnants était agenouillé derrière la barre, la paume de sa main plaquée sur une entaille ensanglantée qui lui barrait le front. Un basset noir et fauve montait la garde devant lui et accueillit les intrus par des aboiements énergiques.

— Mauser, tais-toi, dit l'homme.

— Ça va, l'ancien? dit Pitt en aidant l'homme à se relever. (Il avait presque le mètre quatre-vingt-dix de Pitt, mais avec quelques kilos en plus.)

— Ce fils de pute est arrivé de nulle part et a commencé par bousiller ma radio, expliqua le vieil homme dont les yeux bleus commençaient à avoir un regard plus assuré. Je lui ai donné un bon coup à la mâchoire, mais il m'a assommé avec la crosse de son revolver.

Giordino trouva une trousse de premiers secours et pansa la blessure du vieil homme.

— Merci, fiston. Mais qui sont donc ces types ?

— Je n'en sais rien, mais un des nôtres est à bord de leur bateau. Avez-vous une annexe que nous pourrions emprunter ?

— À l'arrière il y a un petit Zodiac. Le moteur n'est pas très puissant, mais servez-vous.

Après avoir stoppé le moteur de la barge qui continuait à pousser le *Drake*, il se tourna vers Pitt d'un air soucieux.

— Faites attention avec ces gars-là.

— Bien sûr.

Pitt lui fit un signe de la tête et s'empressa de suivre Giordino. En sortant de la timonerie, il remarqua le brevet de capitaine au long cours accroché à la cloison. Voyant sur le document le nom de Clive Cussler, Pitt eut un sourire puis traversa rapidement le pont.

Giordino avait déjà détaché le petit canot gonflable. Plutôt que de perdre du temps à le faire descendre jusqu'à l'eau avec un treuil, les deux hommes le poussèrent par-dessus le bastingage puis embarquèrent. Pitt amorça le carburateur, tira à plusieurs reprises le cordon et démarra. Mettant les gaz à plein régime, il s'éloigna de la barge, et mit le cap sur la côte.

Le hors-bord mexicain était encore visible dans la nuit qui commençait à tomber et Pitt le suivit du mieux qu'il pouvait. Mais c'était une course perdue d'avance car les autres fendaient les vagues avec une bonne dizaine de nœuds d'avance. Tout ce qu'il pouvait espérer, c'était de ne pas les perdre de vue et voir où ils allaient accoster.

— J'espère que vous avez pensé à prendre vos passeports ! cria Giordino, voyant qu'ils se dirigeaient clairement vers le Mexique.

— Je regrette plutôt d'avoir oublié un traducteur automatique.

Giordino avait fouillé le Zodiac et leur seule arme était une petite ancre. Mais Pitt n'avait aucune intention de s'attaquer à des bandits bien armés. Ce qui le préoccupait, c'était la sécurité d'Ann.

Comme la silhouette du hors-bord s'estompait à l'horizon, il songea à la courageuse agent du NCIS en se demandant ce qu'elle comptait faire.

15

Trempée et allongée contre le bastingage du hors-bord, Ann se posait la même question. Elle aurait voulu s'emparer du bateau et le conduire à San Diego mais, face à quatre hommes armés, ce n'était pas une mince affaire. Elle se tâta le dos à la hauteur de la ceinture pour s'assurer que l'étui contenant le petit SIG Sauer P239 avait survécu au plongeon dans l'océan.

C'était plus sur une poussée d'adrénaline que par stratégie qu'elle avait décidé de se cacher à bord du canot mexicain. Elle sortait d'un des labos du *Drake* et cherchait un endroit sûr pour y ranger la caisse de Heiland quand elle aperçut Pablo sur le pont, un pistolet braqué sur Gunn. Elle s'engouffra alors dans une coursive, se glissa dans sa cabine et saisit son arme. Profitant de ce qu'un des agresseurs attirait l'attention en criblant de balles le Zodiac du *Drake*, elle se faufila jusqu'à la passerelle et découvrit la radio de bord détruite. Si l'attaque avait surpris l'équipage, Ann savait qu'ils venaient pour la caisse. C'était également ce qui intéressait Ann, et non le corps d'Eberson.

Les agresseurs agirent rapidement sans lui laisser le temps d'imaginer une contre-attaque. Mais une pensée lui traversa l'esprit : si on ne parvenait pas à récupérer la caisse, alors il fallait la détruire.

Le cœur battant, elle s'approcha de la porte et jeta un coup d'œil vers l'arrière du pont. Pablo était occupé à tenir Gunn en respect près du sous-marin pendant que les autres hommes arrimaient leur prise à bord de leur canot. Elle prit une profonde inspiration, s'avança jusqu'à la rambarde et sauta à l'eau.

Ses années de plongée en piscine lui étaient bien utiles. Elle banda ses muscles, tendit les mains au-dessus de sa tête et toucha l'eau à la verticale avec à peine une éclaboussure. Frissonnant dans la fraîcheur du Pacifique, elle remonta rapidement et nagea vers le canot mexicain.

Elle s'approcha et, en entendant un homme sauter dans le hors-bord, elle réalisa qu'il s'éloignait du navire. D'un coup de pied énergique, elle atteignit le bord de la coque et s'accrocha à un montant du pont. Les moteurs en marche, le hors-bord fit un bond en avant. Elle se laissa entraîner et, basculant un pied vers le haut, parvint à se hisser sur l'étroit rebord qui courait le long de la cabine.

Elle resta blottie là, reprenant son souffle tandis que l'engin filait vers la côte : le trajet prendrait environ une demi-heure, estima-t-elle. Ayant pour alliée la nuit qui tombait, elle attendit donc que le ciel s'assombrisse davantage. L'eau salée lui fouettait le visage et, secouée comme un cow-boy de rodéo, elle s'efforçait de rester cachée en priant le ciel que personne ne regarde de son côté.

Pablo et ses hommes restèrent quelques minutes à l'arrière du pont à observer le *Drake*. La barge leur faisait face et dissimulait la mise à l'eau du petit Zodiac. Le petit groupe entra dans la cabine ; Pablo passa un coup de fil sur son portable et s'assit pour boire une gorgée de bière.

Profitant du passage d'un gros nuage qui envahissait le ciel, Ann recula le long du bastingage pour pouvoir jeter un coup d'œil sur le pont. Un homme de forte stature, au teint très brun, était assis sur un banc latéral, une arme de poing posée sur les genoux. Son front large et sa grande barbe lui rappelaient Fidel Castro jeune. Ann aperçut, arrimée devant lui, la caisse de Heiland sur laquelle il appuyait ses pieds.

Si elle ouvrait le feu contre tout l'équipage, ses chances étaient bien faibles, mais ce marin solitaire, elle pouvait le maîtriser, surtout en bénéficiant de l'élément de surprise. Son objectif était simple : par n'importe quel moyen, faire basculer la caisse par-dessus bord. Peut-être Pitt et le navire de la NUMA pourraient-ils la récupérer plus tard. En tout cas, la caisse ne resterait pas entre des mains étrangères.

Elle se déplaça avec précaution et sauta sans bruit sur le pont. Des voix venaient de la cabine, quelques marches plus bas, qu'elle ne pouvait pas voir. Juste au-dessus, elle apercevait les jambes du pilote à la barre. Ils approchaient de la côte et elle espérait qu'ils garderaient le cap.

Elle sortit de son étui le petit Sig Sauer et sauta sur le sosie de Fidel qui ne l'avait pas entendue venir. Elle voulait le toucher à la tempe, mais frappa trop haut et la crosse de son arme glissa sur le haut de son crâne. Il poussa un gémissement et s'effondra, lâchant son revolver qui tomba sur le pont.

Ann l'éloigna d'un coup de pied et s'agenouilla pour libérer la caisse qu'on avait attachée au banc.

Juste étourdi par le coup, et palpant sa tête qui saignait abondamment, l'homme cherchait à tâtons son arme, mais ce fut la cheville d'Ann qu'il trouva. Il la saisit en serrant de toutes ses forces.

Penchée sur la caisse, Ann perdit l'équilibre et s'étala ; rapidement, elle roula pour se relever. L'homme ne lâchant pas sa cheville gauche, elle lui asséna du pied droit un violent coup sur le côté de la tête. Il poussa un grognement et, comme il tirait plus fort sur sa jambe, elle lui décocha un coup qui l'atteignit en pleine mâchoire. L'étreinte de ses doigts finit par se relâcher, son regard devint vitreux et il s'affala sur les planches.

Ann revint précipitamment vers la caisse. Elle dénoua l'une après l'autre les courroies et finit par la libérer complètement. La poussant vers l'arrière, elle parvint à en hisser une extrémité par-dessus le bastingage. Elle se penchait pour soulever l'autre côté mais s'immobilisa soudain en sentant sur sa nuque le froid canon d'un revolver.

— Elle va rester ici, ma petite, tonna la voix sourde de Pablo en lui appuyant contre le cou l'acier de son Glock.

16

Des lumières encore lointaines baignaient le rivage d'une lueur ambre, mais cette image paisible ne faisait qu'irriter Pitt. Depuis longtemps la silhouette du bateau mexicain avait disparu : seuls ses feux de bord permettaient de repérer sa position et, comme la distance entre eux ne cessait de croître, ils se confondaient de plus en plus avec les lumières de la côte.

Pitt maintenait son cap et fixait l'endroit où pour la dernière fois il avait aperçu le canot en espérant que ce dernier n'ait pas brusquement modifié sa route. Il ne s'était pas rendu compte que, depuis la frontière sud, la côte mexicaine n'offrait aucun havre naturel sur plus de cinquante kilomètres. Après avoir navigué à l'aveuglette pendant plusieurs minutes, ils approchèrent du rivage et de ses brillantes lumières à flanc de coteau. La mer autour d'eux paraissait déserte. Il vira vers le sud et deux minutes plus tard, ils repérèrent le canot.

— Là ! cria Giordino en désignant l'avant.

À un mille devant, ils distinguèrent une petite jetée de rochers. Sur les quinze premiers mètres on avait aménagé un quai sommaire où était amarré un bateau brillamment éclairé. Pitt et Giordino aperçurent plusieurs silhouettes marchant sur le quai en direction d'un camion qui stationnait. Deux personnes regagnèrent le canot puis revinrent et déposèrent sur le plateau du camion un objet de forme oblongue.

— C'est notre caisse, dit Giordino. Tu vois Ann ?

— Non, mais elle pourrait être parmi ceux qui sont montés dans le camion. Je vais essayer d'aller jusqu'au rivage, de l'autre côté de la jetée.

Ils approchèrent en réduisant les gaz pour faire moins de bruit. Ils n'étaient pas loin quand le canot mexicain démarra brusquement et contourna la jetée, manquant presque d'écraser le Zodiac qu'ils n'avaient pas vu.

Ballotté par le sillage du canot, le jerrican d'essence se renversa. Giordino le secoua.

— Nous n'avons plus assez de carburant pour les poursuivre où que ce soit, annonça-t-il. Nous ferions mieux de gagner la côte.

Mettant les gaz à fond sans se soucier du bruit, il fonça le long de la jetée et constata qu'elle protégeait une petite plage. Franchissant le ressac, il toucha le rivage au moment où le camion dévalait la rue.

Giordino se précipita à terre avant même l'arrêt du moteur. Le camion, à une centaine de mètres devant eux, roula lentement sur un chemin de terre jusqu'au moment où il atteignit une rue goudronnée brillamment éclairée, bordée de boutiques quelque peu délabrées et, pour la plupart, fermées à cette heure. Cependant, des gens se pressaient sur les trottoirs devant quelques cantinas et petits restaurants encore ouverts. Tournant à gauche, le camion accéléra mais fut vite ralenti par la circulation, si bien que Pitt et Giordino arrivèrent au carrefour quelques secondes plus tard.

— J'ai horreur de courir un marathon la nuit sans mon short phosphorescent, dit Giordino haletant en voyant le véhicule accélérer.

— Et moi, j'ai oublié mon bandeau porte-bonheur, répliqua Pitt tout aussi essoufflé.

Ils cherchaient en vain quelque chose ressemblant à un taxi lorsque Pitt désigna le trottoir d'en face.

— Je crois que j'ai une idée.

Deux ouvriers en salopette grise installaient l'enseigne d'un bâtiment industriel. Ils travaillaient sans doute pour compléter leurs salaires d'employés de la Compagnie nationale d'électricité et avaient emprunté la fourgonnette de la société, garée à quelques mètres de là, les portières ouvertes et la radio marchant à pleins tubes.

Pitt et Giordino sautèrent dans la cabine. Les clefs pendaient au tableau de bord. Avant que les deux électriciens ne réalisent ce qui se passait, Pitt avait démarré et fonçait à toute vitesse.

— *Alto! Alto!* cria un des deux hommes en laissant tomber un tournevis pour se lancer à leur poursuite.

Son compagnon le regarda un instant, abasourdi, puis saisit son portable. Mais Pitt était déjà loin. Du matériel bringuebalait à l'arrière de la camionnette et un ralentisseur que Pitt venait de franchir d'un bond ferma du même coup les deux portières.

— Ces gars vont avoir quelques explications à fournir demain matin, dit Giordino.

— Tu ne penses tout de même pas que leur contremaître va croire que leur fourgonnette a été volée par un couple de *gringos*?

112

Ils avaient perdu de vue le véhicule des Mexicains et Pitt, roulant pied au plancher, évita de peu une femme qui traversait la rue avec deux poulets dans une cage, frôlant un couple de chiens errants à la sortie de la ville.

L'avenue gravissait maintenant une colline et, s'il n'y avait pratiquement plus de circulation ni de magasins, il n'y avait pas non plus d'éclairage. Doublant une Volkswagen un peu rouillée, Pitt aperçut devant eux le fourgon à environ huit cents mètres. Écrasant la pédale d'accélérateur, Pitt négocia un virage sur les chapeaux de roues, aspergeant de poussière une Dodge bleue garée sur le bas-côté mais qui, allumant soudain ses phares, s'engagea derrière eux sur la chaussée.

— Tu plains toujours ces ouvriers électriciens ? demanda Pitt.

— Un peu. Pourquoi me demandes-tu ça ?

— Je crois bien qu'ils ont lancé les *Federales* à nos trousses.

— Comment le sais-tu ?

Pitt jeta un coup d'œil dans le rétroviseur : un gyrophare venait de s'allumer sur le toit de la Dodge.

— Parce qu'ils sont juste derrière nous.

17

Le gyrophare de la Dodge balayait les flancs pelés de la colline de ses rayons alternativement bleus et rouges et le chauffeur du camion crispa ses mains sur le volant en apercevant ces lumières derrière lui.

— Pablo! C'est la police. Ils attendaient au dernier virage.

Assis sur la banquette arrière, Pablo jeta un coup d'œil par-dessus son épaule, puis regarda le compteur.

— Tu ne roulais pas trop vite?

— Non, pas à plus d'un kilomètre ou deux au-dessus de la limite, je te jure.

Pablo n'avait pas l'air inquiet.

— Sème-les avant l'aéroport, dit-il tranquillement. S'il le faut, on larguera les flingues. Et la fille.

Ann, assise entre Pablo et le barbu appelé Juan qu'elle redoutait le plus, se demandait s'ils ne la tueraient pas d'abord. Elle se tourna vers Juan qui lui enfonçait un revolver contre les côtes et la regardait en ricanant malgré son œil au beurre noir et sa joue abîmée.

Ann avait les mains liées, un pistolet braqué sur elle. La peur ne l'avait pas quittée. Cependant une lueur d'espoir s'esquissait maintenant qu'on parlait de policiers mexicains. Peut-être Pitt avait-il réussi à les alerter. Elle pria en silence pour ne pas se trouver au milieu d'une fusillade.

Le chauffeur accéléra brutalement et le camion tangua sur la chaussée défoncée. Il franchit une série de virages serrés avant de déboucher en haut d'une corniche d'où la route descendait en lacet vers une large vallée abritant la ville frontière de Tijuana.

Le camion dévala la pente et pénétra rapidement dans les faubourgs de la ville. Jetant un regard derrière lui, le chauffeur constata que le gyrophare de la voiture de police était loin.

Le camion approchait maintenant d'une autoroute à quatre voies qui longeait le sud de Tijuana. Pablo s'aperçut que le chauffeur s'apprêtait à s'y engager.

— Non, ne prends pas l'autoroute. Traverse la ville, on les sèmera plus facilement.

L'homme acquiesça et se lança dans la périphérie encombrée de la ville. Après un nouveau coup d'œil au rétroviseur, il constata qu'une camionnette empêchait la voiture de police de se rapprocher.

Pitt s'efforçait de ne pas perdre de vue le camion malgré les policiers toujours à sa poursuite. Le moteur avait failli rendre l'âme dans l'ascension de la colline ; la Dodge, plus puissante, les avait rejoints sans peine et roulait derrière eux, pare-chocs contre pare-chocs.

Pitt prit un léger avantage dans la descente en longeant le bord du précipice. Le conducteur de la Dodge, plus prudent, ne le talonnait plus.

— Il va falloir faire quelque chose pour se débarrasser d'eux, dit Pitt en se dirigeant vers la ville surpeuplée : Tijuana comptait environ deux millions d'habitants.

Giordino jeta un coup d'œil à l'arrière de la fourgonnette où s'entassaient des outils et du matériel électrique qui bringuebalaient sur le plancher.

— Je vais voir s'il n'y a pas là-dedans quelque chose pour nous débarrasser des *Federales*, dit-il en enjambant prudemment le dossier de la banquette.

Les parois de la fourgonnette étaient tapissées de bobines de fil électrique, de boîtes pleines de commutateurs. Rien d'intéressant, se dit Giordino avant d'aviser un râtelier où était disposé tout un assortiment de tuyaux : conçus pour protéger les fils à nu, les conduits d'acier galvanisé longs d'un peu plus d'un mètre étaient filetés à chaque extrémité. Le visage de Giordino s'éclaira.

— Je crois que j'ai trouvé, cria-t-il à Pitt.

Une minute plus tard, la camionnette s'engagea sur une sortie et se dirigea vers le centre-ville. Devant eux, le camion tourna à droite à un feu et Pitt cria à Giordino :

— Prépare-toi !

Pitt ralentit, il s'assura que la voiture de police les suivait de très près et juste avant le feu, lança :

— Maintenant !

Girdino ouvrit d'un coup de pied les portes arrière de la camionnette et laissa glisser deux tubulures de plus de deux mètres de long qu'il avait attachées ensemble. Il en coinça une extrémité contre une grosse cale en bois enfoncée dans le logement de la roue arrière et la bloqua avec du fil de cuivre enroulé aux charnières de la porte. Pitt lui laissa une seconde pour se dégager avant d'écraser la pédale de frein.

Le policier avait déjà ralenti en repérant la tubulure qui pointait à l'extérieur comme une lance de tournoi. Il freina brusquement quand il vit les stops de la camionnette s'allumer. Pitt ayant l'avantage de conduire un véhicule plus léger, il en profita pour passer en marche arrière dès qu'il eut suffisamment ralenti.

La voiture de police emboutit le pare-chocs arrière de la fourgonnette en venant s'empaler sur l'arme improvisée par Giordino. La tubulure d'acier s'enfonça dans la calandre et le radiateur de la Dodge puis heurta le bloc-moteur pour s'y aplatir en accordéon. Un nuage de vapeur jaillit sous les restes du capot, mais les policiers, à l'intérieur, ne le virent même pas, aveuglés qu'ils étaient par l'explosion des airbags.

Pitt repassa en première et accéléra. Avec un épouvantable grincement, le pare-chocs finit par s'arracher de la Dodge. Ils firent un bond en avant.

— Cette fois, les services publics vont vraiment casquer, dit Giordino en regagnant la banquette avant.

Pitt crispa les mains sur le volant et fonça dans un regain d'énergie. Tous les flics de Tijuana allaient bientôt se lancer à leurs trousses. Il écrasa la pédale d'accélérateur : ils devaient tenter quelque chose pour Ann – et sans tarder.

18

— Je ne vois plus la voiture de police, dit le chauffeur du camion en lançant à Pablo un sourire torve. (Des années passées à se droguer avaient transformé sa bouche en une caverne aux gencives brunes et aux dents gâtées.) Je crois bien qu'on les a semés.

— Ne te fais pas remarquer en conduisant comme un dingue, dit Pablo, mais tâche qu'on soit à l'aéroport *presto*.

Le chauffeur consulta l'écran du GPS. La route indiquée traversait en diagonale le secteur nord-est de la ville. Jetant fréquemment un coup d'œil au rétroviseur pour y guetter les lueurs du gyrophare, il ne prêta guère attention à la petite fourgonnette qui les suivait à peu de distance.

À mesure qu'ils approchaient du centre-ville, les rues étaient plus encombrées. Le chauffeur s'engagea dans une rue baptisée Plaza El Toreo, dont les trottoirs grouillaient de passants. Pour éviter des piétons qui traversaient en dehors des clous, il fut obligé de passer sur un nid-de-poule ; la caisse rebondit sur le plateau du camion car elle n'était pas attachée, ainsi que le constatèrent Pitt et Giordino qui se rapprochaient.

— À ton avis, demanda Giordino en se frottant le menton, qu'est-ce qu'il peut bien y avoir dedans ?

— Je voudrais bien le savoir, dit Pitt, furieux d'avoir entraîné, sans le prévenir, l'équipage du *Drake* dans une situation aussi dangereuse.

Giordino désigna le camion :

— Si tu peux te placer le long du plateau, je pourrais peut-être voir de quoi il s'agit.

Pitt réfléchit. Au volant d'un véhicule recherché par la police et sans arme, ils avaient bien peu de chances de maîtriser les hommes de la camionnette.

— Nous pourrions peut-être négocier un échange pour récupérer Ann, dit-il. S'ils ne nous tuent pas tout de suite.

Ils avaient l'avantage de se trouver dans une ville surpeuplée et à la réputation douteuse. Giordino reconnut que cela valait la peine de tenter la manœuvre.

Pitt se colla presque contre le pare-chocs arrière du camion, attendant qu'un ralentissement dans la circulation lui permette de se glisser sur le côté du plateau. Lorsque les véhicules arrivèrent à un feu rouge, Pitt le brûla sans vergogne. Il fut toutefois contrarié, en levant les yeux, d'apercevoir une voiture de police arriver en sens inverse.

Il jeta un coup d'œil au rétroviseur : la voiture de police avait fait demi-tour, évitant de peu un motard.

— Je crois qu'on est faits, dit Pitt.

— Alors ne perdons pas de temps, dit Giordino en abaissant sa vitre.

Pitt s'approchait du camion lorsque les lumières d'un gyrophare jaillirent derrière lui.

La voiture de police essaya de se frayer un chemin au milieu du carrefour, mais un semi-remorque, déjà engagé, exécutait prudemment un virage serré. Pitt regarda devant lui, et vit une Isuzu délabrée qui, profitant d'un espace vide dans le flot des voitures qui arrivaient en sens inverse, allait se faufiler sur la voie de gauche. Il écrasa la pédale d'accélérateur, dépassa la voiture et se rabattit le long du camion. Giordino se pencha par la fenêtre de droite et tendit le bras au-dessus du plateau pour empoigner la caisse.

Le chauffeur du camion avait aperçu dans son rétroviseur le geste de Giordino et freina aussitôt. Ce dernier parvint tout juste à rentrer son bras à l'intérieur de la fourgonnette pour éviter la cabine du camion. Pendant un instant, les deux véhicules roulèrent côte à côte.

— J'ai failli l'avoir, dit-il à Pitt. Laisse-moi essayer encore une fois.

Il faisait presque face à Juan qui s'efforçait d'ouvrir sa vitre.

Imitant le camion, Pitt freina puis, apercevant en face de lui une bétonneuse qui dévalait la rue, cria :

— Fais vite !

Le camion accéléra, Pitt en fit autant et cette fois, Giordino réussit, à demi penché par la vitre ouverte, à lancer un crochet sur une extrémité de la caisse. En tirant de toutes ses forces, il la fit basculer le long de la camionnette.

— Je l'ai ! cria-t-il.

Pitt, n'ayant plus la place pour doubler le camion, freina énergiquement. Malheureusement celui-ci en fit autant, le coinçant sur la voie de la bétonneuse qui déboulait à quelques mètres de là. Comme une petite rue se présentait sur sa gauche, Pitt donna un grand coup d'accélérateur accompagné d'un violent coup de volant.

Dans la cabine du camion, Juan était enfin parvenu à ouvrir sa vitre ; se penchant à l'extérieur, il braqua un Glock 22 sur la fourgonnette et tira une rafale, jusqu'au moment où le chauffeur hurla :

— Regarde !

Trop tard, Juan se retourna tandis que l'avant de la bétonneuse l'arrachait à son siège, lui broyant les deux jambes.

En virant à gauche, Pitt avait de peu évité de peu la collision et une rafale de projectiles était venue cribler la portière droite. Une balle avait éraflé la main de Giordino, lui faisant lâcher la caisse qui était tombée sur la chaussée.

Affolé, le conducteur de la bétonneuse freina de toutes ses forces. S'accrochant un instant au pare-chocs, Juan glissa sous la roue avant gauche pendant que la roue droite passait sur la caisse tombée sur le sol. Le lourd engin finit par stopper, mais seulement après avoir écrasé avec ses pneus arrière ce qui restait de Juan et de la caisse.

Stupéfait par ce qu'il voyait dans son rétroviseur, le chauffeur du camion perdit à son tour le contrôle de son véhicule et, dérapant sur sa droite, vint emboutir une Chevrolet garée le long du trottoir. Alors, le pneu avant du camion explosa en heurtant la carrosserie de la voiture.

Après avoir évité de justesse la bétonneuse et failli tamponner une voiture de sport, Pitt s'arrêta. Le petite rue latérale était complètement bloquée et une foule dense encombrait les trottoirs et paralysait la circulation. Pour tout arranger, Pitt aperçut les lumières d'un gyrophare qui se reflétaient dans les vitrines des magasins : la police n'était pas loin.

— Je crois, dit-il, que le moment est venu de dire adieu à notre fourgonnette.

— Et moi qui commençais à m'y attacher, dit Giordino en secouant la tête.

Il trouva dans le coffre un rouleau de chatterton avec lequel il entreprit de bander sa main blessée.

— Ça va? demanda Pitt, réalisant soudain que son compagnon était touché.

— Il faudra peut-être que je tienne mon verre à deux mains pour boire, mais je survivrai.

Ils se mêlèrent à la foule qui commençait à s'amasser autour de la bétonneuse. Sans s'occuper de ce qui restait de Juan, ils s'approchèrent pour examiner la caisse.

Il n'y avait pas grand-chose à voir. Un enchevêtrement de câbles électriques, de tableaux de contrôle et de coffrets métalliques était répandu sous le camion : on aurait dit les entrailles d'un robot éventré. Quel qu'eût été le contenu de la caisse, il n'était plus question de le faire fonctionner.

Ils s'éloignèrent discrètement au moment où deux policiers s'approchaient, revolver au poing, et se frayèrent un chemin jusqu'au camion. Plein d'appréhension, Pitt regarda à l'intérieur de la cabine.

Les deux portières étaient grandes ouvertes, mais aucune trace d'Ann ni des autres occupants.

19

Pablo avait vu d'un œil horrifié la caisse voler en éclats. La mort de son compagnon ne représentait pour lui qu'un contretemps, mais par contre la perte de leur butin l'avait mis en fureur. Ce fut sur Ann qu'il passa sa rage.

— Qu'est-ce que vous savez de cet appareil? demanda-t-il en lui enfonçant dans les côtes le canon de son revolver.

Grinçant des dents, Ann resta muette.

— Pablo... la police approche, fit le chauffeur, blême, ses doigts tremblant sur le volant.

— Nous en parlerons plus tard, fit Pablo en lançant à Ann un regard mauvais. Fais ce que je te dis ou je te tue. Maintenant, descends.

Ann le suivit. Pendant que le chauffeur recouvrait d'un blouson ses mains ligotées, elle jeta un coup d'œil vers la fourgonnette mais n'y aperçut ni Pitt ni Giordino. Elle avait été aussi stupéfaite que Pablo de les voir surgir le long du camion et se demandait comment ils avaient pu retrouver sa trace.

Dès qu'ils avancèrent sur le trottoir, un jeune homme en chemise de soie noire les accosta.

— C'est ma voiture, dit-il en désignant la Chevrolet emboutie. Regardez ce que vous avez fait.

Pablo s'approcha et enfonça discrètement le canon de son arme dans le ventre de l'homme.

— Tu la boucles ou je te descends, murmura-t-il.

L'homme recula en trébuchant et acquiesça frénétiquement de la tête, puis s'enfuit en courant.

Pablo fit un pas en arrière et, saisissant Ann par le bras, jeta un coup d'œil par-dessus son épaule. Il examina la foule et repéra les deux Américains en treillis qui regardaient sous les roues arrière de la bétonneuse. Il les avait tout de suite reconnus quand leur fourgonnette s'était portée à la hauteur de leur camion : c'étaient les hommes qui pilotaient le sous-marin du *Drake*.

Il se tourna et poussa Ann en avant.

— Avance.

— Et Juan ? interroge le chauffeur en tournant un regard horrifié vers la bétonneuse.

Sans se soucier du corps déchiqueté de son compagnon, il entraîna Ann au milieu de la foule.

Une minute plus tard, Pitt et Giordino scrutaient la foule dans l'espoir d'y découvrir Ann. Une petite fille assise au bord du trottoir vendait des fleurs coupées. Elle offrit à Pitt un bouquet de marguerites qu'il paya avant de lui rendre en souriant. Elle tendit alors la main en direction de la rue principale.

Pitt la remercia d'un clin d'œil et partit de ce côté.

— Al, par ici.

La foule devenant beaucoup plus dense, ils se laissèrent emporter vers l'extrémité de la rue qui débouchait sur un vaste parking en face duquel se dressait un stade récemment rebâti. Des files de gens s'y engouffraient et Pitt aperçut au-dessus des derniers gradins des ampoules électriques annonçant PLAZA DEL TOREO.

— Du football? demanda Giordino.

— Non. Une corrida.

— Allons bon, et dire que je ne porte pas de rouge, lança-t-il sans avoir remarqué que sa main saignait et qu'il avait taché une jambe de son pantalon.

Avec les autres retardataires, ils se précipitèrent vers la rampe d'accès la plus proche pour se frayer un chemin. Pitt aperçut alors un grand gaillard qui entrait dans le stade en tenant par le bras une femme blonde.

— Je crois que je la vois.

Giordino fonça comme un bulldozer dans la cohue, Pitt sur ses talons. Comme ils approchaient des entrées, Pitt demanda :

— As-tu de l'argent?

Giordino plongea dans sa poche sa main valide et en tira une poignée de billets.

— Les dernières parties de poker à bord du *Drake* m'ont plutôt réussi.

— Heureusement qu'il n'y a pas de bon joueur sur ce bateau, dit Pitt en saisissant un billet de vingt dollars qu'il tendit au préposé.

Sans attendre la monnaie, ils foncèrent dans le stade qui retentissait déjà au son des trompettes. La *cuadrilla*, accompagnant les matadors escortés de leurs assistants, défilait dans l'arène sous les vivats du public. Perdus dans cette masse humaine, Pitt et Giordino n'avaient aucune chance d'apercevoir Ann et ses ravisseurs.

— Ils se dirigent peut-être de l'autre côté, vers la sortie, dit Pitt.

Giordino acquiesça.

— Dans ce cas, il vaudrait mieux nous séparer.

Ils prirent une allée qui descendait vers les rangées du bas ; Giordino continua sur la droite et Pitt sur la gauche. Des acclamations jaillissaient des gradins. Pitt jeta un coup d'œil vers l'arène et aperçut un matador qui entrait pour la première course. Un taureau d'au moins cinq cents kilos, du nom de Donatello, vint bientôt le rejoindre. Sans s'intéresser le moins du monde au matador, la bête restait sur place, en grattant le sol avec sa patte.

Pitt se frayait un chemin parmi les vendeurs de barbe à papa et de boissons fraîches, lorsqu'il aperçut une femme aux cheveux blonds assise une travée plus haut. C'était Ann. Collé à elle, Pablo scrutait attentivement la foule. Il remarqua soudain Pitt, dit quelques mots au chauffeur à côté de lui, puis se leva, obligeant Ann à en faire autant. Lorsqu'elle l'aperçut à son tour, elle lui lança un regard où la peur se mêlait à la supplication, tandis que Pablo l'entraînait vers une étroite coursive qui bordait l'arène.

Bousculant au passage un groupe d'aficionados enthousiastes, Pitt dévala les gradins. Dans l'allée voisine, le chauffeur courait pour le rattraper, mais Pitt arriva devant le muret qui bordait l'arène. Maintenant il n'était plus qu'à quelques mètres d'eux, le chauffeur, après avoir sauté plusieurs marches, se planta devant lui.

Il avait quelques centimètres de moins que Pitt, mais de larges épaules et un torse de lutteur. Lorsqu'il fit signe à Pitt de s'arrêter, il écarta un pan de sa chemise, révélant un revolver dans un étui fixé à sa ceinture. Sans hésiter, Pitt plongea en avant, lui décochant un crochet du gauche qui l'atteignit à la pommette. L'homme trébucha sous le choc. Sans lui laisser le temps de récupérer, Pitt lui décocha une succession de coups à la tête.

Instinctivement, le chauffeur tentait de parer la grêle de directs et de crochets qui pleuvait sur lui, levant les mains pour se protéger le visage au lieu d'attraper son revolver. Il finit par recouvrer ses esprits et fonça sur Pitt, les poings en avant. Pitt esquiva le premier coup mais écopa d'un second dans les côtes qui lui coupa le souffle.

Il riposta aussitôt et, dans le feu de l'action, les deux hommes se retrouvèrent coincés contre le mur qui les séparait de l'arène. Le chauffeur parvint à bloquer Pitt avec son bras gauche en même temps que, de la main droite, il cherchait son arme. Mais il se prit les pieds dans ceux de Pitt, et tous deux perdirent l'équilibre. Les spectateurs les virent avec étonnement faire une chute de deux mètres dans l'arène au milieu de laquelle un matador, qui leur tournait le dos, harcelait son taureau.

Pitt atterrit brutalement sur l'épaule tandis que le chauffeur, le premier à se relever, cherchait le revolver qu'il avait perdu pendant la bataille. En revenant vers le muret, il découvrit une étagère où étaient rangées des banderilles.

Pitt reprenait à peine ses esprits quand son adversaire en saisit une qu'il lança dans sa direction. Il avait visé trop haut et Pitt l'esquiva sans mal. Comme le chauffeur s'emparait de trois autres banderilles, Pitt aperçut une cape de matador accrochée à une patère non loin de lui. Il la saisit au passage et l'agita devant lui pour se protéger.

Le matador, qui n'avait toujours rien remarqué, exécutait brillamment une série de passes pour exciter le taureau qui fonça sur lui, puis s'arrêta net en apercevant soudain Pitt et le chauffeur. Certains taureaux sont plus agressifs que d'autres : c'était le cas de Donatello.

Pitt le vit se précipiter vers lui alors qu'il s'efforçait d'éviter les banderilles que lui lançait son adversaire. D'un geste de sa cape, il en esquiva une première, la seconde le frôla car il avait fait un bond de côté, et il aurait reçu la troisième en pleine poitrine s'il ne l'avait détournée en agitant la cape dans laquelle il s'enroula. Pitt les lança vers son adversaire et se jeta sur le sol.

Le taureau n'hésita pas et chargea le chauffeur encore empêtré dans les plis de la cape. Des hurlements montèrent des gradins quand les spectateurs virent les cornes du taureau s'enfoncer dans le ventre du chauffeur et ressortir dans son dos. Secouant fièrement la tête, le taureau souleva sa victime empalée et parada quelques mètres avant de laisser retomber dans la poussière le corps ensanglanté.

Pitt entendit soudain un cri isolé jaillir de la foule et il se retourna. Non loin de là, Ann se débattait pour échapper à Pablo qui, l'empoignant à bras-le-corps, la jeta dans l'arène. Les mains toujours ligotées, elle tenta de se relever mais sentit une horrible douleur à sa cheville : elle ne pouvait se tenir que sur un pied.

Encore excité par sa récente victoire, le taureau la regarda en grognant et fonça vers elle.

Les deux *banderilleros* et le matador se ruèrent vers la jeune femme, malheureusement ils étaient trop loin. Pitt, plus près, se précipita, attrapant au passage la cape déchiquetée, et fonça vers le taureau qui n'était plus qu'à quelques mètres d'Ann.

Elle essaya de boitiller jusqu'au muret, mais sa cheville lui faisait si mal qu'elle pouvait à peine bouger. Le cœur battant, elle se tourna vers le taureau comme l'avait fait le chauffeur.

Soudain, un cri retentit.

— *Toro ! Toro !*

Elle vit alors Pitt qui courait vers elle, agitant la cape en lambeaux. Le taureau aperçut ce grand gaillard qui brandissait des bouts de tissu rouge... et mordit à l'appât.

Ann sentit le souffle chaud de la bête qui changeait de direction pour se précipiter sur Pitt qui, secouant ce qui restait de la cape, avait réussi à accrocher le regard du taureau. Comme la bête le chargeait, il pivota brusquement pour lui faire face et, insensible aux *Olé* des spectateurs, il agitait la cape devant le taureau.

— *Señor*, permettez-moi, dit le matador, un peu gêné.

Avec l'aide d'un *banderillero*, il entraîna le taureau vers le centre de l'arène, tandis que deux hommes emportaient le corps du chauffeur.

Pitt, se tournant vers Ann, vit que Giordino était en train de la hisser vers les tribunes. S'approchant alors, il saisit la main gauche de son compagnon et escalada le muret sous un tonnerre d'acclamations.

Pâle et encore secouée, Ann lui prit le bras.

— Ce taureau m'aurait massacrée si vous n'étiez pas intervenu. C'était de la folie, mais merci quand même.

Pitt eut un petit sourire.

— Vous oubliez que je travaille à Washington. Des bêtes comme ça, j'en rencontre tous les jours.

Puis, l'air maintenant préoccupé, il regarda autour de lui.

— Et votre ravisseur ?

Ann secoua la tête. Giordino scrutait déjà la foule, mais en vain.

L'homme avait disparu dans la cohue.

20

— Je trouve que nous ne devrions vraiment pas perdre notre temps à discuter avec les autorités, dit Giordino en désignant de la tête un responsable qui traversait l'arène accompagné de deux gardes.

— Avance, dit Pitt en serrant son bras autour de la taille d'Ann.

Elle fit un pas hésitant en prenant appui sur sa jambe blessée puis, comme une douleur lancinante lui traversait la cheville, elle s'accrocha à l'épaule de Pitt.

— Appuyez-vous sur votre jambe valide, et nous y arriverons, dit Pitt, qui soutenait sans effort cette charge supplémentaire.

Giordino, sur leur passage, fendait la foule comme un chasse-neige. Au milieu des vivats dont la clameur s'estompait, ils eurent tôt fait de trouver la sortie du stade. Incapables de les rattraper, les autorités ne purent que regarder impuissantes les trois Américains s'engouffrer dans un taxi qui disparut dans la nuit.

Ann insistait pour qu'on la conduise au consulat américain, mais elle se heurta au refus des hommes de la NUMA, qui avaient déjà négocié avec le chauffeur du taxi de faire le plein d'essence de leur canot pneumatique. Tandis que la voiture traversait en trombe

Tijuana, les passagers, épuisés par cette course-poursuite, restaient silencieux. Pitt avait bien des questions à poser à Ann, mais ce n'était pas le moment.

Depuis qu'elle avait quitté le bateau, elle avait contenu ses émotions, refusant de se laisser envahir par la peur. Détendue maintenant, un bras de Pitt entourant ses épaules, elle s'endormit.

Il était près de dix heures quand ils atteignirent la petite plage où Pitt fut soulagé d'apercevoir le canot gonflable là où ils l'avaient laissé. Il le tira sur le sable et aida Ann à monter à bord, puis Giordino prit le bidon d'essence et siphonna quelques litres de carburant du réservoir du taxi.

— *Gracias, amigo*, dit Giordino en donnant au chauffeur ce qui restait de ses gains au poker.

Ravi de cette aubaine, l'homme cria avec un large sourire :

— *Buen viaje !*

Le canot dûment ravitaillé et ses trois passagers embarqués, ils franchirent sans mal la barre des vagues.

— Vous êtes sûr de pouvoir retrouver le *Drake* ? demanda Ann, un peu inquiète.

— Je pense, la rassura Pitt, que Rudi nous aura laissé les feux allumés.

Une fois la jetée derrière eux, il vira vers le nord et suivit la côte dans une obscurité quasi totale. Ann commençait à craindre qu'ils ne se perdent en mer quand, sur la droite devant eux, apparut une faible lueur qui se précisa peu à peu en plusieurs points lumineux. En approchant, ils constatèrent qu'ils provenaient de trois bateaux rassemblés.

Le *Drake* et la barge étaient stationnés côte à côte, et un navire plus gros attendait à proximité : Pitt reconnut la coque à bandes blanches et orange d'un patrouilleur des gardes-côtes américains. Deux vigies sur le pont suivaient leur canot qui vint accoster au flanc du *Drake*.

En apercevant Ann, Rudi Gunn, soulagé, se pencha vers eux.

— Dieu soit loué, vous êtes sains et saufs.

— Attention, elle s'est foulé la cheville, dit Giordino en la soulevant jusqu'au bastingage où Gunn l'aida à monter à bord.

— Je vais demander au toubib de l'*Edisto* de monter à bord, dit Gunn.

Ann secoua la tête.

— Non, tout ce qu'il me faut, c'est de la glace, les rassura-t-elle.

— À moi aussi, dit Giordino en montant à son tour. Dans un verre, avec une bonne rasade de bourbon.

Pitt resta dans le canot pour amener le médecin des gardes-côtes. On installa Ann dans sa cabine, avec sa cheville bandée et des calmants. Puis Pitt ramena le médecin jusqu'à son bateau, amarra le canot et monta à bord du *Drake*.

Lorsqu'il retrouva Gunn et Giordino, Al avait déjà raconté leur poursuite dans les rues de Tijuana.

— *El Matador* Pitt, hein, fit Gunn en souriant.

— Je dois avoir un peu de sang espagnol, dit Pitt en soupirant, puis, se tournant vers l'*Edisto*, il reprit : Beau travail, d'avoir fait venir les gardes-côtes, mais pourquoi n'ont-ils pas donné la chasse au hors-bord mexicain ?

— Comme aucune vie humaine n'était en danger, ils n'étaient pas disposés à pénétrer sans autorisation dans les eaux mexicaines. Ils ont donc alerté la Marine mexicaine qui a pris le relais. Malheureusement, elle ne semble pas disposer de navire dans les parages ; alors les choses ne se présentant pas tellement bien, il m'a semblé préférable que l'*Edisto* reste ici en attendant de vos nouvelles.

— Sage décision.

— Il semble que les voleurs étaient aux aguets, attendant que nous remontions l'épave du *Cuttlefish*, dit Gunn. Qu'y avait-il donc de si précieux dans cette caisse ?

— C'est une question à laquelle j'aimerais avoir une réponse, dit Pitt.

— En tout cas, ce n'est plus qu'un enchevêtrement de fils électriques écrabouillés.

— À propos, dit Gunn, nous avons remplacé la radio de la passerelle par un poste de secours que nous avons trouvé à l'intérieur. Je pense que je devrais prévenir l'*Edisto* que désormais nous pouvons tous regagner San Diego.

— Rudi, tu es sûr de ne rien oublier ? fit Giordino. Tu t'imagines peut-être que nous sommes restés ici à nous tourner les pouces ?

Il se dirigea vers l'arrière de la passerelle et se tourna vers un hublot. Baignant dans la faible lumière du pont, on pouvait voir le *Cuttlefish*, étayé sur deux châssis en bois.

— Vous l'avez remonté sans nous ! fit-il. Comment avons-nous pu manquer ça ?

— Nous nous intéressions surtout au bateau des gardes-côtes. Beau travail, Rudi. Cela ne vous a pas donné trop de mal ?

— Pas le moindre. En attachant le câble à la grue de la barge, cela a été un jeu d'enfant. Je suppose que tu veux jeter un coup d'œil à la coque ?

— En effet, dit Pitt.

Gunn trouva quelques torches électriques et, montant dans le canot pneumatique, ils s'approchèrent de l'avant de la barge. Il régnait sur le bateau un silence de mort. Le pilote était endormi sur sa couchette, le chien à ses pieds.

Le *Cuttlefish* se dressait devant eux. Sa coque était brillante et sèche et ses chromes étincelaient : on ne pouvait vraiment pas deviner qu'il avait passé près d'une semaine sous l'eau.

En apercevant un trou béant à la base de la coque, Giordino émit un petit sifflement.

— Il a dû couler comme un plomb.

— Je crois que les gens de la DARPA avaient de bonnes raisons d'avoir des soupçons, fit Gunn. Ça ne ressemble pas à un accident.

— Nos copains du yacht ont probablement attaché des explosifs à la coque, dit Giordino. Tout a dû sauter avant même que leurs agresseurs aient pu poser la main sur la caisse.

— En fait, observa Pitt en inspectant la brèche avec sa torche, d'après les traces du souffle, les explosifs ont été placés à l'intérieur du bateau.

Pitt s'agenouilla pour examiner les entrailles du yacht : les dégâts semblaient moins sérieux que la brèche dans la coque.

En se penchant davantage, il put remarquer deux fils orange effilochés qu'il suivit dans la cambuse jusqu'à une cloison qu'ils traversaient grâce à un orifice qu'on avait percé. Pitt arriva dans une salle à manger et, suivant toujours les fils, déboucha la timonerie ; là, il s'arrêta et inspecta la barre. Devant le siège du pilote, il ouvrit un panneau et découvrit un enchevêtrement de fils de différentes couleurs connectés à l'électronique du bord. Il y retrouva rapidement les deux fils orange. L'un était relié à un câble électrique et l'autre au boîtier de l'accélérateur. Une minute plus tard, il découvrit que le fil s'arrêtait à un interrupteur dissimulé sous le tableau de bord.

Pendant ce temps, Giordino et Gunn avaient fait le tour du *Cuttlefish* et remontaient vers l'arrière. Voyant Pitt debout derrière la barre, l'air songeur, Gunn lui demanda ce qu'il avait découvert.

— Un petit détail, dit Pitt. Ce ne sont pas les Mexicains qui ont fait sauter le *Cuttlefish*. C'est Heiland lui-même.

21

En arrivant au mess du *Drake* juste après le lever du soleil, Pitt eut la surprise de trouver Ann qui terminait son petit déjeuner assise en face de Gunn. Il prit une tasse de café et s'approcha d'eux.

— Bonjour. Je peux me joindre à vous ?

Gunn lui désigna une chaise près d'Ann avec un soupir théâtral :

— On ne peut jamais être tranquilles.

Pitt regarda Ann.

— Bien dormi ?

— Très bien, répondit-elle en évitant son regard.

Cette soudaine timidité le fit sourire.

La veille au soir, revenant de la barge assez tard, il avait directement gagné sa cabine pour se coucher. Après un léger coup frappé à la porte, il avait trouvé Ann sur le seuil, l'air un peu hésitant. Elle portait un peignoir de marin qui ne parvenait pas à dissimuler les bretelles de sa combinaison. Pieds nus, elle s'appuyait sur sa jambe valide pour soulager sa cheville gauche encore enflée.

— J'espérais que vous passeriez me dire bonsoir, murmura-t-elle.

Voyant son regard presque implorant, il réprima un désir inopportun.

— Une négligence de ma part, dit-il avec un sourire.

Il se pencha, la prit dans ses bras et, tandis qu'elle se blottissait contre lui, il la porta dans l'étroite coursive jusqu'à sa cabine. Puis, la déposant doucement sur la couchette, il se pencha et lui donna un baiser sur le front.

— Bonsoir, ma chère enfant, murmura-t-il et, sans lui laisser le temps de réagir, il sortit en refermant la porte derrière lui.

— Votre cuisinier est excellent, dit Ann à Gunn pour faire diversion.

— L'alimentation est un élément clef du moral à bord d'un bateau, surtout pour de longs trajets. Nous insistons pour avoir des chefs expérimentés sur tous nos navires. (Gunn mordit dans son toast et se tourna vers Pitt.) Ann me disait justement combien son expérience de plongeuse en piscine lui a servi hier soir.

— Je lui mettrais un 9, assura Pitt en souriant. Mais avec peut-être une meilleure note si elle plongeait dans les vraies raisons de cette expédition.

— Que voulez-vous dire ? dit Ann.

— Nous cherchions bien plus qu'un bateau disparu, n'est-ce pas ?

— Il était important de retrouver le bateau et tout l'équipement qu'il y avait à bord.

— Nous avons réussi sur ces deux points, dit Pitt. Alors, si vous nous parliez un peu de cet équipement.

— Je ne peux rien dire.

Le regard de Pitt se durcit.

— Hormis le fait que vous ayez manqué vous faire tuer, vous avez également fait courir des dangers à ce navire et à son équipage. Je crois que vous nous devez des explications.

Ann, pour la première fois, regarda Pitt droit dans les yeux et se rendit compte qu'elle ne pouvait pas esquiver plus longtemps la question.

— Comme vous le savez, la compagnie du Dr Heiland travaillait sur un projet de très haut niveau pour la DARPA : un programme ultrasecret de sous-marin pour la Marine, le *Sea Arrow*. Heiland était spécialement chargé du développement d'un système de propulsion très performant. Je ne peux vraiment pas vous en dire plus, sauf qu'il procédait aux derniers essais sur un prototype totalement nouveau quand son yacht a sombré en mer.

— C'était l'objet contenu dans la caisse ?

— Un modèle réduit, expliqua Ann. Malgré les soupçons que nous avions sur la disparition du *Cuttlefish*, personne ne s'attendait à ce qu'on soit attaqués pendant notre petite expédition. Je suis sincèrement navrée d'avoir mis en danger votre équipage. On estimait qu'il valait mieux que le moins de gens possible soit au courant des recherches de Heiland. Je sais que le vice-président était ennuyé qu'on ne vous mette pas dans le secret. C'est sur l'insistance de Tom Cerny qu'il a dû s'y résoudre.

— Mais qui voulait voler ce modèle réduit ? demanda Gunn.

— Pour le moment, dit Ann, c'est un mystère. À les voir, je ne pense pas que ces hommes venaient du Mexique, mais plutôt d'Amérique centrale ou d'Amérique du Sud. J'ai déjà informé Washington : on m'a assuré que nous pouvions compter sur l'assistance des autorités mexicaines pour examiner les corps et retrouver la camionnette.

— Nous avons fourni une assez bonne description de leur bateau à la Marine mexicaine, précisa Gunn.

— Ils ne semblent pas avoir le physique de suspects intéressés par du matériel touchant à la Défense, observa Pitt. Pensez-vous qu'ils s'étaient déjà volatilisés avec la boîte magique de Heiland ?

— Oui, dit Ann. Lorsqu'on a retrouvé les corps de Heiland et de son assistant, nous avons immédiatement supposé qu'ils avaient été attaqués en mer et que le prototype avait été volé. C'est pourquoi j'ai eu un vrai choc en voyant la caisse encore attachée à bord du *Cuttlefish*.

— Je crois qu'il faut remercier Heiland pour cela, dit Pitt, racontant comment il avait découvert les fils orange et l'interrupteur. À mon avis, Heiland a compris qu'on attaquait le yacht et il l'a fait sauter.

— Les deux corps présentaient des traumas sévères correspondant à un incendie ou une explosion, dit Ann. Nous n'avions jamais envisagé qu'ils pourraient en être les auteurs, mais maintenant il va peut-être falloir reconsidérer les choses.

— Je pense que Heiland les a coiffés au poteau, dit Pitt. Et, pour leur compliquer encore les choses, le *Cuttlefish* a coulé dans des eaux trop profondes pour une simple plongée. Ils devaient sans doute essayer de se procurer un bateau assez performant quand nous sommes intervenus. Alors, ils nous ont laissés faire le boulot pour eux.

— Vos dons de plongeuse nous ont bien rendu service.

— Pas du tout, ce sont Dirk et Al qui ont récupéré la caisse. Si sa destruction l'a empêchée de tomber dans de mauvaises mains, la perte du modèle réduit pose un grave problème.

— À savoir ?

— On m'a dit que ni la DARPA ni la Marine ne possèdent de plans détaillés concernant les travaux de Heiland. Carl Heiland était un ingénieur hautement respecté – un génie, dans son genre – si bien qu'on lui laissait toute liberté. Il a conçu une foule de brillantes modifications dans la conception des sous-marins et des torpilles, alors on ne lui demandait pas toute la paperasserie qu'on exige pour la plupart des contrats concernant la Défense nationale.

— Si bien que personne d'autre ne sait comment terminer le *Sea Arrow* ? demanda Pitt.

— Exactement, répondit Ann avec une grimace.

— Heiland mort et sa maquette détruite, dit Gunn, ces plans seraient extrêmement précieux.

— Fowler m'a informée que c'est maintenant notre priorité numéro un, dit-elle en regardant sa montre. Le bureau du vice-président nous a trouvé, pour rentrer à Washington, un jet qui décolle de San Diego à une heure. Avant de partir, j'aimerais visiter les bureaux de Heiland à Del Mar. Pourriez-vous me conduire là-bas sur la route de l'aéroport ?

Pitt se leva et tendit à Ann ses béquilles.

— Je réponds toujours à l'appel des petits enfants, des vieilles dames et des jolies filles qui ont une cheville foulée. Je vous en prie, conclut-il en s'inclinant.

Une heure plus tard, ils s'arrêtaient devant un grand immeuble, le bâtiment de Heiland Research and Associates. Ann montra sa carte à la réception et ils entrèrent.

— Soyez la bienvenue, Miss Bennett, dit la réceptionniste. Mrs Marsdale vous attend.

Une minute plus tard, une femme élégante aux cheveux bruns coupés court arriva et se présenta comme la directrice opérationnelle de la firme. Elle les fit entrer dans une salle de conférence, Ann suivant tant bien que mal en boitillant.

— Nous n'allons pas vous retenir longtemps, Mrs Marsdale, commença-t-elle. Je fais partie de l'équipe qui enquête sur la mort de Mr Heiland, et nous souhaiterions mettre en sûreté ses documents concernant le projet *Sea Arrow*.

— Je n'arrive toujours pas à croire qu'il ne soit plus là, dit-elle, encore visiblement secouée. Je présume qu'il ne s'agit pas d'une mort accidentelle. Carl et Manfred étaient trop compétents pour mourir dans un accident de bateau. Carl était un homme prudent. Je sais qu'il veillait toujours à préserver le secret sur ses travaux.

— Nous ne croyons pas en effet à la thèse de l'accident, dit Ann, et l'enquête est en cours. Nous sommes convaincus que quelqu'un tentait de s'approprier la maquette d'essai.

— Il y a quelques jours, reprit Marsdale, les gens du FBI étaient ici et nous leur avons remis tout ce que nous avions. Mais, comme je leur ai dit, ici, ce sont les bureaux du Dr Heiland. Nous établissons les contrats avec le gouvernement et nous nous chargeons de tout le côté administratif, mais c'est à peu près tout. La société n'emploie en tout que douze personnes.

— Où se trouvent vos installations de recherches ? demanda Pitt.

— Nous n'en avons pas vraiment. Il y a un petit atelier derrière où travaillent quelques assistants, mais Carl et Manfred étaient rarement ici. Ils voyageaient beaucoup et effectuaient le plus clair de leurs recherches dans l'Idaho.

— L'Idaho, répéta Ann.

— Oui, il existe une installation de la Marine à Bayview. Le Dr Heiland possède un bungalow dans les environs et Manfred et lui s'y réfugiaient souvent pour régler des problèmes.

— Vous parlez de Manfred Ortega, l'assistant du Dr Heiland?

— En effet. Carl l'appelait Manny. Un brillant ingénieur. Ils étaient vraiment les cerveaux de l'entreprise. Je ne sais pas ce que nous allons faire maintenant.

Il y eut un long silence : tous se rendaient compte que la mort de Carl et de Manny signifiait sans doute la fin de Heiland Research and Associates.

— Le FBI a-t-il pris tout le matériel qu'il y avait ici ? demanda Ann.

— Ils ont emporté tous nos dossiers administratifs – et même nos ordinateurs. Nous avions préalablement envoyé les dossiers techniques à la DARPA, ce qui était une chance. Les agents du FBI se sont conduits comme des éléphants dans un magasin de porcelaine, alors je ne les ai pas laissés entrer dans le bureau de Carl, mais ils ont perquisitionné partout ailleurs.

— Vous permettez que je jette un coup d'œil à son bureau ? dit Ann. Vous comprenez, j'en suis certaine, que les exigences de la Sécurité nationale nous imposent de mettre en sûreté tout ce qui concerne ses travaux.

— Naturellement. Il n'a pas laissé grand-chose ici, mais son bureau est juste au fond du couloir.

Elle prit un trousseau de clefs dans un tiroir et leur montra le chemin. On sentait que Heiland venait peu dans ce bureau de dimensions modestes et à peine meublé. Il y avait bien quelques modèles réduits de sous-marins et la présence un peu étrange d'une tête d'élan empaillée entourée d'un assortiment de casquettes de pêcheur accroché à ses bois, mais c'était à peu près tout.

Marsdale eut un regard surpris en voyant plusieurs tiroirs du bureau ouverts.

— C'est bizarre, fit-elle, mais j'ai l'impression que quelqu'un est venu fouiller son bureau. J'avais laissé dans sa corbeille de courrier un contrat à signer, et il a disparu.

Elle se tourna vers Ann avec un regard soucieux.

— Je suis la seule dans tout l'immeuble à posséder les clefs.

— Y avait-il ici d'autres documents importants ?

— Je ne le crois pas mais je ne peux pas vous le certifier. Comme je vous l'ai dit, il n'était jamais longtemps ici.

Elle regarda encore le meuble puis leva les yeux vers la tête d'élan.

— Il y avait sur son bureau une photo de son bateau et de son bungalow : elle a disparu aussi. Et puis, Carl avait l'habitude d'accrocher les clefs de son cabanon sur les bois de l'élan et elles aussi n'y sont plus.

— Avez-vous des caméras de surveillance dans l'immeuble ?

— Absolument. Je vais tout de suite contacter le service de sécurité.

— Si vous le permettez, dit Ann, j'aimerais appeler le FBI pour leur demander de passer le bureau au peigne fin. Avec les vidéos de vos caméras de surveillance, cela devrait nous permettre de découvrir des pistes éventuelles.

— Bien entendu.

Comme Ann et Pitt regagnaient la voiture, elle s'arrêta en regardant l'océan.

— Ils sont venus ici, n'est-ce pas ?

— Je le parierais.

— J'ai un service à vous demander, dit-elle en le regardant droit dans les yeux. Cela vous ennuierait-il de retarder d'un jour notre retour à Washington ? J'aimerais faire un crochet par l'Idaho. Si Marsdale a raison, tous les plans de Heiland sont peut-être en sûreté à Bayview sans que nous nous en doutions.

— Je suis partant, dit Pitt. J'ai toujours été curieux de voir d'où provenaient presque toutes nos pommes de terre[1].

---

1. L'Idaho est célèbre aux États-Unis pour l'espèce de pomme de terre qu'on y cultive.

22

Le jet Gulfstream gouvernemental atterrit en douceur sur le tarmac de l'aéroport de Cœur d'Alene, rebaptisé il y a une dizaine d'années « Aéroport Pappy Boyington », en mémoire à Gregory « Pappy » Boyington, un enfant du pays qui s'était rendu célèbre à la tête de son escadrille de corsaires durant la guerre du Pacifique. Pitt prit les béquilles d'Ann et l'aida à descendre de l'avion puis monter dans une voiture qui prit vers le nord la Route 95.

Ils traversaient le nord de l'Idaho, une région de collines boisées et de lacs d'un bleu étincelant, différant totalement des fameux champs de pommes de terre du Sud. Il y avait peu de circulation et, au volant de leur voiture de location, Pitt ne se souciait guère de la limitation de vitesse. Vingt minutes plus tard, ils atteignirent la ville d'Athol d'où ils prirent une route secondaire qui les amena rapidement à Bayview, un hameau situé dans une crique au bord du vaste lac glaciaire de Pend Oreille, dont le Détachement de recherche acoustique de la Marine occupait presque la totalité.

— Voici l'entrée du labo, annonça Ann en montrant une allée protégée par une grande grille.

Pitt se gara dans le parking des visiteurs, signa le registre, et un garde en uniforme les emmena dans une limousine grise. En passant au bord de l'eau, Pitt remarqua un sous-marin de forme insolite baptisé *Sea Jet* et amarré au quai.

Le chauffeur s'arrêta devant un bâtiment métallique et les escorta jusqu'à la porte où un homme aux cheveux poil de carotte et au regard pétillant vint les accueillir.

— Chuck Nichols, directeur adjoint du labo, annonça-t-il d'un ton qui crépitait comme un tir de mitrailleuse.

Renvoyant le chauffeur, il fit entrer Ann et Pitt dans un petit bureau encombré de papiers et de revues techniques. Il débarrassa deux grands fauteuils croulant sous des dossiers pour qu'ils puissent s'asseoir.

— Ça a été un choc d'apprendre l'accident de Carl et de Manny, dit Nichols. Avez-vous découvert ce qui s'est passé ?

— Pas totalement, répondit Ann, mais nous ne croyons pas à un accident. Nous pensons qu'ils ont été tués lors d'une tentative avortée d'un groupe étranger pour s'emparer du prototype qu'ils testaient.

— Oui, fit Nichols avec une grimace, *la Bulle*. Il était très discret à ce sujet. Je n'arrive pas à croire que quelqu'un ait pu en connaître l'existence.

— *La Bulle ?*

— Il donnait toujours un surnom à ses maquettes. La dernière, il l'avait baptisée *Cochon Fantôme*.

— Un nom qui signifiait quelque chose ?

— Certainement, mais seulement pour Carl et Manny. Il disait que *la Bulle* lui rappelait le champagne qu'il aimait beaucoup. Il parlait beaucoup de vitesse et de bulles dans les problèmes de supercavitation, ce doit donc être pour ça.

— Parlez-nous de vos installations, dit Ann.

— C'est pratiquement Heiland qui les a toutes construites. Sa famille possédait un bungalow ici, sur le lac, il était tombé amoureux de ce site. Quand il a été nommé à la tête du service d'acoustique du Centre de la guerre navale en surface, poursuivit Nichols, il a convaincu les patrons de Washington d'y ouvrir un laboratoire de recherches un peu à l'écart, dans certains des bâtiments inoccupés de l'ancienne base navale de Farragut. Il a pratiquement bâti cela tout seul. Il y a dix ou douze ans, il s'est lassé de gérer cet ensemble et a décidé de prendre sa retraite. C'est à cette époque qu'il a commencé sa carrière de consultant. Carl a toujours été avant tout un ingénieur.

— Vous êtes quand même loin de la mer, observa Pitt.

— C'est vrai, mais le lac est une zone idéale pour des essais. Il est vaste, avec une population clairsemée et une profondeur qui atteint par endroits plus de trois cents mètres. Nos recherches ici se concentrent sur des travaux concernant le dessin de la coque et les moyens de propulsion : autant d'éléments qui permettent aux sous-marins d'opérer avec une signature acoustique minimale. Le lac est l'endroit idéal pour tester des technologies nouvelles.

— Si je comprends bien, demanda Pitt, le *Sea Jet* est une plate-forme d'essais ?

— Exactement, dit Nichols. C'est ce que nous appelons un navire de démonstration électrique avancée. S'il ressemble un peu à un sous-marin, c'est en fait une maquette au quart du nouveau destroyer de la classe DD(X). Comme je vous l'ai dit, nous l'utilisons pour expérimenter différentes formes de coque radicalement nouvelles ainsi que des moyens originaux de propulsion. Au départ, nous avons essayé la propulsion hydraulique, puis nous sommes passés à d'autres technologies. Nous avions prévu d'essayer le tout dernier bricolage de Carl concernant le projet *Sea Arrow*, malheureusement nous sommes un peu perdus maintenant...

— La technologie de *la Bulle* ? demanda Ann.

— Oui. Il l'essayait ici, dans le lac, il y a encore quelques semaines. Je me souviens lui avoir dit qu'il allait faire peur aux poissons. Deux de mes collègues qui naviguaient sur le lac à l'époque m'ont raconté qu'ils avaient enregistré des vitesses insensées.

— Il ne travaillait pas dans vos installations ici ?

— Pas beaucoup. Il passait pour vérifier des choses sur nos ordinateurs, mais il avait toujours trois longueurs d'avance sur nous. Quand il était en ville, il se terrait généralement dans son bungalow pour bricoler avec Manny.

— Il est important que nous découvrions et que nous mettions en sûreté tout ce qui concerne ses recherches sur *la Bulle*, dit Ann.

— J'ai déjà reçu cette requête des gens de la DARPA et je suis en train de rassembler ce que nous avons, expliqua Nichols. Le problème, c'est que Carl en conservait quatre-vingt-dix pour cent. Ce qui n'était pas dans sa tête se trouve sans doute encore dans son bungalow. Tenez, je vais vous laisser l'adresse.

Il consulta son Rolodex et, tout en griffonnant l'adresse, donna à Ann quelques indications supplémentaires.

— Vous verrez au fond du patio une cloche rouillée sur une table. En la soulevant, vous trouverez ses clefs de secours pour la maison et le bateau.

Et, devant l'air un peu surpris d'Ann, il précisa avec un clin d'œil :

— J'ai vidé quelques canettes de bière avec Carl chez lui et sur son embarcation.

Ann le remercia et on les raccompagna jusqu'à la grille. Pour la première fois, elle se sentait un peu plus optimiste.

— Je crois que ce petit détour n'aura pas été inutile. Allons visiter le bungalow de Heiland, et puis je demanderai au FBI de venir sécuriser les lieux.

— Vous ne voyez pas d'inconvénient à dîner d'abord ? suggéra Pitt. La nuit va bientôt tomber.

— Seulement si vous êtes mon invité.

Dans cette petite ville, le choix était limité, mais Pitt dénicha un restaurant au bord de l'eau où ils s'installèrent tandis que les lumières de la marina commençaient à s'allumer.

Ann observait Pitt qui tranquillement contemplait les eaux calmes du lac. Cet homme était une énigme et pourtant, elle se sentait totalement en sûreté avec lui. Elle ne le connaissait que depuis la veille et ne savait presque rien de lui – excepté la décevante révélation qu'il était marié.

— Je ne crois pas vous avoir jamais remercié de m'avoir sauvé la vie à Tijuana, dit-elle.

Pitt la regarda en souriant.

— Je ne suis pas sûr que sauter à bord d'un bateau plein de bandits armés était le meilleur réflexe, mais je suis content que ça ait marché.

— Oh, j'ai parfois des côtés impulsifs moi aussi, fit-elle en se rappelant sa visite inattendue dans la cabine de Pitt le soir précédent. J'espère que nous nous verrons à Washington une fois cette affaire résolue.

— Ce sera avec plaisir. Mais, pour l'instant, tâchons de trouver le bungalow de Heiland avant qu'il fasse complètement nuit.

Nichols leur avait dit qu'il était impossible de se perdre et il avait raison. La route suivait le bord du lac et, après quelques kilomètres, s'achevait sur un cul-de-sac planté de pins. Un étroit chemin menait à une petite maison de bois rouge donnant sur l'eau.

— Cela m'a l'air d'être ici, dit Ann après avoir lu l'adresse peinte sur la boîte à lettres.

Pitt arrêta la voiture devant un garage qui semblait capable d'abriter une douzaine de véhicules. Pas une lumière dans la maison et pas un bruit alentour.

— Je regrette de ne pas avoir pris une torche, dit Ann en trébuchant un peu sur le gravier.

— Si vous alliez jusqu'à la porte d'entrée pendant que je vais chercher les clefs? suggéra Pitt.

Il suivit un petit chemin menant derrière la maison, et ne tarda pas à repérer la vieille cloche posée sur une table basse entourée de quelques fauteuils. Les clefs étaient bien là, attachées à une chaîne dotée d'un flotteur en liège comme en utilisent les marins. Revenant sur ses pas, il jeta un coup d'œil au lac, remarquant au passage un bateau de couleur sombre amarré à un petit appontement privé.

Il tendit les clefs à Ann qui l'attendait devant la porte. Elle ouvrit et entra, cherchant à tâtons un commutateur. Pitt la suivit tandis qu'elle allumait une batterie de spots qui illuminèrent la maison. Le vieux bungalow avait été modernisé avec les années. Tout un ensemble d'appareils en acier inoxydable étincelait dans la cuisine qui communiquait avec une salle de séjour où trônait un grand téléviseur à écran plat.

Ann parcourait en boitillant le refuge du défunt propriétaire, cherchant désespérément un bureau ou un atelier. Malheureusement, il n'y avait que quatre chambres spacieuses.

— Espérons qu'il y a quelque chose dans le garage, dit-elle en ouvrant une porte au fond du vestibule.

Pitt la suivit tandis qu'elle appuyait sur l'interrupteur. Le spectacle les surprit tous les deux.

Ils ne s'attendaient pas à découvrir, caché ainsi au fond de l'Idaho, l'un des plus modernes laboratoires de recherches. On se serait cru à Silicon Valley. Les projecteurs fixés au plafond illuminaient un immense atelier impeccablement tenu. Une quantité énorme de matériel électrique courait le long d'un mur tandis qu'un long bassin étroit et rempli d'eau, servant à tester coques et modes de propulsion, s'étendait sur toute la longueur de la pièce.

Tout l'espace n'était pas uniquement consacré au travail : Pitt remarqua dans un coin un flipper des années 1950 auprès d'une machine à espresso dernier cri.

— J'ai décroché le gros lot, lança Pitt.

Ann s'approcha sur ses béquilles d'un immense bureau flanqué de deux vastes fauteuils. Deux ordinateurs portables étaient là, ouverts, auprès de journaux de bord reliés ainsi qu'une pile de diagrammes. Ann prit un des journaux et lut quelques notes manuscrites.

— Cela date d'à peine quelques jours, dit-elle. Il décrit une série d'essais concluants de « la B » réalisés sur le lac et annonce ses projets concernant un ultime test en eau salée à San Diego.

— Ce doit être *la Bulle*.

— Dieu merci, on dirait que toutes ses notes semblent se trouver ici. Les plans n'ont pas été perdus.

À peine avait-elle prononcé ces paroles que toutes les lumières de la maison s'éteignirent, les plongeant dans le noir.

23

En apercevant une voiture garée dans l'allée, les deux hommes s'étaient arrêtés net. Le conducteur ouvrit le coffre et chacun en retira un Glock semi-automatique et une paire de lunettes à vision nocturne. La lune n'était pas encore levée et l'obscurité était totale.

Habitués à opérer sans bruit, ils inspectèrent les abords de la maison et eurent tôt fait de repérer la boîte de contrôle électrique. Après avoir forcé le couvercle, ils coupèrent le courant.

Dans le labo sans fenêtre, on n'y voyait plus rien. Ann poussa un petit soupir.

— Ce n'est vraiment pas l'endroit où se trouver quand les plombs sautent, dit-elle d'une voix un peu crispée.

— C'est peut-être juste une coupure de courant, dit Pitt. Ne bougez surtout pas, vous risqueriez de tomber.

Mais Pitt était envahi d'une certaine appréhension.

— Essayez d'allumer l'ordinateur pour nous éclairer, dit-il. La batterie ne devrait pas être déchargée.

Ann posa le journal de bord et, tâtonnant sur le bureau, elle pressa quelques touches au hasard pour remettre en route la machine.

Au même instant, Pitt entendit le plancher craquer dans le hall. Ils n'étaient pas seuls. Il chercha auprès de lui quelque chose qui lui servirait d'arme. Faute de mieux, il s'empara d'une petite paire de pinces.

— Je crois que j'y suis, dit Ann.

L'ordinateur s'alluma. Elle tourna l'écran vers Pitt, et une faible lueur turquoise éclaira un peu la salle juste au moment où la porte s'ouvrait brusquement sur deux intrus qui s'immobilisèrent pour inspecter les lieux.

Pitt constata qu'il n'étaient pas grands mais musclés, vêtus de couleur sombre et chaussés de lunettes à vision nocturne. Ils tenaient à bout de bras des revolvers et inspectèrent machinalement l'atelier jusqu'au moment où ils découvrirent Ann et Pitt.

— Pas un geste! dit le premier assaillant avec un léger accent espagnol.

Il tira de sa poche une torche électrique puis braqua le faisceau lumineux sur eux.

L'homme s'avança, tenant toujours Pitt en joue.

— Le dos au mur, dit-il en désignant la cloison.

Ann boitilla vers Pitt et tous deux reculèrent vers le mur. Une porte donnait sur l'arrière-cour et Pitt poussa légèrement Ann dans cette direction pendant que l'homme appelait son partenaire. Le second homme s'approcha et vint se poster devant Ann et Pitt, son arme tournée vers eux. L'autre remit son revolver dans son étui, souleva ses lunettes sur son front et, avec sa torche, entreprit d'inspecter le laboratoire avec minutie. En l'observant, Pitt fut certain qu'il savait ce qu'il cherchait. Il commença par examiner les ordinateurs et les journaux de bord qu'Ann avait trouvés, puis se livra à une fouille méthodique des lieux.

Blottie contre Pitt, Ann se disait avec stupeur que c'était la seconde fois en deux jours qu'elle se retrouvait avec le canon d'une arme braqué sur elle. Au bout de dix minutes, l'homme revint prendre sur le bureau les notes, les registres et les deux ordinateurs et les fourra dans un sac-poubelle.

— Tu as fini ? demanda son compagnon qui tenait en joue les deux prisonniers.

— Presque, dit-il en jetant un coup d'œil agacé à Ann et Pitt. Reste ici, je reviens.

Il hissa le sac-poubelle sur son épaule et traversa la salle en se guidant avec sa torche.

Pitt l'entendit sortir par la porte du vestibule. Inutile d'avoir des dons de voyance pour savoir que cet aller-retour n'augurait rien de bon.

Une fois les lumières de la torche et des ordinateurs disparues, la pièce se trouva de nouveau plongée dans une obscurité totale. L'homme portait toujours ses lunettes mais maintenant que les lumières de la torche et de l'ordinateur avaient disparu, elles ne servaient plus à rien. Pitt l'entendit chercher sa torche dans son blouson, mais ne lui en laissa pas le temps.

Espérant que l'homme n'avait pas bougé, il brandit comme une lance une des béquilles d'Ann et chargea.

Pour chercher sa torche, le garde avait abaissé la main qui tenait le revolver et n'était absolument pas préparé à recevoir en pleine poitrine le talon en caoutchouc de la béquille. Il s'effondra sur le bureau de Heiland et tira au hasard quelques coups de feu, sans se rendre compte que les balles passaient près d'un mètre au-dessus de la tête de Pitt.

— Ann, sortez par la porte de derrière ! cria celui-ci.

Il ramassa la béquille et l'agita devant lui, se guidant pour toucher son adversaire sur la flamme des coups de feu. Il réussit à le frapper violemment au poignet et fit valser le revolver.

Ann, dès le premier tir, s'était mise à genoux et suivait à tâtons la cloison jusqu'à sentir sous ses doigts la poignée de la porte du vestibule. S'appuyant sur la béquille qui lui restait, elle s'éloigna dans la cour en clopinant.

Avant que la porte ne se referme, Ann entendit le tireur pousser un cri de douleur. Il avait reculé pour échapper aux attaques de Pitt qui s'était jeté sur le bureau afin de retomber non loin de lui. De sa main valide, l'homme lui décocha un direct à l'épaule.

Pitt encaissa le coup. Connaissant maintenant la position de son adversaire, il parvint à deux reprises à le frapper violemment à la poitrine. L'homme recula, trébucha sur une chaise et s'écroula.

Pitt n'eut pas le temps d'en profiter. La porte du vestibule s'ouvrit brutalement et l'autre bandit, alerté par la fusillade, se précipita. Du faisceau de sa torche, il balaya la pièce, hésitant un instant à la vue du corps de son partenaire.

Pitt aussitôt se jeta derrière le bureau. Le tireur fit feu, mais la balle passa trop haut. Pendant ce temps, Pitt avait retrouvé la béquille qu'il avait laissée tomber.

Tandis que le tireur cherchait désespérément à repérer son adversaire en balayant le laboratoire du faisceau de sa torche, il éclaira aussi la porte du fond, à deux mètres de Pitt qui, toujours accroupi, se précipita pour atteindre la poignée en même temps que, du torse, il poussait le battant qui céda sous son poids.

Le tireur fit feu à trois reprises dans sa direction. Pitt sentit une brûlure à la jambe mais parvint à refermer la porte derrière lui et la bloqua avec la béquille. Cela lui ferait gagner dix, peut-être vingt secondes de répit, mais serait-ce suffisant ? Ann boitillait quelque part dans l'obscurité : il fallait la trouver, et vite. Maintenant qu'ils n'étaient plus dans le laboratoire, ils offraient des cibles faciles pour les deux hommes équipés de lunettes à vision nocturne.

Il courut vers leur voiture. Soudain il entendit un moteur démarrer à peu de distance. Le bruit venait du lac. Pitt fit aussitôt demi-tour en se disant qu'après tout, ils avaient peut-être encore une chance.

24

Le moteur démarra : ce n'était pas le gémissement un peu fatigué d'une voiture de location, mais le rugissement d'un puissant canot. Pitt se dirigea vers le quai, plein d'admiration pour Ann qui, les clefs dans sa poche, avait décidé de s'échapper sur le bateau de Heiland. Elle avait juste prié pour réussir à le faire démarrer.

Dans le laboratoire, le tireur se trouvait toujours coincé derrière la porte, bloquée, du moins momentanément, par la béquille. À force de la secouer, il finit par réussir à se glisser dehors par l'entrebâillement et tomba sur le sol. Apercevant vaguement la silhouette de Pitt qui courait entre les arbres, il se lança à sa poursuite, guidé par le bruit d'un moteur qui tournait au ralenti.

Le souffle court et sa jambe gauche douloureuse, Pitt déboucha sur le sentier qui descendait vers le lac. Il distinguait vaguement dans la cabine la silhouette d'Ann qui regardait dans sa direction. Il avait entendu la porte du laboratoire voler en éclats et n'avait pas besoin de se retourner pour deviner que le tireur n'avait aucune intention de les laisser s'enfuir.

— Démarrez, Ann ! cria-t-il. N'attendez pas !

Elle se traîna sur le pont et détacha les amarres au moment où Pitt sautait lourdement à bord.

Il découvrit alors qu'il était sur un Chris-Craft des années 1940. Sans perdre de temps, il s'engouffra dans la cabine et mit les gaz à fond. Les six cylindres du moteur Chrysler rugirent aussitôt et le bateau démarra sur les chapeaux de roues.

Le tireur au bout du quai vidait son chargeur sur eux et, même si le bruit du moteur étouffait le crépitement des détonations, Pitt perçut les chocs sourds des quelques balles qui touchaient la coque.

— Ça va ? demanda-t-il.

— Mieux maintenant que nous avons pris un peu de distance.

— Heureusement que j'avais votre béquille pour bloquer la porte. Pardon de vous avoir laissée sans rien pour vous appuyer.

— J'avais si peur que je ne pensais même plus à ma cheville ; j'ai juste vu que le chemin descendait vers le quai et je me suis souvenue que j'avais les clefs de la maison dans ma poche. Par chance, celles du canot étaient sur le trousseau.

Machinalement, elle se frotta la jambe.

— Où allons-nous maintenant ? interrogea-t-elle.

Pitt avait déjà son plan.

— Nous les intercepterons au bout du lac.

Une seule route desservait la maison de Heiland. Pitt savait que les deux hommes devraient obligatoirement passer par Bayview pour s'échapper avec les documents volés. On pourrait donc les arrêter mais à condition qu'ils arrivent les premiers. La course dépendait des performances d'un bateau vieux de soixante-dix ans. Même s'ils disposaient d'une certaine avance, Pitt savait que les deux hommes, qui voulaient à tout prix s'échapper, pourraient faire le trajet deux fois plus vite qu'eux.

Un ciel parsemé d'étoiles éclairait suffisamment la nuit pour permettre à Pitt de suivre de près la côte. Au bout de quelques minutes, il s'engagea à gauche dans une large crique. Les lumières de Bayview apparurent mais Pitt ne repéra aucun phare de véhicule sur la route côtière.

— Comment allons-nous les arrêter ? cria Ann.

Pitt se posait aussi la question. Assis, sans arme, à bord d'un vieux canot à moteur, si bien entretenu fût-il, et avec une femme qui pouvait à peine marcher, cela ne lui laissait pas beaucoup d'options. La solution la plus simple serait de se précipiter au poste de la marine pour demander de l'aide, mais ils risquaient de se faire arrêter ou tirer dessus plutôt que d'obtenir la moindre assistance. Il repéra alors le quai d'une marina non loin de la clôture du laboratoire.

— Je vais nous arrêter là, dit Pitt. Tâchez d'aller jusqu'au poste de garde et essayez de les convaincre de bloquer la route. Je vais voir si je peux trouver un moyen de les ralentir.

— D'accord, mais soyez prudent.

Se penchant derrière la banquette, elle saisit son unique béquille et s'apprêtait à s'extraire du bateau quand le vieux canot entra en trombe dans le petit port de plaisance, réveillant les occupants de toutes les embarcations au mouillage. Coupant les gaz au dernier moment, Pitt se glissa de son mieux jusqu'au quai et sauta à terre en aidant Ann à le suivre.

— Ça va, dit-elle en clopinant derrière lui.

Les rues de Bayview étaient désertes et la petite ville presque silencieuse. Pitt perçut le bruit d'une voiture qui fonçait dans leur direction et distingua bientôt des phares entre les arbres sur la route venant de la maison de Heiland.

Pitt chercha sur la chaussée quelque chose qui pourrait faire office de barricade, mais la route était bordée par la clôture du laboratoire d'acoustique d'un côté et par la pente de la colline de l'autre. Il ne vit que des engins de terrassement garés un peu en retrait, un camion de gravier et un bulldozer jaune.

Les lumières approchaient. Ils seraient là dans moins d'une minute.

— Allons, marmonna-t-il en gravissant la colline aussi vite que possible, au travail.

25

Ann déboula en trombe dans le poste de garde.

— On a cambriolé le laboratoire ! cria-t-elle. J'ai besoin de votre aide *tout de suite* !

Protégé par une vitre de sécurité, le garde de service feuilletait tranquillement un magazine de sport. Il se leva d'un bond.

— Madame, je ne peux pas quitter mon poste, balbutia-t-il. Calmez-vous, dites-moi qui vous êtes et ce qui se passe.

Ann avait déjà plaqué sa carte contre le verre.

— Appelez des renforts. J'ai besoin qu'on barre immédiatement toutes les routes de cette ville.

Le garde reconnut une certaine ressemblance entre cette harpie vitupérant et la jeune femme impeccable dont la photo s'affichait sur l'insigne de la NCIS. Il hocha la tête et décrocha son téléphone. Il n'avait pas fini de composer le numéro quand un terrible crissement de pneus retentit à l'extérieur.

Tous deux se retournèrent pour voir une grosse voiture noire déraper sur la route qui bordait le lac, suivie par un bulldozer jaune qui dévalait la pente de la colline, apparemment hors de contrôle. Ann comprit que l'énorme engin allait emboutir la voiture, le conducteur ayant compris trop tard ce qui l'attendait. À la lueur d'un lampadaire, Ann aperçut dans la cabine du tracteur un homme aux cheveux noirs : Pitt.

Alors qu'il gravissait la colline, une douleur lancinante à la jambe gauche, Pitt n'avait pas vu d'autre solution que d'utiliser le bulldozer. Grimpant dans la cabine, il aperçut le faisceau des phares des fuyards qui approchaient déjà du centre naval. Dans quelques secondes, la voiture passerait juste en dessous de lui.

Pitt débraya, mit le levier de vitesse au point mort et desserra de l'autre main le frein à main. La lourde machine dévala la pente pendant que la voiture débouchait du bois tout près de là. Il n'avait pas de temps à perdre.

Il relâcha la pédale de frein. Le bulldozer prit un peu de vitesse et faillit basculer en franchissant le rebord de la pente, mais il se redressa pesamment, ce qui fit accélérer son allure.

Si le conducteur de la voiture n'avait pas roulé le pied au plancher, peut-être aurait-il pu s'arrêter mais la stupéfaction de voir cette monstrueuse machine dévaler la colline à toute allure le fit mal réagir : au lieu de freiner, il donna un violent coup de volant sur le côté pour éviter le bulldozer.

Mauvais choix : la voiture dérapa sur plusieurs mètres avant que le pare-chocs avant droit emboutisse un poteau téléphonique. Comme il n'avait pas bouclé sa ceinture, l'homme qui les avait mis en joue chez Heiland fut projeté contre le pare-brise. Le cou brisé, il mourut sur le coup.

Le chauffeur n'eut qu'une jambe écrasée, mais ce répit n'était que provisoire. Par-dessus l'airbag qui le comprimait, il aperçut le monstre jaune à quelques centimètres seulement de lui.

La pelle du bulldozer frappa la portière de plein fouet, projetant la voiture sur le côté tandis qu'une gerbe d'étincelles jaillissait sur l'asphalte, immobilisant enfin les deux véhicules.

Ann arriva sur les lieux en trottinant tandis qu'une voiture de sécurité passait la grille du laboratoire. Pitt descendit de la cabine du bulldozer, très pâle et la jambe en sang.

— Votre jambe, dit-elle. Ça va ?

— Rien de grave, lui assura-t-il.

Ils s'approchèrent de la voiture en bien mauvais état et regardèrent à l'intérieur. Le corps du conducteur, projeté en avant, gisait contre le pare-brise. Il avait le regard vitreux et son partenaire, mort lui aussi, était plaqué contre le tableau de bord.

— On peut dire que vous leur avez coupé la route, murmura Ann.

Relevant plus attentivement des détails qu'elle n'avait pas pu distinguer dans l'obscurité du laboratoire, elle demanda :

— Des camarades de nos amis de Tijuana ?

— Ils ont sans doute eu accès au bureau de Heiland à Del Mar et ont remonté la piste jusqu'ici. J'espère que ça en valait la peine, dit Pitt avec un dernier regard sur cette scène macabre.

Ann boitilla jusqu'à l'arrière de la voiture et parvint à ouvrir le coffre défoncé dans l'accident. À l'intérieur se trouvait la corbeille contenant les documents de Heiland. Elle se tourna vers Pitt avec un sourire ironique.

— Certainement, fit-elle.

DEUXIÈME PARTIE

Métaux rares

26

Ce fut la secousse des roues du Gulfstream touchant le tarmac qui réveilla Ann. Épuisée par les événements de ces derniers jours, elle s'était endormie dès le décollage. Elle bâilla et regarda Pitt de l'autre côté du couloir, plongé dans un roman policier.

— Enfin rentrés, dit-elle.

Pitt la regarda en souriant.

— Je commençais à me demander si nous allions jamais revenir.

Il avait passé le plus clair de la matinée à se faire interroger par la Marine, le FBI et la police de l'Idaho à propos de l'accident de la nuit précédente. Ann était intervenue de son mieux et avait fini par obtenir qu'on le laisse partir, avec en main les papiers de Heiland récupérés dans l'épave de la voiture.

L'avion roula vers le hangar privé réservé aux appareils officiels. Alors même que le Gulfstream s'immobilisait, une Ford bleue déboucha sur la piste. Dan Fowler en descendit et dès que la porte du jet s'ouvrit, il se précipita sur Ann, lui prit la main et l'aida à descendre l'échelle.

— Ann, ça va ?

— Dan, je ne m'attendais pas à vous voir. Nous sommes un peu fatigués, mais ça va bien.

— Je pensais que ce serait une bonne idée de vous raccompagner chez vous.

Pitt, qui la suivait, lui tendit une paire de béquilles toutes neuves.

— Content de vous voir, Dirk, dit Fowler en lui serrant la main.

— Après les deux jours que nous venons de passer, fit Pitt, je ne suis pas certain d'être à même de vous retourner le compliment.

Fowler remarqua que Pitt traînait la jambe.

— Vous aussi, vous avez été blessé?

— Une balle m'a éraflé le mollet. Je m'en suis mieux tiré qu'Ann.

— Je suis vraiment navré, dit Fowler. Nous ne savions pas à quels dangers vous vous exposiez. Nous nous doutions seulement que quelqu'un pourrait tenter de mettre la main sur les recherches de Heiland. Au fait, ajouta-t-il, vous avez ses documents?

Pitt remonta dans l'avion et revint avec le sac contenant l'ordinateur et les journaux de bord.

— Tout est là, dit-il.

Fowler parut soulagé et rangea le tout dans le coffre de sa voiture.

— Vous ne vous en rendez peut-être pas compte, dit-il, mais tout cela représente un échantillon de technologie navale qui n'a pas de prix.

— Alors pourquoi ne pas vous êtes arrangés pour nous fournir une escorte de sécurité? On dirait que des gens sont prêts à tuer pour ces documents.

— Ne vous inquiétez pas. Tout cela va se retrouver dans une pièce sécurisée au QG de la DARPA – dès que j'aurai déposé Ann chez elle. Vous voulez que je vous laisse chez vous au passage ? ajouta-t-il.

— Non, merci. En fait, j'habite à deux pas d'ici. Ça me fera du bien de me dégourdir un peu les jambes, puis, se tournant pour dire au revoir à Ann, il lui lança : Bonne chance pour l'enquête.

Ann le prit dans ses bras et lui donna un baiser sur la joue.

— Merci, murmura-t-elle.

— Et soignez-moi cette cheville.

Jetant son sac sur l'épaule, il se mit en route, la jambe toujours endolorie en raison de la balle reçue chez Heiland après sa collision avec le bateau au Chili.

Il passa devant une rangée de hangars privés pour gagner une zone de l'aéroport peu utilisée. Après avoir traversé un champ désert, il s'approcha d'un bâtiment isolé qui semblait abandonné. Les vitres étaient fendues par endroits et seul un expert aurait pu deviner, en examinant attentivement le bâtiment, que cet aspect délabré n'était qu'une façade conçue pour détourner l'attention.

Pitt se dirigea vers une petite porte latérale qu'éclairait une ampoule fatiguée et abaissa un levier qui alluma un projecteur braqué sur un clavier numérique. Après avoir entré un code, il désactiva le système d'alarme puis ouvrit la porte.

À l'intérieur étaient alignées des rangées de voitures de collection aux chromes étincelants. Passionné de vieilles automobiles, il en avait rassemblé une véritable flotte couvrant la période des débuts du vingtième siècle jusqu'aux années cinquante. Ce véritable musée était complété par la présence d'un avion trimoteur Ford garé dans un coin, auprès d'un wagon Pullman magnifiquement restauré que ses grands enfants utilisaient parfois comme domicile provisoire.

Par un escalier en fer forgé, il gagna l'appartement du premier étage qu'il partageait avec Loren.

Il déposa son sac sur une chaise, et sortit une bière du réfrigérateur tout en lisant un billet collé à la porte.

Dirk,
Je me suis installée dans l'appartement de Georgetown en attendant ton retour. Il y a trop d'automobiles fantômes ici ! Des séances de commission me retiendront sans doute au Capitole jusqu'à une heure avancée. Tu me manques.
XXXX
Loren

Pitt termina sa bière et redescendit au rez-de-chaussée. Quelque chose le taraudait à propos de l'affaire Heiland, comme si un détail lui avait échappé. Il enfila une combinaison de mécanicien et se dirigea vers une vieille Packard dont il se mit à démonter et réviser le carburateur. Une heure plus tard, il savait exactement ce qui le préoccupait.

27

— Je trouve que nous avons bien fait de mettre aussi Pitt sur l'affaire, dit Fowler en quittant l'aéroport.

— C'est un homme plein de ressources, dit Ann. Il m'a sauvé la vie deux fois.

— Il a le chic pour éviter les catastrophes, dit Fowler. Je suis sûr qu'on peut lui faire confiance mais, dites-moi, s'est-il rendu compte de ce sur quoi portaient les recherches de Heiland et des possibilités qu'elles ouvraient ?

— Il en a une vague idée, mais il n'a pas insisté pour en savoir davantage. Il semblait avant tout préoccupé pour son bateau et son équipage, dit Ann en se penchant pour se frictionner la cheville. Nous aurions dû l'informer dès le début.

— Impossible. Tom Cerny a bien précisé qu'il n'était pas question d'aborder les problèmes technologiques. J'avoue que nous avons été surpris par l'acharnement qu'ont mis ces gens à vouloir s'en emparer.

Fowler franchit les grilles de l'aéroport et demanda :

— Vous habitez Alexandria, n'est-ce pas ?

— Oui, sur King Street.

Fowler hocha la tête et prit la direction du sud.

— Pas de nouvelles du FBI pendant le vol ? interrogea Ann.

— Rien encore. Il faudra sans doute attendre quelques jours avant d'apprendre quelque chose des services mexicains. Vous en savez probablement plus que moi sur les deux hommes qui vous ont attaquée dans l'Idaho.

— Ils avaient l'air de latinos, et semblaient en rapport avec les hommes de Tijuana. Ils sont peut-être d'Amérique du Sud ou d'Amérique centrale.

— Des hommes de main vénézuéliens ?

— C'est possible. Il y a pas mal de monde qui aimerait utiliser cette technologie, à commencer sans doute par la Chine et la Russie. Ils ont peut-être des gens sur place qui travaillent pour eux.

Fowler s'engagea sur King Street, la grande artère qui coupe Alexandria en deux.

— En tout cas nos agresseurs n'avaient apparemment peur de rien et ils étaient bien informés. Vous pensez comme moi ?

— À quoi donc ? interrogea Fowler en s'engageant dans une rue latérale.

— Qu'ils avaient des complicités dans la place. Il doit y avoir des fuites quelque part, peut-être à un haut niveau.

— Vous savez de quelle façon des renseignements confidentiels se retrouvent dans la presse. Ce ne devait pas être bien compliqué de savoir que Heiland travaillait sur un projet important. De plus, il offrait une cible facile puisqu'il ne le faisait pas dans un endroit protégé.

— Vous avez peut-être raison, dit-elle en désignant le coin de la rue. C'est ici, juste après le grand chêne.

Fowler aperçut une place libre et se gara derrière une voiture dont le moteur tournait mais tous feux éteints. Une Chrysler 300, observa Ann.

— Pourquoi ne prenez-vous pas votre journée de demain ? suggéra Fowler. Vous avez eu quarante-huit heures bien remplies.

— Merci, mais je deviendrais folle à rester là sans rien faire. Il faut absolument que je trouve qui sont ces gens.

Fowler arrêta le moteur et Ann descendit. Au moment où elle se retournait pour prendre ses béquilles, elle sentit quelqu'un l'empoigner par-derrière. À peine aperçut-elle son agresseur : un grand Noir qui la fit tomber sur un bout de pelouse. Aussitôt il se jeta sur elle et, du revers de la main, lui enfonça le visage dans l'herbe. Elle se débattit, mais renonça vite en sentant le canon d'un revolver pressé contre sa tempe.

— Ne t'avise même pas de respirer, dit l'homme.

Elle entendit Fowler pousser un cri puis le bruit sourd d'un homme qu'on frappait. Quelques secondes plus tard, elle perçut un tintement de clefs suivi du bruit d'un coffre qu'on ouvrait, et vit un homme déposer quelque chose sur la banquette arrière de la Chrysler avant de sauter derrière le volant. Le Noir qui l'immobilisait lui souffla au visage :

— Tu restes bien sage cinq minutes, sinon le vieux Clarence sera obligé de revenir te cogner.

Il se releva et, sans se presser, monta dans la Chrysler à la place du passager. La voiture démarra en trombe. Ann leva les yeux pour relever le numéro de la plaque, mais elle était cachée. Des pros, se dit-elle : à cent mètres de là ils arracheraient le ruban adhésif, puis se mêleraient au flot de la circulation en respectant bien les limitations de vitesse.

Ann se leva le plus vite qu'elle put et se dirigea vers Fowler qu'elle trouva penché, le nez sur le volant.

— Dan! s'écria-t-elle en s'approchant de lui.

Il ouvrit les yeux et se redressa.

— Ça va? dit-il en se frictionnant la mâchoire. Je n'ai rien vu venir, se lamenta-t-il en se tournant vers Ann. Vous êtes blessée?

— Non, je n'ai rien. Mais ils ne nous ont pas attaqués par hasard, dit-elle en désignant le coffre ouvert.

À l'intérieur, il y avait le sac de voyage d'Ann. Et rien d'autre.

28

Le service à la mémoire de Joe Eberson avait rassemblé bon nombre de ses collègues chercheurs de la DARPA. Parmi eux, Ann se sentait mal à l'aise, car c'était à la mort du savant qu'elle avait été affectée à l'agence. De toute évidence, Eberson était un homme respecté et cela ne fit que renforcer sa détermination d'arrêter son meurtrier.

Fowler était assis à côté d'elle, un petit pansement au menton rappelant l'agression de la veille. La police avait très vite réagi et lancé une alerte pour retrouver la Chrysler des agresseurs : c'était une voiture volée, elle avait été repérée dans le parking d'un centre commercial mais on n'avait retrouvé ni empreintes ni le moindre document.

— J'aimerais présenter mes condoléances à la famille de Joe, dit Fowler une fois le service terminé. Vous m'attendez ?

Ann acquiesça, contente qu'il ait proposé de la raccompagner. Quand il la rejoignit un peu plus tard, elle évoqua la popularité d'Eberson.

— Il était dans ce milieu depuis des années. Il s'était fait de nombreux amis. Et bien sûr quelques ennemis.

— De quelle sorte ? demanda Ann.

— Du genre professionnel. Dans les recherches conduites par la DARPA sur un projet, le travail est réparti entre diverses sociétés et universités. Ensuite, nous rassemblons tous ces travaux – et en recueillons tout le crédit. Bien souvent les vrais découvreurs restent anonymes.

Il se tourna vers Ann.

— Je ne crois pas qu'un chercheur ait pu liquider Eberson et Heiland, si c'est ce à quoi vous pensez.

— Pour terminer ce tour d'horizon, reprit Ann, je sais que nous en avons déjà parlé, mais peut-on imaginer une fuite provenant de la DARPA elle-même ?

— Tout est possible, dit Fowler en fronçant les sourcils, mais je ne pense pas que ce soit le cas. Seule une équipe relativement réduite travaillait sur le programme *Sea Arrow* : le plus gros des recherches était confié à l'extérieur. C'est de là, à mon avis, que vient le véritable risque : nos sous-traitants. Bien sûr, il y a des gens au chantier naval qui sont au courant…

— Oui, et c'est pourquoi nous avons déjà une équipe de la NCIS à Groton.

— Cela ne veut sans doute rien dire, mais je trouve assez curieux qu'Eberson et Heiland aient été tués peu après la visite du Président là-bas.

— Voulez-vous sous-entendre que quelqu'un de la Maison-Blanche serait impliqué ?

— Pas directement. Mais vous savez que c'est une véritable passoire. Même si notre administration vaut mieux que beaucoup d'autres, cela ne me surprendrait pas que des détails concernant le *Sea Arrow* aient été divulgués.

— Pouvez-vous me fournir la liste du personnel ayant accès à des recherches confidentielles ?

— Bien sûr, elle est dans mon bureau... si vous n'êtes pas déjà noyée sous les documents.

— Au point où nous en sommes, il faut ratisser large. J'aimerais consulter ce qui a trait à tous les vols récents liés à des projets technologiques du même genre. Avez-vous eu connaissance d'affaires d'espionnage concernant des puissances étrangères ?

— Pas depuis que je suis à la DARPA, répondit Fowler. Il s'agit plutôt de disparitions de disques durs et d'histoires de ce genre. Mais je ne suis ici que depuis un an. Quand j'étais au Laboratoire de recherche de l'armée, nous avons eu quelques affaires d'espionnage, qui impliquaient chaque fois des agents chinois et israéliens, mais nous ne sommes jamais allés jusqu'à mener des poursuites.

— Dans le cas présent, les intermédiaires n'ont pas le profil habituel d'agents secrets, observa Ann.

— C'est vrai, mais on ne sait jamais qui finance le coup.

— En effet, dit Ann. Avez-vous une idée de l'impact que cela peut avoir sur le programme *Sea Arrow* ?

— Je n'ai pas les connaissances techniques suffisantes pour le savoir mais, apparemment, la maquette de Heiland serait basée sur la supercavitation qui transformait totalement les performances du *Sea Arrow*. Maintenant, la disparition des plans originaux pourrait nous faire perdre plusieurs années. Tout le monde s'accorde à dire que, sans eux, on ne pourra pas poursuivre les travaux de Heiland.

— Je n'arrive pas à comprendre que c'est à Alexandria qu'on nous les a dérobés. Comment pouvaient-ils savoir ?

— Difficile à dire. Peut-être que quelqu'un vous filait depuis l'incident de Tijuana. Il faudrait alors envisager l'existence d'une tierce personne en Idaho qui suivait le déroulement des opérations. Je ne sais pas comment, mais ils ont très vite monté leur coup. Pour plus de sûreté, reprit-il d'un ton un peu inquiet, vous devriez peut-être vous installer quelques jours à l'hôtel.

— Non, ça ira, répondit-elle.

— Malgré tout, je vais m'arranger avec la police d'Alexandria pour qu'on patrouille régulièrement sous les fenêtres de votre domicile. J'aimerais vraiment qu'on pince ces types, conclut-il en se frottant la joue juste sous le pansement.

Fowler se gara dans le parking du QG de la DARPA, au centre d'Arlington. Ann avait préféré s'installer à la DARPA dans une petite pièce sans fenêtre auprès de Fowler plutôt que dans son bureau du NCIS de l'autre côté du fleuve. Elle pouvait ainsi à la fois accéder à la même documentation et se faire des amis dans l'équipe de la DARPA qui travaillait sur le projet *Sea Arrow*.

Pleine d'énergie, Ann se mit au travail. Son premier coup de téléphone fut pour le bureau du FBI de San Diego où un agent nommé Wyatt dirigeait l'enquête.

— Pas encore de nouvelles de Mexico ? demanda-t-elle.

— Des petites choses, répondit Wyatt. Les deux hommes décédés, d'une trentaine d'années environ, n'étaient pas de nationalité mexicaine. On a trouvé sur eux des passeports colombiens. Je peux vous donner leurs noms mais, selon toute probabilité, ils sont faux.

— Les passeports aussi étaient faux ?

— De la contrefaçon d'excellente qualité. Nous avons relevé les empreintes du défunt sans rien trouver sur les banques de données du FBI et d'Interpol. À notre avis, c'étaient de simples hommes de main. Le service des Douanes a déclaré qu'ils étaient entrés il y a trois semaines aux États-Unis en compagnie de trois autres individus. Ils ont passé la frontière à Tijuana avec des visas de visiteurs temporaires.

— Personne du nom de Pablo ?

— Non.

— Et la camionnette et le canot ?

— Le camion a été acheté récemment à un vendeur de voitures d'occasion de Tijuana. Payé cash et immatriculé au nom d'un des Colombiens, et enregistré à l'adresse d'une crêperie de Rosarito Beach. En revanche, les Mexicains n'ont rien trouvé concernant le bateau.

— Aucune trace de leurs activités pendant leur séjour aux États-Unis ?

— Nous cherchons encore. Ce qui est intéressant, c'est qu'on a enregistré cinq individus ayant franchi la frontière, mais que trois seulement sont revenus. Nous avons suivi votre tuyau sur la possibilité d'une entrée par effraction dans le bureau de Heiland. Les vidéos de surveillance de la société montrent un concierge entrant dans le bureau de Heiland en dehors des heures de service et l'individu semble correspondre à la photo du passeport d'un des Colombiens.

— Wyatt, je vous conseille d'appeler le bureau de Spokane quand nous en aurons terminé. Deux hommes viennent d'être tués à Bayview, dans l'Idaho, après avoir pénétré par effraction dans la maison de Heiland, au bord du lac. Je vous parierais un mois de salaire que ce sont vos deux disparus.

— Avec un bonus si l'un d'eux est notre concierge. On peut dire que rien ne les arrête.

— C'est vrai. Vous avez autre chose ?

— Nous avons fait examiner par un expert en explosifs le bateau de Heiland. Il a confirmé qu'on y avait placé une charge de plastic pouvant être déclenchée à distance. L'installation semble avoir été posée il y a quelque temps.

— Heiland a donc déclenché l'explosion, dit-elle, songeant que Pitt avait raison. Vous savez pourquoi ?

— Il avait peut-être conscience d'une menace ou bien était-il sur ses gardes étant donné la nature confidentielle de ses travaux. S'agissait-il de recherches justifiant un meurtre ?

— Il semblerait.

— Il y a encore un point mystérieux dans cette affaire.

— Quoi ?

— Le rapport d'autopsie sur Eberson. Compte tenu des conditions et de la position du corps à l'arrière du bateau, nous estimons que ce n'est pas l'explosion qui l'a tué.

— Il avait les pieds empêtrés dans une ligne de pêche, dit Ann. Je présume qu'il a paniqué en constatant qu'il ne pouvait pas quitter le yacht et qu'il est mort noyé.

— En fait, le médecin légiste affirme qu'il était mort avant de toucher l'eau.

— On lui a tiré dessus ?

— Non, fit Wyatt, cherchant ses mots. Sa peau présentait des traces de brûlure. On a attribué sa mort à un traumatisme provoqué par des brûlures très profondes.

Ann avait vu ses membres atrocement noircis, mais avait supposé que cela résultait d'une submersion prolongée à une grande profondeur.

— Pourquoi le médecin légiste ne croit-il pas que c'est l'explosion qui l'a tué ?

— Parce que les brûlures en surface n'étaient pas du tout celles provoquées par le feu – et qu'elles s'étendaient sous la peau. Autrement dit, elles sont à la fois externes et internes.

— Internes ? répéta Ann.

— Les lésions correspondent à une irradiation par micro-ondes.

Ann, silencieuse, essayait de comprendre.

— Cela pourrait-il avoir un rapport avec le matériel que Heiland essayait ?

— J'ai du mal à l'imaginer, car l'équipement était toujours dans sa caisse.

— Je vois. Personne ici ne comprend non plus. Je vais vous envoyer le rapport et nous pourrons en discuter de nouveau.

— Merci, Wyatt. Prévenez-moi si vous avez d'autres nouvelles de Mexico.

La mort d'Eberson était incompréhensible : si les hommes de Pablo comptaient le tuer, pourquoi ne l'avaient-ils pas simplement abattu ? Et qu'est-ce qui aurait bien pu causer l'irradiation par micro-ondes ?

Ann appela le bureau du FBI à Spokane où on confirma ses suppositions : les deux hommes tués à Bayview étaient eux aussi porteurs de passeports colombiens. Ils étaient arrivés dans l'Idaho dans un avion privé, ce qui expliquait la possibilité d'apporter des armes. Une enquête auprès de la compagnie de charters qui leur avait fourni l'appareil avait exclu tout lien avec les Colombiens.

Ann ouvrit son ordinateur et entreprit de consulter les banques de données énumérant les actes criminels commis aux États-Unis par des ressortissants colombiens dans les cinq dernières années. À l'exception de quelques meurtres isolés et d'une attaque de banque, les plus fréquents étaient liés au trafic de drogue et concentrés principalement sur Miami et New York.

En attendant le résultat des analyses auxquelles procédait le FBI sur les corps, elle s'intéressa aux éventuelles fuites provenant d'une source interne.

Fowler lui avait fourni des profils détaillés de quinze chercheurs et administrateurs travaillant sur le projet *Sea Arrow*. À l'exception d'une physicienne engagée dans un divorce difficile et d'un jeune ingénieur qui venait de s'acheter une Jaguar, elle ne trouva personne susceptible de présenter un risque sur le plan de la sécurité.

— Vous avez une seconde ?

Fowler entra et posa sur son bureau un gros dossier.

— Voici les rapports concernant les sous-traitants de la DARPA travaillant sur *Sea Arrow*.

— De quoi nous occuper un moment. Merci, Dan. Puis-je vous demander encore un service ?

— Bien sûr.

— Pourriez-vous me retrouver la trace des voyages effectués par les membres de l'équipe de la DARPA affectés au *Sea Arrow* ? Je voudrais la liste de tous les déplacements vers des points chauds : Extrême-Orient, Russie et Moyen-Orient.

— Pas de problème. Au fait, voici les noms de ceux qui ont accompagné le Président lors de sa visite au chantier naval de Groton il y a quelques semaines.

— Merci pour tous ces rapports, fit-elle en se plongeant dans les dossiers.

Elle comprit aussitôt que Heiland n'avait que peu de contacts avec les sous-traitants. La plupart travaillaient sur la structure de la coque et les systèmes électroniques : c'était Eberson seul qui participait avec Heiland aux recherches sur la supercavitation.

Elle se leva et s'étira avant de s'attaquer aux accompagnateurs du Président lors de sa visite à Groton. La liste ne comportait que sept noms, trois de la Maison-Blanche et quatre du Pentagone. Elle nota aussitôt le nom de Tom Cerny. S'appuyant sur la remarque faite en passant par Fowler, elle téléphona à un collègue de la NCIS à qui elle communiqua ces noms en lui demandant des précisions sur leurs antécédents. En attendant de recevoir les résultats par e-mail, elle songea à tout ce que le meurtre de Heiland comportait d'insolite.

Le vol de documents secrets concernant la défense poussait rarement les voleurs à l'homicide. Cependant, Heiland, Eberson et Manny avaient été tués pour avoir travaillé sur le *Sea Arrow*, et Pitt tout comme Ann avaient bien failli connaître le même sort. Seule une poignée d'États sans scrupules iraient jusque-là, mais d'autres n'hésiteraient pas s'ils avaient recours à un intermédiaire. Le gouvernement colombien ne cherchait certainement pas à concurrencer les États-Unis dans le domaine de l'armement, alors de toute évidence les voleurs opéraient pour le compte de quelqu'un d'autre.

Ann se mit à examiner diverses affaires d'espionnage. Laissant de côté celles concernant le terrorisme et le piratage informatiques, elle constata que dans la plupart des cas, il s'agissait d'individus ou de groupes à la solde d'ennemis classiques comme Moscou, Pékin ou La Havane. Plus intéressant encore, quelques affaires concernant des secrets d'ordre technologique ou militaire impliquaient des agents chinois.

Elle découvrit que la Chine avait une longue histoire de vols ou de contrefaçons éhontées commis aux dépens de puissances étrangères. Des experts en aéronautique, par exemple, avaient remarqué une ressemblance suspecte entre le J-20 chinois, un avion de chasse furtif, et le Raptor américain F-22A.

Plongée dans ses recherches, Ann ne s'était pas aperçue qu'il était presque six heures du soir lorsque son téléphone sonna. Elle répondit d'un ton las, mais qui changea aussitôt quand elle reconnut la voix de son interlocuteur.

— Salut, Ann, c'est Dirk. Encore au boulot ?

— Oui, je bricole. Comment allez-vous ?

— Très bien. Je me demandais si vous seriez libre pour dîner demain ? J'ai quelque chose dont j'aimerais vous parler.

— Demain ? Oui, pas de problème. C'est quelque chose d'important ?

— Ça se pourrait.

Pitt reprit d'un ton hésitant :

— J'aimerais savoir si vous voudriez faire une croisière avec moi.

29

Ann remarqua que plusieurs hommes la suivaient du regard lorsqu'elle traversa en boitillant légèrement la salle à manger du Bombay Club. Vêtue d'une robe safran qui moulait sa silhouette, elle avait plus l'allure d'un mannequin en vacances que d'une enquêteuse à la poursuite de criminels. Elle aperçut Pitt assis à une table d'angle.

Auprès de lui se trouvait une grande et jolie femme dont le visage lui parut vaguement familier. Ann s'approcha, affichant un sourire un peu forcé.

Pitt se leva et l'accueillit chaleureusement.

— Plus de béquilles ?

— Non, ma cheville va beaucoup mieux, Dieu merci.

— Ann, je vous présente ma femme, Loren.

Celle-ci se leva et serra Ann dans ses bras.

— Dirk m'a raconté vos épreuves au Mexique et dans l'Idaho. En oubliant de préciser combien vous êtes jolie, ajouta-t-elle avec un accent sincère.

Ce compliment inattendu dissipa d'emblée le ressentiment instinctif qu'elle aurait pu éprouver envers Loren.

— Je crains bien que toutes nos mésaventures n'aient pas eu de résultats très positifs, dit-elle et, avec un coup d'œil à Dirk, elle raconta comment Fowler et elle s'étaient fait voler les documents de Heiland.

— Ça ne m'a pas l'air d'une coïncidence, dit Pitt.

— Plutôt d'un cas flagrant d'espionnage, renchérit Loren. Il faut tout de suite alerter de plus hautes autorités.

— Il y a déjà trois équipes du FBI sur cette affaire, sans compter le service de sécurité de la DARPA et plusieurs enquêteurs du NCIS, dont moi, dit-elle en regardant soudain fixement Loren. Mais vous êtes la représentante du Colorado ! Votre visage me semblait familier. Je me souviens de vos efforts pour faire voter une loi afin d'améliorer la situation des militaires mères de famille. Pour les femmes des forces armées, vous êtes une héroïne.

Loren secoua la tête.

— Il ne s'agissait que d'amendements mineurs qu'on aurait dû adopter depuis longtemps. Mais sérieusement, si je peux vous aider en quoi que ce soit dans votre enquête, n'hésitez pas.

— Je vous remercie. Nous avons l'appui du vice-président et de la Maison-Blanche. Il nous faut juste de la chance pour nous permettre de découvrir qui est à l'origine de tout ça.

Un serveur arriva pour prendre leur commande : un curry et une bouteille de Saint Clair, ainsi qu'un sauvignon blanc de Nouvelle-Zélande.

— Depuis quand êtes-vous mariés tous les deux ? interrogea Ann.

— Juste quelques années, dit Loren. Comme nous voyageons beaucoup l'un et l'autre, j'ai souvent l'impression que nous sommes comme deux navires qui se croisent dans la nuit, mais nous nous arrangeons pour que ça marche.

— Le secret, dit Pitt, c'est de s'assurer que les navires entrent en collision régulièrement.

— Avez-vous quelqu'un dans votre vie ? demanda Loren en se tournant vers Ann.

— Non, je suis sans attache pour le moment et très heureuse.

Les entrées arrivèrent, épicées à souhait, ce qui les obligea à commander une seconde bouteille.

Quelques instants plus tard, Ann s'excusa pour aller « se repoudrer », comme on dit. Loren en profita pour se pencher vers Dirk.

— Cette fille est attirée par toi.

— Est-ce ma faute si elle a bon goût ? dit-il en souriant.

— Non, mais si tu as une idée derrière la tête, je t'ouvre la rate avec un couteau rouillé.

Pitt sourit et embrassa tendrement Loren.

— Ne t'inquiète pas. Je suis très attaché à ma rate.

Ann revint, on servit les desserts et Pitt tira alors de sa poche un éclat de roche argenté qu'il posa sur la table.

— Un souvenir du Chili, expliqua-t-il. Je pense que ça peut avoir quelque chose à voir avec l'affaire Heiland.

— Qu'est-ce que c'est ? interrogea Ann.

— Un de nos géologues de la NUMA l'a identifié comme un minerai appelé monazite. Je l'ai trouvé à bord d'un cargo abandonné qui fonçait sur Valparaiso.

— J'en ai entendu parler, dit Ann. Vous l'avez dérouté alors qu'il allait emboutir un paquebot de croisière chargé de passagers.

— Plus ou moins, fit Pitt. Le mystère est : où est passé l'équipage de ce bateau ? Et pourquoi ce cargo a-t-il fini à des milliers de milles de sa route ?

— A-t-il été détourné par des pirates ?

— C'était un transporteur de vrac, avec soi-disant une cargaison de bauxite sans grande valeur en provenance d'une mine d'Australie. Nous avons découvert que sur les cinq cales du bateau, trois contenaient de la bauxite mais que les deux autres étaient vides, précisa-t-il en reprenant la pierre. J'ai trouvé ce bout de monazite près d'une des cales vides.

— Vous croyez qu'on y a volé le minerai ? demanda Ann.

— Parfaitement.

— Pourquoi quelqu'un voudrait-il prendre cela et pas la bauxite ? demanda Loren.

— J'ai fait analyser la roche et les résultats sont très intéressants. Ce fragment contient une forte concentration de neodymium et de lanthanum.

— On dirait des noms de maladie, fit Loren en souriant.

— Ce sont en fait deux des dix-sept éléments connus sous l'appellation de métaux rares, dont plusieurs sont très recherchés dans l'industrie.

— Bien sûr, dit Loren. Nous avons eu au Congrès une séance sur les difficultés d'approvisionnement en métaux rares. On les utilise en quantité pour un grand nombre de produits high-tech, comme les voitures hybrides et les éoliennes. Pour autant que je me souvienne, la Chine est un gros producteur de métaux rares. D'ailleurs, il n'y a à travers le monde que très peu d'autres mines en activité.

— La Russie, l'Inde, l'Australie et notre mine de Californie fournissent l'essentiel de la production mondiale, précisa Pitt.

— Je ne vois pas, dit Ann en secouant la tête, ce que ce caillou vient faire dans l'affaire Heiland.

— Peut-être rien en effet, répondit Pitt. Cependant il y a deux coïncidences intéressantes. La première est ce bout de monazite que vous tenez dans les mains : le neodymium qu'il contient se trouve être un matériau clef pour les moteurs de propulsion du *Sea Arrow*.

— Comment savez-vous cela ? demanda Ann.

— Mon directeur des systèmes d'information de la NUMA a découvert que plusieurs éléments de métaux rares constituaient des composants essentiels dans le système de propulsion du nouveau destroyer de la classe Zumwalt de la Marine des États-Unis. Ce qui nous a amenés à la conclusion qu'ils auraient un rôle encore plus important dans les moteurs électriques du *Sea Arrow*.

— Il faut que je vérifie, dit Ann, je ne doute pas que ce soit exact, mais je ne vois pas le rapport.

— Il n'y en a peut-être aucun, reprit Pitt, mais il existe une seconde coïncidence curieuse : Joe Eberson, le chercheur de la DARPA tué à bord du *Cuttlefish*. Je parierais qu'il n'est pas mort noyé mais qu'il a été tué par une forte dose de radiations électromagnétiques.

— Comment l'avez-vous appris ? fit Ann, bouche bée. Je viens de recevoir ce matin le rapport d'autopsie : il confirme la cause de la mort.

— Je m'en suis douté lorsque j'ai vu l'état dans lequel on a retrouvé son corps. Les extrémités étaient gonflées et la peau boursouflée et noircie. La boursouflure n'a rien d'anormal chez un noyé, mais la noirceur de la peau était bizarre. De plus, nous avons découvert à bord du cargo retrouvé au Chili un matelot qui présentait les mêmes anomalies. Selon les autorités chiliennes, il est mort de lésions cutanées qu'on suppose causées par une irradiation aux micro-ondes.

— Même diagnostic, dit Ann. Le médecin légiste qui a pratiqué l'autopsie d'Eberson n'a pas été en mesure d'identifier la source d'irradiation. Comment ont-ils pu mourir de cette façon ?

— Sauf s'être endormis sur le disque d'une antenne d'un diffuseur de micro-ondes, c'est difficile à dire. J'ai consulté quelques-uns de mes techniciens et nous sommes arrivés à une théorie un peu bancale mais plausible.

— Allez-y.

— Il y a quelques années, pour contrôler les mouvements de foule, on a employé un certain nombre d'appareils qui projetaient des faisceaux de micro-ondes provoquant de légères brûlures sur la peau des gens. Notre armée en a utilisé un qu'on a baptisé ADS ou « le rayon de la douleur ». Ces engins ne sont pas conçus pour donner la mort, mais de simples modifications suffiraient à les rendre mortels.

— Pourrait-on les utiliser en mer ? demanda Loren.

— Ils sont habituellement montés sur des camions et pourraient donc être installés sur le pont d'un navire. Le système a une portée de presque sept cents mètres. Ceux qui se trouvent à l'intérieur du navire ne risqueraient rien, mais quiconque se trouvant sur le pont ou à un endroit accessible à travers un hublot pourrait être touché. Un appareil assez puissant réussirait même à endommager des systèmes de communication. Ou à s'en servir contre un navire de plus grande taille pour dissimuler la présence d'un groupe armé prêt à l'abordage.

— Vous pensez qu'un appareil de ce genre aurait pu être utilisé contre les deux bateaux ? demanda Ann.

— Ils auraient pu l'employer pour maîtriser l'équipage du *Tasmanian Star* et emporter la monazite, dit Pitt, et contre le *Cuttlefish* pour tuer Heiland, Manny et Eberson et s'emparer de la maquette du *Sea Arrow*.

— Ils auraient pu voler directement la maquette à bord du *Cuttlefish* si Heiland n'avait pas fait sauter le yacht, dit Ann. Pas le moindre indice sur le bateau des agresseurs ?

— Rien pour l'instant.

— Alors, nous ne sommes pas prêts d'identifier ces gens.

Pitt la regarda avec un sourire.

— Bien au contraire, je compte les découvrir avant la fin de la semaine.

— Mais vous ne savez pas où les trouver !

— En fait, répondit Pitt, c'est eux qui vont me trouver. C'est comme tendre un piège à une souris, sauf que là, notre appât, c'est un fragment de monazite.

Il tira de sa poche une carte du monde et la déploya sur la table.

— Hiram Yaeger et moi étions intrigués par le détournement du *Tasmanian Star*, alors nous avons fait des recherches sur les naufrages et les disparitions de navires enregistrés au cours des trois dernières années. Les archives des compagnies d'assurances montrent que plus d'une douzaine de navires de commerce ont coulé avec tout leur équipage, ou sans laisser de trace. Parmi eux, dix au moins transportaient soit des métaux rares soit des minerais du même genre.

Il désigna la carte.

— On a perdu la trace de sept d'entre eux dans les parages de l'Afrique du Sud alors que les autres ont disparu dans l'est du Pacifique.

Ann vit que la carte était marquée de plusieurs petits symboles indiquant les sites de naufrages, et quelques-uns ayant eu lieu non loin d'un petit atoll baptisé île de Clipperton.

— Pourquoi les assurances n'ont-elles pas enquêté à cette époque ?

— La plupart de ces navires étaient de vieux cargos appartenant à des propriétaires indépendants, sans doute sous-assurés. Je n'ai aucune certitude, mais selon toute probabilité, aucune compagnie n'a déboursé des indemnités assez importantes pour qu'on aille chercher plus loin.

— Mais, intervint Loren, pourquoi quelqu'un se donnerait-il le mal de couler ou détourner ces bateaux si ce minerai se trouve sur le marché ?

Pitt haussa les épaules.

— Les réserves mondiales sont limitées. Peut-être quelqu'un tente-t-il de les contrôler pour manipuler le marché.

— Alors, demanda Ann, quel est votre plan pour identifier ces gens ?

— Ce fragment de minerai, dit Pitt, provient d'une mine située dans l'ouest de l'Australie, le Mount Weld. Elle est provisoirement fermée pour des travaux d'expansion. Nous avons découvert que le dernier chargement destiné à l'exportation avait été embarqué la semaine dernière sur un cargo à destination de Long Beach.

— Tu crois qu'il va être détourné ? dit Loren.

— Il suit la même route que deux autres navires qui ont disparu et celle où le *Tasmanian Star* a été attaqué. C'est la dernière expédition de métaux rares depuis l'Australie prévue pour au moins six mois. Ça me semble une cible bien tentante.

— Voilà donc cette croisière à laquelle vous m'avez invitée ? dit Ann avec une lueur amusée dans le regard.

Pitt acquiesça.

— Le cargo appartient à une compagnie de navigation dont le patron est un ami du vice-président Sandecker. Il s'est arrangé pour que nous retrouvions une équipe d'intervention de gardes-côtes au sud de Hawaii sur la route du cargo.

— Tu es sûr de toi ? fit Loren, inquiète pour son mari.

— Nous n'avons quand même pas affaire à un vaisseau de guerre. En outre, je serai constamment en communication avec Rudi au siège de la NUMA au cas où nous aurions besoin de renforts, dit-il, puis, se tournant vers Ann : Nous partons pour Hawaii dans deux jours. Vous en serez ?

Ann prit le fragment de minerai et le fit tourner dans sa main.

— J'aimerais bien, mais je suis au cœur d'une enquête et je ne voudrais pas la lâcher maintenant. Et puis, je ne vous serais pas d'un grand secours à bord d'un bateau. Mais, ajouta-t-elle en regardant Pitt droit dans les yeux, si vous avez raison, alors Loren et moi vous attendrons sur le quai de Long Beach.

Pitt se tourna vers les deux jolies femmes en levant son verre.

— Ce serait un spectacle que tout navigateur solitaire ne voudrait manquer pour rien au monde.

30

Vue des nuages, la jungle étendait à l'horizon son somptueux tapis vert. Seuls un filet de fumée montant d'une cheminée ou une cabane entrevue dans une clairière révélaient des traces de vie humaine sous la canopée.

L'hélicoptère avait décollé de l'aéroport international de Tocumen, à Panama, depuis à peine quelques minutes, et déjà le vrombissement de la turbine portait sur les nerfs de Pablo. Il aperçut soudain la vaste étendue du lac Gatun qui s'était formé lors de la construction du canal de Panama. Il était presque arrivé.

Le pilote vira à droite, suivit la rive est du lac, survolant plusieurs îles qu'on disait peuplées de primates ; une étroite péninsule apparut devant eux. Il survola alors un bout de jungle tout en réduisant progressivement la vitesse. Arrivé au milieu de la zone, le pilote se mit en position stationnaire.

Pablo contempla le paysage qui se déployait au-dessous d'eux et qui semblait se déplacer. Ce n'était pourtant pas le tourbillon engendré par la rotation des pales qui faisait bouger les arbres : ils semblaient plutôt s'écarter les uns des autres. Une brèche s'ouvrit alors dans le feuillage, laissant apparaître une petite clairière carrée faisant office de poste d'atterrissage pour hélicoptères balisé par des bornes lumineuses et marqué d'un cercle blanc phosphorescent.

Le pilote positionna son appareil au centre et se posa doucement. À peine le moteur coupé, Pablo arracha ses écouteurs et sauta à terre.

Une fois hors de portée des pales qui tournaient encore, il regarda ce décor artificiel qui se fondait dans le paysage se refermer au-dessus de lui : c'était une structure soutenue par des piliers au milieu d'une clairière et que manœuvraient deux hommes en treillis.

Tandis que le ciel disparaissait peu à peu, une petite voiture électrique émergea de la jungle et stoppa devant Pablo.

— *El Jefe* t'attend, dit le conducteur avec un soupçon d'accent suédois.

La présence de ce robuste gaillard à la peau pâle et aux yeux d'un bleu de glacier était un peu surprenante dans la jungle panaméenne. Vêtu d'un uniforme vaguement militaire, il portait un Beretta à la ceinture.

Hommes de main tous les deux, ils se regardèrent avec un mélange de respect et de mépris.

— Bonjour, Johansson, dit Pablo.

Sans même laisser à Pablo le temps de s'assoir, Johansson appuya sur l'accélérateur et s'engagea sur une route pavée tracée dans la jungle jusqu'à une clairière où s'affairaient des hommes armés, eux aussi vêtus de treillis. Sur leur droite se dressait une pyramide de pierres grises que des manœuvres en sueur entassaient dans des wagonnets qu'ils poussaient ensuite sur un chemin de terre.

La voiture électrique traversa une partie de jungle épaisse puis s'arrêta devant une grande construction en ciment sans la moindre fenêtre et qu'un camouflage, encore plus habile que celui de l'héliport, dissimulait. Seule une rangée de palmiers de chaque côté de l'entrée adoucissait l'austérité du bâtiment.

Pablo sauta à terre.

— Merci de m'avoir déposé. Inutile de laisser tourner le moteur.

— À ta place, dit Johansson en repartant, je ne compterais pas sur une longue visite.

Pablo monta quelques marches, et la faible brise qui montait du lac, apportant quand même un peu d'air, était bienvenue. Sur le seuil, un garde ouvrit la porte et l'escorta dans la villa.

Peint dans des couleurs vives que rehaussait encore une batterie de projecteurs fixés au plafond qui contrastaient avec les murs nus de la façade, l'intérieur ressemblait à celui d'une luxueuse résidence. Toujours escorté par son guide, Pablo traversa un long corridor de marbre blanc qui débouchait sur une pièce en contrebas décorée d'objets d'art moderne, et qui abritait une piscine encastrée dans le sol. L'arrière de la maison, construit au bord d'une petite colline, surplombait le lac Gatun et de grandes baies vitrées allant du sol au plafond permettaient d'admirer le vaste panorama.

On conduisit Pablo jusqu'à un vaste bureau qui dominait la rive parsemée d'énormes rochers, témoins des travaux de terrassement. Au loin, on pouvait voir un porte-container qui, empruntant le canal en direction du sud, allait gagner le Pacifique.

Il resta un instant planté sur le seuil, attendant que l'homme assis derrière une immense table de travail le remarque. Au bout d'un moment, Edward Bolcke regarda par-dessus ses lunettes et fit signe à Pablo d'entrer.

Dans un décor spartiate, sans le moindre papier sur son bureau, Bolcke avait un air sévère. Il était vêtu d'un costume classique, ses chaussures étaient impeccablement cirées, ses mains très soignées et ses cheveux parfaitement coiffés. Il ôta ses lunettes, se carra dans son fauteuil, croisa les bras et son regard de rapace se fixa sur Pablo.

Celui-ci prit un siège en face de lui et attendit que son employeur prenne la parole.

— Alors, qu'est-ce qui a mal tourné à Tijuana ? demanda Bolcke avec un léger accent allemand.

— Vous savez, dit Pablo, que Heiland a détruit son yacht au cours de notre première opération, ce qui a, évidemment, bouleversé nos plans. Avant que nous ayons eu le temps de faire venir un autre bateau, les Américains sont arrivés. Il s'agissait de gens appartenant à une organisation civile, la NUMA. Ils ont remonté de l'épave la maquette destinée aux essais, que nous n'avons d'ailleurs pas eu grand mal à récupérer. Mais deux de leurs hommes sont parvenus à nous suivre au Mexique ainsi qu'une enquêtrice également avec eux.

— Oui, c'est ce qu'on m'a dit.

Surpris par l'observation de Bolcke, Pablo s'éclaircit la voix.

— Il y a eu un accident de voiture dans les rues de Tijuana alors que nous roulions vers l'aéroport. La maquette a été détruite, Juan tué dans la collision et j'ai perdu Eduardo, mon second.

— C'est vraiment une belle occasion manquée, dit sèchement Bolcke. Au moins, cela ne semble pas avoir eu de répercussions fâcheuses.

— Tous les hommes avec qui je travaille sont des mercenaires colombiens bien entraînés, munis de fausses identités et avec un casier judiciaire vierge. On ne risque pas de remonter jusqu'à vous.

— C'est une bonne chose que l'équipe que tu as envoyée en Idaho ait également été tuée.

Pablo se crispa sur sa chaise.

— Alteban et Rivera sont morts ?

— Oui. Ils ont été tués dans un « accident de voiture » en sortant de la maison de Heiland, dit sobrement Bolcke. Ce sont l'enquêtrice, une certaine Ann Bennett, et le directeur de la NUMA, que tu as apparemment rencontré à Tijuana, qui en sont responsables. Heureusement, j'ai réussi à récupérer à Washington les plans du projet.

Bolcke prit dans un tiroir une grosse enveloppe et la fit glisser sur son bureau.

— Voilà une belle paye, mon garçon. Tes gages, plus ceux de tes quatre camarades décédés.

— Je ne peux pas accepter, dit Pablo tout en tendant la main pour saisir l'enveloppe.

— Mais si, je paie le travail, pas les résultats. Toutefois, compte tenu des événements, j'ai décidé de supprimer le bonus que je comptais te verser pour ce que tu as fait sur l'exploitation minière de Mountain Pass.

Pablo acquiesça, content d'avoir l'enveloppe entre les mains.

— Vous avez toujours été généreux.
— Je ne continuerai pas à l'être s'il y a d'autres échecs. Je présume que tu es prêt pour une autre mission ?

Il croisa les mains devant lui en fixant Pablo du regard. Ce n'étaient pas ses yeux qui fascinaient le plus mais ses mains : épaisses, noueuses et tannées par le soleil. Pas du tout les mains d'un homme qui passait sa vie dans les conseils d'administration comme il en avait l'air. C'étaient les mains d'un homme qui avait creusé la pierre.

Né et élevé en Autriche, Edward Bolcke avait consacré sa jeunesse à parcourir les Alpes en quête d'or et de minerais rares. Ce fut pour lui un moyen d'évasion après la fuite de sa mère avec un soldat américain, un moyen de se soustraire à la garde d'un père alcoolique et violent. Ses escapades en montagne avaient éveillé sa passion pour la géologie et l'avaient conduit jusqu'au doctorat en techniques minières de l'université de Leoben en Autriche.

Il fut rapidement engagé dans une mine de cuivre en Pologne et ne tarda pas à parcourir le globe pour travailler dans des mines d'étain en Malaisie, d'or en Indonésie puis d'argent en Amérique du Sud. Doué d'un talent stupéfiant pour repérer les concentrations de minerais les plus prometteuses, il pouvait se vanter d'obtenir des résultats partout où il passait.

Mais, en Colombie, la vie lui avait réservé un vilain tour. Bolcke avait acquis la majorité d'une petite mine d'argent dans la région de Tolima lorsqu'une judicieuse analyse révéla la présence bien plus profitable de platine le long de son terrain. Il acheta alors les droits d'exploitation et tomba sur un gisement qui, en quelques mois, fit de lui un homme fortuné. Alors qu'il fêtait sa bonne fortune à Bogota, il rencontra la séduisante fille d'un riche industriel brésilien qu'il ne tarda pas à épouser.

Il mena durant quelques années une vie de conte de fées jusqu'au jour où, regagnant sa maison de Bogota, il trouva son épouse au lit avec un employé du consulat américain. Pris d'une fureur dont il ne se serait pas cru capable, il fracassa le crâne de l'homme avec un marteau de géologue puis, de ses mains puissantes, il étrangla sa femme.

Un jury colombien, dûment acheté par les avocats de la défense, l'acquitta en invoquant un accès de folie passagère.

Il était donc libre, mais restait psychologiquement très atteint. Cet événement avait réveillé ses souvenirs d'enfant abandonné. Alors, une soif de sang que rien ne pouvait apaiser s'empara de lui. Rôdant dans les bas quartiers de Bogota, il engageait de jeunes prostituées qu'il battait ensuite sans merci. Après avoir failli un soir se faire tuer par un souteneur, il renonça à ce dangereux exutoire et quitta la Colombie, vendant ce qui lui restait de parts dans son exploitation.

Bolcke investit ensuite au Panama dans une mine d'or qui ne rapportait pas grand-chose. Quelques années auparavant, il avait épluché les comptes et découvert que l'entreprise avait été mal gérée. Elle appartenait, avec d'autres affaires, à une société américaine et, pour en prendre le contrôle, il dut acheter toute la compagnie. Mais, pour emporter le marché, il fut également forcé d'en céder quelques parts au gouvernement panaméen, dirigé alors par le tristement célèbre Noriega. Quand les Américains eurent chassé celui-ci du pouvoir, Washington harcela Bolcke qui dut racheter très cher son entreprise : cela ne fit que raviver sa haine des yankees.

Par une ironie du sort, le conglomérat minier possédait aussi aux États-Unis une société de transports, plusieurs cargos et une compagnie de sécurité privée. Ce qu'il considéra sur le moment comme une charge sans intérêt allait lui fournir une occasion inespérée de se venger.

Chaque nuit, l'image de sa femme vautrée dans les bras du fonctionnaire américain venait hanter ses rêves et chaque matin, Bolcke se réveillait fou de rage. Que les coupables soient morts depuis longtemps n'apaisait pas sa colère. Mais, au lieu de s'abandonner à une violence aveugle, il conçut une nouvelle forme de vengeance faisant appel aux connaissances qu'il avait acquises au cours d'une vie consacrée aux exploitations minières.

Son regard impitoyable restait fixé sur son visiteur.

— Je ne tiens pas à retourner tout de suite en Amérique, dit Pablo, mal à l'aise. Je croyais rester quelques semaines à Panama avant la prochaine affaire.

— Nous avons eu un retard dans une livraison, et les délais s'en trouvent raccourcis : l'embarquement doit se faire dans quatre jours. Il faut que tu retournes immédiatement là-bas.

Pablo ne protesta pas. Ancien commando des forces spéciales colombiennes, il ne refusait jamais d'obéir à un ordre. Cela faisait plus de douze ans qu'il travaillait pour Bolcke : depuis qu'il avait maté une grève dans une des mines. Sa fidélité sans faille avait toujours été bien récompensée, surtout quand son patron franchissait la ligne jaune.

— Il va falloir rassembler une nouvelle équipe, dit Pablo.

— Pas le temps. Tu seras secondé par deux opérateurs américains.

— On ne peut pas faire confiance à des gens de l'extérieur.

— C'est un risque qu'il faudra prendre, répondit sèchement Bolcke. Tu as perdu toute ton équipe, je pourrais te donner quelques-uns des sbires de Johansson, mais ils ne sont pas entraînés pour ce genre de travail. Mon représentant à Washington m'assure que ces hommes sont fiables. Et d'ailleurs, ajouta-t-il en regardant Pablo droit dans les yeux, ils ont réussi là où ton équipe a échoué : ils ont récupéré les documents sur la supercavitation.

Bolcke fit glisser vers Pablo une petite enveloppe.

— Le téléphone de notre homme à Washington. Contacte-le en arrivant, il organisera une rencontre avec les opérateurs. Tous les détails sont réglés, tu n'as qu'à acheter la marchandise et la livrer.

— Ce sera fait.

— Le jet de la société t'attendra demain et t'emmènera là-bas. Pas de questions ?

— Concernant la femme qui participe à l'enquête et les gens de la NUMA – pas de problèmes ?

— Pour la femme, aucun, dit Bolcke en se carrant dans son fauteuil. Quant aux gens de la NUMA, je ne sais pas, mais il vaut sans doute mieux les surveiller. Je m'en occuperai, ajouta-t-il. Suis les instructions. Je serai à Beijing où j'attendrai ta confirmation.

Il se pencha, le regard plus sombre.

— Voilà des années que j'espère ce moment. Tout est en place. Ne me fais pas faux bond, Pablo.

Pablo se redressa.

— Ne vous inquiétez pas, *Jefe*. Tout ira bien.

31

À sept heures du matin, Ann arriva au bureau en courant. Elle avait hâte d'enquêter sur l'hypothèse de Pitt concernant un détournement possible du navire. Elle commença par aller voir le Dr Roald Oswald, le remplaçant de Joe Eberson au poste de directeur de la technologie des plates-formes sous-marines. L'ayant rencontré quelques jours auparavant, elle ne fut pas surprise de le trouver déjà au travail.

Elle passa la tête par l'entrebâillement de la porte.

— Puis-je interrompre vos méditations matinales?

— Bien sûr, Miss Bennett. J'accueillerais avec plaisir une diversion pour me faire oublier le retard consternant de notre programme de livraison de nouveaux sous-marins.

— Je vous en prie, appelez-moi Ann. Un lancement sera-t-il possible sans utilisation de la supercavitation?

— C'est bien notre problème. Sans Eberson et Heiland, nous allons perdre des mois, si ce n'est des années. Sans cette technique, les performances du sous-marin se trouvent terriblement réduites. Je suppose que cela vaudrait quand même la peine de tester le système de propulsion si nous parvenons à le construire.

— Qu'est-ce qui vous arrête?

— Des retards d'ordre matériel à ce qu'on me dit.

— Ces retards seraient-ils dus à un défaut d'approvisionnement en métaux rares ?

Oswald but une gorgée de son café et fixa Ann de ses yeux d'un bleu pâle.

— Je ne possède pas assez d'informations pour vous répondre. Mais, assurément, certains métaux rares jouent un rôle important dans la conception du *Sea Arrow* – notamment pour son système de propulsion et pour certains éléments du sonar et de l'électronique de bord. Pourquoi me posez-vous cette question ?

— J'examine la possibilité d'un lien possible entre la mort du Dr Heiland et le détournement d'une cargaison de minerai de monazite contenant une forte concentration de neodymium et de lanthanum. Quelle est l'importance de ces éléments dans la conception du *Sea Arrow* ?

— Énorme. Notre système de propulsion repose sur un couple de moteurs électriques extrêmement perfectionnés qui, à leur tour, actionnent deux thermo-compresseurs extérieurs ainsi que l'ensemble des systèmes embarqués. Leurs composants contiennent des métaux rares, mais surtout les moteurs, expliqua Oswald en buvant une nouvelle gorgée de café. Ils utilisent des aimants très puissants pour parvenir à un rendement maximal qui sont fabriqués suivant des normes très strictes au Laboratoire national d'Ames. Ils contiennent en effet un mélange de divers métaux rares, dont certainement du neodymium. Nous pensons, reprit-il après une brève hésitation, que le système de supercavitation de Heiland implique lui aussi quelques composants rares. Je crois que vous tenez là quelque chose.

— Pourquoi dites-vous cela ?

— Les moteurs du *Sea Arrow* doivent encore être installés. Le premier vient juste d'être terminé au Laboratoire de recherches navales de Chesapeake Bay et doit être incessamment expédié à Groton. Le second a subi un peu de retard en raison d'une rupture d'approvisionnement en matériaux. Je n'ai pas toutes les informations, mais j'ai cru comprendre que c'est une pénurie de métaux rares qui est à l'origine de ce retard.

— Pourriez-vous savoir de quels métaux il s'agit ?

— Je vais passer quelques coups de fil et je vous tiendrai au courant, lui répondit-il en se carrant dans son fauteuil. Joe Eberson était un de mes amis. Chaque été, nous allions pêcher au Canada. C'était quelqu'un de bien. Tâchez de trouver ses assassins.

— J'en ai bien l'intention, lui assura Ann.

Elle avait à peine regagné son bureau qu'Oswald l'appelait pour lui débiter toute une liste d'éléments dont les longs délais de livraison retardaient l'achèvement du *Sea Arrow* : gadolinium, praseodymium, samarium et dysprosium. En tête de liste figurait le neodymium, l'élément qui apparaissait justement dans l'échantillon de monazite que Pitt avait rapporté du Chili.

Une rapide recherche sur Internet lui révéla que les prix de ces éléments s'étaient récemment envolés sur le marché. Les spécialistes en matières premières invoquaient deux facteurs pour expliquer cette hausse. D'abord, l'incendie qui avait dévasté les installations de Mountain Pass en Californie, où se trouvait la seule mine de métaux rares existant aux États-Unis. Ensuite, l'annonce des propriétaires de la mine australienne du Mount Weld informant qu'ils allaient provisoirement interrompre la production pour moderniser et développer le site : une nouvelle qu'Ann connaissait déjà.

Réfléchissant à tout cela, Ann prit la feuille que Fowler avait déposée sur son bureau. C'étaient les CV de tous les membres du personnel militaire ayant travaillé sur le *Sea Arrow*. Sans s'arrêter à ceux appartenant à la DARPA ou à l'ONR, elle se pencha sur les noms qui restaient et ouvrit de grands yeux en parcourant le CV de Tom Cerny, le conseiller spécial du Président. Elle le relut une seconde fois, prit quelques notes et imprima l'ensemble du dossier.

Fowler apparut sur le pas de la porte, apportant un beignet et du café.

— Vous êtes bien matinale. Où en êtes-vous de vos recherches ?

— Dans le Pacifique Sud, figurez-vous.

Elle lui fit part des soupçons de Pitt à propos du cargo de minerai repéré au Chili et de ses projets pour protéger le navire en provenance d'Australie.

— Il transporte des métaux rares ?

— Oui. Il a dit, je crois, qu'il s'agissait de l'*Adélaïde*, parti de Perth.

— Vous n'envisagez pas de le rejoindre ?

— J'y ai pensé mais il part demain. Il s'agit sans doute d'une fausse piste et, franchement, j'ai l'impression que de mon côté je progresse.

Elle fit glisser jusqu'à lui le CV de Tom Cerny.

— Je ne suis pas encore prête à dénoncer une fuite à la Maison-Blanche, mais regardez quand même les antécédents de Cerny.

Fowler lut tout haut quelques extraits de la carrière de Cerny.

— « Ex-officier des Bérets verts, a servi comme conseiller militaire à Taïwan, puis au Panama et en Colombie. A quitté l'armée pour un passage chez Raytheon comme directeur des programmes d'armes à énergie dirigée. A travaillé ensuite à Washington en tant que spécialiste des questions de Défense. A siégé au conseil d'administration de trois sociétés d'armement avant d'entrer à la Maison-Blanche. Mariée à Jun Lu Yi, une ressortissante taïwanaise qui dirige une œuvre pour l'éducation des enfants à Bogota. » Intéressant parcours, dit-il en reposant le document.

— Il semble que sa carrière l'a placé non loin des systèmes de défense que les Chinois ont copiés, dit Ann. Et son affectation en Colombie m'a fait tiquer.

— Cela mérite d'y regarder de plus près. Je présume que vous pourriez vous renseigner discrètement sans éveiller de soupçons.

— Absolument. Je ne suis pas disposée à gâcher ma carrière en débarquant en accusatrice à la Maison-Blanche, mais je vais tâter le terrain. Et vous, où en êtes-vous de vos recherches ?

— J'ai passé au peigne fin la carrière de tous les employés de la DARPA travaillant sur le programme. À vrai dire, je n'ai pas trouvé le moindre indice de comportement suspect. Je vous passerai les dossiers quand j'aurai terminé.

— Merci, mais je vous fais confiance. Quel est votre prochain objectif ?

— Je comptais visiter les installations de nos trois plus gros sous-traitants. Vous pourriez peut-être m'accompagner ? Cela nous ferait gagner du temps.

— Je voudrais examiner ceux qui semblent moins importants. Il y en a trois qui ont attiré mon attention.

— Ils se situent trop bas dans la chaîne, et n'ont qu'un accès limité à tout ce qui est confidentiel, dit Fowler.

— On peut toujours jeter un coup d'œil, dit Ann.

— Comme vous voudrez, dit Fowler en souriant. Je serai ici toute la journée si vous découvrez quelque chose.

Dans le courant de l'après-midi, après de nouveaux contrôles avec le FBI, elle revint à sa liste de sous-traitants et la chance lui sourit... Les sociétés des deux premiers étant cotées en Bourse, elle obtint sans peine des informations sur leurs activités. Mais le statut privé de la troisième rendait les recherches plus difficiles. Elle trouva pourtant un article dans une revue technique et se précipita dans le bureau de Fowler.

— Dan, regardez donc. Un des sous-traitants, la firme SecureTek, fournit des données sécurisées à des ingénieurs en poste dans des coins perdus pour les aider dans leurs recherches. Ce qui lui permet en échange d'avoir accès à certains de leurs travaux confidentiels.

— C'est sans doute plus difficile à démontrer que vous le croyez.

— Ce n'est pas tout. SecureTek fait partie d'un petit conglomérat basé au Panama qui possède également une mine d'or là-bas et une compagnie de transports aux États-Unis.

— Très bien, mais je ne vois pas où cela nous mène.

— La compagnie a une participation minoritaire dans Hobart Mining, qui possède une mine à Mount Weld en Australie.

— Bon, cela prouve qu'ils ont développé leurs activités minières.

— Mount Weld est un des plus gros producteurs de métaux rares en dehors de la Chine. Le Dr Oswald m'a expliqué ce matin à quel point ces minerais sont importants pour le projet *Sea Arrow,* et comment des problèmes d'approvisionnement ont retardé le programme. Cela pourrait avoir un rapport.

— Ça me semble un fil bien ténu, dit Fowler en secouant la tête. Quelle serait la motivation ? Le propriétaire de la mine doit être content de nous voir acheter ses produits et non pas faire languir un de ses meilleurs clients. Je pense que vous laissez Dirk Pitt vous entraîner sur une fausse piste.

— Vous avez sans doute raison, dit-elle, mais nous devons nous cramponner au moindre indice.

— Bien sûr, peut-être verrez-vous les choses demain sous un autre jour. Je trouve que l'exercice physique m'aide à résoudre les problèmes. Chaque matin, je vais courir un moment le long du Potomac et ça me détend. Vous devriez essayer.

— Vous avez raison. En attendant, pourriez-vous me rendre un service ? Ajoutez donc SecureTek à la liste des sous-traitants auxquels vous comptez rendre visite.

— Bien volontiers, dit-il.

Ann suivit son conseil : elle s'arrêta en chemin dans un club de gymnastique et courut quelques kilomètres sur un tapis roulant. En rentrant chez elle, elle pensa à Pitt et, à peine arrivée, elle l'appela. Comme il ne répondait pas, elle laissa un long message à propos de ses dernières découvertes et lui souhaita bonne chance pour son voyage.

Alors qu'elle raccrochait, une voix rauque l'interpella dans le vestibule.

— J'espère que vous n'avez pas oublié de dire au revoir.

Ann sursauta. Pivotant sur ses talons, elle vit deux grands Noirs sortir de l'obscurité de sa chambre. Reconnaissant le premier, elle se mit à trembler.

Clarence, un sourire glacé aux lèvres, s'avança, braquant sur sa tête le canon d'un Colt .45.

32

Zhou avait un visage de paysan : des yeux rapprochés, le nez de travers – souvenir d'une vieille fracture – et pratiquement pas de menton. Des oreilles écartées et des cheveux mal coupés ajoutaient la dernière touche à son air un peu niais. Un physique qui convenait parfaitement à un agent secret. Outre le fait de permettre à Zhou d'être à l'aise dans n'importe quelle situation, cela amenait habituellement ses supérieurs du ministère de la Sécurité d'État chinoise à sous-estimer son intelligence et ses talents.

Cette fois, il comptait faire le même effet devant un public moins sophistiqué. Vêtu des frusques usées et sales d'un ouvrier quelconque, il ressemblait à la plupart des habitants de Bayan Obo, une ville industrielle poussiéreuse et sans charme de Mongolie-Intérieure. Zhou traversa une rue grouillante de camions et de bus pour se rendre dans un petit débit de boissons d'où des voix lui parvenaient. Après une profonde inspiration, il poussa une porte sur laquelle s'étalait l'image fanée d'un ours brun.

À peine entré, il balaya les lieux d'un regard auquel rien n'échappait. Des relents de mauvais tabac et de bière éventée l'accueillirent. Dans la salle, une douzaine de tables étaient occupées par des mineurs qui avaient terminé leur travail dans la mine à ciel ouvert. Derrière un grand comptoir surélevé, un barman borgne servait des clients qui de toute évidence ne buvaient pas d'eau minérale.

Zhou commanda un *baijiu*, l'alcool de céréale apparemment préféré des habitués, et s'installa sur une chaise dans un coin pour examiner les clients. Par groupes de trois ou quatre, ils faisaient visiblement tout leur possible pour oublier les travaux de la journée. Scrutant tour à tour chaque visage, il chercha la cible qui lui conviendrait et repéra, à quelques tables de lui, un jeune homme exubérant qui visiblement cassait les oreilles de son compagnon, silencieux mais costaud.

Zhou attendit que le beau parleur eut presque terminé de boire avant de s'approcher. Faisant semblant de trébucher, il lui donna un coup de coude qui fit tomber son verre sur le sol.

— Hé, attention à mon verre !

— Mille pardons, mon ami, dit Zhou d'une voix un peu pâteuse. Je t'en prie, viens au bar avec moi et je t'en paierai un autre.

Le jeune mineur, comprenant qu'il venait de récolter une tournée gratuite, se leva aussitôt en titubant un peu.

— C'est ça. Un autre verre. Mais apporte-le-moi.

Tenant à la main une grosse bouteille de céramique, Zhou reçut un accueil chaleureux quand il regagna la table.

— Je m'appelle Wen, dit l'homme, et mon copain qui ne dit rien, c'est Yao.

— Moi, c'est Tsen, répondit Zhou. Tu travailles à la mine ?

— Bien sûr, fit-il gonflant ses biceps. On ne se fait pas ça en plumant des poulets.

— C'est quoi, ton travail à la mine ?

— Oh, on est au broyage, dit-il en riant. On déverse le minerai dans des concasseurs grands comme une maison, et qui peuvent broyer une roche aussi grosse qu'un chien de berger pour la réduire à ça, dit-il en serrant son poing sous le nez de Zhou.

— Je viens de Baotou, annonça Zhou, et je cherche du boulot. Il n'y en a pas à la mine ?

Wen tendit la main et saisit le bras de Zhou.

— Un type comme toi ? Tu es trop maigrichon pour travailler à la mine, lança-t-il en riant puis, aspergeant la table de salive et remarquant l'air triste de Zhou, il eut un élan de pitié : Il y a des hommes qui se blessent, alors de temps en temps, il faut trouver des remplaçants. Mais tu ne seras probablement pas le seul à faire la queue.

— Je comprends, dit Zhou. Encore un coup de *baijiu* ?

Sans attendre de réponse, il remplit leurs verres. Yao, le mineur qui ne disait rien, le regarda d'un air apathique en faisant un signe de tête. Wen leva son verre et le vida d'un trait.

— Dis-moi, reprit Zhou en buvant une gorgée, il paraît qu'on peut trouver du minerai au marché noir à Bayan Obo.

Yao regarda Zhou d'un œil méfiant.

— Non, dit Wen en s'essuyant la bouche avec sa manche, tout vient du même endroit.

— Ce n'est pas prudent de parler de ça, lança Yao dont la langue s'était soudain déliée.

Wen haussa les épaules.

— C'est pas notre boulot.

— Comment ça? interrogea Zhou.

— Les travaux de terrassement aux explosifs, le concassage, tout ça dépend de l'État et c'est lui qui nous paie, Yao et moi, expliqua-t-il. C'est seulement après le concassage que d'autres mettent la main au pot.

— Les mains de qui?

Yao frappa la table avec son verre.

— Tu poses trop de questions, Tsen.

Zhou s'inclina légèrement devant Yao.

— J'essaie juste de trouver du travail.

— Yao n'aime pas qu'on parle de tout ça parce que son cousin est chauffeur d'un camion pour l'opération.

— Ça se passe comment?

— Je crois qu'ils paient quelques chauffeurs, dit Wen, pour, la nuit, transporter les blocs de rocher jusqu'au concasseur. Les camions y chargent du minerai broyé et le déposent dans un coin éloigné de la mine. Alors Jiang et son équipe de camions viennent le ramasser. Tiens, le voilà justement.

Wen fit signe à un homme trapu, au visage couvert de poussière, qui venait d'entrer dans le bar d'un pas conquérant.

— Jiang, j'expliquais à mon copain comment tu ramassais dans la mine du minerai planqué.

Jiang asséna à toute volée une gifle qui frappa Wen sur le haut de la joue et le fit presque tomber de sa chaise.

— Tu devrais arrêter de raconter n'importe quoi, Wen, sinon tu vas perdre ta langue. Tu es pire qu'une vieille femme.

Il toisa Zhou puis regarda son cousin Yao qui secoua vaguement la tête.

Jiang fit le tour de la table et vint se planter devant Zhou. Il se pencha soudain, l'empoigna par le col de son blouson et le souleva de sa chaise.

Celui-ci garda les bras le long du corps en arborant un sourire inoffensif.

— T'es qui, toi ? fit Jiang, le visage collé à celui de Zhou.

— Je m'appelle Tsen. Je suis un cultivateur de Baotou. Maintenant, dis-moi ton nom.

Furieux d'une telle audace, Jiang tonna :

— Écoute-moi, cul-terreux, déclara-t-il en secouant Zhou par son col, si jamais tu veux revoir Baotou, je te conseille de ne pas te vanter d'avoir jamais mis les pieds ici. Tu n'as vu personne, tu n'as parlé à personne. Tu comprends ?

L'haleine de Jiang empestait le tabac et l'ail, mais Zhou ne broncha pas. Il acquiesça en adressant à Jiang un aimable sourire.

— Bien sûr, mais comme je ne suis jamais venu ici, je n'ai pas dépensé quatre-vingts yens pour payer des verres à tes copains, fit-il en tendant vers lui sa paume ouverte comme s'il attendait qu'on le rembourse.

Jiang devint cramoisi.

— Ne remets jamais les pieds dans ce bar. Et maintenant, fous le camp.

Il lâcha le col de Zhou et voulut ponctuer sa menace d'un coup de poing mais, comme il n'avait pas de recul, il fit un pas en arrière.

Zhou anticipa son geste et lui décocha un coup de pied à la cheville. Le camionneur trébucha mais parvint quand même à lui envoyer un violent direct du droit. Zhou s'écarta sur la gauche, encaissant le coup à l'épaule, puis riposta en poussant Jiang de côté. Celui-ci perdit l'équilibre et tomba en arrière.

Sonné, Jiang s'effondra sur le sol comme un arbre qu'on abat.

En voyant son cousin par terre, Yao se leva d'un bond et tenta d'empoigner Zhou mais celui-ci, plus agile et n'ayant presque rien bu, l'évita sans mal et lui asséna un violent coup de pied au genou, puis quelques crochets à la tête. Un dernier coup frappa Yao à la gorge : il tourna sur lui-même et tomba à genoux en se tenant la gorge comme s'il suffoquait.

Le silence se fit dans le bar, tous les regards étaient tournés vers Zhou. C'était ridicule d'attirer ainsi l'attention, mais il y avait des moments où il ne pouvait pas se retenir.

— Pas de bagarre ici ! cria le barman, mais il était trop occupé à servir pour jeter dehors les coupables.

Zhou acquiesça. D'un geste nonchalant, il reprit sur la table son verre de *baijiu* et en but une lampée. Les autres clients se remirent à boire et à plaisanter, sans se soucier des deux hommes effondrés sur le carrelage.

Wen avait suivi avec stupeur le combat, sans bouger de sa chaise.

— Tu as la main rapide pour un fermier, balbutia-t-il.

— C'est à force de manier la binette, répondit Zhou en exhibant ses mains. Qu'est-ce que tu dirais si notre ami Jiang nous payait un verre ? suggéra-t-il.

— Sûr, fit Wen d'une voix pâteuse.

Zhou plongea une main dans la poche de l'homme encore inconscient et en retira son portefeuille. Trouvant au passage sa carte d'identité, il enregistra mentalement le nom et l'adresse de Jiang. Puis il remit le portefeuille en place, non sans en avoir retiré un billet de vingt yens qu'il tendit à Wen.

— Bois à ma santé, dit-il. Il est tard, il faut que je parte.

— Bon, ami Tsen, si tu le dis, fit Wen en se levant non sans quelque difficulté.

— On se voit à la mine, dit Zhou.

— À la mine ? répéta Wen.

Il leva vers Zhou un regard étonné, mais le petit fermier de Baotou était déjà parti.

33

Le lendemain matin, à sept heures et demie, Jiang Xianto, le chauffeur de camion, sortit de l'immeuble où il habitait. Un pansement collé sur le front, il marchait à grandes enjambées un peu raides pour moins sentir les spasmes qui lui ébranlaient le crâne à chaque pas. S'il avait été moins préoccupé, il aurait peut-être remarqué son agresseur du bar, assis dans une Toyota de fabrication chinoise garée de l'autre côté de la rue en train de lire le *People's Daily*.

Zhou sourit en voyant Jiang boitiller ainsi. Il n'avait éprouvé aucun plaisir à envoyer Yao au tapis la veille au soir, mais il n'éprouvait pas la moindre compassion pour Jiang. Il avait tout de suite reconnu ce genre de personnage, un pauvre type coléreux qui s'en prenait aux gens plus faibles pour se sentir plus fort.

L'homme descendit la rue jusqu'à un arrêt de bus où patientaient déjà de nombreuses personnes. Comme on pouvait s'y attendre, quand le bus arriva, Jiang bouscula tout le monde pour passer le premier et occuper une des rares places encore libres. Zhou démarra et suivit le bus en laissant prudemment quelques voitures devant lui.

Le bus s'arrêta devant un immeuble délabré dans le quartier sud de la ville. La plupart des voyageurs étaient déjà descendus quand Jiang en fit autant tandis que Zhou se garait un peu plus loin. Rabattant sur ses yeux le bord de son chapeau, il ferma sa voiture à clef et suivit son homme à pied.

Jiang prit une rue latérale puis tourna dans un passage jonché de détritus, atteignant un grand terrain vague entouré d'une clôture. La brise matinale un peu fraîche l'obligea à remonter la fermeture de son blouson, puis il se glissa par une ouverture du grillage, passant devant des piles de palettes qui s'entassaient là. Au fond, sous un toit en tôle ondulée, étaient garés cinq gros camions bâchés et une fourgonnette un peu fatiguée. Quelques hommes à l'air peu avenant se tenaient là et buvaient du thé dans des gobelets en carton.

— Dis donc, Jiang, dit l'un d'eux, ta femme t'a coiffé avec un wok ce matin?

— Attends un peu, répliqua Jiang, moi, je vais te peigner avec un démonte-pneu. Où est Xao?

Un homme de haute taille, vêtu d'un caban noir, surgit entre deux camions.

— Ah, Jiang, te voilà. Encore en retard, à ce que je vois. Continue comme ça et tu vas te retrouver à creuser des fossés. Bon, tout le monde est là, reprit-il, on est prêts à partir.

Les hommes se rassemblèrent autour de lui pendant qu'il tirait de sa poche un papier plié :

— On déchargera la marchandise au dock 27. Je prendrai le camion de tête, vous n'aurez qu'à me suivre. Nous passerons par une porte de secours. On nous attend pour huit heures, alors ne traînons pas.

— On s'arrête où pour l'essence? demanda un chauffeur coiffé d'un bonnet de laine usé.

— À l'arrêt habituel de Changping.

Xao regarda autour de lui pour voir s'il y avait d'autres questions, puis désigna les camions.

— Bon, on y va.

Xao, Jiang et trois hommes s'entassèrent dans les gros camions et les autres dans la fourgonnette. Jiang était en queue du convoi. Il monta dans la cabine et démarra. Réglant le chauffage, il sortit le dernier du parking, changea de vitesse et accéléra.

Les lourds véhicules devaient franchir une porte ouverte surveillée par un robuste gaillard chauve qui portait un pistolet Makarov dissimulé sous son manteau. Jiang se présenta et freina brutalement.

— Vérifie l'arrière ! dit-il en tapant sur la portière pour attirer l'attention du garde.

L'homme acquiesça et passa derrière le camion. Comme il inspectait le hayon, il fut accueilli par la botte de Zhou qui le frappa en pleine mâchoire. Le choc le renversa mais cela ne l'empêcha pas d'attraper son arme qu'il braqua vers le camion. Immédiatement, Zhou envoya d'un coup de pied valser le revolver puis, plongeant sur lui, frappa du coude la mâchoire du garde qui s'écroula, inerte.

D'un bond, Zhou se releva et se retourna. Jiang était là et fonçait sur lui avec le poignard qu'il avait retiré de sa ceinture. Zhou vit l'éclat de la lame plonger vers sa poitrine. Il essaya de l'éviter, mais la pointe toucha sa manche et il sentit l'acier glisser sur son biceps droit.

Sans se laisser arrêter par cette blessure, d'un crochet du gauche il frappa Jiang à la tempe. Ce dernier poussa un juron en s'apercevant qu'il se battait avec l'homme qui l'avait assommé la veille au soir.

Zhou ne lui laissa pas le temps de réfléchir et reprit le combat. Il enchaîna avec un violent coup de pied qui frappa Jiang à la cuisse. Un coup destiné moins à blesser qu'à provoquer une réaction. Ce fut ce qui se passa : Jiang saisit le poignard et fonça imprudemment sur son adversaire.

Zhou était prêt. De la main gauche, il saisit le poignet de la main qui tenait le couteau et, profitant de l'élan de son adversaire, il lui tordit le bras de toutes ses forces.

Jiang avait l'impression qu'on lui démanchait l'épaule. Lâchant le poignard, il s'écroula, hurlant de douleur. À cet instant, l'arme se retrouva dans la main de Zhou. Celui-ci avait envie de le tuer, et aurait pu le faire sans effort, mais son adversaire souffrirait davantage en pourrissant dans une cellule. Alors, retournant la lame, il frappa Jiang sous l'oreille avec le manche. Ce coup sur la carotide bloqua le sang qui irriguait le cerveau de Jiang, lequel perdit connaissance. Zhou se releva et reprit son souffle. Un simple appel à la police assurerait à la brute un accueil déplaisant quand il se réveillerait. Mais Zhou devait d'abord rattraper le convoi.

Les camions avaient disparu au bout de la rue. Zhou ramassa le Makarov et le fourra dans sa poche. Puis il retourna Jiang sur le ventre, lui ôta son blouson et déchira un lambeau de sa chemise pour se faire un bandage. Son bras droit était poisseux de sang, mais il ne saignait plus. Il s'occuperait de la plaie plus tard.

Zhou sauta à bord du camion et démarra en trombe vers la grande route de Bayan Obo, aspergeant de poussière les deux hommes toujours allongés sur le sol. La mine étant au nord de la ville, il fonça dans cette direction.

Zigzaguant dans le flot de la circulation au milieu d'un concert d'invectives et de coups de klaxon, il approcha rapidement des quartiers nord de la ville. Le trafic devint plus fluide. En haut d'une côte, il repéra le convoi à moins de deux kilomètres et eut tôt fait de le rejoindre.

La caravane passa devant l'entrée principale de la mine de Bayan Obo pour s'engager trois kilomètres plus loin sur une route à peine carrossable. Après être repartis vers le sud et avoir franchi une succession de clôtures, ils pénétrèrent sur le site de la mine et des excavations à ciel ouvert apparurent devant eux. Les camions les contournèrent pour gagner les installations principales. Une fourgonnette guida le convoi jusqu'à un entrepôt qui semblait abandonné, maculé d'anciennes traces d'un incendie. Les camions s'arrêtèrent derrière le bâtiment où se dressait un énorme tas de minerai concassé.

Voler une partie du bauxite était un jeu d'enfant. Lors de chargements nocturnes, un fourgon sur trois transportant du minerai broyé vers l'usine de traitement s'égarait en chemin et déchargeait sa cargaison derrière le vieil entrepôt. Il suffisait de quelques billets distribués à des chauffeurs et à des chefs de service choisis avec soin pour ajuster les comptes de production et la marchandise était détournée. Quelques jours plus tard, les camions n'avaient qu'à l'emporter pour le mettre sur le marché.

Les hommes de la fourgonnette ouvrirent une porte au fond de l'entrepôt où un tapis roulant portatif était rangé. Il suffisait de l'installer devant le tas de bauxite et de brancher un générateur. Zhou regarda le véhicule de tête faire marche arrière pour placer son plateau à l'extrémité du tapis. Les hommes commencèrent à y jeter des pelletées de minerai qu'on déversait alors dans le camion. En un quart d'heure, le plateau était plein, laissant la place au véhicule suivant.

Zhou s'essuya le bras et refit le pansement sommaire qui recouvrait sa blessure. Un peu affaibli par tout le sang qu'il avait perdu, il avala quelques boules de riz découvertes sur le siège dans un sac en papier. Il changea son blouson avec celui de Jiang et en remonta le col. Puis, soufflant sur la vitre, il l'embua totalement pour qu'on ne puisse pas le voir pendant qu'il attendait son tour.

Lorsque le quatrième camion repartit, Xao lui fit signe de reculer jusqu'au tapis roulant. Zhou gardait ses mains posées bien haut sur le volant pour masquer son visage pendant la manœuvre.

Les minutes s'écoulaient et le minerai se déversait sur le plateau du camion dans un fracas d'avalanche. Zhou retenait son souffle, craignant toujours que quelqu'un lui adresse la parole. Le grondement finit par cesser, le tapis roulant s'arrêta et des manœuvres le remirent dans l'entrepôt. Xao tapa du poing sur le pare-chocs, le chef de convoi remonta dans le camion de tête et, passant un bras dehors, donna le signal du départ. Tous les moteurs se mirent à vrombir.

Ainsi lourdement chargés, ils suivirent lentement la piste défoncée jusqu'à la route puis, prenant la direction du sud, traversèrent la petite ville bâtie par l'entreprise qui exploitait la mine. Laissant derrière eux ce petit bastion de civilisation, ils s'engagèrent alors sur les mêmes steppes dénudées de Mongolie-Intérieure conquises, huit siècles auparavant, par Gengis Khan.

Zhou supposait qu'ils allaient décharger leur cargaison dans le premier dépôt de chemin de fer. Mais, lorsqu'ils atteignirent Bantou quelques heures plus tard et prirent la direction de l'est, il comprit qu'il s'était trompé.

Le convoi s'engagea sur l'autoroute de Jingzhang qui les conduisit jusqu'à Beijing. Juste avant d'entrer dans la capitale, alors que la nuit tombait, ils firent halte dans le faubourg de Changping. Un petit vent s'était levé, soulevant des tourbillons de sable venant du désert de Gobi. Zhou se couvrit le visage avec le foulard qu'il avait trouvé dans la poche de Jiang et alla s'allonger un peu à l'écart pendant qu'on faisait le plein d'essence des camions.

Le convoi repartit lentement, se frayant un passage dans la circulation de plus en plus dense. Ils firent le tour par le quartier ouest pour éviter le plus gros du trafic et continuèrent vers le sud-est. Ils mirent près de deux heures pour arriver à la cité portuaire de Tianjin. Suivant un labyrinthe de rues, Xao les guida jusqu'aux docks.

Arrivé devant un vieil entrepôt, il s'arrêta dans une petite ruelle. Deux hommes jaillirent de l'ombre pour prendre un sac bourré de yens que Xao leur passa par la fenêtre. Une grille s'ouvrit au bout de l'allée et les camions traversèrent un immense hangar donnant sur le port pour s'arrêter à côté d'un cargo de taille moyenne dont les lumières éclairaient le quai.

Un autre grand tapis roulant s'étendait depuis le quai jusqu'à une cale béante du navire et Xao recula son camion jusque-là. Une équipe apparut alors avec des pelles et se mit à vider le chargement de minerai. Zhou observa un moment l'opération et, comprenant qu'il avait vu tout ce qu'il lui fallait, il ouvrit la portière côté passager et se glissa derrière le camion.

Un officier du cargo, posté sur le quai, surveillait les amarres et lui jeta un coup d'œil. Zhou s'approcha, bâillant et s'étirant, jouant le rôle d'un chauffeur épuisé.

— Bonsoir, dit-il en s'inclinant légèrement. C'est un beau bateau que vous avez là.

— Le *Graz* est un vieux rafiot, mais il tient le coup.

— Vous allez où ?

— Nous effectuons un changement de cargaison à Shanghai, et nous continuons jusqu'à Singapour.

Regardant attentivement Zhou à la lumière des lampadaires, il remarqua une traînée rouge sur la manche de son blouson.

— Ça va ?

Zhou jeta un coup d'œil à la tache de sang et sourit.

— C'est de l'huile de transmission. J'en ai renversé en refaisant le plein.

Zhou vit qu'on avait terminé de décharger le camion de Xao et que le suivant démarrait pour prendre sa place. Il fit un petit salut à l'officier.

— Bon voyage, dit-il et, tournant le dos au convoi, il s'éloigna.

L'officier le regarda d'un drôle d'air.

— Et votre camion ?

Sans répondre, Zhou s'éloigna d'un pas tranquille et disparut dans la nuit.

34

La machine qui assurait la propulsion du *Sea Arrow* faisait penser à une limousine interminable qu'on aurait entourée d'un pneu gigantesque. En fait elle abritait un appareil à induction rectangulaire qui pompait l'eau pour la rejeter à l'arrière par des tuyaux d'échappement. À l'avant, une nacelle contenait la pompe à réaction qui propulserait le sous-marin à très grande vitesse. L'ensemble du moteur était recouvert d'une substance noire et glissante qui donnait à l'ensemble de l'engin un aspect futuriste.

Sous la lumière crue des projecteurs, une grue soulevait de ses cales le prototype du moteur pour le déposer sur le plateau d'une grande remorque où un groupe d'ouvriers l'attacha avec des câbles d'acier avant de le recouvrir de bâches. La cabine d'un semi-remorque fourni par une société spécialisée dans le transport de fret délicat recula et vint en marche arrière s'accrocher à la remorque.

Il était six heures et demie du matin quand le camion sortit des installations du Laboratoire de recherches navales de Chesapeake Beach.

— À quelle heure devons-nous arriver à Groton ? demanda le copilote en étouffant un bâillement.

— Le GPS dit sept heures, mais sans tenir compte des encombrements sur le périphérique.

En ce début de matinée et dans cette région relativement peu peuplée du sud du Maryland, il n'y avait pas beaucoup de trafic en direction de Washington. Abordant un large virage, les deux hommes remarquèrent une colonne de fumée noire qui s'élevait à l'horizon. Quand ils virent que la fumée venait de la route, le chauffeur rétrograda.

— On dirait une voiture en feu.
— Tu as raison. Ça a l'air d'un vieux tacot.

Il s'agissait en fait d'une Toyota vieille de vingt ans, qui semblait déjà avoir été victime de plusieurs accidents durant sa longue carrière. Elle gisait maintenant au milieu de la route, des flammes jaillissant de son capot cabossé. Une camionnette blanche stationnait sur le bas-côté, à quelques mètres de là, mais aucun signe alentour.

— On devrait faire quelque chose, dit le chauffeur tandis que son compagnon se penchait derrière le siège pour attraper un extincteur.

Un choc les fit tomber sur le plancher : la tête d'un marteau de forgeron venait de fracasser la fenêtre côté passager. Une main gantée poussa à l'intérieur les débris de verre et lança dans la cabine un bidon de gaz lacrymogène.

En un instant, l'intérieur du camion fut envahi d'une âcre fumée blanche et suffocante. Ils avaient l'impression qu'on leur avait versé de la lave sous les paupières tant leurs yeux les brûlaient. À tâtons, ils cherchèrent à ouvrir les portières pour s'échapper.

Le chauffeur y parvint le premier et sauta de la cabine sur la chaussée, mais un homme qui portait un masque de ski braqua sur lui un pistolet paralysant : il s'effondra, secoué de convulsions. Le copilote, de son côté, avait réussi à descendre du camion et à tirer de sa poche son revolver mais, aveuglé par le gaz lacrymogène, il ne vit pas le second assaillant l'attaquer à son tour avec la même arme.

Un troisième homme, portant un masque à gaz, monta dans la cabine et lança dans un champ voisin le bidon encore fumant. Il se glissa ensuite derrière le volant et ouvrit d'un coup de couteau le boîtier électrique du camion. Puis, après avoir repéré un fil, il le coupa délicatement, débranchant ainsi l'émetteur GPS qui permettait à l'entreprise de suivre sa position. Alors, il embraya, avança lentement et, de son pare-chocs, poussa dans le fossé la Toyota qui brûlait toujours.

Le nouveau chauffeur reprit la route et baissa la vitre de son côté. En quelques secondes, le reste du gaz fut évacué de la cabine. Pablo put alors ôter son masque qu'il lança sur le siège à côté de lui.

Il jeta à sa montre un coup d'œil satisfait. En deux minutes, il avait fait main basse sur une des technologies les plus secrètes des États-Unis. Il saisit un téléphone portable, composa une longue liste de chiffres et sourit en pensant à la prime qu'il allait toucher.

35

Pablo roula plus d'un kilomètre avant de rejoindre l'autoroute. Il s'engagea peu après sur un petit chemin de terre qui traversait un pâturage où paissaient des vaches au regard abruti. Quelques centaines de mètres plus loin, le chemin longeait un étang et s'arrêtait devant une ferme abandonnée.

Seuls restaient quelques vestiges de murs noircis par un incendie. À côté, une vaste grange délabrée menaçait de s'écrouler au prochain coup de vent. Pablo s'approcha et arrêta le camion devant la porte du bâtiment.

À l'intérieur, il trouva un tas de bottes de foin fraîchement coupé disposées auprès d'un chariot élévateur. À l'autre extrémité de la grange, une cabine de semi-remorque était garée. Il gara le plateau de son camion devant les bottes de foin, et descendit pour examiner sous les bâches l'engin qu'il avait transporté.

Quelques minutes plus tard, une camionnette blanche s'arrêta à quelques mètres et deux grands Noirs en sortirent d'un bond.

— Vous vous êtes occupés des chauffeurs ? demanda Pablo.

Le premier Noir acquiesça.

— Clarence les a ligotés tous les deux au tronc d'un grand chêne au bord de la route. Un fermier les trouvera d'ici un jour ou deux.

— Bon. Maintenant, au travail. Je n'ai pas beaucoup de temps.

Les deux hommes de main ôtèrent les bâches qui recouvraient le moteur du *Sea Arrow*. Puis, enfilant de gros gants, l'un entreprit de lancer les bottes de foin sur le plateau du semi-remorque, tandis que son partenaire les disposait avec soin autour du moteur.

Pablo, lui, décrocha la cabine de son semi-remorque de son plateau et alla la garer un peu plus loin, puis revint avec un autre véhicule, un Kenworth bleu. Après s'être assuré qu'on n'y avait pas installé de GPS, il changea les plaques d'immatriculation.

Les deux Noirs avaient presque fini de dissimuler le moteur du *Sea Arrow* derrière un mur de foin qu'ils recouvrirent d'une bâche et fixèrent, avec l'aide de Pablo, au plateau pour parfaire la ressemblance avec un camion chargé de foin.

Clarence, le plus grand des deux hommes, ôta ses gants :

— Notre boulot est fini, dit-il à Pablo de sa voix râpeuse. Tu as notre paie ?

— Oui. Et toi, tu as les plans ?

— Dans la camionnette. Avec un petit cadeau pour toi en prime, ajouta-t-il.

— Apporte les documents dans le camion. Je vais vous donner le fric.

Clarence ouvrit le hayon de la camionnette d'où il sortit la boîte en plastique contenant les plans du système de supercavitation de Heiland. Il suivit Pablo jusqu'au

Kenworth et la déposa sur le siège du passager. Pablo passa la main derrière la banquette, lui tendit une grosse enveloppe que le Noir déchira, révélant ainsi plusieurs liasses de billets de cent dollars.

— Fichtre, que c'est beau à voir, fit-il en refermant l'enveloppe. Maintenant, si tu veux bien venir chercher ton cadeau, on pourra repartir.

Pablo semblait intrigué. Clarence, du pouce, lui désigna la camionnette et conduisit Pablo jusqu'au hayon ouvert où l'attendait son complice, tout souriant.

Pablo regarda à l'intérieur. Ligotée et bâillonnée, Ann Bennett était recroquevillée sur le plancher.

Elle tourna vers Pablo un regard brillant de rage. Le Colombien était bien la dernière personne qu'elle s'attendait à voir là.

— Qu'est-ce qu'elle fout ici ? interrogea Pablo en se tournant vers Clarence.

— On nous a donné l'ordre de l'emmener, dit Clarence. On nous a dit de ne pas l'abîmer, alors, la voilà.

Pablo tira de son blouson un pistolet Glock et le pointa vers le fond de la fourgonnette.

— Hé, tu ne vas pas la buter là, protesta Clarence. C'est une bagnole de location.

— D'accord.

Pablo se retourna et braqua le Glock à bout portant sur le visage de Clarence qui s'effondra. Son partenaire bondit sur Pablo, mais le Colombien fut plus rapide : il pivota sur ses talons et lui logea trois balles en pleine poitrine.

Ann poussa un hurlement, mais un morceau de chatterton étouffait ses cris. Pablo la considéra un moment, puis remit tranquillement le Glock dans son étui. Il tendit la main, tira Ann de sa cachette et la poussa contre une balle de foin oubliée là.

— J'ai peur que ce ne soit pas une bonne idée de vous liquider ici.

Terrifiée, elle le vit traîner les deux corps à l'intérieur de la camionnette et refermer les portières. Lançant l'enveloppe tachée de sang vers Ann, il la regarda en disant :

— Ne bougez pas.

Un instant plus tard, il sortit la camionnette de la grange dans un nuage de poussière et de brindilles de foin. Il s'arrêta un peu plus loin et la gara avec soin puis il abaissa la vitre, retira les clefs du trousseau excepté celle de contact et chercha du regard une grosse pierre plate. En ayant trouvé une, il la posa sur la pédale d'accélérateur pour la bloquer. Alors, après être descendu de voiture, il passa le bras par la vitre ouverte, mit le moteur en marche, enclencha le levier de vitesse sur « drive » et sauta en arrière.

Les pneus patinèrent un peu sur la terre mouillée puis la camionnette fonça en avant. Elle roula une quinzaine de mètres et franchit un petit talus d'où elle plongea dans l'étang.

Une oie solitaire poussa un cri en voyant la voiture projeter sur son passage un mur d'eau verte. En quelques secondes, la camionnette s'emplit d'eau et disparut dans les profondeurs de l'étang, laissant derrière elle une mousse de bulles.

Sans attendre, Pablo courut jusqu'à la grange, ramassa l'enveloppe qu'il jeta dans le camion et revint chercher Ann. Sans un mot, il la porta et la jeta derrière les sièges sur le plancher de la cabine.

— Autant que vous soyez bien installée, dit-il en démarrant. On a pas mal de route à faire.

36

L'hélicoptère surgit juste au-dessus des arbres, frôlant les hangars pour surprendre les dignitaires assis le long de la piste. C'était un appareil militaire, au fuselage anguleux et enduit d'un matériau spécial qui le rendait presque invisible aux radars. Son rotor à cinq pales et la queue fabriquée dans le même métal en estompaient de façon spectaculaire la signature sonore. Un expert en aéronautique aurait aussitôt reconnu un Black Hawk UH-60 comme celui utilisé dans le raid pour la capture de Ben Laden. Une différence toutefois : l'hélicoptère était de fabrication chinoise.

L'appareil fit quelques passages autour de la base aérienne de Yangcun, au sud de Beijing, avant de se poser. La foule, composée de généraux et de fonctionnaires de la Défense, se leva pour applaudir cette démonstration du dernier triomphe de la technologie chinoise. Un dirigeant du Parti, juché sur un podium, prit la parole pour se lancer dans un panégyrique classique de la grandeur de la Chine.

Edward Bolcke se pencha vers un homme à l'uniforme constellé de décorations.

— Splendide appareil, général Jintai.

— En effet, acquiesça Jintai. Et nous l'avons même construit sans votre aide.

Bolcke encaissa le coup avec un sourire. Il exultait, car il venait de recevoir du Maryland l'appel de Pablo.

La foule dut subir plusieurs discours interminables avant de se diriger vers un hangar où un buffet était servi. Bolcke, traînant avec lui le général, vice-président de la Commission centrale de l'armement, se mêla à d'autres hauts dignitaires de l'Armée de libération du peuple. Après avoir félicité un collègue général qui venait d'acheter un nouvel immeuble à Hong Kong, Jintai revint vers Bolcke.

— J'ai rempli mes devoirs d'hôte, dit-il à l'Autrichien. Nous avons à discuter de certaines affaires, me semble-t-il.

— En effet, répondit Bolcke.

— Très bien. Laissez-moi vous présenter une brillante lumière de notre service d'espionnage, puis nous irons parler en privé.

Jintai scruta la foule et finit par repérer un petit homme à lunettes en train de boire une bière. Tao Liang dirigeait le conseil exécutif du ministère de la Sécurité d'État, l'organisme qui contrôlait les activités de renseignement et de contre-espionnage de la Chine. Tao parlait avec Zhou Xing, le responsable du district minier de Bayan Obo, qui examinait tranquillement les dignitaires rassemblés dans le vaste hangar. Celui-ci prévint discrètement Tao que Jintai le cherchait.

— Vous voilà, Tao, dit le général. Venez, nous avons à examiner une proposition de notre vieil ami Edward Bolcke.

— Notre vieil ami Bolcke, répéta Tao d'un ton narquois. Je suis curieux d'entendre ce qu'il va nous proposer.

Zhou leur emboîtant le pas, ils traversèrent le hangar jusqu'à un petit bureau privé qu'on avait préparé à leur intention, sans oublier l'assortiment de liqueurs et un plateau de bouchées cantonaises. Jintai se servit un whisky et les rejoignit autour d'une table de conférence en teck.

— Puis-je vous présenter mes félicitations, messieurs, pour votre récente présentation, dit Bolcke. C'est une superbe journée pour les gardiens de la Chine. Même à une modeste échelle.

Il marqua un temps pour que cette remarque insultante fasse encore plus d'effet.

— Je proposerais toutefois que demain révolutionne la défense de votre pays.

— Allez-vous émasculer pour nous l'appareil militaire de la Russie et de l'Amérique ? dit Jintai en gloussant derrière son whisky.

— Dans une certaine mesure, oui.

— Vous n'êtes qu'un escroc de bas étage, Bolcke. Qu'est-ce que vous racontez ?

Bolcke foudroya du regard le général.

— Oui, peut-être, mais je connais la valeur de certains minerais comme l'or, l'argent... et les métaux rares.

— Nous connaissons aussi la valeur des métaux rares, dit Tao, et nous pouvons manipuler les cours en vous utilisant comme courtier pour procéder à des acquisitions sur le marché.

— Ce n'est un secret pour personne que la Chine possède un quasi-monopole sur la production de ces métaux, reprit Blocke. Mais ce monopole a été récemment fragilisé par les activités de deux importants gisements en dehors de votre pays. Les Américains viennent de rouvrir récemment la mine de Mountain Pass, et, en même temps, les installations du Mount Weld en Australie sont en pleine expansion.

— Nous conserverons toujours une position dominante, répliqua Jintai en se rengorgeant.

— Peut-être. Mais vous n'allez plus contrôler longtemps le marché.

Bolcke sortit de son porte-documents une grande photo : c'était, dans un paysage désertique, une vue aérienne d'un ensemble de bâtiments en train de se consumer, auprès d'une mine à ciel ouvert.

— Voici ce qui reste des installations minières américaines de Mountain Pass, dit Bolcke. Elles ont été détruites par un incendie la semaine dernière et ne produiront plus un gramme de métal rare pendant les deux années à venir.

— Vous savez quelque chose à propos de l'incendie ? demanda Tao.

Bolcke le dévisagea sans rien dire, un sourire méprisant sur les lèvres. Il posa sur la table une seconde photo où l'on voyait une autre mine à ciel ouvert dans un paysage désertique.

— Voici la mine du Mount Weld dans l'ouest de l'Australie : propriété de la compagnie minière Hobart, dont je suis devenu récemment un actionnaire minoritaire.

— J'ai cru comprendre que les Australiens ont provisoirement arrêté la production pour moderniser les installations.

— C'est exact.

— Tout cela est très intéressant, dit Jintai, mais en quoi cela nous concerne ?

Bolcke prit une profonde inspiration et fixa des yeux le général.

— Parce que cela vous amène à prendre deux décisions. D'abord, vous allez me consentir un prêt de cinq cents millions de dollars pour que je puisse me porter acquéreur de la mine australienne du Mount Weld. Ensuite, vous allez décréter une interdiction immédiate des exportations chinoises de métaux rares.

Après un moment de silence, on entendit Jintai éclater de rire.

— Vous ne désirez rien d'autre ? dit-il en se levant pour se resservir un whisky. Le poste de gouverneur de Hong Kong, peut-être ?

Tao regarda Bolcke d'un air intrigué.

— Pourquoi ferions-nous cela ?

— Par mesure d'économie et de sécurité, dit Bolcke. Ensemble, nous pouvons contrôler la totalité du marché des métaux rares. Comme vous le savez, je maîtrise en grande partie la production mondiale – Inde, Brésil et Afrique du Sud – que je vous vends en soutenant de cette manière les cours. Je peux sans problème obtenir de ces sources un contrat de livraison à long terme avant que vous annonciez un arrêt des exportations, verrouillant ainsi les approvisionnements. Quant au Mount Weld, si vous financez mon achat de la mine, je vous rembourserai en minerai que vous pourrez sans mal revendre à vos partenaires habituels avec un bénéfice substantiel. Une fois les Américains hors de course, la Chine contrôlera pratiquement toute la production mondiale de métaux rares.

— C'est pratiquement le cas, observa Jintai.

— Exact, mais vous ne pouvez pas contrôler tout le marché. L'incendie de Mountain Pass n'avait rien d'accidentel. Et si le Mount Weld a brusquement interrompu sa production, c'est grâce à moi.

— Vous avez été un précieux partenaire aussi bien pour les métaux rares que pour les avancées des technologies de défense des Américains, dit Tao. Donc... les cours montent et, au bout du compte, nous faisons des bénéfices sur la vente des métaux rares...

— Non, dit Bolcke, vous pouvez faire mieux. En contrôlant l'ensemble du marché, vous pouvez obliger toutes les sociétés mondiales qui utilisent des métaux rares à passer par la Chine pour la fabrication et la technologie. Chaque smartphone, chaque ordinateur, chaque éolienne, chaque satellite sur orbite dans l'espace dépendra de vous. Pratiquement toutes les technologies de pointe aujourd'hui utilisent des métaux rares : cela vous assurera une position dominante non seulement dans les produits de consommation, mais plus important évidemment, dans l'armement.

Il regarda Jintai bien en face.

— Vous ne préféreriez pas créer vous-même l'hélicoptère de combat le plus avancé qui soit plutôt que de copier celui de quelqu'un d'autre ?

Le général se contenta de hocher la tête.

— Au lieu de toujours chercher à rattraper la technologie occidentale, c'est la Chine qui montrera la voie. En contrôlant l'approvisionnement en métaux rares, vous stoppez sur-le-champ tout progrès des Occidentaux dans une multitude de recherches sur le plan militaire. En Amérique, les nouvelles générations de missiles, de lasers, de radars – et même de systèmes de propulsion des navires – dépendent des métaux rares... Vous comblez ainsi votre retard technologique. Au lieu de voir la Chine copier les systèmes de défense des Occidentaux, ce sont eux qui vous copieront.

Bolcke rassembla les photos et les remit dans sa serviette.

— Comme je le disais, c'est une question d'économie et de sécurité. Les deux vont de pair – et vous pouvez dominer le monde sur les deux plans.

Ces commentaires touchèrent au vif Jintai, qui ne cessait de déplorer l'infériorité dans le domaine militaire de l'Armée de libération du peuple.

— Peut-être en effet le moment serait-il venu d'agir, dit-il à Tao.

— C'est possible, dit Tao, mais cela poserait des problèmes avec nos partenaires commerciaux occidentaux.

— Bien sûr, répondit Bolcke, mais que pourront-ils vraiment faire ? Pour préserver leurs économies chancelantes, ils n'auront pas d'autre alternative que de s'associer avec vous et de partager les progrès qu'ils réaliseront.

Le maître espion alluma nonchalamment une cigarette avec un briquet en or.

— Qu'y a-t-il pour vous dans tout ça, Mr Bolcke ?

— Les mesures que vous prendrez feront augmenter les bénéfices de mon activité de courtier en minerais. Et je vous fais confiance pour me permettre de vendre une partie de la production du Mount Weld à des partenaires commerciaux de bon aloi avec un bénéfice substantiel. Bolcke se garda bien de souffler mot de son intention d'approvisionner le marché noir en métaux rares provenant de la mine, pas plus qu'il n'évoqua le fait de pouvoir acheter la compagnie pour deux cents millions de dollars de moins que ce qu'il demandait.

— Nous allons de toute urgence évoquer cette affaire au sommet, promit Tao.

— Je vous en remercie. Dans l'espoir de parvenir à un résultat profitable pour nos deux parties, j'ai une autre proposition à vous faire. Dans le passé, grâce à mon agence de sécurité aux États-Unis, j'ai été en mesure de vous transmettre les éléments de quelques technologies militaires, et vous avez généreusement récompensé mes efforts.

— Oui, dit Jintai, nous avons déjà utilisé sur le terrain le système de contrôle des rassemblements et réussi ainsi à maîtriser des incidents fâcheux dans les provinces de l'Ouest.

— J'ai fait installer à bord de deux de mes navires des unités modifiées appliquant ce système qui donne un taux de mortalité impressionnant. Si cela vous intéresse, je serai heureux de vous faire profiter de ces perfectionnements. Mais il s'agit là d'une technologie sans comparaison avec ce que je peux vous offrir aujourd'hui.

Il posa sur la table deux autres photos.

— Voici un croquis du *Sea Arrow* dessiné par un artiste, fit Bolcke en désignant le premier cliché. Le *Sea Arrow* sera le sous-marin furtif le plus perfectionné du monde.

Jintai y jeta un coup d'œil curieux et Tao hocha la tête.

— Le *Sea Arrow* opérera à une vitesse extrêmement élevée, en utilisant une unité de propulsion complexe dotée d'un système de supercavitation, poursuivit Bolcke en montrant la seconde photo. Cela donnera à la flotte de la Marine américaine plusieurs générations d'avance sur la nôtre.

— Nous avons toujours trois trains de retard, marmonna Jintai.

— Ce ne sera pas le cas cette fois, répondit Bolcke avec un sourire carnassier. Depuis moins d'une heure, je suis en possession du système de propulsion qui doit être installé la semaine prochaine sur le *Sea Arrow*. En outre, j'ai entre les mains le seul et unique exemplaire des plans et des dessins de l'installation de supercavitation du sous-marin.

Il se pencha sur la table avec un air satisfait.

— Les Américains ne peuvent mettre au point ce système de propulsion qu'avec des métaux rares. Et, sans les plans de supercavitation, leur sous-marin ne vaut pas un clou.

Les Chinois firent de leur mieux pour ne pas avoir l'air pendus aux lèvres de Bolcke.

— Vous êtes disposé à nous communiquer ces documents? demanda Tao d'un ton qui se voulait détaché.

— D'après mes sources, les Américains ont en secret dépensé plus d'un milliard de dollars pour mettre au point le *Sea Arrow*. Si nous nous mettons d'accord sur les divers points que nous venons de discuter, je serai heureux de vous vendre le moteur et les plans pour un supplément de cinquante millions de dollars.

— Quand pourriez-vous nous livrer le tout ? demanda Tao sans broncher.

— Le moteur et les plans arriveront par bateau à Panama dans cinq jours. Je me ferai un plaisir de procéder au transfert là-bas.

— Voilà une proposition séduisante, dit Tao. Nous allons sérieusement l'examiner.

— Parfait, conclut Bolcke en reprenant les photos et en jetant un coup d'œil à sa montre. Je dois malheureusement prendre un avion pour Sydney. J'ai entamé des discussions préliminaires pour l'achat du Mount Weld, j'attendrai donc avec impatience votre réponse.

— Nous ferons le plus vite possible, dit Jintai.

Le général appela un aide de camp, tout le monde se leva, on échangea de grandes poignées de main et on escorta Bolcke jusque dans la cour. Jintai servit un whisky pour Tao et un autre pour lui.

— Dis-moi, Tao, notre ami autrichien est assez convaincant. Étant donné le bon état de notre économie, nous pouvons nous permettre de secouer un peu le marché. Et pourquoi ne pas tenter de faire le bond technologique qui assurera notre sécurité pour un siècle ?

— Cela pourrait avoir d'éventuelles répercussions économiques susceptibles de déplaire au Secrétaire général, dit Tao, mais je reconnais que le jeu en vaut la chandelle.

— Tu ne crois pas qu'il rechignera devant les sorties d'argent qu'impliquent le prêt et le paiement cash ?

— Pas quand je lui aurai expliqué ce que représente la technologie du *Sea Arrow*. Nous avons eu des agents qui ont essayé en vain d'infiltrer le programme. Je n'ignore pas les frais que cela pourra entraîner. À vrai dire, il les sous-estime peut-être, dit-il en contemplant son verre. Mais nous devons absolument faire tout notre possible pour réussir.

— Alors, dit Jintai en souriant, allons soutenir ensemble cette proposition devant le Secrétaire général.

— Il y a quand même un problème avec notre ami autrichien.

Tao se tourna vers Zhou qui avait suivi sans rien dire la réunion.

— Raconte, je t'en prie, au général ce que tu as appris.

Zhou s'éclaircit la voix.

— Général, j'étais chargé d'enquêter sur les vols de métaux rares dans notre principale installation minière de Bayan Obo. J'ai découvert là un réseau de crime organisé permettant de voler systématiquement du minerai concassé pour le transporter jusqu'à Tianjin. J'ai retrouvé la trace d'une livraison illicite chargée à bord d'un cargo appelé le *Graz*.

Zhou se tut et jeta un coup d'œil à Tao pour savoir s'il devait continuer.

— Ce nom devrait-il me dire quelque chose ? demanda Jintai.

— Le *Graz*, précisa Tao, appartient à la compagnie de navigation de Bolcke.

— Bolcke orchestrerait le vol de nos propres stocks de métaux rares ?

— Assurément, dit Tao. Il y a quelques années, il a été introduit dans la mine comme consultant, ce qui lui a donné l'occasion de monter ce réseau de vols. Mais il y a pire, conclut-il en donnant à Zhou un signe de tête affirmatif.

— J'ai examiné, dit Zhou, les documents d'un certain nombre de ports. Parti de Tianjin, le *Graz* a fait route jusqu'à Shanghai, puis Hong Kong où il a déchargé trente tonnes de bastnaésite que le ministère du Commerce avait acheté sur le marché libre. L'opération a été négociée par Habsburg Industries, la firme de Bolcke.

— Bolcke nous vend nos propres métaux rares ? fit Jintai en sautant presque de son fauteuil.

Zhou fit oui de la tête.

— Le salopard ! éructa-t-il puis, reprenant son souffle, il se tourna vers Tao : Que faisons-nous maintenant ?

Tao écrasa soigneusement sa cigarette dans un cendrier avant de regarder Jintai.

— Il faut à tout prix obtenir la technologie américaine. Nous allons envoyer Zhou à Panama pour en négocier l'acquisition.

— Et les métaux rares ? Allons-nous proclamer l'embargo sur leur exportation et financer l'achat de la mine ?

— Nous allons continuer à soutenir l'embargo sur les exportations. Quant aux moyens d'acquérir la mine, lança-t-il avec un regard sournois, nous nous arrangerons pour rembourser M. Bolcke d'une façon qui nous conviendra.

37

Quand ils sortirent de l'aéroport international de Honolulu, ce fut le parfum des fleurs de frangipanier mêlé à de légers relents de kérosène qui accueillit Pitt et Giordino. Le soleil éblouissant et la brise tropicale eurent tôt fait de dissiper la fatigue due à douze heures de vol depuis Washington. Giordino héla un taxi qui les emmena rapidement à Pearl Harbor.

Les rues bordées de palmiers rappelaient à Pitt bien des souvenirs. Il avait, durant ses premières années à la NUMA, vécu un certain temps à Hawaii. C'était ici qu'il était tombé amoureux de Summer Moran, une femme à la beauté rayonnante. Aujourd'hui disparue, elle lui avait laissé deux grands enfants. Elle reposait de l'autre côté de l'île dans un cimetière proche de l'océan.

Ils atteignirent bientôt l'entrée de la base navale et Pitt chassa ces souvenirs nostalgiques. Un jeune enseigne les attendait et chargea courtoisement leurs bagages dans une jeep. Il sillonna les docks pour s'arrêter à côté d'un navire aux arêtes vives couronné d'une superstructure qu'on aurait crue taillée à coups de hache.

— Qu'est-ce que c'est? interrogea Giordino. Un ferry bourré de stéroïdes?

— Tu n'es pas loin, dit Pitt. Le *Fortitude* a été conçu par une société australienne pour transporter rapidement des véhicules.

— Avec une architecture de catamaran ? dit Giordino, observant que la proue ronde du navire était soutenue par deux coques verticales jumelles.

— Mais oui, et en aluminium. Le *Fortitude* est actionné par propulsion hydraulique. Il fait partie de l'unité de transport militaire de la Marine, et il est conçu pour acheminer rapidement des troupes et du matériel. La Marine en fait construire une petite flotte.

Comme ils récupéraient leurs sacs de la jeep, un homme en treillis s'approcha.

— Mr Pitt ?

— Oui ?

— Lieutenant Aaron Plugrad, Sécurité des gardes-côtes, dit-il en tendant la main à Pitt pour la serrer d'une étreinte de fer. Mes hommes sont déjà installés à bord du *Fortitude*. On me dit que nous pouvons lever l'ancre quand nous le voudrons.

— Quels sont les effectifs de votre équipe, lieutenant ?

— Je commande une escouade de huit hommes, bien entraînés à combattre les actes de piraterie. S'il y a une tentative de détournement, nous la réprimerons.

Plugrad et ses hommes appartenaient à une unité peu connue, le groupe d'Opérations spéciales des gardes-côtes. Constituant en fait une équipe de la SWAT (acronyme pour Spécial Weapons And Tactics), l'équivalent américain du GIGN, tous ces hommes étaient entraînés aux opérations de contre-terrorisme, aux abordages à haut risque en mer et à la détection d'explosifs.

— Une question encore, monsieur, dit Plugrad. Nous avons reçu de la NUMA une caisse contenant des combinaisons de haute protection : nous l'avons chargée à bord.

— Elles sont pour vos hommes, expliqua Pitt. Veillez surtout à ce chacun s'équipe quand nous aborderons l'*Adélaïde*. Nous pensons qu'en cas d'assaut, ces gens pourraient recourir à un bombardement par micro-ondes comparable à ceux utilisés par l'armée pour disperser des manifestants, mais plus puissant.

— Je connais, dit Plugrad. Nous prendrons les précautions nécessaires.

Pitt et Giordino furent accueillis à bord par le commandant Jarrett. Cet officier de marine grisonnant les conduisit jusqu'à la passerelle pour leur montrer sur un écran de contrôle la route qu'il comptait suivre.

— Notre objectif est de retrouver l'*Adélaïde* qui doit naviguer dans ces parages, dit Jarrett en montrant du doigt une vaste étendue d'océan au sud-ouest des îles Hawaii. C'est à environ onze cents milles d'Oahu. Nous nous réglerons sur la route de l'*Adélaïde* lorsque nous serons plus près, mais nous devrions le rattraper en moins de vingt-quatre heures.

— Vingt-quatre heures ? fit Giordino en secouant la tête. Vous avez des moteurs à réaction sur cet engin ?

— Non, juste quatre gros moteurs diesels à turbocompresseur. Comme nous ne sommes pas trop chargés, nous devrions filer à près de quarante-cinq nœuds. C'est pour cela que le *Fortitude* a été conçu. Nous pouvons transporter en deux jours un bataillon d'hommes de l'autre côté de l'Atlantique, précisa-t-il en jetant un coup d'œil à sa montre. Messieurs, si nous n'y voyez pas d'inconvénient, nous allons appareiller.

Les diesels du *Fortitude* se mirent à gronder, on largua les amarres et les cent trois mètres du navire pivotèrent sans effort pour quitter la rade de Pearl Harbor et mettre le cap au sud-est. Le *Fortitude* doubla Waikiki et le cône de Diamond Head avant de prendre de la vitesse. Comme la mer était calme, Jarrett accéléra : impressionné, Pitt regarda l'écran de contrôle qui indiquait une vitesse de plus de quarante nœuds.

En quelques heures, les dernières îles de Hawaii avaient disparu et ils fonçaient sur l'immensité du Pacifique. Pitt et Giordino allèrent rejoindre Plugrad et son équipe sur le pont pour mettre au point une éventuelle stratégie. Puis, après avoir dîné au mess, ils allèrent se coucher.

Le lendemain matin, Pitt explorait la cale avec Giordino lorsqu'il remarqua que le *Fortitude* ralentissait. Les deux hommes montèrent jusqu'à la passerelle d'où ils découvrirent l'*Adélaïde*, à un mille derrière eux.

C'était un vraquier de cent quatre-vingts mètres, avec une coque vert foncé et une superstructure dorée. Une cheminée noircie et de la rouille autour des écubiers témoignaient d'une carrière déjà longue mais, à ces détails près, le navire paraissait bien entretenu. Il fendait la houle assez bas sur l'eau, ses cinq cales sans doute pleines à craquer.

— Le capitaine a enregistré notre arrivée et est prêt à vous accueillir à son bord, annonça Jarrett.

— Merci d'avoir fait si vite, capitaine, dit Pitt. Votre navire est un vrai bijou.

— Vous êtes sûr que vous ne pouvez rester dans les parages ? demanda Giordino à Jarrett. Si l'*Adélaïde* est au régime sec, je peux avoir besoin de vous pour une tournée de bière.

— Désolé, mais on nous attend aux États-Unis dans trente-six heures, dit Jarrett en leur serrant la main. J'ai ordonné qu'on mette la vedette à l'eau. Bonne chance et bon voyage.

Plugrad avait déjà rassemblé son équipe de gardes-côtes quand Pitt et Giordino arrivèrent sur le pont. Ils grimpèrent tous dans une vedette qui les amena jusqu'à l'*Adélaïde,* au pied de l'échelle de coupée. Plugrad et ses hommes sautèrent sur le plat bord et gravirent l'échelle, sans paraître gênés par leurs armes et les vingt-cinq kilos de paquetage qu'ils transportaient sur leur dos. Pitt fit un geste d'adieu au pilote de la vedette et suivit Giordino.

Deux hommes d'équipage à l'air maussade, vêtus de salopettes trop grandes et de bottes noires, les accueillirent sur le pont.

— Par ici, dit l'un d'eux en désignant l'arrière de la superstructure. Le capitaine vous recevra dans vingt minutes au mess.

Les deux hommes entraînèrent le petit groupe vers l'arrière, tandis que les machines du cargo se remettaient à tourner plus vite et que le gros navire prenait de la vitesse. Comme on leur montrait leurs couchettes au deuxième niveau de la superstructure, Giordino jeta un dernier regard au *Fortitude* qui s'éloignait : il aurait bien bu une bière.

38

Le pacha de l'*Adélaïde* ne ressemblait absolument pas à l'idée qu'avait Pitt d'un capitaine de gros navires de commerce : c'était un homme jeune, maigrichon et à l'air nerveux, qui les considérait froidement avant de leur serrer la main et de venir s'asseoir avec eux.

— Je m'appelle Gomez. On me dit que vous vous attendez à une tentative de détournement.

— Si cette nouvelle l'inquiétait, rien ne se lisait sur son visage.

— Nous avons observé, dit Pitt, une recrudescence d'agressions dans le Pacifique. Contre des navires transportant tous des minerais de métaux rares, comme votre cargo.

— Vous devez être mal informé, dit Gomez. Ce bateau transporte une cargaison de minerai de manganèse.

— De manganèse ? demanda Giordino. Vous n'avez pas embarqué à Perth un chargement de monazite ?

— Nous avons bien pris une cargaison à Perth, mais de manganèse.

— Les bureaux de votre direction, dit Pitt, ont confirmé le contraire.

Gomez secoua la tête.

— Une simple erreur. On a dû confondre l'enregistrement du chargement avec celui d'un autre navire de la compagnie. Ces choses-là arrivent. Je vais appeler le navire qui vous a accompagnés pour qu'on vienne vous rechercher.

— Ça ne va pas être possible, dit Pitt. Le *Fortitude* a son planning à respecter.

— En outre, précisa Giordino, nous pourrions ne pas être les seuls à être mal informés.

— Exactement, dit Plugrad. Nous resterons avec mes hommes à bord jusqu'à ce vous soyez à quai à Long Beach : nous nous en tiendrons donc au plan prévu, et ainsi serons sûrs que vous n'avez pas eu de problèmes.

— Très bien, dit Gomez avec un brin d'irritation. Veuillez, je vous prie, limiter vos déplacements au pont principal et aux cabines du second étage.

— Al et moi serons à tour de rôle de quart dans la passerelle pour assurer la liaison avec le lieutenant si nous rencontrions d'aventure un autre navire.

Gomez remarqua le ton déterminé de Pitt et acquiesça.

— Comme vous voudrez. Mais la présence d'aucun homme armé n'est autorisée sur la passerelle, ajouta Gomez en se levant. Il faut maintenant que je retourne à mon poste. Bienvenue à bord. Je suis convaincu que vous allez avoir une traversée tranquille et sans histoire.

Gomez parti, Giordino regarda Pitt et Plugrad en secouant la tête.

— Eh bien, qu'est-ce que vous dites de ce baratin ? Pas de métaux rares, et une petite crapule comme capitaine pour nous tenir compagnie jusqu'à Long Beach ?

— Nous ne pouvons pas y faire grand-chose maintenant, dit Pitt. Et si nous nous trompons, une traversée tranquille et sans histoire, comme il dit, n'est pas ce qui peut nous arriver de pire.

En vérité, le radar de Pitt était en alerte depuis qu'il avait mis le pied à bord de l'*Adélaïde*. Entre cet équipage et ce capitaine, il y avait quelque chose qui le tracassait. Il avait visité assez de navires marchands pour savoir qu'à bord on rencontrait de tout, et qu'un accueil distant n'avait en soi rien d'extraordinaire. Mais les circonstances étaient un peu particulières. Confronté à un risque qui pouvait être mortel, l'équipage du bateau aurait dû se réjouir de ce renfort imprévu – ou du moins manifester une certaine curiosité. Pourtant, au contraire, on traitait Pitt et ses hommes comme des passagers encombrants. Les membres de l'équipage épiaient chacun de leurs gestes, tout en refusant d'engager la moindre conversation, même anodine.

Sur la passerelle, Pitt et Giordino étaient tenus à l'écart. Gomez les ignorait, refusait même d'inviter Pitt à sa table et se calfeutrait dans sa cabine quand il n'était pas de service. Lors de la seconde nuit à bord, peu avant minuit, alors que Pitt arpentait le pont un matelot apparut, s'approcha de Gomez et lui parla à voix basse, tout en jetant de temps en temps un coup d'œil vers Pitt.

Regardant l'écran du radar, Pitt vit apparaître devant eux l'image d'un navire qui suivait apparemment le même cap. Il s'approcha de l'écran pour voir son numéro d'enregistrement grâce au Système d'identification automatique : ce programme contrôlé par satellite et obligatoire pour tous les navires de commerce de plus de trois cents tonnes fournissait son identité, sa vitesse et les détails de la route qu'il suivait. Mais, pour le navire qui s'inscrivait maintenant sur l'écran du radar, aucune information.

— Ils n'ont pas affiché leur SIA, dit Pitt à Gomez. Je trouve ça un peu suspect dans ces parages.

— Parfois le signal ne passe pas, répondit Gomez. Ou bien il pourrait s'agir d'un navire militaire. Ça ne veut rien dire.

Le capitaine s'approcha du timonier, lui murmura quelques mots à l'oreille, puis alla s'installer de l'autre côté de la passerelle. Sans se soucier du capitaine, Pitt continua à suivre la vitesse et le cap de l'*Adélaïde*. Ce fut sans surprise qu'il vit le mystérieux navire réduire sa vitesse d'un ou deux nœuds et disparaître de l'écran radar.

Quarante minutes un peu tendues s'écoulèrent avant que Giordino vienne relever Pitt.

— Une mer sans histoire ? demanda-t-il.

— Nous voguons sur des vagues de mystère.

Pitt, qui s'apprêtait à partir, lui raconta la rencontre avec le navire. Un nouveau timonier vint prendre la relève, mais Gomez resta de quart. Au moment de quitter la passerelle, Pitt jeta un dernier coup d'œil à l'écran radar. Un détail retint son attention et le surprit : les chiffres qui indiquaient que l'*Adélaïde* était soudainement passé d'un cap est-nord-est à est-sud-est.

— Pourquoi virer à sud-est ? demanda Pitt.

— À cette latitude, dit Gomez, il y a un fort courant contraire. Nous allons descendre plus bas pour un jour ou deux afin de maintenir la vitesse, puis reprendre notre cap sur Long Beach.

D'après ses souvenirs, le courant nord équatorial passait plus au sud de leur position, mais Pitt s'abstint de tout commentaire. Il se retourna pour lancer à Giordino un regard sceptique.

— Je crois que je vais aller me coucher. À tout à l'heure.

Pitt quitta la passerelle et descendit l'escalier mais, au lieu de s'arrêter au second niveau pour gagner sa cabine, il continua jusqu'au pont principal pour respirer un peu d'air frais. En chemin, il tomba sur Plugrad qui dévalait les marches, l'air très agité.

— Vous êtes bien matinal, dit Pitt.

— J'essaie de trouver deux de mes hommes qui ne se sont pas présentés pour leur tour de quart. Vous ne les avez pas vus sur la passerelle ?

— Non, mais je vous conseille le mess. Ils sont probablement allés prendre un café pour rester éveillés.

Plugrad marmonna des remerciements et se dirigea vers le mess.

La nuit était fraîche, et une agréable petite brise soufflant à bâbord accueillit Pitt sur le pont. Il alla jusqu'à la proue du navire pour se dégourdir les jambes, et regarda par-dessus le bastingage. Une faible lumière brillait par instants à l'horizon avant de disparaître au gré des vagues. Le mystérieux bateau était toujours là, droit devant, à peine visible.

Pitt l'observa quelques minutes : l'autre navire conservait toujours sa position. Pitt se dirigea alors sans hâte vers le rouf, s'arrêta en passant devant la cale avant et remarqua des débris sur le pont. Un peu de la cargaison de manganèse s'était renversée lors du chargement. Pitt ramassa un morceau de minerai et l'examina à la lueur d'un projecteur. De couleur argentée, il semblait identique à la monazite qu'il avait trouvée en Chine à bord du *Tasmanian Star*.

Gomez mentait donc en parlant de manganèse, mais pourquoi ? Et pourquoi l'équipage avait-il une attitude aussi étrange ? Et que dire du navire qui faisait route devant eux ? Pitt se sentit soudain mal à l'aise.

Plugrad. Il fallait alerter Plugrad.

Il allait repartir vers l'arrière quand plusieurs silhouettes émergèrent du rouf. Pitt se dissimula derrière le plus proche panneau de cale et vit deux hommes qui en traînaient un troisième par les bras. Ils traversèrent le pont, passèrent sous un projecteur et Pitt découvrit alors que les deux hommes étaient armés et faisaient partie de l'équipage. Il reconnut le corps inerte de Plugrad qu'ils emmenaient, et du sang brillait sur son front.

Ils le tirèrent vers le côté bâbord, déverrouillèrent la porte et le poussèrent à l'intérieur. Quand ils eurent disparu, Pitt traversa le pont en courant. Grimpant en hâte l'escalier, il sortit au second étage et se précipita vers les quatre cabines occupées par l'équipe des gardes-côtes.

Il frappa à la première porte puis l'ouvrit toute grande : personne. Quand il trouva la seconde cabine vide aussi, il commença à craindre le pire. La troisième et la quatrième étaient également vides. Tous les hommes de Plugrad avaient été discrètement neutralisés. En sortant, il entendit chuchoter dans la coursive. Il se glissa derrière la porte entrouverte.

Par l'entrebâillement, il vit deux hommes d'équipage armés avancer sans bruit et s'arrêter devant la porte de sa cabine. Leurs armes prêtes à tirer, l'un tourna la poignée et tous deux s'engouffrèrent dans la pièce. La trouvant déserte, ils revinrent dans la coursive en échangeant à voix basse quelques mots d'espagnol. L'un partit en courant tandis que son partenaire restait là. Avec précaution, Pitt se dirigea vers l'autre extrémité du couloir et entra dans la cabine de Giordino. N'y trouvant personne, il allait repartir quand un homme s'approcha de l'endroit où il se trouvait caché. Il vit le canon d'un fusil apparaître dans l'ouverture de la porte et attendit une seconde avant de jaillir hors de sa cachette. Repoussant la porte de toutes ses forces, il plaqua l'homme contre la cloison et l'assomma avec le fragment de minerai qu'il tenait toujours à la main. L'homme s'écroula avant d'avoir pu poser le doigt sur la gâchette de son arme.

Pitt le traîna à l'intérieur et tendit l'oreille. Comme le second homme ne se manifestait toujours pas, il prit l'AK-47 de celui qu'il venait d'assommer et sortit sur la coursive en refermant la porte derrière lui. Il allait descendre les marches de l'escalier pour libérer Plugard quand il entendit un coup de feu qui semblait venir de la passerelle : Giordino était-il là ?

Pitt rebroussa chemin à pas feutrés. Arrivé devant la passerelle, il s'arrêta et regarda. On avait baissé les lumières pour la navigation de nuit et seules restaient visibles les lueurs des écrans de contrôle. Une console bouchait la vue, mais tout semblait tranquille. Peut-être le coup de feu provenait-il d'ailleurs. Il avança tranquillement.

— Mr Pitt, lança Gomez. Je pensais bien que vous viendriez chercher votre ami.

Le capitaine, qui était accroupi, se releva, pistolet au poing. Toutefois, ce n'était pas Pitt qu'il visait, mais Giordino allongé sur le plancher, qui se tenait la jambe.

— Posez votre arme, dit Gomez, ou vous allez mourir tous les deux.

Du coin de l'œil, Pitt perçut un mouvement. L'homme qu'il avait vu quelques instants plus tôt venait d'apparaître, sa kalachnikov pointée sur lui.

Regardant tour à tour son ami blessé, puis Gomez, une folle colère s'empara de lui mais, sans un mot, il laissa son arme tomber sur le pont.

39

Le Président roula entre le pouce et l'index un cigare qu'il n'avait toujours pas allumé.

— Pourquoi ? demanda-t-il d'un ton irrité. Pourquoi les Chinois arrêteraient-ils brusquement toutes les exportations de métaux rares ?

Un silence s'abattit sur le Bureau ovale.

— C'est un chantage, dit le Secrétaire d'État. Pour nous convaincre de les laisser poursuivre leurs échanges commerciaux avec l'Iran ou marquer leur refus de laisser flotter le yen.

— Vous l'ont-ils dit ?

— Non, le ministre des Affaires étrangères a seulement indiqué que cette mesure était prise par « nécessité stratégique ».

— Mais bien sûr, dit le vice-président Sandecker. La nécessité de torpiller notre économie.

Amateur de cigares lui-même, il contemplait avec envie le Cohiba du Président. Ce dernier se tourna vers sa conseillère à la Sécurité nationale, une femme aux cheveux noir corbeau du nom de Dietrich.

— Quel tort cela va-t-il nous causer ?

— Plus de quatre-vingt-dix pour cent de nos importations de métaux rares proviennent de Chine, répondit-elle. Sur le plan commercial, ce sera une catastrophe pour un certain nombre d'industries, notamment l'électronique et l'énergie alternative. Pratiquement toute l'industrie de pointe du pays sera touchée.

— Parlons-nous juste de montée des prix ? demanda Tom Cerny.

— La flambée des prix ne sera que le premier impact visible. En attendant qu'on ait découvert des solutions de rechange, il y aura pénurie de certains produits – ou ils seront simplement inabordables. Dans un cas comme dans l'autre, la production va chuter et les emplois avec. Cela pourrait provoquer une sérieuse récession de l'économie.

— Et les autres sources de métaux rares ? interrogea le Président. Nous avons cette mine en Californie, n'allez pas me dire que les Chinois sont les seuls sur le marché.

— La mine de Mountain Pass n'est ouverte que depuis quelques années et sa production commençait juste à monter en puissance, expliqua Dietrich, quand un incendie survenu récemment sur le site a détruit les opérations d'extraction. La mine est bel et bien fermée pour une période indéterminée : au moins deux ans. C'était la seule source sur notre territoire.

— A-t-on enquêté sur la cause de l'incendie ? demanda Sandecker.

— On a d'abord cru à un accident, mais les propriétaires font maintenant appel au FBI pour voir s'il ne s'agissait pas d'un acte criminel.

— Et les autres sources étrangères de métaux précieux ? fit le Président.

— Certes, nous importons une fraction de nos besoins ailleurs que de Chine, dit Dietrich. L'Australie nous en fournit et quelques petits apports supplémentaires proviennent de Russie, d'Inde et de Malaisie. Mais, là aussi, malheureusement, il y a un problème : le principal producteur australien a annoncé une fermeture temporaire de ses installations due à la mise en route d'un programme d'expansion.

Le Président écrasa son cigare dans un cendrier.

— Il ne nous reste donc plus qu'à pleurer toutes les larmes de notre corps pendant que notre économie va à la dérive ?

Navrée, Dietrich acquiesça.

— Je crains bien que n'ayons pour ainsi dire aucun contrôle sur la situation de l'approvisionnement.

— Et il n'y a pas que cela, dit Sandecker. Cette pénurie représente un coup rude pour certaines technologies clés de notre défense.

— Le vice-président a raison, confirma Dietrich.

— Sur quel plan ? interrogea le Président.

— C'est la Marine qui va en souffrir le plus, expliqua-t-elle. Le système de propulsion du destroyer de la classe Zumwalt et du nouveau croiseur furtif repose principalement sur la fourniture de métaux rares, ce qui va signifier l'arrêt brutal des programmes.

— Nous parlons de programmes dont le budget se chiffre en milliards de dollars, précisa Cerny.

— J'ai l'impression, reprit le Président, que les Chinois pourraient en profiter pour nous rattraper sur le plan militaire.

Tous acquiescèrent.

— Et si nous disions aux Chinois que nous ne pouvons pas tolérer leur embargo sur les exportations ?

Le Secrétaire d'État s'agita sur son fauteuil.

— Je ne crois pas que ce soit une solution, monsieur le Président. Les dirigeants chinois prendront mal toute menace. Si nous nous lançons dans une guerre commerciale, nous en serons les grands perdants. Et s'ils cessent d'acheter nos titres de créance, cela posera encore d'autres problèmes.

— Nous risquons donc de voir notre économie plonger au moment où nous pouvons le moins nous le permettre, dit le Président. Et, par-dessus le marché, nous sacrifierions nos projets sur le plan militaire en retardant la mise en service de la nouvelle classe de destroyers, d'avions de chasse et de satellites espions.

— Et ce n'est pas tout, ajouta Sandecker qui, s'approchant du Président, murmura : Il y a le *Sea Arrow*.

— Bien sûr, acquiesça le Président.

Il revint vers son bureau et contempla quelques minutes la pelouse derrière les hautes fenêtres. Quand il se retourna, il dit d'une voix sourde :

— Tâchez de savoir ce que veulent les Chinois, et donnez notre accord.

40

Le vol du moteur du *Sea Arrow* déclencha une opération policière sur l'ensemble du territoire américain. Des barrages furent aussitôt dressés sur toutes les voies principales et autoroutes au nord et au sud de Washington. Des équipes du FBI surveillèrent tous les aéroports et ports de la côte est, les analystes supposant que le moteur avait pu être transporté hors du pays. On alla même jusqu'à renforcer les contrôles aux frontières avec le Canada.

Cependant, dissimulé dans un camion de foin qui se dirigeait vers l'ouest, loin des grands ports et des aéroports, il s'apprêtait à traverser les contreforts des Appalaches.

Arrivé à Lexington, dans le Kentucky, Pablo ralentit pour surveiller les voitures de police qu'il croisait. Ann était reléguée au fond de la cabine, un poignet attaché par une menotte au montant de la banquette. Elle pouvait s'allonger un peu sur le siège étroit, mais devait se contorsionner très fort pour jeter un coup d'œil par la fenêtre. Ils roulaient en silence. Elle avait décidé d'économiser son énergie car Pablo avait ignoré le premier déferlement de questions dont elle l'avait accablé. Échafaudant les conjectures, elle avait finalement fait le rapprochement entre le vol des plans du *Sea Arrow* et le gros engin caché au fond du camion. Il s'agissait sans doute du nouveau moteur du sous-marin.

Pablo n'était pas mécontent de sa performance : un trajet de six cent cinquante kilomètres parcouru en sept heures avant de faire halte sur une tranquille petite route et laisser Ann se dégourdir les jambes. Un peu plus tard, ils étaient entrés dans Lexington où il avait repéré une station-service et avait garé son camion devant une pompe un peu à l'écart. Après avoir fait le plein, il ouvrit la porte de la cabine et regarda Ann.

— Vous voulez manger quelque chose ?
— Volontiers, dit Ann. J'ai très faim.
— Je reviens tout de suite.

Ann le regarda passer devant plusieurs pompes et entrer dans la station-service. Elle scruta du regard le parking, à la recherche d'un éventuel secours. Il était tard et elle ne repéra à une dizaine de mètres de là qu'une seule personne : un camionneur barbu occupé à laver le pare-brise de sa machine qui tournait au ralenti.

Elle fit de grands signes en hurlant de toutes ses forces. Mais les vitres teintées de la cabine la rendaient presque invisible et le ronronnement de l'autre camion étouffait ses cris. Elle essaya en vain d'atteindre la sirène à air comprimé. Le barbu remonta dans sa cabine et démarra, sans se douter de rien.

Elle examina l'intérieur du camion pour y découvrir quelque chose qui pourrait lui servir d'arme. Mais, à part un ordinateur portable sur le siège avant et une carte, il n'y avait rien dans la cabine, pas même dans la boîte à gants. Ann plongea vers l'ordinateur.

Elle parvint à l'atteindre de sa main libre, l'ouvrit et, l'empoignant, l'alluma. Pendant qu'il se mettait en route, elle regarda par la fenêtre. Pablo était déjà devant la caisse, pour régler ses achats. Elle aurait très peu de temps pour envoyer un appel à l'aide – à supposer qu'il y ait la Wi-Fi dans la station.

Retenant son souffle, elle attendit que l'écran de l'ordinateur s'éclaire. Au bout d'une éternité, une icône lui demanda si elle voulait être reliée au réseau Diesel et Resto.

— Oui ! s'exclama-t-elle en cliquant sur le clavier.

Quelques secondes plus tard, une page de recherche Internet s'ouvrit.

Sa joie fut de courte durée quand, jetant un coup d'œil par la fenêtre, elle vit Pablo sortir du bâtiment. Le cœur battant, elle se demanda ce qu'elle devait faire. Elle n'avait pas le temps de se brancher sur sa boîte e-mail. Elle tapa donc précipitamment les quatre lettres de NCIS et attendit une réponse. Quand une icône s'afficha, elle alla au bas de la page et trouva un lien pour adresser une demande. Un autre clic et elle envoya en hâte un message. Pablo était à trois mètres de là.

Ses doigts volèrent sur le clavier et enfoncèrent la touche « Envoyer » au moment même où elle entendait un déclic. Elle ferma l'ordinateur et le lança sur le siège à l'instant où Pablo ouvrait la porte de la cabine.

Le cœur battant, elle le vit grimper sur son siège. Il se tourna et lui lança un regard interrogateur en levant les mains.

— Jambon fromage ou thon ? fit-il en brandissant deux sandwichs enveloppés de cellophane.

— Thon, s'il vous plaît, dit-elle en poussant un soupir.

Tout en mangeant, Pablo reprit la route. Cette halte l'avait détendu et, tournant brièvement la tête par-dessus son épaule, il s'adressa à Ann.

— Vous êtes amoureuse de moi? demanda-t-il avec un sourire.

— Quoi?

— Vous devez être amoureuse de moi parce que vous n'arrêtez pas de vous retourner.

— Je veux juste m'en aller, dit-elle. Je vous en prie, laissez-moi partir.

Pablo eut un grand rire.

— Vous êtes trop maligne pour que je vous laisse partir et trop jolie pour que je vous tue.

Un instant, Ann éprouva un sentiment de répulsion, mais elle poursuivit la conversation.

— C'est le moteur du *Sea Arrow* que nous transportons?

— Peut-être bien.

— Pourquoi avez-vous tué les hommes qui vous ont aidé à le voler?

— Ils avaient rempli leur rôle et ils en savaient trop. Je crois que pour le moment ça suffit pour les questions.

Il alluma la radio et, quand il eut trouvé une station qui diffusait de la musique country, il monta le son.

Ils traversèrent les collines de l'ouest du Kentucky accompagnés des accents d'une guitare et d'un banjo. Quatre heures plus tard, ils arrivèrent à Paducah. Pablo se gara devant une station-service à la lisière de la ville et passa un coup de téléphone. Au bout de quelques minutes apparut une camionnette rouillée, conduite par un homme couvert de tatouages qui escorta le camion de foin jusqu'au bord de l'Ohio. Un remorqueur et une barge chargée de containers étaient amarrés à un quai au bois vermoulu. Pablo amena le camion le long de la barge et s'arrêta.

Il était plus de minuit et alentour, c'était le silence total. Pablo décrocha la remorque et alla garer le tracteur un peu plus loin. Quand il revint, l'homme tatoué avait tendu des câbles de levage autour du plateau et hissait avec un treuil la remorque sur la barge. Pablo sauta à bord pour l'aider à assurer la charge sur le pont puis rejoignit Ann dans la cabine.

Feignant la somnolence, elle le laissa la détacher du cadre de la banquette et lui remettre aussitôt ses menottes. Pour la première fois, elle remarqua qu'un système d'alarme était fixé à la serrure du bracelet. Pablo la fit descendre et l'entraîna vers le quai.

Les lumières de Paducah scintillaient le long de la berge derrière laquelle l'Ohio s'écoulait comme un flot de mélasse. Pablo la conduisit d'une main ferme jusqu'au remorqueur, attaché à l'arrière de la barge, prêt à lui faire descendre le fleuve. On y accédait par une planche posée au-dessus de l'eau et comme Ann hésitait à s'y engager, Pablo la poussa légèrement.

Ce qui lui faisait peur, ce n'était pas cette planche étroite, mais ce qui l'attendait après. D'abord enchaînée à un camion, puis à un remorqueur, et ensuite à quoi encore ? Ce fut cette appréhension qui la poussa à agir.

Elle prit son courage à deux mains et inspira un grand coup au moment où Pablo la poussait pour la seconde fois. Elle amorça deux pas sur la planche, trébucha et, serrant les genoux, elle fit un grand bond en avant : la planche fléchit, lui donnant encore plus d'élan. Alors elle sauta sans effort par-dessus le garde-fou.

Pablo tenta de la rattraper, mais il ne put qu'effleurer sa cheville. Les bras tendus devant elle, Ann disparut dans l'eau sombre et boueuse du fleuve, ne laissant derrière elle qu'une petite flaque d'eau.

41

On poussa Giordino et Pitt dans une sorte de réduit où on les enferma. La chaleur qui y régnait était étouffante et Pitt sentit aussitôt l'odeur écœurante des relents de sueur et de chair en décomposition. Dans la pièce, il aperçut une bâche sur laquelle il déposa doucement Giordino qu'il avait péniblement réussi à descendre sans s'effondrer sous son poids.

— Y a-t-il un médecin parmi vous? dit Pitt en se tournant vers un des gardes-côtes affalés près de lui.

Un jeune homme se leva et s'approcha.

— Simpson, je crois? fit Pitt.

— Oui, monsieur. Je peux vous aider? demanda-t-il en s'agenouillant auprès de Giordino tout en remarquant aussitôt la tache de sang qui s'élargissait sous sa jambe droite. On lui a tiré dessus?

— Oui, répondit Pitt en déchirant un pan du pantalon de Giordino. Il a perdu beaucoup de sang.

Simpson localisa la blessure sur le haut de la cuisse droite et la pressa avec sa paume.

— J'ai besoin de quelque chose pour faire un bandage.

Pitt ôta sa chemise dont il déchira les manches en longues bandes. Quelqu'un tendit au toubib une bouteille d'eau qu'il utilisa pour nettoyer la plaie. Il fit un tampon avec des lambeaux de tissu, et l'appliqua sur la blessure avant de nouer le tout.

Giordino ouvrit les yeux et leva la tête.

— Où allons-nous ?

— Chercher de la bière, répondit Pitt. Fais un petit somme et je te réveillerai quand nous aurons les glaçons.

Giordino lui lança un sourire un peu crispé puis, quelques secondes plus tard, retomba dans sa torpeur.

Simpson tira sur lui un pan de bâche et prit Pitt à part.

— Il a de la chance. Il y a deux blessures, ce qui veut dire que la balle a traversé la jambe de part en part, probablement sans toucher l'os. Mais elle a effleuré l'artère fémorale, ce qui explique tout ce sang. Il peut faire un malaise, il faut le surveiller.

— C'est un dur à cuire, dit Pitt.

— Maintenant, ça devrait aller. Le gros problème dans ce trou à rats, c'est d'éviter l'infection.

Dans la pénombre, Pitt vit que Simpson avait un bleu sur la pommette.

— Et vous, que vous est-il arrivé ?

— On m'a sauté dessus dans la coursive alors que j'allais prendre mon quart. Le salaud m'a frappé avec une chaîne. J'ai eu plus de chance que certains des gars.

Pitt contempla le réduit qu'éclairait seulement une ampoule pendue au plafond. Les gardes-côtes étaient assis près de la porte, tandis qu'un peu plus au fond se trouvaient les membres de l'équipage de l'*Adélaïde*. Deux formes oblongues enveloppées dans des bâches un peu à l'écart expliquaient l'horrible puanteur.

— Le capitaine et un autre matelot, dit Simpson. Tués pendant l'abordage avant notre arrivée.

Pitt hocha la tête puis se tourna vers le groupe des gardes-côtes. Tous avaient des bleus et des contusions. Parmi eux, Plugard, appuyé à une cloison, était immobile, le regard vide.

— Comment va Plugrad ?

— Ils l'ont assommé, dit Simpson. Il est commotionné, mais ça va.

Pitt se dirigea vers l'autre groupe. Ils semblaient épuisés mais indemnes. Un grand gaillard à la moustache grise se leva et se présenta.

— Frank Livingston, second de l'*Adélaïde*, déclara-t-il avec un fort accent australien. Comment va votre camarade ?

— Une blessure par balle à la jambe. Il a perdu pas mal de sang, mais le toubib dit que ça va aller.

— Désolé ne pas pouvoir vous aider. C'est le maître d'équipage qui était le médecin du bord. Il est là-bas, à côté du capitaine, ajouta-t-il.

— Comment se sont-ils emparés du navire ?

— Un cargo rapide s'est approché pendant le quart du soir il y a trois jours de ça. Il s'est placé bord à bord, flanquant la peur de sa vie au timonier. Comme personne ne répondait à nos appels radio, le capitaine est monté sur le pont avec le bosco. Alors le navire a ouvert le feu avec une sorte de radar qui les a tués tous les deux, expliqua-t-il avec une grimace. Je n'ai jamais rien vu de pareil. Comme si on les avait cuits vivants. Peu après, un groupe d'hommes armés est monté à l'abordage. Nous n'avons pas pu faire grand-chose. Et depuis, nous sommes bouclés ici.

— Je regrette que nous soyons arrivés trop tard, dit Pitt. Je pense qu'ils avaient été prévenus et qu'ils sont intervenus plus tôt.

Un éclair vengeur brillait dans le regard de Livingston.

— Mais qui sont-ils ?

Pitt secoua la tête.

— Ils font partie d'une bande qui, selon nous, a détourné un certain nombre de cargos transportant des métaux rares.

— Nous avons une cargaison de quelque chose qui s'appelle de la monazite, dit Livingston. C'est sans doute ce qu'ils sont venus chercher. Vous avez une idée de leur destination ?

Pitt regarda autour de lui pour s'assurer que personne ne les écoutait.

— Nous pensons qu'ils transbordent généralement la cargaison en pleine mer, et qu'ensuite ils sabordent le navire. Au moins deux autres cargos ont sombré dans ces eaux.

Livingston acquiesça lentement. Toutefois, il n'avait pas le regard d'un homme résigné à mourir à bord d'un navire qui allait couler.

— Dites-moi, Mr Pitt, ils étaient gros ces cargos qu'on a détournés ?

— Pas tellement. C'étaient de vieux vraquiers de peut-être dix mille tonnes. Pourquoi me demandez-vous cela ?

— L'*Adélaïde* est enregistré pour quarante mille tonnes. Avant qu'on nous enferme ici, j'ai observé le bateau qui nous a attaqués. Comparé à nous, c'est un petit rafiot capable de transporter tout au plus la moitié de notre cargaison.

— Vous ne transportez que de la monazite ?

— Absolument. Voyez-vous, monsieur, je ne pense pas qu'ils saborderont l'*Adélaïde*. En tout cas, pas tout de suite. Notre cargaison est trop précieuse.

Pitt regarda les hommes blessés et hagards entassés dans la pièce.

— Mr Livingston, j'espère sincèrement que vous avez raison.

42

Il ne fallut à Ann que quelques secondes pour paniquer. L'eau était plus chaude qu'elle s'y attendait, une vingtaine de degrés, mais, avec les mains liées par les menottes, elle n'arrivait pas à nager.

Terrorisée, elle se dit qu'elle allait se noyer.

« Détends-toi. Détends-toi. Détends-toi », répétait une voix dans sa tête.

Le cœur battant à tout rompre, elle se força à se calmer et se laissa emporter par le courant. Un peu apaisée, elle se mit à pagayer tant bien que mal avec ses mains, ce qui devait la faire revenir à la surface. Mais, dans cette eau d'un noir d'encre, elle ne savait plus si elle remontait ou s'enfonçait.

La réponse ne se fit pas longtemps attendre : son épaule effleura le fond tout rouillé de la barge. Elle donna une poussée, se dégagea et, quelques secondes plus tard, émergea enfin dans l'air frais de la nuit.

Le courant l'entraîna rapidement loin. En se retournant, elle aperçut Pablo qui courait sur le quai en scrutant le fleuve. Lorsqu'il la repéra, il sortit son Glock de son étui.

Ann prit une profonde inspiration et s'enfonça dans l'eau. Elle ne pouvait pas dire s'il tirait sur elle, mais n'avait aucune envie de lui servir de cible.

Cette fois, elle glissa plus facilement vers le fond en retenant son souffle près d'une minute. Quand elle refit surface, elle était à plus de cent mètres de la barge : personne ne pouvait la voir depuis le quai. Et aucune trace de Pablo.

Elle inspecta du regard le fleuve en aval, se demandant où elle pourrait trouver de l'aide. Mais le quai était à la sortie de la ville et la berge sombre et déserte en cet endroit. Non loin de là, sur l'autre rive, quelques lumières brillaient : la petite ville de Metropolis, dans l'Illinois. Le seul endroit où aller.

Ann se mit à nager dans cette direction du mieux qu'elle pouvait, luttant contre le courant. Elle réalisa très vite que ses efforts pour atteindre la ville étaient vains. Le fleuve avait plus de quinze cents mètres de large et, bien avant qu'elle puisse atteindre la rive d'en face, le courant l'aurait emportée.

Nager avec les poignées liés la fatiguait : elle se retourna pour faire la planche. En regardant le ciel, elle distingua deux lumières rouges qui clignotaient au loin. Se remettant à plat ventre, elle les examina plus attentivement. C'étaient des feux fixés sur de hautes cheminées de béton, qui signalaient une construction au service aérien. Il ne pouvait s'agir que d'une centrale électrique, installée au bord du fleuve.

Elle se laissa porter par le courant, passa devant les lumières de Metropolis, puis s'efforça de se rapprocher de la rive. Sur près de deux kilomètres, la berge était devenue noire et elle se sentait perdue. Mais elle continua à se rapprocher comme elle pouvait des clignotants rouges. Une brume lumineuse à la base des cheminées se transforma soudain en une profusion de projecteurs éclairant la centrale. Ces lumières étaient loin de la berge mais elle avisa un petit bras du fleuve qui remontait vers les installations.

En approchant, elle dut lutter contre le courant et finit par se trouver dans des eaux plus calmes. Le bras se prolongeait sur environ cinq cents mètres jusqu'à la centrale où l'eau devait alimenter les chaudières à charbon.

Épuisée par cet ultime effort, Ann se dirigea vers la berge. Elle se reposa quelques minutes dans la vase puis se hissa jusqu'à une levée aménagée pour le passage de véhicules.

En marchant vers la centrale, frissonnant dans ses vêtements trempés, elle aperçut des camions garés autour des bâtiments : par chance, une équipe de nuit travaillait sur le site. Des phares s'allumèrent sur sa gauche et elle vit une petite camionnette blanche sortir à petite vitesse du parking, un gyrophare orange allumé sur le toit de la cabine. Elle hâta le pas et se mit à agiter ses bras toujours liés pour que le conducteur puisse la voir.

Le camion accéléra et se dirigea vers la levée de terre pour s'arrêter devant Ann dans un tourbillon de poussière. Elle leva ses poings menottés et s'approcha de la fenêtre ouverte côté chauffeur.

— Vous pouvez m'aider, s'il vous plaît ?

Sa gorge se serra lorsqu'elle vit Pablo passer la tête à l'extérieur et brandir son pistolet Glock ainsi qu'un GPS relié par radio à ses menottes.

— Non, ma chérie, dit-il d'un ton sans pitié. C'est toi qui vas pouvoir m'aider.

TROISIÈME PARTIE

Escale à Panama

43

Summer Pitt leva les yeux du bloc-notes posé sur ses genoux pour regarder par le grand hublot central du sous-marin. Elle ne voyait rien que du noir et avait l'impression d'être enfermée dans un placard.

— Un peu d'éclairage extérieur, peut-être ? demanda-t-elle.

Son frère jumeau, assis au poste de commande, pressa une série de touches. Une batterie de puissants projecteurs s'alluma. Mais il n'y avait toujours pas grand-chose à voir, en dehors de l'eau glissant sur l'acrylique du hublot. Du moins cela donnait-il à Summer une idée de la vitesse à laquelle ils plongeaient.

— Tu as toujours peur du noir ? fit son frère.

Tandis que Summer avait hérité de la peau nacrée et des cheveux roux de sa mère, Dirk Pitt Jr ressemblait à son père : même haute stature, même minceur, mêmes cheveux bruns et même air chaleureux.

— Ici, ce qu'on ne peut pas voir *peut* vous faire du mal, déclara-t-elle, en consultant l'indicateur de profondeur sur un écran placé au-dessus d'elle. On va toucher le fond dans cinquante mètres.

Dirk ajusta le ballast pour ralentir leur descente, puis stabilisa le sous-marin en position fixe. À presque trois cents mètres de fond, il n'y avait qu'un désert de couleur brune peuplé seulement de rares poissons et de quelques crustacés.

— La ligne de faille devrait être sur soixante-cinq degrés, annonça Summer.

Dirk enclencha les propulseurs électroniques du petit submersible et se dirigea vers le nord-est. Il sentait à travers la coque un fort courant qui les poussait de côté.

— L'Agulhas est en forme aujourd'hui. Il aimerait bien nous emmener en Australie.

Un puissant courant descendait de la côte orientale d'Afrique du Sud. À l'extrémité sud de l'île où Dirk et Summer plongeaient, il convergeait avec des courants venus de l'est de Madagascar et de l'océan Indien, créant des remous imprévisibles.

— Nous avons dû dériver pendant notre descente, observa Summer, mais si nous maintenont ce cap, nous franchirons quand même la ligne de faille.

Elle colla son nez contre la bulle du hublot et examina le fond légèrement ondulé qui défilait sous eux. Au bout de quelques minutes, elle repéra une petite crête.

— C'est ici.

Dirk remonta un peu pour positionner le sous-marin à trois mètres au-dessus de la faille. Summer mit en marche la paire de caméras extérieures fixées sur les patins du sous-marin, puis vérifia l'image sur un écran de contrôle.

— Les caméras tournent, annonça-t-elle. Descends-nous dans la faille.

Dirk fit avancer le submersible en suivant le bord. Ils travaillaient en collaboration avec un navire de la NUMA qui avait précédemment inspecté la zone de

Madagascar grâce à un système de sonars multibandes dans l'espoir de mieux comprendre l'impact des séismes sur les tsunamis. Leur vidéo serait utile aux géologues de la NUMA. On enverrait par la suite le sous-marin enfouir de petits détecteurs pour enregistrer avec précision l'activité sismique.

Ce projet nécessitait le concours de talents comme ceux des jumeaux : Dirk avait fait des études de génie maritime, Summer quant à elle s'était spécialisée en océanographie, et tous deux avaient hérité de leur père l'amour de la mer. Ils ne l'avaient rejoint à la NUMA que depuis quelques années, mais n'avaient pas tardé à adorer cette occasion qui leur était offerte de voyager aux quatre coins du globe pour étudier la mer et ses mystères. Leur travail leur plaisait encore plus quand ils pouvaient tous les trois collaborer sur un projet, comme ç'avait été le cas à Chypre.

— Nous passons le kilomètre huit de cette faille. Elle n'en finit pas, déclara Dirk après deux heures d'exploration.

Les secousses provoquées par le courant étaient fatigantes et il commençait à sentir les muscles de ses bras se raidir.

— Ça va pour toi ? demanda Summer.

Dirk observa le fond de la mer qui ne cessait de défiler au-dessous d'eux.

— Je serais ravi si quelqu'un amenait dans les parages un requin-baleine ou un calmar géant.

Ils longèrent le bord de la faille encore une heure quand Dirk commença à s'inquiéter des réserves de la batterie.

— Lutter contre le courant a imposé un effort supplémentaire aux moteurs. Je suggère que nous rebroussions bientôt chemin.

Summer vérifia la distance parcourue.

— Et si on faisait encore six cents mètres ? Ça fera douze kilomètres tout ronds.

— D'accord.

Ce dernier trajet terminé, Dirk stoppa le sous-marin pendant que Summer arrêtait les caméras. Il commençait à vidanger le ballast pour remonter à la surface quand Summer lui désigna le hublot avant.

— Ce n'est pas une épave ?

Un peu plus loin que dans la lumière des projecteurs, Dirk discerna une forme vague.

— Ça se pourrait.

Lâchant la commande de la pompe du ballast, il fit avancer le sous-marin.

Une imposante masse noire émergea lentement des ténèbres, prenant lentement la forme reconnaissable d'une coque de bateau. Comme ils se rapprochaient, le reste du navire apparut, posé droit sur sa quille et, à première vue, étonnamment intact. Manœuvrant à moins de quelques mètres au-dessus du fond, ils longèrent la mystérieuse épave. La peinture rouge recouvrant la coque reflétait la lumière des projecteurs et on pouvait distinguer chaque rivet, chaque soudure.

— On dirait qu'il a sombré d'un coup, dit Dirk.

Il pilota le sous-marin le long du navire juste au-dessus du bastingage. Ils repérèrent trois grands panneaux ouverts. Dirk amena le submersible vers l'avant, frôlant les cales qui ne contenaient plus que de l'eau de mer. En inspectant la proue, ils ne remarquèrent aucune avarie et, faisant demi-tour, ils examinèrent tout le côté tribord jusqu'à la superstructure arrière. À quelques mètres de distance, les hublots intacts leur permirent d'inspecter un poste de pilotage complètement vide.

— J'ai l'impression que quelqu'un a arraché toute l'électronique de la timonerie, remarqua Dirk. Cela voudrait dire qu'on l'a sabordé.

— Il faut qu'on avertisse les Lloyd's de Londres, dit Summer. Je n'ai jamais vu une épave aussi soignée. Le naufrage doit être récent.

— Pas plus de quelques mois, à en juger par le peu de végétation sous-marine.

— Pourquoi saborderait-on un cargo en parfait état ?

— Difficile à dire. Peut-être ce bateau était-il remorqué en vue de réparations et qu'il a coulé par gros temps, conclut Dirk en vérifiant le niveau de la batterie. Il est temps de remonter, mais voyons d'abord si nous pouvons trouver le nom de ce navire.

Il guida le sous-marin autour de la superstructure et passa sous l'arrière. Un mât de drapeau tordu pendait lamentablement par-dessus le bastingage. À cinq ou six mètres du navire, il vira pour placer son sous-marin face à l'arrière du cargo afin que les projecteurs éclairent le nom.

— Ça alors, murmura-t-il. On l'a bien sabordé.

Ils découvrirent devant eux une bande de peinture rouge, à l'endroit même où jadis s'affichaient le nom du bateau et son port d'attache. Le nom avait délibérément été effacé, assurant ainsi au cargo un total anonymat.

44

L'*Alexandria*, le navire de recherche de la NUMA, était stationné à quatre milles de là quand le sous-marin émergea et que Summer envoya un message radio pour qu'on vienne les récupérer.

L'*Alexandria* arriva rapidement, sa coque, d'un bleu turquoise comme toutes celles des bateaux de la NUMA, brillait sous le soleil qui baignait les côtes sud de Madagascar. Un solide gaillard, doté d'une grosse moustache et d'un fort accent du Texas, dirigea les opérations pour hisser le sous-marin sur la plage arrière du navire. Jack Dahlgren fit ouvrir le panneau situé à l'arrière du navire et accueillit Dirk et Summer, tout heureux de retrouver l'air frais du large.

— Bonne plongée ?

— Absolument, dit Summer en brandissant un disque dur. Nous avons enregistré une grande partie de la faille qui devrait nous permettre de repérer quelques points où planter des détecteurs.

Elle passa devant lui, se précipitant pour visionner tout cela avec le géologue du bord.

— Si je comprends bien, demanda Dahlgren sans enthousiasme, ça veut dire préparer dare-dare une nouvelle plongée ?

— J'en ai bien peur, mon pauvre vieux, fit Dirk en lui donnant une petite tape sur l'épaule.

Dirk aida Dahlgren à installer de nouvelles batteries. Pendant qu'ils travaillaient sur la plage arrière, un gros patrouilleur arriva de la côte. Il décrivit une grande boucle autour de l'*Alexandria*, et les deux passagers installés en tenue décontractée sur la passerelle les examinèrent d'un air contrarié. Lorsque l'*Alexandria* se déplaça légèrement, le patrouilleur regagna la côte.

— Je me demande ce que voulaient ces types, dit Dahlgren.

— Ils n'avaient pas vraiment l'air d'employés du gouvernement, fit Dirk en suivant du regard le bateau qui s'éloignait. Je croyais que la côte par ici était pratiquement déserte.

— Un petit cargo est venu croiser dans les parages pendant que vous étiez en plongée. Il avait l'air de faire route vers le rivage, alors il doit y avoir une sorte de port dans cette zone.

Ils terminèrent le remplacement des batteries et procédèrent à l'inspection classique précédant chaque nouvelle plongée avant d'aller chercher Summer dans un des labos du navire. Elle avait rassemblé une caisse de petits détecteurs qui fonctionnaient sur piles et enregistreraient les secousses et les déplacements de terrain sur la ligne de faille. Chaque instrument était placé dans une boîte en acier inoxydable munie d'un petit fanion métallique orange vif.

— Nous avons repéré un emplacement idéal, expliqua Summer. Maintenant nous voudrions revenir planter dix détecteurs tous les cinq cents mètres dans cette même zone, dit-elle en regardant Dahlgren. Pouvez-vous nous redéposer au même point ?

— Est-ce qu'un charançon peut retrouver un champ de coton au Mississippi ? Allez donc vous installer confortablement dans mon sous-marin avant que je prenne la décision de vous flanquer à la flotte.

Et il sortit du labo en claquant la porte pour aller discuter avec le capitaine.

— Pourquoi a-t-il l'air si susceptible ? demanda Summer.

— J'ai fait la bêtise de lui parler de l'épave que nous avons découverte, expliqua Dirk. Il est furieux que nous l'ayons trouvée dans *son* sous-marin et sans lui.

— Ah, les garçons, quand on touche à leurs jouets... remarqua Summer en secouant la tête.

Elle ramassa les détecteurs qu'elle rangea dans un panier grillagé fixé à l'avant du submersible, puis rejoignit Dirk pour pointer avec lui la check-list avant la plongée.

Dahlgren arriva quelques minutes plus tard et passa la tête par le panneau.

— Prêt quand vous le serez tous les deux.

— Parés, répondit Dirk. Garde au frais deux bières pour quand on reviendra.

— Bien sûr, au frais, mais sans doute vides : les stocks s'épuisent à vue d'œil. Rien d'autre ?

— Si. Regarde ce que disent les archives concernant les naufrages dans les parages du sud de Madagascar ces cinq dernières années.

— Ça, je peux le faire.

Dahlgren scella le panneau et hissa le petit sous-marin au-dessus de l'arrière de l'*Alexandria*. Il attendit ensuite un appel radio de la passerelle confirmant le point de largage prévu pour le faire descendre. Une fois libéré du grappin, Dirk reçut l'autorisation de remplir les réservoirs de ballast et le sous-marin jaune glissa sous les vagues.

Quelques minutes plus tard, une fois au fond, Dirk reprit le cap nord-est précédent. Cette fois, ils parcoururent moins de cinquante mètres avant d'arriver au bord de la faille.

— Bravo, Jack, dit Summer. Il a joué des courants à la perfection.

— On lâche le premier détecteur ? interrogea Dirk.

Summer vérifia leur position à l'estime.

— En fait, nous devrions nous déplacer de trente mètres à l'est pour se calquer à notre premier trajet.

Dirk procéda aux ajustements. Il dirigea le sous-marin à côté de la faille et arrêta les propulseurs pour laisser retomber les nuages de sédiments qui s'étaient soulevés. Summer intervint alors pour activer les bras articulés du robot : l'un s'occupait de creuser dans le sable un puits vertical, l'autre du détecteur qu'elle coinça dans le trou, ne laissant dépasser que le fanion orange.

— Parfait, fit Dirk en remettant en marche les propulseurs à pleine puissance.

— Tu es pressé d'aller quelque part ? demanda Summer.

— Je me disais que nous pourrions encore aller jeter un coup d'œil à l'épave quand nous aurions fini.

Summer sourit. Elle avait eu la même idée et vérifia qu'ils avaient à bord un disque dur de secours pour filmer la mystérieuse épave.

Ils suivirent alors la faille, plantant au passage les neuf capteurs suivants sur le trajet prévu. Le travail achevé, Dirk vérifia leur position par rapport à l'épave et manœuvra le submersible jusqu'à ce que la masse sombre apparaisse devant eux.

— Toujours là où nous l'avions laissée.

— Cette fois, je vais filmer, dit Summer en mettant en marche les caméras.

Dirk remonta de quelques mètres pour s'approcher de la coque et piqua directement vers le pont principal. Ce qu'il voulait cette fois, c'était identifier l'épave : le profil de la superstructure fournirait un indice sur l'âge du navire et son chantier de construction.

En longeant la façade, il s'attarda à proximité de la cheminée qui pointait à l'arrière : les navires de commerce arborent souvent à cet endroit le logo ou les couleurs de la compagnie, malheureusement la cheminée aussi avait été peinte en noir.

— C'est drôle, dit Summer, il n'y a aucune trace de fumée. On dirait qu'elle a été peinte récemment.

— Encore une tentative pour dissimuler son identité.

— Rapproche-nous encore, fit Summer.

Pendant que Dirk effectuait la manœuvre, Summer activa des bras articulés et l'abaissa en direction de la cheminée, puis frotta la pince contre la surface, laissant une traînée bien visible de trente centimètres.

— Je t'en prie, lui dit Dirk, ne grave pas tes initiales. Je n'ai pas envie qu'un agent des Lloyd's vienne frapper à ma porte à deux heures du matin.

— Je voulais juste vérifier ce qu'il y a dessous.

Comme la peinture s'écaillait avec le courant, ils distinguèrent une traînée ocre sous l'éraflure.

— À l'origine, la cheminée était couleur or, ou avait un bandeau doré, dit-elle.

Ils filmèrent l'épave encore trente minutes, enregistrant d'autres détails qui pourraient aider à l'identifier.

— Les batteries vont bientôt fonctionner sur la réserve, annonça Summer.

— Je crois que nous avons appris tout ce que nous pouvions, fit Dirk. D'ailleurs, Jack ne sera pas content si nous refaisons surface une fois la nuit tombée.

Il purgea le ballast et ils amorcèrent leur remontée. Quelques minutes plus tard, ils retrouvaient une mer un peu agitée par un vent d'ouest soutenu. Comme les vagues venaient se briser sur le grand hublot du sous-marin, Dirk aperçut un bateau qui approchait : le même patrouilleur que Dahlgren avait remarqué plus tôt.

— On dirait que nous sommes attendus, dit-il.

Le navire vira droit vers eux tout en prenant de la vitesse.

— Ce serait peut-être une bonne idée d'appeler l'*Alexandria* pour qu'on vienne nous récupérer.

— Je crois que je les ai repérés, dit Summer en tendant le cou pour regarder par-dessus les vagues. Ils ont l'air d'être encore à quelques milles.

Elle chercha la manette de transmission sur sa radio puis s'immobilisa.

— Dirk, qu'est-ce qu'ils font ?

Son frère suivait déjà la route du patrouilleur qui approchait un peu trop vite à son gré. La coque d'acier du navire était à moins de trente mètres. Il aurait normalement dû ralentir ou changer de cap, mais il n'en faisait rien.

— Ils veulent nous éperonner ! cria Summer.

Dirk avait déjà actionné les propulseurs mais, avec une vitesse qui n'excédait pas trois nœuds, le sous-marin ne pouvait même pas dépasser une tortue de mer. N'ayant aucune chance d'éviter le patrouilleur et pas assez de temps pour plonger, Dirk eut la seule réaction possible : il tourna le sous-marin droit vers le navire qui approchait.

Summer le regarda comme s'il était devenu fou et se prépara à la collision. Dirk, les yeux fixés sur le patrouilleur, fonça droit vers son étrave comme s'il voulait se suicider. Il attendit que le navire fût presque sur eux, puis tourna à fond la commande du gouvernail tout en inversant les propulseurs tribord.

Le sous-marin réagit comme s'il s'embourbait dans des sables mouvants. Dirk craignait d'avoir réagi trop tard mais, après une brève hésitation, le submersible vira à tribord, évitant de peu la proue du patrouilleur.

Comme Dirk l'espérait, le timonier du patrouilleur avait bloqué son cap et réagi trop tard à cette manœuvre de dernière seconde. Le navire ne fit que heurter légèrement le sous-marin.

Dirk et Summer entendirent un grand bang et sentirent leur bateau trembler au moment où le choc écrasait un des propulseurs arrière. La secousse coupa brièvement l'alimentation électrique, mais Dirk eut tôt fait de remettre en marche les autres propulseurs. Comme il jetait un rapide coup d'œil au hublot central, il aperçut le patrouilleur qui passait à toute vitesse. Un homme en salopette verte se tenait contre le bastingage, un fusil d'assaut braqué sur le submersible. Mais il ne tira pas, se contentant d'arborer un sourire menaçant.

Summer réprima son envie de répondre par un geste obscène.

— On l'a échappé belle, fit-elle, puis se tournant vers la radio : Tu peux nous faire plonger ?

— J'essaie.

Dirk avait commencé à remplir les réservoirs de ballast mais, après la coupure de courant, il devait réactiver les pompes. Ils n'avaient que quelques secondes avant que le patrouilleur fasse demi-tour pour tenter une nouvelle attaque.

— Toujours pas de jus pour la radio, dit Summer en manipulant le disjoncteur derrière son siège.

Comme elle n'obtenait aucun résultat, elle regarda les réservoirs : ils étaient maintenant remplis et le sous-marin commençait à s'enfoncer sous les vagues.

— Ils ont déjà viré de bord. Le voilà presque sur nous, annonça-t-elle tranquillement.

Elle sauta sur son siège et boucla sa ceinture de sécurité.

— Allons, descends, fit Dirk en poussant la commande à fond. Mais, avec la moitié des propulseurs hors d'état, la descente s'annonçait laborieuse.

Ils entendaient déjà les machines du patrouilleur tourner à plein régime… quand il arriva sur eux. Le sous-marin s'était enfoncé de quelques mètres, mais le pilote du patrouilleur avait bien visé. La pointe de la proue frôla le submersible, et le bas de la coque le frappa de plein fouet.

L'impact déclencha une explosion de bulles, en même temps que le grand hublot se fendait et que les réservoirs de ballast étaient arrachés. Le sous-marin rebondit sous le patrouilleur, encaissant une terrible succession de chocs avant d'être finalement balayé.

Blessé à mort, il resta quelques instants ballotté par ce tourbillon avant d'être pris dans une spirale mortelle qui l'entraîna dans les profondeurs.

45

Le petit sous-marin plongea dans les profondeurs et atterrit sur son nez qui vint se piquer dans le sable, provoquant un épais nuage de sédiments. Le courant eut tôt fait de disperser ce panache de débris, révélant la carcasse du submersible.

Dirk avait l'impression d'être passé dans une machine à laver. Les réservoirs de ballast écrasés, le submersible avait, dans sa chute, effectué un nombre incalculable de tours sur lui-même. Durant ces pirouettes, un écran de contrôle s'était détaché et avait frappé Dirk à la tête. Palpant avec précaution le haut de son front, il sentit une belle entaille mais, à part cette coupure et quelques contusions, il était sain et sauf – et content d'être encore en vie.

La partie arrière avait subi le gros du choc : les propulseurs ne fonctionnaient plus et le compartiment des batteries ainsi que les réservoirs d'oxygène étaient sérieusement endommagés. Heureusement, malgré de multiples fissures, le grand hublot du poste de pilotage avait, on ne sait par quel miracle, tenu bon, épargnant ainsi les occupants d'une inévitable noyade. L'eau glacée s'infiltrait dans la cabine par plusieurs petites fuites, mais le bateau avait survécu à la plongée et contenait encore de l'air en abondance.

— Ça va ? demanda Dirk dans l'obscurité.

Il chercha la torche électrique accrochée à la console, mais elle avait disparu.

— Oui, je crois, répondit Summer d'une voix mal assurée.

Dirk ouvrit son harnais et tomba en avant dans trente centimètres d'eau froide. Le sous-marin s'était posé à l'envers, ce qui les désorientait quelque peu. Des sifflements jaillissaient çà et là, et Dirk était incapable de dire s'ils étaient dus à l'eau qui s'infiltrait ou au gaz qui s'échappait des réservoirs d'oxygène. Il enjamba le dossier de son siège et chercha à tâtons un compartiment où se trouvait une autre lampe électrique.

N'importe qui se serait affolé à patauger dans cette eau froide et noire qui peu à peu envahissait le submersible, mais Dirk restait d'un calme étrange. D'abord parce qu'il était entraîné pour ce genre de situation, mais aussi pour une raison personnelle qui expliquait un tel sang-froid.

L'année précédente, il avait perdu la femme qu'il aimait dans un attentat terroriste à Jérusalem, et cela l'avait transformé. Depuis, le bonheur lui semblait bien plus difficile à trouver et il considérait le monde sous un jour plus cynique. De surcroît, la mort était devenue pour lui une compagne qui ne l'effrayait plus.

— Il va falloir attendre que la cabine soit complètement envahie par l'eau pour ouvrir le panneau, dit-il d'un ton détaché. Les bouteilles d'air de secours devraient nous permettre de remonter à la surface.

Repérant enfin le compartiment de stockage, il y prit une petite torche électrique qu'il alluma aussitôt pour en braquer le faisceau sur sa sœur.

Un coup d'œil suffit à le renseigner : quelque chose n'allait pas. On lisait dans son regard un mélange de souffrance et de peur, et une grimace lui crispait les lèvres. Elle détacha son harnais et essaya de se mettre debout mais ne parvint qu'à s'accroupir, bizarrement penchée.

Dirk découvrit que la jambe droite de sa sœur se trouvait coincée contre le siège et, au bas de son pantalon, juste au-dessus de la cheville, s'étalait une petite tache de sang.

Summer essaya de bouger. Fermant les yeux, elle tira sur sa jambe, mais en vain.

— J'ai le pied coincé, annonça-t-elle.

Dick s'approcha. La collision avait poussé en avant un des réservoirs d'oxygène qui, à son tour, avait écrasé le plancher. Une plaque d'acier s'était retournée, bloquant la cheville de Summer contre le siège.

L'eau était déjà montée jusqu'au-dessus de son mollet.

— Tu peux tirer ta jambe en avant?

Elle essaya et secoua la tête.

— Je n'y arrive pas.

— Je vais essayer de déplacer la plaque.

Le dos appuyé contre le hublot, il fit en vain plusieurs tentatives.

— Je n'ai pas assez de prise, dit-il.

— Ça ne fait rien, répondit Summer qui essayait de dissimuler son angoisse. L'eau monte. Il vaut mieux prendre les réservoirs de plongée.

Dirk vit que Summer avait déjà de l'eau jusqu'à la taille et que la cabine s'emplissait maintenant plus rapidement. Il laissa ses jambes s'enfoncer dans l'eau qui lui parut glacée, passa par-dessus les sièges pour gagner l'arrière du submersible et parvenir au panneau derrière lequel était rangé le matériel d'évacuation d'urgence : deux bouteilles de plongée avec masque et régulateur.

Il tendit une bouteille à Summer et accrocha l'autre à son épaule, puis il fouilla dans un coffre à outils, furieux de constater que pinces et clefs à molette n'étaient conçues que pour des réparations mineures. L'outil le plus grand était un petit marteau à panne ronde. Il s'en empara et prit aussi une scie à métaux. La scie lui évoqua le souvenir d'Aron Ralston, le courageux alpiniste qui s'était lui-même coupé le bras coincé sous un rocher dans un canyon près de Moab, dans l'Utah. Amputer Summer d'un pied avec une scie à métaux pourrait bien devenir l'horrible solution pour lui sauver la vie.

— Tu as une idée ? demanda Summer en le voyant revenir avec les outils.

Dirk enfila son masque et son régulateur et se pencha sous l'eau. Bloquant le marteau dans la brèche où était coincée la cheville de sa sœur, il constata qu'il n'avait pas assez de prise : tous ses efforts restaient vains. Découragé, il frappa la plaque à grands coups de marteau, ne réussissant qu'à y faire une indentation à peine perceptible.

Quand il émergea, il vit que l'eau frôlait le menton de Summer. Elle avait passé son masque et lui tendit la torche d'un air déçu. Il la dirigea vers le panneau d'entrée qui, d'un instant à l'autre, allait être inondé. En tournant la torche, le faisceau lumineux éclaira un objet posé à l'extérieur du hublot. Il sentit Summer lui serrer le bras puis sortir la tête hors de l'eau.

— Pars sans moi, dit-elle.

Sa voix n'exprimait ni colère ni panique, seulement de la résignation. Entre les jumeaux régnait une telle confiance qu'elle savait que, si la situation l'exigeait, il serait prêt à donner sa vie pour elle. Elle remerciait le ciel parce que lui au moins allait s'en tirer.

Dirk la regarda et secoua la tête.

— Alors, coupe, cria-t-elle, car elle avait aperçu la scie contre le hublot.

Dirk ne pouvait qu'admirer son courage, surtout quand il la vit sortir un foulard de sa poche de combinaison de plongée pour en faire un tourniquet qu'elle noua autour de sa cheville.

Il attendit qu'elle lève la tête hors de l'eau pour lui répondre en se forçant à sourire :

— Je ne suis pas encore prêt à jouer les chirurgiens de série télévisée. Attends-moi ici.

Sans lui laisser le temps de réagir, il ouvrit le panneau du sous-marin, la laissant seule dans le noir et prise au piège.

46

Summer était incapable de se souvenir si elle avait déjà connu pareille terreur. L'intérieur du submersible était maintenant totalement envahi par l'eau, et Dirk avait disparu, emportant avec lui la torche étanche. Elle ne pouvait maîtriser les frissons qui la secouaient, provoqués à la fois par la peur et l'eau froide, qui commençait à engourdir ses doigts et ses oreilles.

Le silence était presque total. La tête en avant, agrippée à son siège, elle n'entendait que les battements de son cœur et les gargouillis de sa respiration dans le régulateur. Elle craignait surtout de manquer d'air car, en profondeur, on en consommait bien plus qu'à la surface. La bouteille ne lui fournirait peut-être plus que quelques minutes d'oxygène. Avait-elle été complètement remplie au départ? Chaque inspiration ne serait-elle pas la dernière?

Elle ferma les yeux, essaya de se détendre et de respirer plus lentement. Sans être claustrophobe, elle ne pouvait maîtriser l'angoisse générée par cette impression d'être enfermée dans un placard exigu et très sombre.

Elle commençait à se demander si son frère n'avait pas changé d'avis, quand elle perçut une vague lueur derrière le hublot. Une lueur qui grandissait petit à petit jusqu'au moment où elle distingua nettement le faisceau d'une torche qui approchait. Ce qui lui avait semblé des heures d'attente n'avait duré que quelques minutes.

Lorsque Dirk entra par le panneau une seconde plus tard, elle vit qu'il brandissait une barre d'acier d'un mètre cinquante en haut de laquelle se trouvait une boule de cuivre : c'était le mât de pavillon que Dirk avait aperçu par le hublot avant de se lancer à l'extérieur et qui s'était brisé lorsque le sous-marin avait heurté la coque de l'épave.

Dirk se glissa en avant, bloqua le mât entre l'armature du siège et le piètement qui coinçait la cheville de Summer et, se cramponnant à l'autre extrémité de la barre, il tira dessus avec l'énergie d'un rameur voulant gagner une médaille d'or aux jeux Olympiques. Aussitôt, la plaque de métal se tordit et Summer put libérer son pied. Elle embrassa son frère puis leva le pouce – signe qui, chez les plongeurs, signifiait « remonter ». Dirk éclaira le panneau ouvert et la poussa à l'extérieur. Ils avaient fait un séjour dangereusement prolongé à environ cent mètres de profondeur et savaient qu'ils ne devaient pas s'attarder.

Ils entamèrent alors leur remontée en se tenant par le bras. Ils donnaient des coups de pied bien calculés et utilisaient les bulles d'expiration de leur régulateur pour contrôler leur vitesse. Remonter trop rapidement étant le meilleur moyen d'avoir un accident de décompression, Dirk surveillait attentivement leurs régulateurs.

Cela parut une éternité. Summer était néanmoins soulagée car ces efforts réchauffaient un peu ses membres gelés, mais son esprit lui jouait des tours en lui faisant croire qu'en fait ils ne remontaient pas mais se dirigeaient vers le fond. Elle se cramponnait à Dirk qui, apparemment insensible au froid et à l'obscurité, agissait comme un robot.

À une profondeur d'une cinquantaine de mètres, les eaux s'éclairèrent sensiblement à mesure que la lumière de la surface atteignait les profondeurs. À quarante mètres, la température s'éleva brusquement. À vingt-cinq mètres, la bouteille d'oxygène de Dirk était à sec.

Cela ne l'étonna pas. En raison de l'aller-retour jusqu'à l'épave, il savait qu'il épuiserait avant Summer ses réserves d'air. Passant sa main en travers de sa gorge pour avertir Summer, il abandonna sa bouteille et son régulateur. Elle lui tendit son propre régulateur et ils se mirent à respirer à tour de rôle, sans se rendre compte qu'ils remontaient plus vite.

Dirk leva les yeux et aperçut une faible ondulation argentée loin au-dessus de leurs têtes. Ils étaient maintenant assez près pour atteindre la surface, même si Summer tombait en panne d'oxygène. Mais un autre problème les attendait.

Effectuer des plongées avec un mélange sous pression d'oxygène, d'azote et d'hélium provoque de minuscules bulles d'azote qui peuvent se former dans les tissus du corps. Si on ne leur permet pas de se dissiper par une légère réduction de pression, ces bulles de gaz risquent de se loger dans l'organisme, provoquant l'angoissante et parfois mortelle ivresse des profondeurs.

Selon les estimations de Dirk, ils avaient passé près de quinze minutes au fond de la mer. Les tables de plongée de la Marine exigeaient de multiples paliers de décompression, mais c'était un luxe qu'ils n'avaient pu se permettre. Ils remontèrent jusqu'à un peu moins de huit mètres de la surface, selon les estimations de Dirk, et ils restèrent à ce niveau. Leur flottabilité naturelle et le rapide courant ne facilitaient pas les choses mais, le regard fixé sur la surface, Dirk parvint à les maintenir à la même profondeur.

Ils utilisèrent leur bouteille d'oxygène encore dix minutes avant que Summer recrache son régulateur et pointe un doigt vers le haut.

Leurs têtes surgirent à la surface dans une mer agitée et moutonneuse. Le soleil avait déjà disparu, laissant dans le ciel des reflets d'étain. Tout contribuait à les rendre presque invisibles pour un navire de passage, y compris par celui qui les recherchait. Ce n'était pourtant pas la seule chose qui préoccupait Summer.

Elle se tourna vers son frère.

— Tu as dit un mât de pavillon?

— C'est ce que j'ai pu trouver de mieux étant donné les circonstances. Comment va ton pied?

— Le pied va bien, mais j'ai une crampe terrible à la cheville, le rassura-t-elle en lui lançant un regard soucieux. Je ne crois pas que nous ayons bien respecté nos paliers de décompression.

— Non, fit Dirk en secouant la tête, nous sommes allés un peu vite. Tu sens des fourmillements quelque part?

— Je suis trop engourdie pour sentir quoi que ce soit.

— Dormir cette nuit dans la chambre de décompression de l'*Alexandria*, voilà notre prochain challenge, ajouta-t-il en scrutant l'horizon.

Ils finirent par repérer le navire de la NUMA loin à l'ouest tandis que la bande sombre de la côte de Madagascar semblait un peu plus proche, au nord.

— L'*Alexandria* est à contre-courant, fit Dirk. Pas question d'y arriver à la nage.

— Ils sont probablement déjà venus par ici et ils repasseront avec un sonar pour repérer le sous-marin. Le temps qu'ils reviennent, nous aurons dérivé jusqu'en Australie.

— Alors, il faut gagner la côte, dit Dirk. Tu te sens capable de nager jusque-là ?

— Comme si j'avais le choix !

Elle regarda le rivage et plongea la tête dans l'eau. Tous deux étaient d'excellents nageurs et, en temps normal, le trajet jusqu'au rivage n'aurait représenté qu'un parcours un peu fatigant, mais la tension imposée par leur sortie du sous-marin, ajoutée à un séjour prolongé dans l'eau froide, en faisait une véritable épreuve. Très vite, ils furent épuisés.

La mer agitée n'arrangeait rien. Les vagues les ballottaient et leur faisaient boire la tasse. S'approcher de la côte signifiait avancer à contre-courant. Chaque brasse vers le rivage les éloignait du même coup de l'*Alexandria*.

Ils nageaient de conserve, s'arrêtant toutes les dix minutes pour se reposer. De temps en temps, Dirk tirait la torche de sa poche et l'agitait en direction du navire de la NUMA mais, à la troisième tentative, elle échappa à ses doigts engourdis et tomba dans les profondeurs. L'*Alexandria* semblait maintenant encore plus éloigné et ne représentait plus qu'une lueur dansant à l'horizon.

Dirk se tourna vers Summer.

— Allons, encore moins d'un mille.

Elle se força à avancer, mais une douleur lancinante et persistante irradiait sa jambe gauche. Elle commença à marquer des pauses de plus en plus fréquentes et Dirk voyait bien qu'elle était à bout.

— Dis-toi que nous sommes à Hawaii, dit-il, et que nous faisons la course jusqu'à Waikiki.

Elle parvint tout juste à murmurer « D'accord ». Dans la lumière qui déclinait, Dirk se rendit compte qu'elle était exténuée. Il l'empoigna par sa combinaison de plongée et se mit à nager à l'indienne. Le froid semblait le glacer jusqu'aux os et, comme Summer, il se mit à claquer des dents et sentit que l'hypothermie les gagnait. Il leur fallait sortir de l'eau, et vite.

Bien qu'essoufflé, il s'efforçait de parler à Summer, de l'encourager, de la harceler de questions auxquelles elle finissait par ne même plus répondre. Lorsqu'elle commença à couler, il la retourna sur le dos et la tira par le col de sa combinaison de plongée. Plus question maintenant de s'arrêter.

Il continuait, nageant de plus en plus péniblement, ses muscles se crispant douloureusement, mais il s'obstinait à fouetter l'eau. Devant lui, la ligne de ressac se précisait et bientôt il entendit les vagues se briser sur la grève.

Lorsque l'une d'elles s'abattit sur eux, Dirk se redressa en crachotant. Summer en faisait autant quand arriva la vague suivante. Dirk soutenait toujours solidement sa sœur lorsqu'ils se retrouvèrent projetés sur le sable : ils avaient enfin atteint le rivage.

— Comment te sens-tu ? demanda-t-il entre deux hoquets.

— G-g-glacée, murmura-t-elle.

Cela montrait au moins qu'elle pouvait parler, mais il fallait la sécher. L'air de la nuit était encore doux, ce qui facilitait les choses.

Quand il trouva la force de se relever, Dirk, en boitillant, regarda autour de lui. Ils avaient échoué sur une étendue dénudée de la côte sud de Madagascar. La plage et les environs étaient plongés dans l'obscurité. Il n'avait aucune idée de l'endroit où il pourrait trouver du secours, mais peu lui importait : il n'avait pas assez d'énergie pour en chercher.

Jetant un coup d'œil vers la mer, il n'aperçut qu'un océan sombre et vide. La côte s'incurvait vers l'ouest, masquant les lumières de l'*Alexandria*. Se retournant vers l'intérieur des terres, il fit quelques pas sur la plage en quête d'un abri. Mais le sable sous ses pieds céda la place à du gravier qui menait à un groupe de monticules rocheux et de collines. Rien nulle part qui ressemble à un abri.

Il revint vers Summer et trébucha sur un petit tertre en bordure de la plage. Il s'étendait sur quelques mètres, ce qui les protégerait quelque peu de la brise et représentait sans doute ce que Dirk pourrait trouver de mieux pour les abriter. Apercevant un tas d'algues, il en ramassa autant qu'il pouvait et en tapissa tant bien que mal le sol. Il rejoignit ensuite Summer et la déposa sur ce lit improvisé. S'aidant des algues, il sécha sa peau puis repartit en chercher d'autres. Au retour, son pied heurta un tas de sable, révélant du même coup un amas d'objets à demi enfouis.

Sans y accorder davantage d'attention, il ôta sa combinaison de plongée et se sécha un moment dans la brise. Ensuite, il s'allongea auprès de Summer pour la protéger encore un peu plus du vent. Elle émit quelques murmures et ne semblait plus frigorifiée. La soirée s'annonçait douce et Dirk se dit que bientôt elle se remettrait de leur aventure.

D'ailleurs, la fatigue commençait lui-même à le gagner et ses paupières à se fermer. Un croissant de lune apparut au détour d'un nuage, baignant la plage d'une lueur argentée. Au-dessus de sa tête, Dirk apercevait maintenant plus distinctement, émergeant du tas de sable, un objet d'un jaune fané sur lequel apparaissaient des lettres noires à demi effacées. Il commençait à sombrer dans le sommeil, cependant son esprit fatigué finit par déchiffrer un nom qui lui parut avoir une consonance étrange.

Barbarigo.

47

Un raclement près de son oreille tira Summer de son sommeil. Ouvrant les yeux, elle vit une énorme forme se déplacer à un ou deux mètres de sa tête.

— Dirk! hurla-t-elle en poussant son frère endormi auprès d'elle.

Il se réveilla en sursaut, s'assit et sourit en voyant la tortue de mer flânant au soleil qui avait terrorisé sa sœur...

— Veux-tu une soupe à la tortue pour ton petit déjeuner?

L'animal toisa Dirk comme s'il n'appréciait pas du tout la plaisanterie puis, plantant ses griffes dans le sable, reprit sa lente progression.

Summer sourit de sa peur en regardant la tortue s'éloigner.

— Comment pourrait-on faire du mal à une créature aussi majestueuse?

— Ça dépend de l'appétit qu'on a, répondit Dirk en inspectant les lieux.

Une grande plage de sable bordée de collines rocheuses. Peu de végétation car dans la région la pluie était rare.

Summer s'assit.

— Est-ce que tu vois l'*Alexandria* ?

Se tournant vers le large, Dirk constata que la mer aux vagues moutonnantes était déserte. Aucune trace du navire de la NUMA, ni d'aucun autre bateau.

— Je pense que nous avons dérivé plus à l'est qu'ils ne l'imaginent. En remontant la côte à pied, nous pourrons peut-être leur faire des signaux.

Pendant ce temps et sans qu'ils s'en doutent, Jack Dahlgren, accompagné de deux hommes d'équipage, avait toute la nuit longé la côte à bord d'un Zodiac équipé d'un projecteur. À deux reprises, ils avaient frôlé la plage mais, abrités derrière leur monticule de sable, Dirk et Summer n'avaient rien entendu dans leur sommeil, la rumeur de l'océan couvrant la pétarade du canot.

— Dirk ?

Il sentit à sa voix que quelque chose n'allait pas.

— Qu'y a-t-il ?

— Je ne peux plus bouger ma jambe gauche.

Dirk pâlit, devinant aussitôt de quoi il s'agissait : ils n'avaient pas respecté les paliers de décompression. Les symptômes se traduisaient d'ordinaire par des douleurs aux articulations allant parfois jusqu'à la paralysie des membres. Et la paralysie des jambes signifiait qu'une bulle de gaz s'était logée dans sa moelle épinière.

Il vint précipitamment s'agenouiller auprès d'elle.

— Tu es sûre ?

— Je ne sens plus rien dans ma jambe gauche, dit-elle en hochant la tête. Mais la droite va bien.

Elle lui lança un regard terrifié.

— As-tu mal ?

— Un peu, en fait, j'aurai besoin d'aide pour arriver au bateau.

Ils savaient tous les deux que le seul traitement était de faire immédiatement un séjour dans une chambre hyperbare. Sans doute la plus proche à des centaines de milles à la ronde était sur l'*Alexandria*, mais elle pourrait aussi bien être sur la lune s'ils n'arrivaient pas à rejoindre le navire.

Il aperçut un monticule rocheux qui dominait la plage.

— Je vais l'escalader pour essayer de voir où se trouve le navire.

— J'attends, dit Summer avec un sourire forcé.

Dirk traversa la plage en courant et gravit la colline dénudée. Il était en chaussettes, le sol rocailleux lui écorchait les pieds, et il regretta de s'être débarrassé de ses chaussures en sortant du sous-marin. Par chance la colline était assez abrupte et il eut bientôt une vue suffisante de la côte.

Se tournant vers la mer, il repéra vite l'*Alexandria* : un petit point au loin, ancré sans doute sur le site du submersible coulé. Dirk estima qu'il devrait parcourir huit kilomètres le long de la côte pour atteindre un endroit où l'équipage pourrait l'apercevoir. Regardant vers la terre, il remarqua une chaîne de petites collines faisant partie de la réserve du Cap Sainte-Marie, un vaste parc national abritant diverses variétés d'animaux sauvages, mais qui offrait peu de ressources à l'exception de quelques sentiers de randonnée et de terrains de camping.

Se tournant vers l'est, il eut la surprise d'apercevoir un navire et un dragueur, dans une petite crique, à deux ou trois milles de distance, ainsi que quelques constructions sommaires le long d'un quai. Dirk pensa au patrouilleur qui avait éperonné leur sous-marin mais pas trace de lui. Ne remarquant aucun autre signe de civilisation, il se hâta de regagner la plage.

— Je commence par la mauvaise nouvelle ou la bonne ? demanda-t-il à Summer.

— Je suis une incorrigible optimiste : la bonne d'abord.

— L'*Alexandria* ne nous a pas abandonnés. Malheureusement, ils nous croient toujours à bord du sous-marin. D'après mes estimations, ils sont au mouillage au-dessus de l'endroit où nous avons plongé. Plan B : je fais huit kilomètres le long de la plage et de là j'essaie d'attirer leur attention.

— J'ai manqué le plan A.

— À moins de cinq kilomètres à l'est, il y a une petite crique avec un quai et un cargo amarré.

— Et un patrouilleur avec le nez un peu tordu ?

— Pas de patrouilleur. Je peux y arriver en moins d'une heure de marche pour essayer d'appeler l'*Alexandria*. En deux temps et trois mouvements, tu te retrouveras à faire la sieste dans la chambre de décompression.

— Je suis pour le plan A.

Dirk lui posa une main sur l'épaule.

— Tu es sûre que tu peux attendre ici ?

— Absolument, à condition que cette bestiole n'ait pas l'idée de venir partager mon trou, dit-elle en désignant la tortue qui, depuis qu'ils s'étaient réveillés, n'avait pas parcouru plus de vingt mètres en chassant le sable avec ses palmes.

Sur la plage, Dirk suivit le bord de l'eau, le soleil matinal étant déjà chaud. La brise qui soufflait de la mer rendait l'air plus respirable. Déshydraté, et sans grande énergie, il rêvait d'une gorgée d'eau. Mais il chassa ces idées pour concentrer ses efforts et marcher aussi vite que le lui permettaient ses pieds nus et douloureux.

L'étroite bande de plage s'arrêta brusquement face à une crête calcaire qui le contraignit à faire un détour par un chemin moins abrupt pour atteindre la crique, trois kilomètres plus loin. La superstructure du cargo donnait l'impression de se dresser comme un mirage au-dessus d'une dune.

L'état de Summer poussait Dirk à hâter le pas. Ils s'étaient échappés du sous-marin depuis moins de douze heures : ses chances de rétablissement étaient donc encore bonnes à condition qu'elle arrive rapidement à la chambre hyperbare. Quarante minutes plus tard, il parvenait sur une crête de sable où, en contrebas, s'étendait un étroit lagon entouré de petites collines qui dissimulaient pratiquement le bateau et les installations du quai.

En descendant, il constata que ces installations étaient réduites à leur plus simple expression : d'un côté du quai, un petit bâtiment ressemblant à un dortoir et, planté à l'autre bout, un entrepôt. Entre les deux, une sorte d'auvent métallique qui recouvrait toute la longueur du quai, protégeant du soleil plusieurs tas de sédiments granuleux. Dirk crut d'abord que c'était du sel provenant de marais voisins, puis remarqua leur couleur grise.

Le cargo, un navire de taille moyenne, amarré de l'autre côté, occupait toute la longueur du quai. Dirk n'en distinguait pas le nom, mais il repéra une fleur blanche peinte sur la cheminée jaune. Un groupe d'hommes transportait les matériaux entassés sur le quai en emplissant des chariots dont ils vidaient le contenu sur un tapis roulant qui les déversait dans une cale du navire.

Non loin de là un générateur faisait un bruit d'enfer. Personne donc ne remarqua Dirk quand il descendit la crête et s'approcha de l'entrepôt. Il avisa à l'intérieur un mécanicien occupé à réparer un petit moteur. Il s'apprêtait à entrer quand soudain il s'immobilisa.

Du coin de l'œil, il avait aperçu un autre bateau dans le lagon. Ce second bâtiment s'était s'amarré sur le flanc tribord du cargo. Dirk n'avait pas pu le voir en descendant la colline mais les eaux tourbillonnantes du lagon l'avaient légèrement déplacé si bien qu'il distinguait maintenant la proue jaune du patrouilleur.

Dans l'entrepôt, le mécanicien leva les yeux et aperçut Dirk. Il lui lança un drôle de regard et poussa un cri. Du fond de l'entrepôt, un jeune homme en salopette verte arriva en courant, brandissant une kalachnikov qu'il braqua sur Dirk. Un flot de paroles jaillit de sa bouche, dans un dialecte que Dirk ne comprenait pas, mais dont la teneur était sans équivoque.

Dirk le regarda d'un air incrédule puis, paumes ouvertes, il leva les bras.

48

Plutôt que de contempler sa jambe paralysée, Summer s'efforça de penser à autre chose. Elle observa la tortue qui traversait laborieusement la plage, puis regarda longuement la mer déserte et finit par examiner le monticule contre lequel elle avait dormi.

L'objet à demi enfoui que Dirk avait exhumé était assez épais et recouvert de caoutchouc. Summer regarda de plus près et frotta les lettres noires à demi effacées.

Barbarigo. On aurait dit de l'italien, ce qui l'intrigua. Avec un coquillage, elle gratta le sable et découvrit un rouleau de caoutchouc compressé dont on pouvait voir qu'il avait jadis été gonflé. En creusant davantage, elle vit qu'il s'agissait d'un radeau de sauvetage, vieux certes mais bien protégé par les couches de sable qui l'avaient recouvert.

En fouillant encore, elle tomba sur un objet dur et plat : c'était un banc de chêne, sans doute appartenait-il au grand radeau. Creusant toujours, elle atteignit bientôt le fond en caoutchouc. Un bout de tissu bleu attira aussitôt son regard. Elle le dégagea avec précaution : l'objet, de forme ronde, était un bonnet de matelot. Tirant doucement dessus, elle poussa soudain un cri étouffé et le lâcha.

Sous le bonnet, elle avait mis à jour le crâne grimaçant de son propriétaire.

*

L'entrepôt qu'avait découvert Dirk abritait un petit atelier avec plusieurs établis sur lesquels s'entassaient des outils de charpentier. Des bidons de fuel et de lubrifiants étaient alignés le long d'un mur, près d'un gros générateur qui tournait bruyamment. Un petit élévateur à fourche et deux autres engins tout-terrain étaient garés près de la porte. Dans cette partie mal éclairée de l'entrepôt résonnait le joyeux vacarme de tambours africains diffusé par un lecteur de CD.

Dirk nota tout cela pendant qu'on le poussait à l'intérieur du hangar en lui ordonnant de s'adosser à une paroi de tôle ondulée. Le mécanicien et l'homme au fusil discutèrent un moment – Dirk supposa qu'ils parlaient malgache – puis le premier partit en courant annoncer la présence de l'intrus.

Le garde se posta près de l'établi où se trouvait le moteur démonté. Il se balançait sur ses talons mais gardait son arme braquée sur Dirk. Jeune, pas plus de dix-sept ans, il avait les cheveux longs et le dos un peu voûté. On devinait sans mal qu'il n'avait pas de formation militaire. Sa salopette, comme ses doigts, était couverte de taches de graisse. Dirk conclut qu'il devait être l'assistant du mécanicien et accessoirement faire office de garde.

L'air détendu, Dirk porta une main ouverte à sa bouche comme s'il buvait.

— Soif, fit-il d'une voix râpeuse. De l'eau ? précisa-t-il en français.

L'homme le dévisagea : l'ingénieur de la NUMA ne portait visiblement pas d'arme, il avait les cheveux pleins de sable et sa combinaison de plongée était encroûtée de poussière. Pas de chaussures, seulement des chaussettes sales et pleines de trous. On ne pouvait pas dire qu'il avait l'air menaçant.

L'homme se détendit et se tourna lentement vers l'établi auprès duquel un sac à dos était posé sur un tabouret. Il en retira une gourde qu'il lança à Dick.

Dirk dévissa le capuchon et avala quelques gorgées d'eau. Elle était tiède et son goût désagréable, mais il en aurait volontiers englouti des litres. Il adressa un sourire au garde et savoura encore quelques lampées.

— Merci, dit-il en refermant la gourde.

Il fit prudemment un pas en avant et tendit le bras pour rendre la gourde. L'homme hésita avant de s'avancer, le bras tendu. Dirk attendit que les doigts du jeune homme frôlent les siens pour laisser le récipient tomber par terre.

Le garçon se précipita, mais la gourde roula sur le sol. Lorsqu'il se releva il reçut un crochet du gauche qui le frappa à la pommette. Il trébucha contre l'établi mais brandit aussitôt son arme.

Dirk ne lui laissa pas l'occasion d'ouvrir le feu. Fonçant sur lui, il coinça le fusil entre leurs deux corps. L'homme essaya bien de se retourner pour frapper Dirk, mais il n'était pas de taille.

Sans se soucier du canon de la kalachnikov braqué à quelques centimètres de son visage, il empoigna le jeune homme par la salopette en le tirant vers lui pour l'empêcher de le viser, tandis que de son autre main, à tâtons, il cherchait une arme. Il sentit sous ses doigts un objet métallique, le saisit et l'abattit sur le crâne de son adversaire. Il fallut trois coups bien assénés pour le voir s'écrouler sur le sol.

Dirk regarda sa main : il tenait un piston du moteur démonté.

— C'est bien un problème d'allumage, murmura-t-il en le jetant sur l'établi.

Il partit en courant vers les véhicules tout-terrain garés près de la porte. Chacun était muni d'une petite remorque en treillage métallique afin de transporter toutes sortes d'équipements mais, ce qui était le plus important, une clef de contact. Il la tourna. Le moteur démarra juste au moment où trois hommes surgissaient au coin de l'entrepôt.

Dirk tendit le bras et arracha le câble d'alimentation du véhicule voisin. Dès qu'il vit que le mécanicien était revenu, accompagné d'un docker et d'un homme en treillis qui brandissait un revolver, Dirk fonça droit sur eux, la remorque bringuebalant derrière lui.

Le mécano fit un saut sur la droite pour l'éviter tandis que les deux autres s'écartaient à gauche, derrière le coin du bâtiment. Dirk donna un coup de guidon dans leur direction. Le docker l'esquiva à la dernière seconde, mais l'homme en treillis hésita. Le pare-chocs du véhicule lui toucha la jambe et le fit tomber. Au même instant, Dirk dut faire une embardée à droite pour éviter une rangée de barils de fuel. La remorque fut projetée sur le malheureux qui poussa un cri lorsque les pneus roulèrent sur lui, le laissant couvert de poussière.

Dirk avait espéré faire demi-tour et repasser devant l'entrepôt pour gagner la plage, mais l'arrivée du docker surgissant du hangar, son fusil d'assaut à la main, vint contrarier ses plans.

Se maudissant de ne pas avoir ramassé l'arme, il vira à gauche et fonça vers le quai. Il s'attendait à une grêle de balles, mais rien ne vint. Il comprit vite pourquoi.

Juste devant lui, une demi-douzaine d'ouvriers faisait fonctionner le tapis roulant et le docker ne voulait pas ouvrir le feu sur ses compatriotes. Dirk continua donc à avancer, mais il finit par se trouver dans une impasse car, devant lui, le tapis roulant barrait le quai sur toute sa largeur, et sur sa gauche se dressait un tas de minerai grisâtre.

Il continua vers le quai tandis que, devant le tapis roulant, les ouvriers poussaient des cris. Foncer dans cette direction ressemblait à un suicide, mais il n'avait pas le choix. Il accéléra encore. Les ouvriers se mirent à l'abri derrière la rampe au moment où Dirk donnait un brusque coup de guidon à gauche.

Les pneus du tout-terrain dérapèrent sur le quai couvert de sable lorsque Dirk aborda le virage, accélérateur bloqué. Puis les quatre roues arrêtèrent de patiner et le véhicule fonça vers un monticule de minerai qui attendait d'être chargé sur le cargo. Dirk faillit tomber de son siège lorsque les roues avant atteignirent la base du monticule, mais l'engin montra de quoi il était capable en sautant littéralement l'obstacle : il passa par-dessus un chargeur qui attendait de se remettre en marche et avait déjà franchi plusieurs mètres sur le tas de minerai quand le moteur commença à peiner, obligeant Dirk à tourner les roues avant vers la droite, la remorque faisant office d'ancre. Il réussit alors à faire pivoter l'engin.

Lorsqu'il vit Dirk dévaler le monticule, un des ouvriers détala en courant. Sur son passage une petite avalanche de minerai ensevelit une partie du quai, et le reste des ouvriers s'enfuit pour se mettre à l'abri. L'engin rebondit sur ses quatre roues et dévala le monticule. La remorque eut moins de talent : elle se décrocha, frappa violemment le cargo et tomba à l'eau.

Dirk dut donner un violent coup de volant à gauche pour éviter le même sort. Une des roues arrière heurta une borne avant de retomber lourdement, permettant à Dirk de repartir à toute allure.

Entre le quai et le dortoir, il apercevait le désert, la liberté. Il fonçait toujours lorsqu'un autre véhicule tout-terrain surgit au coin du hangar. Dirk ralentit et salua le conducteur au passage. Il reconnut le garde en salopette verte qui, quelques instants plus tôt, avait braqué sur lui son fusil d'assaut. L'homme lui lança un regard étonné avant de l'identifier. Mais Dirk avait déjà accéléré et dépassé l'entrepôt.

Sur le quai, une dizaine d'hommes courait en criant. Le garde fit faire demi-tour à son véhicule et se lança à la poursuite de Dirk.

Comme une falaise rocheuse barrait le fond du lagon, Dirk dut s'engager sur un passage moins escarpé parallèle au quai. Pour éviter les coups de feu qui crépitaient de tous côtés, il gravit la pente en zigzaguant, soulevant sur son passage des tourbillons de poussière. Penché en avant, il parvint enfin au sommet et disparut, échappant aux regards de ses poursuivants.

Au moment où il virait en direction de la plage, il jeta un coup d'œil par-dessus son épaule et constata que le garde en salopette verte le talonnait toujours. Il était à moins de cinquante mètres.

Profitant d'un passage bien sec, il accéléra. Un peu plus tôt, en croisant son poursuivant, il avait aperçu un étui attaché à sa ceinture. Une fois de plus il se trouvait les mains vides en face d'un adversaire armé. Mais il conduisait un engin tout-terrain et savait où il allait.

En effet, le garde avait un revolver chargé qu'il saisit quand son véhicule aborda une zone de sable plat. Conduisant d'une main, il utilisa l'autre pour tirer une grêle de balles qui toutes manquèrent largement leur but.

Dirk se mit alors à zigzaguer plus encore, projetant derrière lui un nuage de poussière plus dense qui lui offrait une éphémère protection.

Mais cette manœuvre permit également à son poursuivant de se rapprocher jusqu'à moins de vingt mètres de Dirk. Profitant d'une éclaircie entre deux coups de volant, il fit feu à deux reprises. Une des balles toucha son but.

Dirk entendit un claquement sec : un des pneus arrière venait d'éclater et il dut se cramponner pour ne pas perdre le contrôle de son engin.

Il était vraiment en mauvaise posture : l'homme à la salopette verte pouvait se placer à sa hauteur et l'abattre sans difficulté. Dirk s'apprêtait à faire demi-tour pour forcer à son adversaire à subir une collision de plein fouet quand, juste devant lui, dans le sable, il distingua des empreintes de pas qui se dirigeaient droit vers l'intérieur des terres. C'étaient celles qu'il avait laissées un peu plus tôt : une solution s'offrait à lui, qui pourrait lui donner une chance.

49

Le sol sablonneux céda la place à des roches couvertes de poussière qui se succédaient par paliers successifs. La pente de plus en plus inclinée dissimulait le précipice tout proche, celui que Dirk avait franchi le matin – et qu'il espérait bien utiliser à son avantage.

Sur cette surface rocailleuse, la traînée de poussière que Dirk laissait derrière lui disparut peu à peu, le contraignant à tenter une manœuvre risquée. Plutôt que d'esquiver son adversaire, il vira devant lui pour bloquer son champ de vision.

Il ralentit alors et, une seconde plus tard, le bord du précipice apparut. Il hésita, désireux d'attirer le garde encore plus près de lui, puis rétrograda et écrasa la pédale de frein. Les pneus patinèrent sur la roche, le véhicule vibra violemment tandis que Dirk enjambait le siège, lâchait le volant et sautait à terre à trois mètres à peine du bord. Entraîné par la pente, il reprit son élan et plongea dans le vide. Son poursuivant arriva quelques secondes plus tard. Il freina de toutes forces, tenta d'éviter la chute, les mains crispées sur le volant, mais dérapa et plongea du haut de la falaise, poussant un long hurlement.

Dirk n'avait rien vu du spectacle : il avait sauté, s'était roulé en boule en touchant le sol et avait fait plusieurs tonneaux avant de s'arrêter, les jambes ballantes au-dessus du vide. Hors d'haleine, il remonta avec précaution et s'allongea sur le dos.

Il se palpa : quelques bleus et des écorchures, mais rien de cassé. Au bout d'une minute, il se remit debout et regarda autour de lui.

À une douzaine de mètres en contrebas, son véhicule gisait, le capot planté dans le sol et la carrosserie légèrement défoncée. Un peu plus loin, il aperçut l'engin du garde, les roues tournant encore dans le vide, dont il vit une jambe inerte dépasser de la carrosserie.

Dirk longea la falaise à pas prudents. Regardant vers le quai, il vit un petit groupe venir dans sa direction. À l'entrée du lagon, il aperçut le patrouilleur qui se dirigeait vers le large. Ils avaient vraiment l'air de prendre au sérieux la disparition du tout-terrain qu'il avait volé dans l'entrepôt, se dit Dirk.

Il refit le trajet qu'il avait effectué le matin et, arrivé sur les lieux de la chute, trouva la voiture du garde un peu cabossée mais pratiquement intacte. Les pieds solidement enfoncés dans le sable, Dirk le poussa de l'épaule et parvint à le remettre sur ses roues. Le corps écrasé du conducteur était enfoui dans le sable, le torse et la tête défoncés.

Dirk ramassa son revolver et se mit au volant. Le siège était dans un piteux état, le volant un peu tordu et les deux ailes envolées, mais l'arbre de transmission semblait intact. Il pressa le bouton du démarreur et entendit le moteur hoqueter. Il fallut plusieurs tentatives avant que Dirk puisse démarrer, le véhicule ayant perdu de l'essence avant de basculer.

À l'extrémité de la plage, il se rangea le long du petit banc de sable. Summer se leva en faisant de grands signes. Elle avait déterré près d'un tiers du radeau en caoutchouc.

Il sauta à terre et se précipita vers elle.

— Ça va ?

— Très bien, à part ma jambe.

Elle remarqua les contusions de Dirk et le tout-terrain, encore plus mal en point.

— J'ai cru entendre un grand fracas. Qu'est-ce qui s'est passé ?

— J'ai eu une discussion avec un ami de passage. (Du pouce, il désigna le quai derrière lui.) Les gens qui s'agitent là-bas sont ceux qui nous ont coursés. J'ai emprunté un de leurs véhicules tout-terrain et ça ne leur a pas plu.

Summer comprit rapidement.

— Alors, il faut décamper ?

— Je crois que ce ne serait pas une mauvaise idée.

Il la prit dans ses bras et la porta jusqu'à la voiture.

— Attends, dit-elle. Le livre de bord du *Barbarigo*.

Dirk lui lança un regard interrogateur.

— Il y a un radeau en caoutchouc enfoui dans le sable. Il provient d'un navire qui s'appelle le *Barbarigo*. J'ai trouvé sous un banc un cahier enveloppé de toile cirée, dit-elle. Je n'arrive pas à lire parce qu'il est en italien, mais ça ressemble à un livre de bord.

Dirk s'approcha du radeau à demi enterré. Il eut un mouvement de recul en apercevant un squelette qu'il n'avait tout d'abord pas remarqué. Il ramassa le livre de bord et rejoignit sa sœur.

— Tu ne m'avais pas dit que l'homme qui l'a rédigé était encore là.

— Il y a au moins deux autres corps. Il faut que l'archéologue de l'*Alexandria* inspecte les lieux.

Dirk appuya sur l'accélérateur.

— Peut-être pas aujourd'hui.

Laissant derrière eux les squelettes et la plage, ils gravirent une pente rocheuse. D'en haut, ils virent le rivage s'incurver et la coque turquoise de l'*Alexandria* danser sur les vagues à quelques milles de là. Dirk gardait les yeux fixés sur le sol, roulant aussi vite qu'il osait, mais sans oublier que l'état de Summer lui permettait difficilement de rester assise.

Elle fut la première à remarquer un petit Zodiac qui longeait la plage devant eux. Quand ils atteignirent le sable, Dirk accéléra à fond. Le Zodiac s'éloignait d'eux, mais Dirk eut tôt fait de combler la distance qui les séparait. Une main sur le klaxon, il ne tarda pas à attirer l'attention de Jack Dahlgren qui pilotait le canot en compagnie d'un homme d'équipage de la NUMA. Ils se rejoignirent bientôt, Dirk entrant dans les vagues tandis que Dahlgren approchait avec son Zodiac.

— Alors, je vois qu'on fait du tourisme fort bien équipés, lança ce dernier, visiblement soulagé de les retrouver vivants.

— Nous n'en demandions pas tant, répondit Dirk. Permission de monter à bord?

Dahlgren acquiesça d'un signe de tête et plaça le Zodiac contre le tout-terrain.

— Summer ne sent plus sa jambe gauche, annonça Dirk. Il faut la mettre dans la chambre hyperbare.

Dahlgren prit dans ses bras Summer, qui ne lâchait pas son livre de bord, et la déposa dans le canot pneumatique.

— Tout le monde à bord de l'*Alexandria* a hâte de savoir ce qui s'est passé. Nous étions très inquiets quand nous avons trouvé le sous-marin au fond, vide. Tu auras tout le temps de nous raconter ça pendant que vous serez en chambre de décompression.

Dahlgren vira pour que Dick puisse sauter à bord et remarqua les déchirures de sa combinaison de plongée et les contusions sur son visage.

— Si je peux me permettre, on dirait que tu es allé danser avec un motoculteur.

— Si ça peut te consoler, j'en ai vraiment l'impression.

Dahlgren poussa le moteur à fond et fit route vers le navire, tandis que Dirk apercevait à l'horizon le patrouilleur foncer dans leur direction. Quelques instants plus tard, une grande ombre s'abattit sur eux. Dirk, levant les yeux, vit un C-130 voler à basse altitude au-dessus d'eux. Peint en gris, il arborait sur sa queue les couleurs de l'Afrique du Sud. Dahlgren fit de grands signes en direction de l'avion et ralentit pour se faire entendre de ses propres passagers.

— Un appareil de recherche que nous avons fait venir de Pretoria. Il a mis le temps. Je pense quand même que nous devrions leur annoncer que vous êtes sains et saufs, ajouta-t-il en prenant un émetteur radio portatif pour informer l'*Alexandria* du sauvetage des deux naufragés.

Tandis qu'ils attendaient qu'on transmette le message à l'avion, Dirk donna à Dahlgren une tape sur l'épaule en désignant le patrouilleur qui approchait.

— Rappelle-les et demande à l'appareil de bien vouloir contacter ces types. Dis-leur que nous les soupçonnons de faire partie d'un réseau local de piraterie.

— Je ne crois pas que l'Afrique du Sud contrôle cette zone, répondit-il, mais je vais les informer.

Le C-130 changea de route alors qu'il n'était déjà plus qu'un point à l'horizon. Ils virent le pilote descendre à quinze mètres de l'eau, tout au plus, et s'approcher de l'arrière du navire, prenant l'équipage par surprise. Quelques matelots armés surgirent sur le pont en entendant les quatre moteurs de 4 200 chevaux qui grondaient au-dessus d'eux.

L'avion effectua un premier passage, puis vira sans hâte pour de nouveau survoler le patrouilleur. Cette fois, les hommes d'équipage les plus hardis brandirent leurs armes, mais personne ne fit feu. Sans se démonter, le pilote du C-130 fit encore trois passages, à chaque fois de plus en plus bas. Le patrouilleur reçut le message, vira de bord à regret et repartit vers la côte. Pour faire bonne mesure, le C-130 s'attarda à basse altitude durant près d'une heure avant d'agiter ses ailes et de regagner sa base.

Dirk se tourna vers Dahlgren.

— Rappelle-moi d'envoyer une caisse de bière à l'Air Force sud-africaine.

— Ils ne plaisantent pas, ces gars, hein ?

Quelques minutes plus tard, ils étaient enfin à bord, étonnés de voir sur la plage arrière leur sous-marin sérieusement endommagé.

— Avec le sonar, nous l'avons rapidement repéré et nous avons pu le remonter avec notre treuil, expliqua

Dahlgren. Puis ne vous trouvant pas à l'intérieur, nous avons repris nos recherches à terre.

À leur arrivée à bord, les jumeaux eurent droit à un accueil chaleureux. Pourtant, même Dahlgren semblait nerveux. Le médecin de l'*Alexandria* s'empressa de les conduire à la chambre de décompression où on avait déjà préparé ravitaillement et médicaments.

Dirk essaya bien de se dérober, mais le docteur lui ordonna d'y entrer à titre de précaution. Avant qu'on ne referme le panneau, Dahlgren passa la tête à l'intérieur pour s'assurer qu'ils étaient bien installés.

— On ne devrait peut-être pas s'attarder dans la zone, fit Dirk. Nous avons réussi à poser des capteurs sismiques avant de rencontrer le patrouilleur. Nous pourrons nous occuper de ces salopards une autre fois.

— Le capitaine a déjà annoncé un départ d'urgence pour Durban, dit Dahlgren d'un air tendu.

— Pourquoi Durban ? Je croyais que nous allions au Mozambique.

De la chambre de décompression, le médecin criait pour qu'on boucle la chambre.

— Mauvaises nouvelles, je le crains, annonça Dahlgren. Ton père et Al ont disparu dans le Pacifique.

Puis le lourd panneau blindé se referma, laissant Dirk et Summer retrouver la pression des profondeurs.

50

Pitt avait l'impression d'être enfermé dans une chambre de torture et devenait d'heure en heure de plus en plus claustrophobe. La température extérieure qui augmentait chaque jour faisait de la prison humide de l'*Adélaïde*, qu'il partageait avec les autres, un véritable four, la chaleur renforçant l'odeur âcre des hommes confinés là avec les deux cadavres.

Pitt était affamé mais heureusement on ne leur ménageait pas l'eau potable. Périodiquement, le panneau s'ouvrait, deux hommes armés leur jetaient des cartons d'eau et d'aliments séchés, les prisonniers appréciant par-dessus tout ces brèves bouffées d'air frais.

Pitt et les hommes du SWAT avaient essayé de concevoir un plan d'évasion, mais lequel ? On avait enlevé de la pièce tous les outils ou objets susceptibles de ménager une autre sortie. Le panneau verrouillé, ils ne tardèrent pas à le constater, était gardé vingt heures sur vingt-quatre. La moindre tentative pour tester la solidité de la poignée ou des gonds était aussitôt accueillie par des coups de crosse frappés de l'extérieur. Chaque fois qu'on ouvrait le panneau pour leur distribuer de l'eau ou de la nourriture, deux hommes se tenaient prêts à repousser toute rébellion de leurs fusils d'assaut.

Giordino, ayant remarqué que les croûtons de pain qu'on leur distribuait étaient durs comme de la pierre, suggéra même de s'en servir pour attaquer les gardes.

Miraculeusement, sa blessure ne s'était pas infectée. Après avoir dormi trois jours d'affilée, il s'était réveillé vigoureux et irritable et n'avait pas tardé, malgré le régime qu'on leur imposait, à reprendre des forces.

Si la plupart des hommes finissaient par se résigner, quelques-uns commençaient à ne plus se contrôler. Des bagarres éclataient parmi l'équipage de l'*Adélaïde*, un prisonnier se mit même à pousser des cris hystériques. Pitt ne put s'empêcher d'éprouver un certain soulagement quand les machines ralentirent : ils pénétraient dans des eaux fréquentées.

Il avait compté le nombre d'heures qui s'étaient écoulées depuis qu'il était prisonnier. Il calcula que, naviguant à une vitesse de seize nœuds, l'*Adélaïde* avait pu parcourir quatre mille milles, et devait se trouver quelque part entre l'Alaska et le Pérou. Cependant la température suggérait une zone plus équatoriale. Si le navire avait maintenu son cap au sud, Pitt estimait qu'ils pouvaient aussi bien être au sud du Mexique ou de l'Amérique centrale.

Il en eut bientôt confirmation lorsque, à plusieurs reprises, il entendit le brouhaha d'une activité portuaire. Le navire s'était parfois arrêté puis avait repris la mer pour naviguer encore trois heures avant de jeter l'ancre. Peu après, on réveilla les prisonniers.

On les fit sortir de leur salle humide et étouffante pour gagner le pont où régnait une moiteur tout aussi accablante. Le navire était amarré à un quai par l'arrière. Seule une petite tache bleue à la proue leur indiquait qu'ils avaient traversé une large étendue de mer puis reculé dans une crique à peine assez grande pour abriter le cargo, et bordée sur trois côtés d'une jungle épaisse.

La lumière éclatante à cette heure matinale lui fit mal aux yeux, mais pourtant Dirk ne voyait le soleil nulle part.

— Il y a quelqu'un ici qui aime vraiment la jungle, dit Giordino en pointant un doigt vers le ciel.

Levant la tête, Pitt ne découvrit au-dessus de lui qu'une voûte de feuillage. Il lui fallut quelques secondes pour comprendre qu'un vaste filet de camouflage était déployé sur l'ensemble des quais.

— C'est peut-être seulement un maniaque de la tranquillité, dit Dirk.

Ce qu'il aperçut ne fit que confirmer ses soupçons : l'*Adélaïde* avait été rebaptisé et s'appelait maintenant le *Labrador*. La cheminée et le bastingage du pont avaient été repeints de nouvelles couleurs. Les hommes qui avaient détourné le cargo possédaient vraiment l'art du camouflage.

On fit descendre par une passerelle les prisonniers qui furent accueillis par une rangée d'hommes en treillis, dont certains accompagnés de chiens de garde. On les laissa debout sur le quai quelques minutes, ce qui permit à Pitt et à Giordino d'examiner les installations. L'équipement était sommaire : deux grues de petite taille et un tapis roulant. Un peu plus loin, quelques grandes plaques de béton couvertes d'une poussière grisâtre : c'était sans doute là que le minerai brut et les métaux rares déjà traités arrivaient ou repartaient. Au-delà des quais, plusieurs bâtiments dépassaient du feuillage. Pitt estima qu'il s'agissait sans doute d'ateliers de tri destinés au raffinage des métaux rares volés.

Un petit moteur pétaradait. Pitt aperçut bientôt une voiturette de golf pilotée par un homme blond et musclé, dans un uniforme bien coupé, avec, sur une hanche, un pistolet dans son baudrier et, de l'autre côté, un fouet accroché à sa ceinture. Il remarqua qu'à son arrivée, les gardes s'étaient tendus.

— On dirait un dompteur, chuchota Giordino.

— Je n'aimerais pas appartenir au même cirque que lui, acquiesça Pitt.

L'homme, un Suédois du nom de Johansson, traversa le quai, examina le cargo d'un air satisfait puis se tourna vers Gomez qui avait débarqué avec les prisonniers.

— Il transporte une grosse cargaison de monazite concassée, annonça Gomez. Les analyses ont confirmé une forte concentration de neodymium, de cérium et de dysprosium.

— Excellent. Les installations d'extraction attendent de nouvelles livraisons. Nous utiliserons les prisonniers pour décharger le minerai.

— Et le navire?

— Il s'intégrera parfaitement à la flotte. Vois les formalités à remplir pour lui donner une nouvelle identité et, une fois le déchargement effectué, nous en discuterons avec Bolcke.

Johansson tourna le dos à Gomez pour inspecter les nouveaux captifs, les toisant d'un regard insolent, portant une attention particulière à l'équipe du SWAT.

— Bienvenue à Puertas del Inferno, « les Portes de l'Enfer ». Maintenant, vous êtes ma propriété, dit-il en désignant d'un geste les bâtiments derrière le quai.

— Vous avez devant vous une raffinerie de minerai. Nous emmagasinons du minerai brut et le traitons pour obtenir divers métaux rares de grande valeur. Vous participerez à l'opération. Si vous travaillez dur, vous vivrez. Si vous ne vous plaignez pas, vous vivrez. Et si vous ne tentez pas de vous évader, vous vivrez, lâcha-t-il froidement en parcourant du regard les hommes alignés. Pas de questions ?

Un matelot de l'équipage de l'*Adélaïde*, qui avait mal supporté la captivité, s'éclaircit la voix.

— Quand serons-nous libérés ? demanda-t-il.

Johansson s'approcha de lui en souriant. Puis il sortit son revolver de son étui et abattit l'homme d'une balle en plein front. Des oiseaux s'envolèrent en piaillant tandis que le malheureux basculait dans l'eau, mort.

Les autres captifs restèrent pétrifiés.

— Pas d'autres questions ? fit Johansson avec un sourire narquois.

Il remit le pistolet dans son étui.

— Bien. Je vous le répète, bienvenue à Puertas del Inferno. Maintenant, au travail.

51

Les machines du remorqueur se turent, et on n'entendit plus que le clapotis des vagues contre la coque. Réveillée par ce brusque silence, Ann se leva de sa couchette et s'étira. Frottant ses poignets meurtris par les menottes, elle s'approcha du petit hublot de la cloison tribord.

Il faisait encore nuit. Des lumières brillaient çà et là sur la rive opposée, à plus d'un kilomètre. Ils étaient donc amarrés sur la berge est. Ce fleuve, elle en était certaine, devait être le Mississippi. De Paducah, leur point de départ, il n'y avait qu'une façon de descendre vers le sud : suivre l'Ohio jusqu'à l'endroit où il se jetait dans le Mississippi, près de Cairo, dans l'Illinois. La veille au soir, elle avait aperçu les lumières d'une grande ville et s'était demandé s'il ne s'agissait pas de Memphis. En observant la silhouette d'un gros cargo qui remontait le fleuve, elle s'était dit qu'ils étaient sans doute près de La Nouvelle-Orléans.

Elle se rinça le visage dans une cuvette et, une nouvelle fois, chercha ce qui pourrait lui servir d'arme. C'était un exercice désespérant auquel elle s'était livrée au moins vingt fois déjà, mais cela avait l'avantage de lui occuper l'esprit. À peine avait-elle commencé sa fouille minutieuse qu'elle entendit une clef tourner dans la serrure. La porte de la cabine s'ouvrit. Pablo se tenait sur le seuil, l'air amusé, une batte de base-ball à la main.

— Venez, dit-il. On change de bateau.

Il la conduisit sur le pont du remorqueur et là, il lui glissa la batte en travers du dos pour la coincer au creux de ses coudes.

— Cette fois, pas de numéro de natation.

Et, la tenant ainsi d'une main ferme, il la fit descendre du remorqueur.

Ils s'avancèrent sur un quai à peine éclairé. Pablo la fit passer devant une barge d'où une grue mobile hissait la remorque pour la déposer sur le pont. Au milieu des brins de paille qui tourbillonnaient dans l'air, Pablo et Ann suivaient des yeux la grue qui glissait sur un rail encastré dans le quai jusqu'à un petit cargo. Malgré le peu de lumière, elle parvint à distinguer le nom du navire peint à l'arrière : *Salzburg*. Le quai était désert, à l'exception du grutier et de quelques hommes armés et en treillis alignés le long du bastingage du cargo.

— Je vous en prie, laissez-moi partir, dit Ann en prenant délibérément un ton terrifié.

— Pas avant d'avoir fait notre livraison, fit Pablo en riant. Peut-être qu'alors, vous pourrez gagner votre liberté, ajouta-t-il d'un ton lourd de sous-entendus.

Il la fit passer par la passerelle avant du navire et traverser le pont. Une grande plaque rectangulaire montée sur une plate-forme à roulettes leur barra le chemin. À côté, un homme d'équipage vérifiait des câbles qui menaient à un poste de contrôle équipé de nombreux cadrans reliés à des générateurs et à des écrans

336

d'ordinateur. Sur leur passage, l'homme leva les yeux, son regard s'arrêtant brièvement sur Ann.

Elle prit un air soumis comme pour le supplier de lui venir en aide.

Il sourit et dit :

— Attention à ne pas te laisser griller, petite.

Poussant Ann devant lui, Pablo la guida jusqu'à l'arrière de la superstructure et lui fit monter deux étages jusqu'au poste d'équipage. Sa cabine était un peu plus grande que la précédente, mais elle aussi n'avait qu'un minuscule hublot.

— J'espère que vous êtes contente de votre installation, dit Pablo en retirant la batte qui lui bloquait les bras. On pourra peut-être passer un peu de temps ensemble pendant le voyage.

Il sortit en refermant la porte à clef.

Ann s'assit sur la couchette inconfortable et jeta un regard furieux à la porte. Ses craintes cédaient maintenant la place à la colère. De toute évidence, le cargo quittait le pays, emportant à la fois le moteur et les plans du *Sea Arrow*. Elle allait être coincée dans la cabine pendant des jours, voire des semaines. Plutôt que de se lamenter, elle se demanda comment on avait pu organiser tout cela.

Elle se remémora les différentes étapes qui avaient abouti au vol de la machine et des documents. Ç'avait été bien trop facile pour Pablo de se procurer les plans et le moteur du *Sea Arrow*, il avait probablement bénéficié de complicités dans la place. L'implication des deux hommes qui l'avaient enlevée et qu'on avait tués ensuite le montrait clairement. Et elle ? Pourquoi d'ailleurs l'avait-on enlevée ?

Elle ne pouvait arriver qu'à une seule conclusion : elle avait dû être bien près d'identifier qui pouvait être derrière tout cela. Elle se creusa la cervelle, passant en revue les sous-traitants et les personnages qui s'intéressaient à l'affaire. Ses pensées ne cessaient de revenir à Tom Cerny. Cet homme, qui avait un poste de conseiller à la Maison-Blanche, aurait-il pu être informé de l'enquête qu'elle menait ?

Elle arpenta la petite cabine, remarquant au passage des traces de brûlures laissées par des mégots de cigarette écrasés dans un coin. Cela lui fit penser à ce matelot qui lui avait lancé cet étrange salut.

— « Ne te laisse pas griller », répéta-t-elle.

Ces mots lui revenaient sans cesse à l'esprit jusqu'à l'instant où elle en comprit soudain la signification.

— Bien sûr ! dit-elle à voix haute, furieuse de ne pas y avoir pensé plus tôt. Bien sûr que je ne vais pas me laisser griller.

52

Pour Dirk et Summer, le moyen le plus rapide pour rentrer à Washington fut un vol commercial de Durban via Johannesburg. Quand, d'un pas un peu hésitant, ils descendirent de l'avion le lendemain matin à l'aéroport Reagan, ils avaient le regard un peu vague. À leur grand étonnement, Summer traversa sans effort le terminal, les jambes un peu raides après ce long voyage, mais sans aucune trace de paralysie : elle n'éprouvait plus qu'une légère gêne en marchant.

Parce qu'un trajet en avion risquait d'aggraver les symptômes, le médecin de l'*Alexandria* insista pour qu'ils attendent vingt-quatre heures, soit le temps que durait la traversée jusqu'à Durban. Ils eurent le temps d'expliquer aux autres leur travail à bord du sous-marin, d'inspecter les avaries subies et de retenir leurs places sur leur vol de retour avant de se précipiter, à peine l'*Alexandria* à quai, à l'aéroport international King Shaka à Durban.

Après avoir récupéré leurs bagages à l'aéroport Reagan, ils prirent un taxi pour traverser le tarmac jusqu'au hangar de leur père.

— Tu crois que papa serait fâché si nous empruntions une de ses voitures pour filer jusqu'au bureau ? demanda Summer.

— Il nous a toujours autorisés à utiliser ce que nous voulions, dit Dirk en désignant une torpédo argent et bordeaux foncé garée près d'un établi. Il disait dans un e-mail avant de partir pour le Pacifique qu'il venait de finir la mise au point de cette Packard. Si on la prenait ?

Il s'assura qu'il y avait de l'essence, laissant Summer ouvrir la porte du garage. S'y glissant, il tira sur le starter, régla le levier d'accélérateur monté sur le volant et pressa le bouton du démarreur. L'énorme moteur de huit cylindres en ligne se mit à ronronner. Il le laissa chauffer un moment en attendant que Summer revienne.

Elle sauta à la place du passager avec un sac de voyage, sans toutefois remarquer une camionnette blanche garée sur un terrain voisin.

— Quels drôles de sièges, observa-t-elle.

L'avant assez étroit de la torpédo Packard avait deux sièges, mais celui de Summer était plus proche du pare-brise.

— C'est pour donner plus de place au conducteur lorsqu'il doit prendre un virage et changer de vitesse quand on roule vite, expliqua Dirk en désignant le levier qui sortait du plancher.

— J'aurais bien voulu étendre un peu plus mes jambes.

Construite en 1930, la Packard 734 avait une des carrosseries les plus rares fabriquées par l'usine. Un arrière effilé lui donnait un profil très aérodynamique, deux roues de secours étaient fixées de chaque côté de la voiture, et la peinture de la carrosserie, de couleur étain, offrait un saisissant contraste avec les pare-chocs bordeaux et le filet de même couleur qui courait sur toute la longueur de la Packard. De puissants phares à l'avant et un pare-brise aux angles aigus donnaient l'impression que la voiture, même à l'arrêt, était en mouvement.

Dirk prit la George Washington Parkway en direction du nord et constata que la Packard suivait sans effort le flot de la circulation. Il ne leur fallut que dix minutes pour faire le trajet jusqu'au siège de la NUMA, un grand immeuble vitré au bord du Potomac. Dirk se gara dans le parking souterrain d'où ils prirent un ascenseur pour atteindre le bureau de Rudi Gunn, situé au dernier étage. Sa secrétaire les dirigea vers le service informatique, trois étages plus bas, jusqu'à l'antre de haute technologie de Hiram Yaeger.

Ils trouvèrent Gunn et Yaeger plantés devant un écran qui occupait tout un mur. Ils examinaient des photos d'une mer déserte prises par satellite. Les cheveux ébouriffés et de grands cernes sous les yeux, ils avaient l'air de ne pas avoir dormi depuis des jours. Mais, en apercevant les enfants de Dirk, ils retrouvèrent un semblant d'entrain.

— Content de vous revoir, dit Gunn. Vous nous avez fait une sacrée trouille quand votre sous-marin a disparu.

— À nous aussi, rétorqua Summer en souriant.

— J'ai cru qu'il allait falloir donner des calmants à Rudi, dit Yaeger. Ta jambe va bien, Summer ?

— Très bien. Le voyage depuis Johannesburg a été presque plus dur à supporter que mon accident de décompression, dit-elle en remarquant une collection de tasses à café sales posées sur une table. Quelles sont les dernières nouvelles en ce qui concerne papa et Al ?

Le visage des deux hommes s'assombrit.

— Malheureusement, il n'y a pas grand-chose de neuf, répondit Gunn.

Il décrivit la mission de Pitt pour protéger le navire transportant du minerai, tandis que Yaeger faisait apparaître sur l'écran une carte du Pacifique Est.

— Ils ont embarqué sur l'*Adélaïde* à environ mille milles au sud-est de Hawaii, expliqua Yaeger. Une frégate de la Marine qui faisait des exercices au large de San Diego devait les retrouver quand ils approcheraient de la côte et les escorter jusqu'à Long Beach. Mais l'*Adélaïde* ne s'est jamais montré.

— Aucune trace de débris du bateau ?

— Aucune, dit Gunn. Nous avons envoyé un navire de recherche de Hawaii et un appareil a survolé la zone pendant des jours. La Marine a dépêché sur place deux navires et l'Air Force a même envoyé plusieurs drones de reconnaissance. Cela n'a rien donné.

Dirk remarqua une ligne blanche horizontale sur le bord gauche de l'écran qui s'interrompait à l'intersection d'une ligne rouge partant de Hawaii.

— C'est le trajet de l'*Adélaïde* ?

— Sa balise d'identification automatique nous a donné ce tracé peu après que ton père et l'équipe du SWAT ont embarqué, dit Yaeger. Puis la balise a cessé d'émettre.

— Elle a donc coulé ? demanda Summer d'une voix qui se brisait.

— Pas nécessairement, dit Gunn. On a pu simplement la débrancher du système de navigation. Précaution évidente dans le cas d'un détournement.

— Nous avons tracé deux grands cercles autour de sa dernière position enregistrée pour voir où elle aurait pu aller.

Yaeger replaça la carte de l'océan, divisant son écran en plusieurs sections montrant chacune des photos de l'océan prises par deux satellites différents. En bas, en surimpression, une photo d'archives représentant un grand cargo de couleur verte portant le nom *Adélaïde*.

— Nous cherchons des photos prises par un satellite surveillant la côte pour voir si le navire n'a pas apparu quelque part.

— Hiram a consulté tous les satellites de reconnaissance, qu'ils soient publics ou moins... Malheureusement, le point de disparition se situe en plein milieu d'une vaste zone qui n'est couverte par aucun satellite. Voilà pourquoi nous nous rabattons sur les zones côtières.

— Pour commencer, Amérique du Nord, du Sud et Amérique centrale, reprit Yaeger en étouffant un bâillement. Ça devrait nous occuper jusqu'à Noël.

— Comment pouvons-nous vous aider ? demanda Summer.

— Nous avons reçu des images satellites de la plupart des ports de la côte ouest pour ces quatre derniers jours. Je vais les classer en plusieurs lots et voir si quelqu'un peut repérer un navire ressemblant à l'*Adélaïde*.

Yaeger installa deux ordinateurs portables et chargea les images. Chacun se mit à l'ouvrage, cherchant les photos d'un grand cargo vert. Ils travaillèrent toute la journée, étudiant chaque image minutieusement, jusqu'à en avoir les yeux rouges de fatigue. Ils eurent pourtant quelque espoir en repérant, sur des photos parfois un peu sombres ou un peu floues, onze bateaux qui semblaient correspondre au profil de l'*Adélaïde*.

— Trois à Long Beach, deux à Manzanillo, quatre sur le canal de Panama, un à San Antonio au Chili et à Puerto Caldera au Costa Rica, dit Yeager.

— Je ne peux pas imaginer qu'aucun des navires repérés à Long Beach soit le nôtre, dit Dirk, à moins qu'ils soient d'abord passés par un autre port pour décharger leur cargaison.

Gunn regarda sa montre.

— Il est encore tôt à l'ouest. Si nous faisions une pause pour dîner ? Quand nous nous y remettrons, nous commencerons à appeler les autorités portuaires de chaque zone. On devrait pouvoir nous confirmer si l'*Adélaïde* a utilisé leurs installations.

— Bonne idée, fit Dirk en se levant et en s'étirant longuement. Je suis au bord de craquer après un régime de cuisine d'avion arrosé de café.

— Juste une seconde, dit Summer. Avant de partir, j'ai un petit service à demander à Hiram et ensuite j'aurai besoin que tu m'aides pour une livraison.

Elle ramassa son sac de voyage qui semblait chargé de bouteilles.

— Oui mangeons un morceau en chemin, je meurs de faim !

— Là où nous allons, je peux te garantir qu'il y aura pas mal de bonnes choses à manger.

53

La Packard ressortit du parking en rugissant et frôla une camionnette blanche mal garée sur le terrain voisin avant de se mêler au flot de la circulation. Dirk traversa Georgetown, tourna dans une rue bordée d'élégantes demeures puis s'arrêta devant d'anciennes écuries transformées en résidences.

À peine avaient-ils sonné qu'un personnage gargantuesque arborant une barbe qui débordait sur son embonpoint vint leur ouvrir la porte. L'œil pétillant, St Julien Perlmutter accueillit Dirk et Summer en lançant d'une voix tonitruante :

— J'ai bien failli me mettre à table sans vous.

— Vous nous attendiez ? demanda Dirk.

— Naturellement. Summer m'a envoyé un e-mail avec tous les détails de votre mystérieuse découverte à Madagascar. J'ai répondu que, dès votre retour, je comptais sur vous pour dîner. Vous ne vous parlez jamais tous les deux ?

Summer adressa un sourire penaud à son frère puis suivit Perlmutter dans un salon croulant sous les livres jusqu'à une imposante salle à manger où trônait une table ancienne en merisier, surchargée de plats. Perlmutter était un spécialiste de l'histoire maritime, un des meilleurs du monde, mais il avait une autre passion : la gastronomie. Son regard s'illumina quand Summer ouvrit son sac de voyage et lui offrit trois bouteilles de vin d'Afrique du Sud.

— Un chardonnay du domaine Vergelegen et deux rouges millésimés de chez De Toren, fit Perlmutter en examinant avec ravissement les étiquettes. Remarquable sélection. Nous les goûtons ?

Sans perdre de temps, il trouva un tire-bouchon et servit le chardonnay.

— Je suis évidemment consterné par la disparition de votre père. Puisse-t-il être arrivé à bon port...

Tout en discutant de Pitt, ils dégustèrent des rognons de porc avec une sauce au poivre et des asperges, avant de dévorer du même appétit le dessert, des pêches de Géorgie nappées d'une sauce à la crème relevée de cognac.

Quand ils eurent terminé leur repas, Perlmutter déclara :

— Summer, le vin était délicieux, mais ne me fais pas languir. Tu sais ce que j'attends.

— Je croyais que vous ne me le demanderiez jamais, dit-elle en ouvrant son sac de voyage pour en tirer le journal de bord soigneusement enveloppé qu'elle avait trouvé dans le radeau échoué. Le journal du *Barbarigo*, dit-elle.

— Voilà donc l'histoire, dit Dirk. Et moi qui croyais que vous étiez simplement heureux de nous voir.

Le rire de Perlmutter résonna dans toute la maison. Ami de longue date de leur père, il avait toujours tenu pour les deux jumeaux de Pitt un rôle d'oncle protecteur.

— Mon garçon, tu es toujours le bienvenu ici, dit-il en ouvrant une autre des bouteilles de Summer pour les servir tous les trois. Mais une bonne énigme maritime est encore plus agréable que du vin.

Il prit le paquet et déballa avec soin l'enveloppe de toile cirée. Le livre de bord était un peu fatigué mais nullement endommagé. Il caressa délicatement la couverture et lut la page de titre écrite à la main en majuscules.

— « *Viaggio di Sommergibile Barbarigo, Giugno 1943. Capitano di corvetta Umberto de Julio* ».

Perlmutter regarda Summer en souriant.

— C'est notre sous-marin.

— Sous-marin ? demanda Dirk.

— Le radeau sur la plage, expliqua Summer. Alors il contenait les restes d'hommes d'équipage d'un sous-marin italien de la Seconde Guerre mondiale...

— Le *Barbarigo*, un gros submersible de la classe Marcello, précisa Perlmutter. Il avait effectué une brillante campagne dans l'Atlantique au début de la guerre, coulant six navires et abattant un avion. Mais il perdit de son mordant quand on l'affecta à un projet au nom de code « Aquila ».

— En latin, ça veut dire « aigle », dit Dirk.

Summer jeta à son frère un regard interrogateur.

— C'est grâce à l'astronomie que je m'en souviens, précisa-t-il. C'est aussi le nom d'une constellation proche du Verseau.

— Le terme de « mule » aurait été plus approprié, dit Perlmutter. Les Allemands voyaient avec inquiétude les lourdes pertes subies par les navires de surface qui transportaient du matériel de guerre destiné au Japon. Ils persuadèrent donc les Italiens de convertir en cargos huit de leurs plus gros sous-marins un peu has been. On supprima un certain nombre de cloisons, puis on retira le plus clair de leur armement pour leur permettre de transporter le maximum de cargaison.

— Une mission plutôt dangereuse, observa Dirk.

— En effet. Quatre de ces sous-marins furent coulés, un autre fut sabordé et les trois autres furent dérobés en Extrême-Orient avant même d'effectuer un aller-retour. C'est du moins ce qu'affirment les livres d'histoire, conclut Perlmutter, tournant les pages du livre de bord et examinant les dates.

— Alors, qu'est-il arrivé au *Barbarigo*? demanda Summer.

— Rebaptisé *Aquila Cinq*, il quitta Bordeaux le 16 juin avec un chargement de mercure, d'acier et de barres d'aluminium. Quelques jours plus tard, on perdit tout contact avec le bâtiment et on présuma qu'il avait été coulé près des Açores.

Il continua à tourner les pages jusqu'à la dernière.

— Mon italien est déplorable, mais j'ai vu que la dernière mention du journal de bord était datée du 12 novembre 1943.

— Près de cinq mois plus tard, remarqua Dirk. Il y a quelque chose qui ne va pas.

— J'espère avoir la solution ici, fit Summer en exhibant une liasse de feuilles imprimées. J'ai demandé à Hiram de scanner le livre de bord pour le faire passer dans son système informatique. Il m'a dit que c'était un jeu d'enfant de le traduire en anglais et m'a remis le résultat avant notre départ.

Elle se mit à distribuer les pages autour de la table, laissant Dirk et Perlmutter les dévorer.

— On dit ici, fit Dirk, que peu après avoir quitté le port, ils ont été repérés et attaqués par deux avions dans le golfe de Gascogne, mais qu'ils ont réussi à leur échapper. Toutefois l'antenne de radio a été endommagée, ce qui les a empêchés de communiquer avec leur base.

Grâce au livre de bord, ils suivirent le voyage du *Barbarigo* autour du cap de Bonne-Espérance et à travers l'océan Indien. Le sous-marin avait déchargé sa cargaison à Singapour puis s'était dirigé vers un petit port près de Kuala Lumpur, en Malaisie.

« Le 23 septembre, nous avons chargé 130 tonnes d'un métal que les indigènes appellent Mort Rouge », lut Summer. « Un savant allemand du nom de Steiner a surveillé le chargement et a rejoint l'équipage pour le voyage de retour. »

— Le second a écrit plus tard que Steiner était resté pendant tout le trajet, cloîtré dans sa cabine avec un tas d'ouvrages de physique.

— La Mort Rouge ? dit Perlmutter. Je me demande s'il y a un lien avec *Le Masque de la Mort rouge*, la nouvelle d'Edgar Poe. Il faudra que je regarde – et puis que je me renseigne sur ce Steiner. Une curieuse cargaison assurément.

Le trio parcourut plusieurs semaines du livre de bord décrivant le retour du sous-marin à travers l'océan Indien. À la date du 9 novembre, l'écriture devint plus nerveuse, comme l'attestaient les pages qui avaient gardé des traces d'eau salée.

« C'est ici que nos problèmes ont commencé, au large de la côte africaine. » Perlmutter lut tout haut une saisissante description du *Barbarigo* plongeant pour esquiver une attaque aérienne de nuit. Après avoir échappé à plusieurs largages de grenades sous-marines, l'équipage croyait s'en être tiré – pour découvrir que l'hélice avait été endommagée et peut-être même détachée de la coque.

Dirk et Summer écoutèrent sans rien dire Perlmutter leur donner lecture de la tragédie qui s'ensuivit. Privé de moyen de propulsion, le sous-marin était resté en plongée pendant douze heures, dans la crainte que d'autres avions aient été appelés en renfort. Refaisant surface vers midi, les malheureux s'étaient trouvés dérivant vers le sud-est sur une mer déserte. Entraînés hors des routes maritimes fréquentées et privés d'une radio à longue portée, les officiers craignaient de dériver jusqu'en Antarctique où ils ne pourraient que trouver la mort. Le commandant De Julio donna donc l'ordre à l'équipage d'abandonner le submersible : ils embarquèrent sur les quatre radeaux de sauvetage entreposés sous le pont avant, saluant au passage leur bateau bien-aimé. Dans la confusion, le dernier officier à quitter le bord omit de préparer les charges qui devaient saborder le sous-marin. Au lieu de couler sous leurs yeux, le *Barbarigo* dériva pour disparaître à l'horizon.

Perlmutter interrompit sa lecture et haussa ses sourcils comme deux pont-levis.

— Voilà qui est vraiment curieux, murmura-t-il.

— Qu'est-il advenu des trois autres radeaux ? demanda Summer.

— Les indications du livre de bord deviennent à partir de là plus clairsemées, dit Perlmutter. Ils ont tenté de gagner l'Afrique du Sud, la côte était en vue quand une tempête éclata. Les radeaux se dispersèrent au milieu des vagues et le commandant De Julio a écrit que les hommes de son embarcation n'ont jamais revu les trois autres radeaux. Durant cette épreuve, ils ont perdu cinq hommes, la totalité de leurs provisions d'eau ainsi que leur voile et les rames. Le radeau fut entraîné vers l'est par le courant côtier. N'ayant plus d'eau, ils perdirent encore deux hommes d'équipage. Il ne restait plus que le commandant, le second et deux ingénieurs mécaniciens.

« Tenaillés par la soif, ils finirent par repérer de nouveau la terre et parvinrent à pagayer pour s'en rapprocher. De forts vents et la houle déchaînée les poussèrent vers le rivage et les jetèrent sur la plage, continua Perlmutter. Ils se trouvèrent dans un désert brûlant, à chercher désespérément de l'eau. La dernière page du livre de bord raconte que le commandant partit seul pour en chercher car les autres étaient trop faibles pour marcher. Le journal se termine sur "Dieu bénisse le *Barbarigo* et son équipage". »

— Nous pouvons témoigner de la sécheresse de cette région, dit Summer au bout d'un moment. Quelle tragédie d'être presque arrivés en Afrique du Sud pour se retrouver à mille milles de là à Madagascar !

— Ils se sont quand même mieux débrouillés que les marins des trois autres radeaux, observa Dirk.

Perlmutter hocha la tête mais il avait l'air perdu dans ses pensées. Il se leva et traversa la pièce pour revenir les bras chargés de livres, l'air songeur.

— Félicitations, Summer. Il semblerait que tu as résolu deux vieux mystères de la mer.

— Deux ? répéta Summer.

— Mais oui, le sort du *Barbarigo* et l'identité du Vaisseau fantôme de l'Atlantique Sud.

— D'accord pour le premier, fit Dirk, mais qu'est-ce que c'est que ce vaisseau fantôme ?

Perlmutter ouvrit le premier volume de la pile et en feuilleta les pages.

— Extrait du livre de bord du navire marchand *Manchester* au large des îles Malouines, le 14 février 1946. « Mer calme, avec vent faible. À onze heures, le second signale un objet à tribord qu'on prend d'abord pour une carcasse de baleine, mais qui se révèle en fait être un navire. »

Il referma le livre et en ouvrit un autre.

— Du cargo *Southern Star*, le 3 avril 1948, près de Santa Cruz en Argentine. « Objet inconnu, peut-être un navire, repéré dérivant à deux milles de nous. Coque noire, petite superstructure au milieu du pont. Paraît abandonné. »

Perlmutter prit un troisième ouvrage.

— Rapport de la station de baleiniers de Géorgie. En février 1951, le baleinier *Paulita* arriva avec une pêche de trois baleines grises adultes. Le commandant signale avoir aperçu un vaisseau fantôme avec une coque noire, une petite voilure au milieu du navire, et qui dérivait cap au nord. L'équipage l'a baptisé le « Vaisseau fantôme de l'Atlantique Sud ».

— Et vous pensez que c'est le *Barbarigo* ? demanda Summer.

— C'est tout à fait possible. Sur une période de vingt-deux ans, on a signalé la présence d'un supposé vaisseau fantôme dans l'Atlantique Sud. Pour une raison ou pour une autre, personne n'a pu l'approcher, mais les descriptions sont toutes similaires. Il me semble qu'un sous-marin avec son sas d'accès fermé pourrait dériver pas mal de temps sur une mer déserte.

— Sous ces latitudes très au sud, le kiosque d'un sous-marin pourrait facilement se givrer, remarqua Dirk, et de loin ressembler à une voilure.

— Ce qui pourrait être confirmé par le récit de l'ultime fois où il a été aperçu, dit Perlmutter en ouvrant le dernier livre qu'il avait apporté. C'était en 1964. Un navigateur du nom de Leigh Hunt faisait un tour du monde en solitaire quand il a vu quelque chose d'insolite. Ah, voilà, dit-il, et il se mit à lire tout haut le passage.

« Alors que j'approchais du détroit de Magellan, j'ai affronté une terrible tempête, d'une violence rare même dans ces parages. Pendant trente heures, j'ai lutté contre des creux de six mètres et des vents déchaînés qui me poussaient vers les rochers entourant le cap Horn. C'est à ce moment que j'ai aperçu le Vaisseau fantôme de l'Atlantique Sud. J'ai d'abord cru qu'il s'agissait d'un iceberg, car il était entouré d'une carapace de glace, mais dessous j'ai distingué des plaques d'acier. La chose m'a croisé rapidement, emportée par le vent et les vagues pour aller certainement s'échouer sur les rives de la Terre de Feu. »

— Fichtre, fit Summer, il flottait encore en 1964.

— Mais apparemment pas pour longtemps si le récit de Hunt est exact.

— Hunt vit encore? demanda-t-elle. On pourrait peut-être lui parler.

— Il a malheureusement disparu en mer il y a quelques années. Mais sa famille pourrait posséder encore ses journaux de bord.

Dirk termina son verre et regarda sa sœur.

— Eh bien, Summer, je crois bien que tu nous laisses encore avec deux mystères à éclaircir.

— Oui, conclut Summer. À quel endroit a coulé le *Barbarigo* et quelle cargaison transportait-il ?

54

Dirk et Summer quittèrent la maison de Perlmutter rassasiés et intrigués par l'étrange destin du *Barbarigo*. Le dîner leur avait fait oublier un moment leur inquiétude sur le sort de leur père mais, sitôt les adieux échangés, elle vint les relancer.

— Nous ferions mieux de retourner voir si Rudi et Hiram ont eu un peu de chance avec les autorités portuaires, déclara Dirk.

Alors qu'ils regagnaient leur voiture, ils entendirent claquer une portière. Dirk remarqua deux hommes assis dans une camionnette blanche garée à quelques mètres de la Packard. Dirk démarra et alluma les phares. Très impressionnants quand ils étaient éteints, leurs performances en pleine nuit laissaient à désirer. Il descendit lentement la rue, surveillant dans le rétroviseur la camionnette dont les feux s'allumèrent au moment où ils arrivaient au bout de la voie.

Dirk tourna à droite et appuya à fond sur la pédale d'accélérateur. Quelques secondes plus tard, la fourgonnette négociait le même virage dans un grand crissement de pneus.

Summer avait remarqué le manège de son frère qui ne cessait de regarder le rétroviseur. Elle jeta un coup d'œil par-dessus son épaule.

— Je ne voudrais pas paraître parano, dit-elle, mais il m'a semblé avoir vu cette même camionnette garée dans le parking de la NUMA quand nous sommes sortis du bâtiment.

— J'ai même mieux, répondit Dirk. Je crois qu'elle était également garée à côté du hangar de papa ce matin.

Il suivit délibérément un itinéraire tortueux pour traverser Georgetown, mais la camionnette les suivait toujours.

— Qui pourrait nous suivre ? interrogea Summer. Quelqu'un ayant un rapport avec les gens de Madagascar ?

— Je n'en ai pas la moindre idée. Peut-être quelqu'un qui s'intéresse à papa. Nous devrions peut-être simplement leur demander ?

Il ralentit à un carrefour et vit, un peu plus loin, se dresser les piliers et la grille d'entrée de l'université de Georgetown. Normalement, des barricades mobiles empêchaient les véhicules d'emprunter ce passage, mais elles venaient d'être retirées pour permettre à un camion de livraison de sortir du campus. Comme ce dernier effectuait sa manœuvre, Dirk accéléra et le contourna pour s'engouffrer immédiatement par la grille ouverte.

Un garde de sécurité s'étrangla presque en voyant la vénérable Packard arriver en trombe. Quelques secondes plus tard, il dut faire un bond en arrière pour ne pas se faire renverser par la camionnette blanche qui déboulait à toute vitesse. Dirk suivit la route qui traversait le campus et arriva non loin d'un petit rond-point au milieu duquel se dressait la statue de John Carroll, le fondateur de l'université.

Dirk en fit le tour, puis ralentit pour rétrograder en première : la camionnette fonçait sur le campus et prenait l'allée circulaire. Dirk éteignit les phares de la Packard et emballa le moteur. La vieille voiture bondit en avant tandis qu'il tournait le volant à fond et passait en seconde, le pied au plancher.

Alors que la fourgonnette ralentissait, la torpédo se lançait dans l'allée. Les feux arrière de la camionnette apparurent soudain devant eux et Dirk dut freiner pour ne pas les emboutir. Summer alors se pencha pour rallumer les phares.

Le conducteur de la camionnette hésita, ne comprenant pas trop ce qui s'était passé jusqu'à ce qu'il reconnaisse le pâle faisceau des phares de la Packard derrière lui. Nullement préparé à cette confrontation, il appuya sur l'accélérateur, fonça dans un grand crissement de pneus et quitta l'allée circulaire pour s'engager sur la première route qu'il rencontra et se précipiter vers le centre du campus.

— Ne le lâche pas, dit Summer. Je n'ai pas relevé son numéro.

Dirk embraya et repartit. Voiture rapide à son époque, la Packard avait un moteur de cent cinquante chevaux. Sur une route dégagée, la fourgonnette l'aurait sans doute laissée sur place, mais certainement pas sur un campus de collège.

La camionnette passa devant un grand édifice de pierre blanche et les quelques étudiants qui se trouvaient sur la chaussée s'empressèrent de s'écarter. Elle s'engagea à gauche dans un chemin dont le passage, au bout de quelques mètres, était bloqué par la voiture de patrouille d'un policier de l'université qui bavardait avec un étudiant.

Ne pouvant faire demi-tour, le conducteur continua tout droit, vers une allée qui traversait une cour, et faillit écraser une jeune fille à bicyclette qui poussa un hurlement. La Packard suivait à quelques mètres, déclenchant les gyrophares de la voiture de police.

— Je crois, dit Summer en voyant les lumières derrière eux, que nous sommes hors de danger mais pas sortis de l'auberge.

Dirk se cramponna au volant tandis que la torpédo rebondissait sur la chaussée. Il suivit la camionnette dans l'allée jusque sur le parking d'un dortoir d'étudiants au moment où deux jeunes gens faisaient clandestinement entrer un tonnelet de bière dans le bâtiment. La fourgonnette fonça vers eux. Les étudiants plongèrent pour se mettre à l'abri, mais elle effleura au passage le fût qui valsa sur le parking pour rebondir contre un muret.

Dirk, qui arrivait, freina à fond mais ne put éviter le tonnelet qui fut d'abord heurté par le pare-chocs puis par l'aile, et de telle sorte que la bière ainsi secouée explosa en une fontaine écumante arrosant le côté de la voiture – et Summer à l'intérieur.

— Papa ne va pas aimer ça, fit Dirk.

Elle essuya la mousse de son visage.

— Tu as raison, il n'aimera pas. Elle est trop légère.

La camionnette et la Packard traversèrent le parking à toute vitesse, suivies de la voiture de patrouille qui ne les lâchait pas. À la sortie du parking, la fourgonnette s'engouffra sur une voie transversale. Ne sachant quelle direction prendre, le conducteur alla tout droit, bondissant sur un chemin de gravier qui dévalait une petite colline pour déboucher sur le terrain de hockey de l'université.

En voyant la vieille Packard poursuivie par la voiture de police, quelques joueurs lancèrent des balles sur la camionnette, lui cabossant les flancs. Quelques-uns visèrent la Packard jusqu'à ce qu'un grand signe et un sourire d'une Summer ruisselante de bière viennent les désarmer.

La fourgonnette prit alors une sérieuse avance sur la Packard en accélérant de l'autre côté du terrain pour s'échapper par une grille ouverte. Le conducteur prit tout de suite à gauche et suivit un panneau qui leur indiquait la sortie sur Canal Road.

— Allons, dit le passager de la fourgonnette, on peut les semer.

Cinquante mètres derrière, Dirk entendait la même exhortation venant de Summer.

— Ne les perds pas. Je n'ai toujours pas relevé leur numéro.

La route passait devant une autre résidence d'étudiants puis descendait une colline pour enfin sortir du campus. Dirk, voyant la camionnette accélérer en dévalant la pente, s'efforça de suivre son allure. En bas, un stop annonçait le carrefour avec Canal Road, une artère souvent encombrée qui desservait le Maryland.

Le feu était au vert, Dirk craignait de le voir passer trop tôt au rouge mais il passa à l'orange. Dirk supposa que la camionnette allait s'arrêter.

Mais elle n'en fit rien.

Encouragé par son passager, le conducteur accéléra. Le véhicule était encore à quinze mètres du carrefour quand le feu passa au rouge.

La camionnette franchit à près de cent vingt kilomètres à l'heure les premières voies de la grande artère. Le conducteur tenta de gagner la file de gauche, à l'extérieur. Mais il allait beaucoup trop vite. Affolé, il freina à fond : la fourgonnette dérapa alors sur l'asphalte jusqu'à ce que son pneu avant droit vienne effleurer la bordure. Le pneu éclata mais le véhicule, qui avançait toujours, plongea sur un muret de retenue sur lequel le pare-chocs s'enfonça tandis que les roues arrière heurtaient le rebord. La voiture bascula alors sur le flanc contre le muret, glissa d'un peu plus d'un mètre puis passa par-dessus le parapet pour aller s'écraser, le toit en avant, sur la route qui passait juste en dessous.

Dirk dérapa pour freiner juste avant le stop et traversa la rue en courant, Summer derrière lui. Arrivés devant le parapet, ils se penchèrent : le canal avait englouti l'essentiel de la camionnette, seule dépassait une partie de ses pneus qui tournaient encore. Une faible lueur éclairait l'eau boueuse, là où un court-circuit n'avait pas encore éteint les phares.

Dirk ôta sa veste et se débarrassa de ses chaussures.

— Je vais essayer de les sortir de là, dit-il. Vois si tu peux alerter la police du campus pour qu'ils viennent nous donner un coup de main.

Il sauta dans le canal et nagea jusqu'à la camionnette, plongeant jusqu'à la porte côté passager. Les phares n'éclairaient pratiquement plus et ce fut à tâtons qu'il parvint à trouver la vitre. Bien qu'encore ouverte, l'orifice n'avait plus qu'une trentaine de centimètres de hauteur car le toit s'était aplati sous le choc, ce qui n'augurait rien de bon concernant l'état des occupants.

Passant le bras à l'intérieur, il sentit un corps sans vie sanglé dans sa ceinture de sécurité. En tâtonnant, il libéra le harnais. Le corps s'affala mollement et il put s'accrocher à ses épaules pour le faire passer par ce qui restait de la fenêtre.

D'un coup de pied, Dirk, haletant, remonta à la surface en tirant hors de l'eau la tête et le torse du passager. Le faisceau éblouissant d'une torche électrique que braquait le policier du campus éclaira le visage de l'homme et Dirk sut qu'il avait perdu son temps. Le cou était brisé car la tête penchait suivant un angle bizarre. Dirk hissa le cadavre près de la berge et appela le policier.

— Passez-moi votre torche.

Celui-ci obéit tout en l'aidant à hisser le corps sur la berge. Dirk nagea alors vers l'autre côté de la camionnette et plongea une nouvelle fois. Grâce à la torche, il put constater que le conducteur, lui aussi, était mort, le corps coincé entre le toit enfoncé et le volant. Contrairement à son compagnon, il n'avait pas mis sa ceinture de sécurité.

Bien que presque à bout de souffle, Dirk braqua le faisceau de sa torche sur l'arrière de la voiture. Une rangée d'appareils électroniques étaient installés sur une planche. Juste à côté se trouvait un grand disque parabolique comme on en utilisait pour les écoutes.

Poussant sur la portière, il nagea jusqu'à l'arrière de la camionnette et examina la plaque minéralogique avant de remonter à la surface puis de nager jusqu'à la berge où Summer l'aida à gravir la pente.

— Pas de chance avec l'autre ?
— Non, il est mort aussi.

— J'ai fait venir des infirmiers, ils arrivent, dit le policier.

Sa pâleur trahissait son manque d'expérience. Il recouvra bientôt son sang-froid mais parlait d'un ton un peu forcé.

— Qui sont ces gens ? Et pourquoi les poursuiviez-vous ?

— Je ne sais pas qui ils sont, mais ils nous ont volé quelque chose.

— Ils vous ont pris de l'argent ? Des bijoux ou de l'électronique ?

— Non, répondit Dirk en regardant le mort. Nos paroles. Ils nous ont volé nos paroles.

55

Il était minuit passé quand Dirk et Summer regagnèrent d'un pas un peu chancelant le centre informatique de la NUMA. Gunn et Yaeger examinaient encore des images sur l'immense écran de contrôle.

— Je n'avais pas réalisé que vous alliez faire un repas gastronomique, dit Gunn.

Puis il remarqua leur dégaine : Dirk était tout décoiffé, ses vêtements dégoulinaient, tandis qu'une énorme tache s'étalait sur le tailleur de Summer et qu'elle empestait la bière.

— Bon sang, dit-il, mais qu'est-ce qui vous est arrivé à tous les deux ?

Summer lui raconta leurs aventures, y compris un interrogatoire de deux heures par la police du district de Columbia.

— Vous ne savez absolument pas qui vous aurait suivis ? demanda Yaeger.

— Pas la moindre idée, répondit Dirk. Mais ça a quelque chose à voir avec papa.

— Ça se pourrait, fit Gunn, surtout s'ils vous ont vus quitter son hangar ce matin. De loin, vous vous ressemblez beaucoup tous les deux.

Summer tendit à Yaeger un bout de papier.

— C'est le numéro de la camionnette. La police n'a pas voulu nous le donner, mais tu pourras peut-être identifier le propriétaire.

— Sans problème, répondit Yaeger.

— Est-ce que les choses progressent avec l'*Adélaïde* ? demanda Dirk.

— Pas beaucoup, dit Gunn. Nous avons pris contact avec toutes les autorités portuaires des côtes d'Amérique du Nord, du Sud et d'Amérique centrale. Personne n'a aucune trace du passage de l'*Adélaïde* au cours de la semaine passée.

— Cela laisse donc deux options, fit Dirk. Ou bien ils ont déchargé dans un port privé, ou bien ils ont pris une autre direction, dit-il en se gardant bien de mentionner une troisième option : que le navire pouvait avoir coulé.

— Nous en avons discuté, et nous ne croyons pas qu'ils aient mis le cap à l'ouest, dit Yaeger. D'abord, cela ne rime pas à grand-chose de détourner dans le Pacifique Est un bateau qui part d'Australie si on a l'intention de transporter la cargaison dans le Pacifique Ouest. Ensuite en raison du carburant. À pleine charge, l'*Adélaïde* aurait du mal à traverser deux fois le Pacifique sans se ravitailler en fuel.

— Ça se tient. Cela ne nous laisse donc qu'un millier d'autres endroits où le bateau aurait pu se planquer le long de la côte.

Gunn et Yaeger hochèrent la tête. Ils cherchaient une aiguille transparente dans une très grosse meule de foin. Gunn donna des détails sur les recherches effectuées dans les ports et leur montra les dernières images de surveillance pendant que Yaeger, penché sur le clavier d'un ordinateur, commençait à taper. Quelques minutes plus tard, il les appela quand un formulaire du Service des véhicules à moteur s'afficha sur l'écran.

— J'ai trouvé quelque chose à propos de votre camionnette, dit-il, le propriétaire est SecureTek, de Tysons Corner, en Virginie.

Puis il fit apparaître un autre site sur l'ordinateur.

— Le registre des entreprises de l'État décrit leur activité : « Fourniture de données chiffrées pour les réseaux informatiques fermés ». Ils sont huit employés et leur principal client est le gouvernement américain.

— Ça ne m'a pas l'air d'être le genre de société qui mettrait les gens sur écoute, dit Summer.

— À moins, suggéra Dirk, que leur activité officielle ne soit qu'une façade.

— Je n'en ai pas l'impression, déclara Yaeger après quelques brèves recherches. Ils ont un certain nombre de contrats tout à fait valables avec des services de l'armée et de la Marine.

Puis revenant au site du registre des entreprises, il vit que SecureTek était une filiale à part entière de Habsburg Industries.

— C'est une société privée, on ne dispose donc pas de beaucoup d'informations : elle est basée à Panama et a des intérêts dans l'industrie minière et le transport maritime.

Yaeger poursuivit ses recherches, mais ne trouva que de brèves mentions de la société et la photo d'un de leurs transporteurs de vrac, le *Graz*, à quai en rade de Singapour, était publiée dans une revue spécialisée.

Dirk jeta un coup d'œil à la photo et se redressa sur son siège.

— Hiram, peux-tu agrandir ce cliché ?

Yaeger acquiesça et la photo occupa bientôt toute la surface de l'écran.

— Que regardes-tu ? interrogea Summer.

— Le logo sur la cheminée.

Tout le monde scruta l'image d'une fleur blanche centrée sur la cheminée dorée.

— Je crois que c'est un edelweiss, dit Summer. Ça va bien, j'imagine, avec le nom du bateau : une ville autrichienne.

— J'ai vu la même fleur sur le cargo amarré à Madagascar, ajouta Dirk.

Le silence tomba. Puis Gunn demanda :

— Hiram, peux-tu préciser dans quel genre d'exploitation minière Habsburg Industries a des intérêts ?

— Ils exploitent une petite mine d'or au Panama, près de la frontière colombienne. La société a une affaire de courtage spécialisée dans certains minerais comme le samarium, le lanthanum et le dysprosium.

— Des métaux rares ? demanda Summer.

— Absolument, répondit Gunn. Voilà tout à coup que la société Habsburg Industries a l'air très intéressante.

— Je parierais que la filiale de Madagascar sert à détourner des métaux rares, suggéra Dirk. S'ils ont attaqué notre sous-marin, c'est parce que nous étions à côté de l'endroit où ils ont sabordé un navire de minerais qu'ils avaient détourné.

— Nous avons effectivement découvert dans les parages une épave en parfait état qui avait coulé récemment, précisa Summer. Il n'y avait aucune avarie apparente et le nom du navire avait été délibérément effacé.

— Jack Dahlgren a fait quelques recherches et pense qu'il s'agissait d'un vraquier, un navire de charge baptisé le *Norseman*, précisa Dirk. Il a disparu dans l'océan Indien voilà quatre mois, avec une cargaison de minerai de bastnaésite en provenance de Malaisie. Au cas où vous ne l'auriez pas deviné, la bastnaésite contient des métaux rares.

— Est-ce que le navire de la Habsburg qui était à Madagascar aurait pu lui aussi être détourné ? interrogea Summer.

Yaeger consulta le registre d'immatriculation des navires du Panama.

— La Habsburg possède quatre bateaux, tous des vraquiers, baptisés *Graz*, *Innsbruck*, *Linz* et *Salzburg*.

— Quel rapport avec l'Autriche ?

— La société appartient à Edward Bolcke, un ingénieur des Mines originaire d'Autriche, expliqua Yaeger. Et il n'y a aucune mention de la disparition d'un de ces quatre navires.

— Alors, conclut Summer, cela fait de la Habsburg un suspect vraisemblable dans la disparition de l'*Adélaïde*.

— Et ce sera leurs quatre navires qui nous fourniront la réponse, poursuivit Gunn.

Yaeger pianota sur le clavier de son ordinateur.

— Voyons ce qu'on peut dénicher.

Summer trouva du café pour tout le monde tandis que Yaeger s'escrimait sur son ordinateur pour recueillir des informations sur les quatre navires et leurs récents déplacements. Il lui fallut plus d'une heure pour les localiser. Il afficha sur l'écran une carte du monde où s'affichait une multitude de points colorés indiquant leurs récents ports d'escale.

— Les points bleus représentent le *Graz*, expliqua Yaeger. On le croit actuellement en Malaisie ou dans les parages. Ces dernières semaines, on l'a vu à Tianjin, Shanghai et Hong Kong.

— Il n'est donc pas dans le coup, dit Gunn.

— Les points jaunes représentent l'*Innsbruck*. Il a transité par le canal de Panama voilà trois semaines et on l'a enregistré il y a huit jours au Cap, en Afrique du Sud.

— Je parierais ma chemise que c'est le navire que j'ai vu à Madagascar, déclara Dirk.

— C'est probable. Restent donc le *Linz* et le *Salzburg*. Le *Linz* a été signalé il y a dix jours en cale sèche à Jakarta et on estime qu'il y est encore pour des réparations.

— Les points verts représentent donc le *Salzburg*? demanda Summer.

— Oui. On l'a vu à Manille il y a un mois, puis dans le canal de Panama, d'où il a commencé une traversée vers le nord voilà quatre jours. Les services de surveillance portuaires indiquent qu'il est arrivé hier à La Nouvelle-Orléans.

Yaeger traça sur la carte une ligne traversant le Pacifique de Manille à Panama. Puis il posa un triangle rouge sur un point situé dans la partie orientale de l'océan.

— La marque rouge matérialise la dernière position connue de l'*Adélaïde* il y a environ six jours.

La trace du *Salzburg* passait à moins de deux cent milles de la marque représentant l'*Adélaïde*.

— Il ne fallait pas faire un grand détour pour que leurs routes se croisent, remarqua Dirk.

— Les dates collent, dit Gunn. Le *Salzburg* aurait été dans cette zone cinq ou six jours avant d'atteindre le canal, c'est-à-dire quand l'*Adélaïde* n'a plus donné signe de vie.

Yaeger revint à une banque de données précédente.

— Les registres de l'Autorité du canal de Panama montrent que vendredi dernier, à trois heures de l'après-midi, il est entré dans les écluses côté Pacifique. Je pourrais sans doute en trouver une vidéo dans les archives.

Quelques minutes plus tard, il projeta le clip d'une des écluses qui montrait en noir et blanc un cargo de taille moyenne attendant que le bassin se remplisse. On distinguait nettement l'edelweiss sur la cheminée.

Dirk se pencha.

— Regardez la ligne de Plimsoll, qui indique la limite de charge autorisée. Le navire est très haut sur l'eau : les cales doivent être vides.

— Tu as raison, dit Gunn. S'ils ont détourné l'*Adélaïde*, ils n'ont pas transféré la cargaison à bord.

Yaeger fit apparaître une photographie du *Salzburg*.

— L'*Adélaïde* est plus long d'une trentaine de mètres. Ils ont dû abandonner une grande partie de sa cargaison s'ils l'ont pillée avant de saborder le navire.

— Les métaux rares qu'il transportait sont trop précieux pour ça, objecta Gunn. Non, elle doit toujours être à flot. Je commence à me dire qu'on a dû l'emmener dans un lieu d'où on pouvait décharger sa cargaison.

— Mais où ? demanda Summer. Vous avez vérifié dans les principaux ports.

— On pourrait très bien l'amener à notre insu jusqu'à un port privé.

369

— Il y a une autre possibilité, déclara Dirk en se levant. L'épave sur laquelle nous sommes tombés dans les parages de Madagascar, le *Norseman*, eh bien le nom peint sur la coque avait été gratté. Et s'ils avaient fait la même chose avec l'*Adélaïde* en la faisant passer pour un autre navire ?

Yaeger et Gunn acquiescèrent tous deux pendant que Dirk rassemblait ses affaires. Comme il se dirigeait vers la porte, Summer lui cria :

— Où vas-tu comme ça ?
— À Panama. Et tu viens avec moi.
— Panama ?
— Bien sûr. Si le *Salzburg* a quelque chose à voir avec la disparition de l'*Adélaïde*, alors il doit bien y avoir quelqu'un au courant chez Habsburg Industries.
— Peut-être, mais nous ne savons rien de Habsburg Industries, ni même où se trouve son siège.
— C'est vrai, répondit Dirk en lançant à Gunn et à Yaeger un regard complice. Mais le temps d'arriver là-bas, nous le saurons.

56

La longue mèche du fouet claqua et tous les hommes tressaillirent, craignant de la sentir s'abattre sur leurs épaules. Parfois, Johansson faisait semblant de se montrer compatissant et se contentait de fouetter l'air. Mais, la plupart du temps, il visait la peau nue d'un des prisonniers, ce qui arrachait à celui-ci un hurlement de douleur.

Ils étaient près de soixante-dix esclaves, recueillis sur les navires détournés qui transportaient des métaux rares. Aujourd'hui, c'étaient eux qui charriaient les minerais volés jusqu'à divers centres d'extraction dissimulés dans la jungle. Affaiblis par un labeur épuisant et par un régime qui leur permettait tout juste de subsister, ils ne tardaient pas à devenir des zombies hagards. Pour les hommes capturés sur l'*Adélaïde*, le choc était rude de les voir en haillons et le regard vide fixé sur les nouveaux arrivants.

Il suffit d'un coup d'œil pour que Pitt et Giordino comprennent qu'ils ne trouveraient de salut que dans la fuite.

— La couverture médicale offerte ici ne m'impressionne pas, murmura Giordino tandis qu'on les répartissait par équipes pour décharger la cargaison de l'*Adélaïde*.

— Je suis bien d'accord, dit Pitt. Je crois que nous devrions chercher du travail ailleurs.

— Et sans collier de chien.

Pitt avait lui aussi remarqué que les travailleurs portaient des colliers en tubulures d'acier. Il avait également vu qu'ils évitaient soigneusement le bord du quai et ne s'aventuraient pas au-dehors de leur zone de travail.

Johansson fit claquer son fouet et les prisonniers de l'*Adélaïde* furent poussés dans une clairière où était dressée une table sur laquelle était posée une boîte contenant des colliers. Un par un, on les fixa au cou des nouveaux venus avant de les fermer à clef. À cause de son cou de taureau, ce fut à peine si on parvint à en mettre un à Giordino.

— Est-ce qu'on nous marque aussi comme du bétail ? demanda-t-il à un des hommes qui, pour toute réponse, se contenta de ricaner.

Quand tous les prisonniers furent ainsi équipés, Johansson se planta devant eux.

— Au cas où vous vous poseriez la question, les colliers servent à vous protéger. À vous protéger de toute tentative d'évasion, ajouta-t-il avec un sourire narquois. Regardez le quai, vous verrez une double ligne blanche tracée sur le sol.

Pitt aperçut en effet, à un ou deux mètres l'une de l'autre, deux lignes parallèles, à la peinture à demi effacée. Elles décrivaient une boucle en s'éloignant du quai et disparaissaient dans la jungle.

— Ces lignes blanches limitent une zone de deux hectares où se trouvent le dépôt de minerai, le moulin et votre logement. Au-delà des lignes sont tendus des câbles électrifiés qui feront passer dans vos colliers une décharge de cinquante mille volts si vous essayez de les franchir. Autrement dit, vous serez électrocutés. Voudriez-vous une démonstration ?

Les hommes restèrent silencieux. Johansson éclata de rire.

— Je suis heureux de voir que nous nous comprenons. Maintenant, il est l'heure d'aller au travail.

L'équipage de Gomez déploya un tapis roulant depuis la première cale de l'*Adélaïde* et commença à décharger la monazite broyée. Le minerai était déversé sur une plaque de béton située à l'intérieur des lignes blanches où il forma bientôt un petit monticule. Des prisonniers épuisés apportaient des chariots et des pelles, laissant les nouveaux esclaves se mettre à l'ouvrage. Plugrad et son équipe de gardes-côtes furent chargés du pelletage tandis que Pitt, Giordino et les autres étaient affectés à la corvée moins pénible de pousser les chariots pleins jusqu'au broyeur pour les décharger.

La chaleur étouffante et l'humidité ne tardèrent pas à épuiser les hommes. Pitt et Giordino, la sueur ruisselant sur leur visage, travaillaient le plus lentement possible pour ménager leurs forces, mais ils entendaient sans cesse le claquement du fouet qui scandait le rythme.

Avec sa jambe blessée, Giordino avait du mal à se déplacer pour pousser les lourds chariots. Pitt le suivait quand Johansson émergea de la jungle. Une seconde plus tard, son fouet claqua et la mèche frappa Giordino à l'avant-bras. Malgré la boursouflure rouge qui apparut aussitôt, celui-ci réagit comme si un moucheron venait de se poser sur lui et regarda Johansson avec un sourire mauvais.

— Pourquoi ton chariot n'est qu'à moitié rempli ? cria le Suédois tandis que deux gardes accouraient.

Pitt, en voyant un certain regard s'allumer dans les yeux de Giordino, comprit que son ami était sur le point de cogner. En présence des deux gardes, ce serait une folie. Pitt poussa son chariot pour heurter délibérément Giordino et lui faire comprendre de garder son calme. Celui-ci se tourna vers Johansson en montrant le pansement ensanglanté qu'il avait sur la cuisse.

— On joue les blessés ? fit Johansson. Remplis-moi ce chariot ou je vais t'en faire autant à l'autre jambe, puis, se tournant vers Pitt en faisant claquer son fouet, il ajouta : Ça vaut pour toi aussi.

La mèche de cuir lacéra la jambe de Pitt et, comme Giordino, il se maîtrisa et lança à Johansson un regard mauvais. Cette fois, ce fut Giordino qui le poussa du coude pour le calmer. Les deux hommes repartirent avec leurs chariots tandis que Johansson se tournait vers un autre groupe de prisonniers.

— Ça m'apprendra à jouer les tire-au-flanc, marmonna Giordino.

— Je sais ce que j'aimerais faire avec ce fouet, dit Pitt.

— Et moi donc.

Ils vidèrent leur chargement auprès du broyeur et repartirent vers le quai en essayant d'étudier la topographie des lieux. Quatre longs bâtiments au toit plat derrière le broyeur abritaient les opérations d'extraction et de triage. Plus loin, on distinguait à peine dans la brousse une construction de deux étages où habitaient les gardes et le personnel des installations. Les prisonniers étaient parqués de l'autre côté du broyeur dans une structure à ciel ouvert avec, d'un côté, un réfectoire entouré d'un mur de trois mètres hérissé de barbelés. Caché plus loin dans la jungle et bien au-delà des lignes blanches, un petit groupe de générateurs fournissait de l'électricité à l'ensemble du compound.

Les prisonniers travaillaient jusqu'au crépuscule, moment où ils étaient prêts à s'effondrer. Comme il rapportait son chariot vide, Pitt entendit un cri perçant en provenance du quai. Un des hommes de Plugrad avait trébuché en rangeant une pelle et était tombé près de la ligne blanche. Une violente décharge lui avait parcouru le corps avant qu'il ait pu rouler hors de portée. Il tremblait, son cœur battait à tout rompre, mais heureusement il survécut au choc, offrant un vivant avertissement aux autres.

Pitt et Giordino se traînèrent jusqu'au réfectoire alors que la pluie commençait à tomber sur le toit de palme qui les protégeait très mal. On leur distribua du pain et un bol de soupe insipide qu'ils emportèrent jusqu'à une table voisine. Deux hommes émaciés vinrent les y rejoindre.

— Je m'appelle Maguire et mon copain, Brown, dit l'un des hommes avec un accent kiwi, les cheveux poussiéreux et la barbe en désordre.

— On était sur la *Gretchen*. Vous arrivez du *Labrador* ?

— Oui. Il s'appelait l'*Adélaïde* quand nous avons embarqué.

Pitt fit les présentations.

— C'est la première fois que je vois un navire détourné, dit Maguire. En général, ils volent la cargaison et coulent le bateau. C'est ce qu'ils ont fait avec la

Gretchen au large de Tahiti. Ils nous ont sonnés avec leur gadget à micro-ondes et ont pris le contrôle du navire avant qu'on ait compris ce qui nous arrivait.

— Leur appareil était monté sur un grande antenne parabolique ? demanda Pitt.

— Oui. Vous savez ce que c'est ?

— Nous croyons qu'il s'agit d'une version plus poussée d'un appareil qu'utilise l'armée pour disperser les rassemblements, qui s'appelle l'ADS, l'Active Denial System, le Système de contrôle assisté.

— Je ne connaissais pas le nom, mais c'est une vraie saloperie.

— Depuis combien de temps êtes-vous ici ?

— À peu près deux mois. Vous êtes le second équipage que j'ai vu arriver. Nos effectifs ont diminué car ici le taux de mortalité est assez élevé, dit-il en baissant la voix. Tâchez de boire beaucoup d'eau et ça ira. Au moins, ils ne nous la rationnent pas.

Il sauça le reste de sa soupe avec un croûton de pain.

— Pardonnez mon ignorance, mais où sommes-nous exactement ?

— C'est toujours la première question qu'on pose, fit Maguire en riant. Vous êtes dans cette putain de jungle étouffante et pluvieuse du Panama. Dans quelle partie du Panama exactement, je ne peux pas vous dire.

— Maguire est devenu copain avec un des gardes, expliqua Brown. Il ont de temps en temps des permissions et embarquant à Colon, j'en déduis que nous devons être du côté Atlantique.

Maguire acquiesça.

— Certains des gars pensent qu'on est dans la zone du canal, mais ce n'est pas sûr car nous ne sortons jamais de nos deux hectares de paradis. Le patron arrive et repart en hélicoptère, alors la civilisation doit être un peu plus loin.

— Personne ne s'est jamais évadé d'ici ? demanda Giordino. Les prisonniers ont pourtant l'air bien plus nombreux que les gardes.

Les deux hommes secouèrent la tête en chœur.

— J'en ai vu quelques-uns essayer, dit Brown. Même si vous arrivez à passer les bandes blanches, ils vous poursuivent avec des chiens. Vous avez eu droit à une bise de Johnny le Fouet aujourd'hui ? dit-il en remarquant la marque sur le bras de Giordino.

— Un peu plus qu'une bise, dit Giordino.

— C'est un malade, ça ne fait pas de doute. Le mieux, c'est de l'éviter autant que possible.

— En fait, qui dirige cette installation ? demanda Pitt.

— Un nommé Edward Bolcke. Une sorte d'ingénieur des Mines génial. Il a sa résidence juste par là, dit Maguire en désignant le quai. Il a bâti tout son empire sur l'extraction et le raffinement de métaux rares. D'après ce qu'on a appris, il joue un grand rôle sur le marché mondial et il est très copain avec les Chinois. Un des gars qui travaillent à l'extraction prétend que chaque année on traite ici pour un milliard de dollars de minerai de métaux rares, dont le plus clair a été volé.

Giordino eut un petit sifflement admiratif.

— Ça doit représenter de gros bénéfices.

— Concernant les installations de traitement du minerai, dit Pitt qui ne pensait qu'à s'évader, j'imagine qu'elles doivent utiliser pas mal de produits chimiques.

— Dont certains mortels, j'espère, dit Giordino.

— Sûrement, mais ils sont hors de portée, dit Maguire. Tout ce qui se fait de sérieux se passe dans des bâtiments auxquels nous n'avons pas accès. Nous ne sommes que des porteurs. Nous chargeons et nous déchargeons les bateaux, nous approvisionnons le broyeur. Vous vous attendez à ce qu'on vous laisse jouer avec des allumettes ?

— Quelque chose de ce genre.

— Alors, oubliez ça. Brown et moi, on y a pensé pendant des semaines, mais on a vu trop de braves types mourir en essayant. Un de ces jours, quelqu'un va dénoncer l'existence de cet endroit. Il faut juste tenir le coup en attendant que ça arrive.

Une rangée de lumières au-dessus de leurs têtes clignota brièvement.

— Extinction des feux dans cinq minutes, annonça Maguire. Les gars, vous feriez bien de trouver un endroit où crécher.

Il les conduisit jusqu'à une grande salle entourée de bambous où traînaient des nattes de rotin. Pitt et Giordino en choisirent deux et se couchèrent, tandis que des hommes arrivaient en courant et que les lumières s'éteignaient. Allongé dans l'obscurité, Pitt oublia l'inconfort de la pièce étouffante et la dureté de la natte pour réfléchir à un moyen de quitter ce camp de la mort. Il sombra dans le sommeil sans avoir trouvé de solution, mais sans se douter que l'occasion se présenterait bien plus tôt qu'il le pensait.

57

Les ouvriers se figèrent en entendant le bourdonnement d'un hélicoptère en train de se poser. Le fouet de Johansson eut tôt fait de remettre les hommes au travail, dissipant leur espoir de voir des forces armées venir les délivrer.

En fait, c'était Bolcke en personne qui débarquait d'Australie où il venait de signer le rachat de l'exploitation minière de Mount Weld. À peine descendu d'hélicoptère, il passa sans s'arrêter devant une voiturette de golf pour se diriger à grands pas vers le quai, escorté par deux gardes.

Un groupe de travailleurs dépenaillés, parmi lesquels Pitt et Giordino, étaient en train de vider la dernière cale de minerai lorsque Bolcke déboula sur le quai. Il jeta un coup d'œil dédaigneux aux esclaves, et lorsque son regard croisa brièvement celui de Pitt, ce dernier fut certain qu'il n'y avait en cet homme ni compassion, ni morale, ni même aucune âme.

Bolcke contempla froidement le tas de minerai avant d'examiner le navire. Il attendit un instant Gomez qu'on avait convoqué et qui descendait en hâte la passerelle.

— La cargaison correspondait bien à ce que nous avions prévu ? demanda Bolcke.

— Tout à fait : trente mille tonnes de minerai de monazite. En voilà la fin, fit Gomez en désignant la dernière pile.

— Pas de problème pour la livraison ?

— La compagnie de navigation avait envoyé une équipe de sécurité supplémentaire. Nous les avons maîtrisés sans histoire.

— Quelqu'un s'attendait à une attaque ?

Gomez acquiesça.

— Heureusement, quand ils sont arrivés nous nous étions déjà assuré le contrôle du bateau.

Bolcke avait quand même l'air soucieux.

— Alors, il faut nous débarrasser du navire.

— Après avoir changé en mer l'identité du bateau, nous sommes entrés dans le canal sans problème, dit Gomez.

— Je ne peux prendre aucun risque. J'ai une importante transaction en suspens avec les Chinois. Attends trois jours et débarrasse-toi du bateau.

— Il y a un chantier de récupération à São Paulo où je peux le conduire : ils paieront un bon prix.

Bolcke réfléchit un moment.

— Non, c'est trop risqué. Enlève tout ce qui a de la valeur et saborde-le dans l'Atlantique.

— Bien, monsieur.

Pitt traîna encore un peu près du tas de minerai, tendant l'oreille pour entendre ce qu'il pouvait de la conversation pendant qu'on remplissait son chariot. Il vit Bolcke tourner le dos à Gomez pour regagner sa résidence tandis que ce dernier rejoignait le navire.

— L'*Adélaïde* appareille dans quelques jours, annonça-t-il à Giordino. Je crois qu'il vaudrait mieux être à bord à ce moment-là.

— D'accord, mais je ne voudrais pas partir avec ce machin, dit-il en tapotant son collier.

— J'ai une idée pour ça, mais il se tut en voyant Johansson émerger de la jungle en faisant claquer son fouet.

— Secouez-vous un peu ! cria-t-il. Vous êtes à la traîne.

Les travailleurs accélérèrent en évitant de le regarder. Johansson s'avança sur le quai, et repéra Giordino qui poussait en boitant un chariot plein de minerai. La mèche du fouet claqua et vint frapper Giordino sur l'arrière de la cuisse.

— Toi, là-bas. Remue-toi un peu.

Giordino se retourna en lui lançant un regard à faire trembler une statue. Les poings crispés sur son chariot, il le poussa comme un caddie de supermarché. Johansson sourit devant ce sursaut d'énergie puis s'éloigna pour harceler un autre groupe de prisonniers.

Pitt suivit Giordino sur le chemin qui menait au broyeur en longeant les doubles lignes blanches du quai et dirigea progressivement son chariot vers la plus proche. À moins d'un mètre, il ressentit un picotement dans le collier. Il fit alors un grand pas en avant, sautant dans le chariot. Le picotement cessa aussitôt. Il fit revenir le chariot sur le chemin et sentit une brève décharge en le poussant du pied. Lorsqu'il rejoignit Giordino, il souriait.

Après un rapide déjeuner de ragoût de poisson froid, on dirigea les deux hommes vers le broyeur où on leur donna pour consigne d'alimenter la machine, qui n'était autre qu'un énorme cylindre métallique monté horizontalement au-dessus de plaques qui pivotaient sur place.

On introduisait le minerai à une extrémité, puis il tombait sur des billes d'acier trempé qui tournaient à l'intérieur du cylindre. Les billes brisaient le minerai, le réduisant en une sorte de poudre qui, une fois filtrée, ressortait de l'autre côté du cylindre. La machine grondait comme un lave-vaisselle géant chargé de billes d'agate.

Le minerai brut qu'on avait apporté depuis le quai s'amassait en gros tas le long de la façade du bâtiment. Un tapis roulant le transportait jusqu'à une plate-forme surélevée, installée au-dessus du broyeur dans lequel on le poussait à la pelle dans un large conduit. Un garde ordonna à Pitt de se charger de cette tâche, pendant que Giordino rejoignait un prisonnier qui lançait par pelletées le minerai sur le tapis roulant.

C'était moins épuisant que de manipuler un chariot. La machine mettait un certain temps à digérer le minerai dont on la gorgeait, ménageant aux travailleurs des pauses fréquentes. Ce fut à ce moment que Johansson fit son apparition. Il était entré par l'autre extrémité du hangar et s'attardait derrière le broyeur d'où les prisonniers récupéraient la poudre obtenue en vue de la prochaine étape. Le garde qui surveillait le travail vint le rejoindre et eut avec lui une brève discussion.

Quelques minutes plus tard, Johansson traversa toute la longueur du bâtiment. Pour une fois, il avait les mains vides et le fouet passé dans sa ceinture. En s'approchant, il aperçut Giordino et l'autre prisonnier assis sur un des tas de minerai. Rouge de colère, il hurla :

— Debout ! Pourquoi ne travaillez-vous pas ?

— Le broyeur est plein, répondit Giordino qui resta assis alors que son compagnon se levait d'un bond.

— J'ai dit debout !

Giordino essaya de se lever, mais sa jambe blessée ne parvenant pas à le soutenir, il dut fléchir le genou. Johansson se précipita alors sur lui et, sans lui laisser le temps de se relever, s'empara d'une pelle plantée dans le minerai qu'il brandit en visant la jambe meurtrie.

Le fer frappa violemment juste au-dessus de la plaie qui se rouvrit aussitôt tandis que Giordino s'effondrait.

Debout sur la plate-forme, Pitt avait tout vu, mais n'avait pu réagir à temps. Saisissant sa pelle, il traversa en courant le plancher et sauta dans le vide. Il atterrit près de Johansson, un peu trop loin pour tomber pile sur lui. Le fer manqua la tête du contremaître mais le frappa violemment à l'épaule. Johansson encaissa le choc et pivota sur lui-même pour riposter tandis que Pitt retombait brutalement sur le sol.

Comme une bête enragée, Johansson se jeta sur lui, brandissant à son tour une pelle au-dessus du crâne de Pitt. Celui-ci roula sous les engrenages de la machine pour éviter l'outil qui vint frapper le sol près de lui. Pitt réussit à en saisir le manche que Johansson tentait de lui arracher, mais le bras gauche de ce dernier était encore engourdi par le coup qu'il avait reçu. Changeant de tactique, il lâcha tout en fonçant sur Pitt.

Le Suédois, qui pesait une trentaine de kilos de plus que Pitt, le plaqua au sol. Sous le choc, Pitt eut le souffle coupé. Johansson réussit à coincer le manche contre la gorge de Pitt pour l'étrangler.

Pitt essaya de se libérer, mais en vain. Il commençait à étouffer quand il aperçut un engrenage du broyeur qui tournait au-dessus de sa tête. Il se démena pour pousser son adversaire contre le rouage, ou du moins pour l'obliger à desserrer son étreinte.

En vain. Johansson ne cédait pas. Pitt suffoquait. Dans un élan désespéré, il lâcha le manche de son outil pour laisser sa main droite remonter vers la ceinture du Suédois afin de s'emparer de son revolver.

Malheureusement, l'étui se trouvait sur l'autre hanche. Pitt sentit qu'il n'était parvenu à saisir que le fouet, alors que des taches noires commençaient à brouiller sa vision.

Soudain, il entendit un bruit sourd et les mains de Johansson relâchèrent un instant leur pression.

Giordino s'était glissé à quelques mètres et bombardait le Suédois d'éclats de minerai. Un gros fragment, lancé avec la rapidité d'un champion de base-ball, frappa Johansson derrière l'oreille. L'homme poussa un grognement et se tourna vers Giordino tandis qu'un autre projectile volait dans sa direction.

Cette interruption donna à Pitt le temps de retrouver un peu de souffle et d'y voir plus clair. Il libéra son bras et brandit le fouet au-dessus de la tête de son adversaire.

Johansson riposta en lâchant sa pelle pour décocher à Pitt un direct du droit en pleine tête.

Presque K-O, ce dernier eut quand même le temps de coincer la mèche du fouet entre les grosses dents de l'engrenage qui tournait juste au-dessus du Suédois. Il vit aussitôt la mèche du fouet se resserrer autour du cou de Johannsson et le tirer vers le haut. Le Suédois eut beau se débattre en hurlant, les huit cents chevaux du moteur de la machine tournaient sans effort et les dents métalliques déchiquetèrent le cuir de la mèche pour venir se planter dans le cou du Suédois. Un instant, la broyeuse eut un sursaut, ralentit brièvement, puis reprit sa vitesse normale. Sous les engrenages, une flaque rouge se répandit sur le sol, qui n'était autre que le sang ruisselant du corps décapité de Johansson.

Pitt se releva. Le garde à l'autre extrémité du bâtiment avait fini par comprendre qu'il se passait quelque chose et arrivait en courant.

— Cette fois, tu as vraiment encrassé cette machine, dit Giordino en souriant malgré sa jambe douloureuse.

— Merci de m'avoir aidé, dit Pitt en s'approchant de lui. Ça va ?

— Oui, mais ma jambe s'est remise à saigner. Tu ferais mieux de filer solo.

— Je reviens, dit Pitt.

Il plongea sous le tapis roulant tandis qu'une rafale de coups de feu crépitait dans le hangar. Giordino lança nonchalamment un peu de minerai sur le passage du garde qui s'était mis à hurler et essayait de dégainer son arme. Celui-ci, les yeux fixés sur sa proie, dérapa et faillit tomber.

Pitt en profita pour se précipiter de l'autre côté du tapis roulant et sortir du hangar.

Une fusillade nourrie, mais un peu tardive, le suivit lorsqu'il tourna sur le côté du bâtiment pour se mettre à l'abri dans des buissons. Prisonnier sur une île de deux hectares, il ne s'imaginait pas rester caché bien longtemps, d'autant que la fusillade avait déjà dû attirer l'attention.

Pitt se glissa dans la jungle, poursuivi par le garde qui, trop loin pour le voir, dut se contenter de fouiller la zone en appelant à l'aide.

Pitt déboucha sur le chemin qu'empruntaient les chariots. Il fonça vers le quai en courant aussi vite que ses jambes fatiguées pouvaient le porter. Le sentier déboucha bientôt sur le quai encombré d'un gros tas de minerai que Plugrad et quelques-uns de ses hommes s'efforçaient de déblayer à grands coups de pelle.

Pitt souffla un instant. Il savait qu'il n'avait qu'un moyen pour s'échapper. En apercevant les hommes, il vit ce qu'il cherchait. Il hâta le pas, refusant de croire qu'il pouvait s'être trompé et que c'était la mort qui l'attendait.

58

Plugrad quitta des yeux la pelletée de minerai qu'il soulevait quand Pitt déboula sur le chemin en pointant le doigt vers quelque chose un peu plus loin.

— Il m'en faut un, cria Pitt.

Plugrad, suivant la direction indiquée, aperçut un trio de chariots. En voyant Pitt arriver, les hommes s'écartèrent. Sans ralentir, celui-ci courut vers un chariot à demi plein qu'il poussa devant lui.

— Les lignes blanches... signala Plugrad, mais Pitt l'écarta et poussa le caddie avec toute la force dont il était capable.

Sur le quai, un garde chargé de surveiller le groupe de Plugard ne réagit qu'au moment où il vit Pitt lancer son caddie vers les fils électrifiés. Il braqua sa kalachnikov sur Pitt et tira une rafale. Comme il n'avait pas eu le temps de viser, les balles firent seulement jaillir la poussière autour des pieds de Pitt, l'incitant à pousser plus fort son chariot. Lorsque les roues avant franchirent la première ligne blanche, il commença à ressentir un picotement à la nuque. Le chariot roulant maintenant librement, Pitt, dont le cou le brûlait, sauta dedans : les gros pneus en caoutchouc empêchaient le courant de passer, et la douleur disparut rapidement.

Par chance, le terrain plat permettait au chariot de continuer sa route et de franchir la seconde ligne blanche. Une nouvelle rafale crépita car le garde avait dû ajuster son tir. Pitt se blottit contre le minerai entassé au fond du chariot et ne reçut que quelques éclats de métal, ce qui lui permit de s'en tirer avec juste quelques égratignures.

Le chariot traversa le quai en trombe et s'écrasa contre le petit muret au bord de l'eau. Pitt, apercevant devant lui l'*Adélaïde* à l'ancre, jaillit comme un diable de sa boîte, s'élança et plongea.

Pris au dépourvu, le garde posté sur le quai ne tira qu'une fois Pitt disparu. Il courut au bord de l'eau, guetta les cercles concentriques provoqués par le plongeon du fuyard et attendit qu'il refasse surface.

Pitt nageait sous l'eau vers l'arrière de l'*Adélaïde* qui avait légèrement reculé dans la crique. À cause de l'eau boueuse, il ne voyait rien à plus de deux ou trois mètres. Il se contenta de suivre la masse sombre de la coque jusqu'à ce qu'apparaisse une grosse hélice en bronze.

Plongeur expérimenté, Pitt était à l'aise sous l'eau et pouvait retenir son souffle pendant plus d'une minute. Il exécuta encore quelques brasses, puis s'arrêta et fit semblant de repartir vers le quai : une grêle de balles frappa l'eau aussitôt dans cette direction alors qu'en fait c'était vers le navire qu'il se dirigeait.

Tandis que le garde alertait deux de ses compères, en leur commandant de surveiller la rive, Pitt avait déjà rejoint l'*Adélaïde* dont il suivait la coque. Le trajet qu'il fit sous l'eau, ne sortant la tête que pour aspirer une goulée d'air, était épuisant. Aussi, quand il se retrouva en sûreté, dissimulé par l'avancée de la proue, il put scruter calmement les parages.

Au fond de la crique, des équipes de gardes avec des chiens quadrillaient la jungle. Sur le quai, l'homme qui avait ouvert le feu sur lui discutait avec un autre garde en désignant l'eau. Si près du navire, Pitt était trop exposé. Non loin du cargo, il repéra un dinghy attaché par une grosse chaîne passée autour d'une bitte d'amarrage, et entre les deux bateaux, il aperçut une échelle rouillée qui permettait d'accéder au quai, ce qui lui donna une idée. Plongeant une nouvelle fois, il nagea jusqu'à elle, puis, escaladant en hâte quelques échelons, inspecta le quai – et vit les deux gardes qui se précipitaient vers lui.

Étonné d'avoir été si vite repéré, il lâcha l'échelle. Il s'apprêtait à replonger quand un bruit de bottes frappant sur du métal le fit hésiter. Levant la tête, il vit les hommes remonter la passerelle de l'*Adélaïde* et se diriger vers l'arrière du navire. Ils ne l'avaient donc pas vu.

Maintenant le ponton était désert. Pitt se décida. Il jaillit de l'eau et bondit sur le quai. Mais apercevant un appentis près du dinghy, il changea d'avis et décida de s'enfuir par la mer. Il devait y avoir des outils dans cette cabane, quelque chose qu'il pourrait utiliser pour détacher le canot de ses amarres. Mais, pour y arriver sans être vu, il devrait faire un crochet par la forêt.

Il parvint à la lisière de la jungle et trouva un sentier. En contournant un grand cèdre, Pitt entra soudain en collision avec quelqu'un qui courait dans la direction opposée : ils tombèrent lourdement par terre. Pitt fut le premier à réagir. Il se releva d'un bond puis s'arrêta en reconnaissant l'autre homme.

C'était Bolcke, vêtu d'un pantalon bien repassé et d'un polo immaculé. Avant de se remettre debout, l'Autrichien eut le temps d'ôter de sa ceinture un petit émetteur radio qu'il porta à ses lèvres.

— Johansson, l'esclave fugitif est près du quai nord.

— Je crains, l'interrompit Pitt, que Johnny le Fouet ne soit plus en mesure de vous répondre.

Comme son appel restait sans réponse, Bolcke considéra Pitt. Puis une voix répondit à Bolcke dans un espagnol haletant. L'Autrichien regardait toujours Pitt.

— Restez où vous êtes.

— Désolé, répondit Pitt, mais j'ai décidé de quitter votre hôtel de sadiques.

Il percevait des voix venant du quai et une certaine agitation un peu plus loin sur le sentier : elle semblait provenir de la résidence de Bolcke.

— Vous serez pourchassé et abattu.

— Non, Edward Bolcke, dit Dirk en lui jetant un regard méprisant. J'ai bien l'intention de revenir vous chercher.

Il tourna les talons et s'enfonça dans la jungle, devançant de quelques secondes l'apparition d'un groupe de gardes qui accoururent en voyant Bolcke.

— Vous avez aperçu un esclave évadé ? demanda l'un d'eux.

Bolcke acquiesça et, jetant par terre sa radio, désigna la piste empruntée par Pitt.

— Rassemblez ici tous les gardes disponibles, ordonna-t-il. Je veux que l'on me le ramène immédiatement. Même mort.

59

Les branches craquaient sous les pieds de Pitt qui s'enfonçait dans l'épaisseur de la jungle. Il ne savait pas combien d'hommes le poursuivaient et, puisqu'il ne pouvait se déplacer à la fois rapidement et silencieusement, il renonça à toute précaution et courut droit devant lui aussi vite que possible.

Quand la jungle se fit moins dense et qu'une paire de lignes blanches apparut sur sa gauche, il comprit qu'il devait changer de direction. Il se fraya un passage jusqu'au bord d'une route et eut tout juste le temps de se dissimuler au passage d'une voiturette de golf chargée de plusieurs gardes. Après l'avoir traversée, il disparut dans les broussailles.

Une dizaine de mètres plus loin, Pitt s'arrêta. Au pied d'une corniche rocheuse, au bord d'un lac, la résidence de Bolcke, dissimulée par un étroit promontoire. Son seul espoir de fuite consistait à traverser la propriété sans être repéré pour se fondre un peu plus loin dans la végétation.

Le souffle court, il arriva face à une construction. En la contournant, il repéra un garde qui surveillait les lieux ; il se plaqua alors au sol et rampa jusqu'à l'extrémité du bâtiment puis se releva et fonça dans la jungle.

Arrivé au pied d'un petit acajou, il se laissa tomber, hors d'haleine.

Le répit fut de courte durée : les aboiements furieux des chiens se rapprochaient. Il se souvint avoir effectivement vu des gardes patrouiller avec des dobermans et une fois avec un berger allemand, mais il n'y avait plus pensé.

D'après les échos, Pitt estima qu'ils n'avaient pas encore atteint le bâtiment, ce qui lui donnait une certaine avance. Il espérait seulement que sa piste ne serait pas trop facile à suivre, malgré les empreintes humides qu'il avait laissées au départ. Les maîtres-chiens lâchèrent à sa poursuite deux de leurs bêtes et en gardèrent trois autres qui continueraient à flairer ses traces.

Pitt se leva péniblement et reprit sa course. Les feuilles et les branches lui griffaient le visage et lacéraient ses vêtements. Affaibli à cause du régime alimentaire qu'on lui imposait depuis quelques jours, il sentait ses forces diminuer : seul un mental d'acier lui permettait de continuer.

Mais les chiens qui le poursuivaient étaient trop rapides et leurs aboiements, incessants. Il s'arrêta, ramassa un bâton pointu et courut jusqu'à un talus sur sa gauche pour se poster là et les attendre. À peine eut-il le temps de se retourner que deux énormes dobermans jaillirent des broussailles et se jetèrent sur lui.

Pitt ne put, comme il l'espérait, brandir son bâton pour éventrer le premier chien : il dut se contenter de se défendre en frappant à la gorge l'animal qui tentait de lui arracher une oreille. Il parvint à l'écarter un instant, mais le second chien l'attaqua par-derrière pour lui mordre l'épaule. Il n'eut que le temps de baisser la tête pour éviter que des crocs acérés ne lui broient le cou.

À part une faible morsure sur le haut de l'épaule, Pitt n'avait rien, tandis que le chien s'écroula, sans vie. Au même moment, le premier chien revint à la charge et bondit pour le mordre à la gorge. Pitt s'écarta et s'efforça, avec son bâton, de se défendre; il entendit alors deux bruits sourds puis vit deux taches rouges s'étaler sur le poitrail de la bête qui alla rejoindre sur le sol son compagnon.

Pitt, se doutant qu'il ne s'agissait pas d'une intervention divine, se retourna, perplexe. Juste derrière le talus, il aperçut quelque chose bouger dans les hautes herbes et, s'approchant, découvrit un petit homme mince s'avancer vers lui.

Zhou Xing portait un treillis, des rangers et un grand chapeau de toile rabattu sur son visage. Tenant sa kalachnikov encore fumante, il toisa Pitt d'un regard impassible puis, passant devant lui, s'approcha d'un des chiens.

— Vite, dit-il dans un anglais approximatif, au ravin.

Il empoigna le doberman par son collier et le traîna par-dessus le talus. Sur l'autre versant, la colline descendait en pente assez raide jusqu'à un étroit ravin. Un filet d'eau y ruisselait, entouré de fougères. Zhou tira le chien jusqu'au bord du précipice et le jeta dans le vide. La carcasse dégringola jusqu'en bas pour disparaître aussitôt parmi les fougères.

Ayant repris son souffle, Pitt arriva avec le second doberman et répéta le tour de passe-passe que venait d'exécuter Zhou. Puis il suivit le Chinois jusqu'à un campement de fortune dissimulé au flanc de la colline.

— Que faites-vous ici ? demanda Pitt tout en guettant les aboiements des autres chiens.

— Appelez cela des affaires, répondit Zhou.

Il saisit un ordinateur portable posé sur une souche, le referma et le fourra dans un sac à dos. Mais, avant que l'écran s'éteigne, Pitt eut le temps de remarquer diverses vues de la résidence de Bolcke. L'agent chinois avait dû installer sur les lieux plusieurs petites caméras de surveillance pour repérer les activités des occupants ainsi que les allées et venues des gardes.

— Il faut continuer à courir, dit Zhou, occupé à faire disparaître toute trace de son campement improvisé. Il roula son sac de couchage et fourra sa moustiquaire dans son sac à dos.

Un autre grand sac au rabat ouvert était posé aux pieds de Pitt. À l'intérieur, il aperçut plusieurs cartons bourrés de détonateurs électroniques à côté de paquets emplis d'une sorte de pâte rougeâtre. Pitt avait participé à suffisamment de démolitions sous-marines pour savoir qu'il s'agissait de Semtex, du plastic explosif.

Zhou sortit de son sac une tablette de protéine et une gourde qu'il lança à Pitt. Puis il balaya des feuilles sur l'herbe qu'il avait tassée en se couchant la nuit précédente. Il hissa sur son dos le second sac, en jetant un regard méfiant à Pitt quand il s'aperçut que le sac était resté ouvert.

— Partez, dit-il à Pitt. Ils sont à moins de dix minutes derrière.

— Quand allez-vous faire sauter le compound ? demanda Pitt.

Zhou se tourna vers lui sans manifester la moindre émotion. Il avait toujours considéré les Américains comme des ennemis potentiels. Mais il éprouvait de l'admiration pour cet homme dont, grâce à sa caméra cachée, il avait suivi l'essentiel de l'évasion. Bien qu'il eût vu en Chine des camps de travail, la façon dont Bolcke traitait ces hommes comme de véritables esclaves le dégoûtait.

— Dans vingt-quatre heures, dit-il.

— Et les prisonniers ?

Zhou haussa les épaules puis, d'un geste nonchalant, braqua sa kalachnikov sur Pitt.

— Il est temps de partir. Vous allez vers l'ouest et moi, vers l'est, ordonna-t-il en désignant la jungle. Ne me suivez pas.

Le visage de Zhou était resté impassible, pourtant Pitt distingua dans ses yeux noirs un mélange d'intelligence et de compassion.

— Merci, dit Pitt.

Zhou eut un hochement de tête puis tourna les talons pour disparaître dans la jungle.

60

Yaeger était toujours scotché devant son gigantesque écran vidéo quand Gunn passa pour connaître les dernières nouvelles. Contrairement à la tenue décontractée de Yaeger, le directeur adjoint de la NUMA portait une veste de sport et une cravate.

— Où en est-on ? demanda Yaeger.

— Je suis convoqué à une réunion avec le vice-président. Il voudra savoir s'il y a du nouveau en ce qui concerne Pitt et Giordino.

Yaeger secoua la tête.

— Les équipes de recherche ne trouvent toujours rien. La Marine nous a d'ailleurs annoncé qu'elle cesserait ses opérations à la fin de la journée.

— Rien de nouveau à propos de l'*Adélaïde* ?

— Rien de concret. Nos demandes officielles auprès d'Interpol et de tous les services de gardes-côtes entre l'Alaska et le Chili n'ont rien donné.

— Si elle est toujours à flot, quelqu'un a bien dû la voir, dit Gunn. Est-ce que Dirk et Summer sont arrivés à Panama ?

— Ils devaient prendre un vol de nuit, dit-il en jetant un coup d'œil à l'écran où s'affichait, entre autres images, celle d'une horloge digitale. S'ils ont réussi à l'attraper, ils devraient être en train d'atterrir.

Gunn avait suivi le regard de Yaeger et remarqué dans un coin de l'écran un e-mail adressé à Pitt.

— Je peux savoir ce que c'est ?

— Bien sûr. J'allais justement te demander si ça te disait quelque chose. C'est un e-mail envoyé sur le site de la NUMA il y a quelques jours. Une des filles des relations publiques me l'a fait suivre car elle ne savait pas quoi répondre. Il s'agit probablement d'un gosse de quatre ans qui s'amuse sur un clavier d'ordinateur.

Il agrandit l'image jusqu'à ce qu'un bref message apparût :

« A Pitt. Abduc wsearr haytk lexkyann »

— C'est du charabia, dit Gunn, sauf le dernier mot. Le mail a dû être envoyé par quelqu'un du nom d'Ann depuis Lexington, dans le Kentucky.

— C'est ce que j'ai déchiffré aussi.

— Je suis d'accord pour ta théorie du gosse de quatre ans, dit-il en donnant une petite tape sur l'épaule de Yaeger. Préviens-moi s'il y a du nouveau à propos de l'*Adélaïde*.

— Compte sur moi. Présente mes respects à l'amiral.

Gunn prit le métro jusqu'à la station de Farragut Ouest puis marcha jusqu'au bureau de Sandecker dans l'Eisenhower Building. Le vice-président l'accueillit dans une salle de réunion et le présenta à Dan Fowler, directeur de la Sécurité de la DARPA, et à Elizabeth Meyers, directrice d'un service du FBI.

À voir le visage fatigué de Gunn, Sandecker comprit tout de suite que la disparition de Pitt était au premier rang de ses préoccupations.

— Quelles sont les nouvelles concernant Pitt et Giordino ?

— Les équipes de recherche n'ont encore rien trouvé. La Marine abandonne les patrouilles aujourd'hui, annonça-t-il en regardant Sandecker, attendant sa réaction.

Il ne fut pas déçu. Le vice-président devenu cramoisi revint à grands pas jusqu'à son bureau d'où il appela sa secrétaire.

— Martha, passez-moi le chef des Opérations navales.

Quelques secondes plus tard, il engueulait vertement un amiral qui avait jadis été son supérieur. Il raccrocha rageusement et regagna sa place à la table de réunion.

— La Marine va poursuivre encore trois jours ses recherches.

— Merci, monsieur le vice-président.

— Et ce navire dont vous me parliez ? demanda Sandecker.

— Le *Salzburg* ? dit Gunn. La dernière fois qu'on l'a signalé, c'était à La Nouvelle-Orléans. La Sécurité du territoire contacte les autorités du port pour voir s'il est toujours là-bas.

— Quel est le rapport ? interrogea Fowler.

— Purement fortuit, dit Gunn. Le *Salzburg* semble s'être trouvé dans les parages de l'*Adélaïde* quand elle a disparu avec Pitt à son bord. C'est un de ces espoirs auxquels nous nous cramponnons dans cette mystérieuse affaire.

— Nous connaissons cela, dit Meyers.
— Pardon ? fit Gunn.
— Avant sa disparition, expliqua Sanders, Pitt s'était occupé de retrouver certains plans ultraconfidentiels concernant un projet de sous-marin appelé le *Sea Arrow*.
— Je présume, dit Gunn, que cela a un rapport avec la récupération du *Cuttlefish* au large de San Diego ?
— Exactement, dit Sandecker. Mais sur le plan de la sécurité, les choses ont tourné au désastre. Elizabeth, pourquoi ne pas lui expliquer ?

La représentante du FBI s'éclaircit la gorge.

— Je dois vous avertir qu'il s'agit d'informations top secrètes. Il y a quatre jours, un moteur extrêmement perfectionné, conçu pour la propulsion du *Sea Arrow*, a été volé lors de son transport depuis le laboratoire de recherche de la Marine, à Chesapeake, dans le Maryland.
— C'est pour cela que la Sécurité intérieure a récemment lancé une alerte générale ? demanda Gunn.
— Exactement, confirma Meyers. Notre agence travaille jour et nuit pour inspecter chaque aéroport, chaque port, chaque parking de camions du pays. Je serais incapable de vous dire le nombre d'agents assignés à cette affaire.
— Et toujours pas de piste ? demanda Sandecker.
— Beaucoup de fausses pistes ou d'impasses. Le mieux que nous ayons, c'est le signalement d'un Latino-Américain lancé à la poursuite d'une vieille Toyota dont on a reconnu par la suite qu'elle était impliquée dans le vol du moteur. À part cela, nous cherchons encore des indices.
— Vous pensez que le moteur est encore dans le pays ? demanda Gunn.

— Nous l'espérons, dit Meyers d'une voix où rien ne trahissait la moindre certitude.

— C'est une des raisons de votre présence ici, Rudi, expliqua Sandecker. Le FBI recherche tous les appuis disponibles et aimerait avoir l'aide de la flotte de la NUMA. Comme vos navires sont souvent stationnés dans des zones peu fréquentées, il demande qu'on lui signale tout comportement insolite de navigation auprès de nos côtes qu'on pourrait observer.

— Nous avons formulé la même requête à la Marine, aux gardes-côtes et aux autorités des ports les plus importants, ajouta Meyers.

— Pas de problème, dit Gunn. Je vais transmettre immédiatement.

Sandecker se tourna vers Fowler.

— Dan, avez-vous quelque chose à ajouter?

— Non, monsieur. Seulement que nous avons confirmé qu'Ann a été portée disparue peu avant le vol du moteur. Comme le FBI, nous estimons qu'elle a été tuée ou enlevée par les mêmes coupables.

— Ann Bennett? demanda Gunn. Elle a été enlevée?

— Oui, et nous craignons le pire, dit Meyers. Cela fait maintenant cinq jours qu'elle a disparu.

Gunn faillit tomber de sa chaise. Il se rappela tout à coup l'e-mail incompréhensible que lui avait montré Yaeger.

— Ann est vivante, déclara-t-il, et je sais où elle est. Ou plutôt, où elle était il y a quelques jours. À Lexington, dans le Kentucky.

— Elle est encore en vie? demanda Fowler.

— Oui. Nous avons reçu à la NUMA un message énigmatique. C'était sans doute une alerte ou un appel à l'aide. Nous n'avons pas compris tout le texte, mais j'ai cru comprendre qu'elle a été enlevée en même temps que le moteur du *Sea Arrow*.

Meyers se crispa sur sa chaise.

— Je vais mobiliser tout de suite le bureau local du FBI.

Fowler tourna un regard déconcerté vers le vice-président.

— Pourquoi Lexington dans le Kentucky ?

— Peut-être est-ce le nom d'un aéroport local où les voleurs ont des complices ?

— Ils pourraient aussi être en transit, suggéra Meyers, peut-être en route pour la côte ouest ou le Mexique ?

— Elizabeth, dit Sandecker, votre tâche me semble évidente. Alors, allons-y. Je voudrais un nouveau point sur cette affaire demain à la même heure.

Les visiteurs du vice-président se levèrent pour prendre congé. Comme ils se dirigeaient vers la porte, Meyers s'approcha de Gunn.

— J'aimerais voir cet e-mail le plus tôt possible.

— Bien sûr, dit Gunn.

« Mais, pensa-t-il, pas avant que Yaeger et lui aient déchiffré la signification de ce message. »

61

La porte de la cabine s'ouvrit brusquement. Ann, assise sur un petit bureau, regardait par le hublot les vagues qui défilaient. Elle avait passé là le plus clair de la traversée. À l'exception d'une brève crise de mal de mer dans le delta du Mississippi, le trajet avait surtout été ennuyeux, avec pour seules distractions deux repas par jour apportés par un affreux chauve qui devait être le cuistot.

À force de passer des heures derrière le hublot de tribord, elle avait conclu qu'ils naviguaient vers le sud. En estimant leur vitesse à quinze ou vingt nœuds, elle calcula qu'au bout du deuxième jour cela les situait approximativement à un millier de milles au sud de La Nouvelle-Orléans. D'après les connaissances assez sommaires qu'elle possédait sur cette région, elle supposa qu'ils n'étaient pas loin de la péninsule du Yucatán, au Mexique.

Elle n'avait pas revu Pablo depuis leur départ mais, quand la porte s'ouvrit toute grande, elle rassembla son courage, ayant reconnu son pas lourd. Il claqua la porte derrière lui. Il semblait plus détendu et, lorsqu'il s'approcha, elle en comprit la raison. Il puait le rhum.

— Je vous ai manqué, dit-il avec un sourire de requin.

Ann recula dans son coin, les genoux repliés sous son menton.

— Où allons-nous ? demanda-t-elle dans l'espoir de distraire son attention.

— Dans un endroit chaud et humide.

— En Colombie ?

Pablo leva la tête, surpris qu'elle connaisse – ou ait deviné – sa nationalité.

— Non, mais peut-être que quand nous aurons effectué notre livraison, nous pourrions tous les deux aller passer un week-end romantique à Bogota, suggéra-t-il en se rapprochant.

— Quand doit avoir lieu la livraison ?

— Ah, toujours des questions, fit-il en se penchant pour lui planter sur le visage un baiser baveux.

Ann posa la plante des pieds contre la poitrine de son gardien et détendit ses jambes. À sa grande surprise, l'homme trébucha en arrière et s'écroula sur la couchette.

Elle frémit : allait-il la tuer parce qu'elle se refusait à lui ? Mais l'alcool l'avait radouci car il se releva en riant.

— Je savais qu'au fond, vous étiez une vraie tigresse.

— Je n'aime pas être enfermée dans une cage, dit-elle en brandissant ses mains menottées. Pourquoi ne pas commencer par m'ôter ça ?

— Tigresse et futée, dit-il. Non, je crois que ce sera l'unique chose que vous allez garder.

Il commença à déboutonner sa chemise tout en fixant sur elle un regard un peu flou.

Tremblant dans son coin, elle envisagea de se glisser jusqu'à la porte, mais Pablo devina ses pensées et s'avança pour lui bloquer le passage. Ann allait pousser un hurlement lorsqu'un grésillement provenant du haut-parleur relié à l'interphone du navire retentit dans la cabine.

— Señor Pablo, veuillez vous présenter sur la passerelle. Señor Pablo, sur la passerelle.

Pablo secoua la tête en lançant au haut-parleur un regard écœuré. Reboutonnant sa chemise d'une main maladroite, il tourna vers Ann un regard avide.

— Nous reprendrons cette visite plus tard.

Sur quoi, il sortit, refermant la porte à clef derrière lui.

Recroquevillée dans son coin, Ann laissa des larmes de soulagement couler sur ses joues, bien qu'elle sût que ce répit n'était que provisoire.

En quittant la cabine, Pablo monta jusqu'à la passerelle et se présenta au capitaine.

— Qu'y a-t-il?

— Un appel urgent sur le téléphone satellite, fit le capitaine en lui tendant l'appareil.

Pablo s'ébroua pour sortir de sa torpeur alcoolique et prit le récepteur. Il resta silencieux. Ce fut une conversation à sens unique. Il se borna à dire sèchement : « Bien, monsieur. » Puis il se tourna vers le capitaine pour demander :

— À quelle distance sommes-nous du canal?

Le capitaine consulta l'écran de navigation :

— Un peu plus de six cents milles.

Pablo regarda la carte, étudia la côte la plus proche.

— Nous devons faire une escale d'urgence à Puerto Cortés, au Honduras, pour prendre de la peinture et une cargaison.

— Une livraison à la résidence?

— Non, une urgence à bord.

— Mais à bord du *Salzburg*, nous n'avons qu'un équipage réduit.

— Alors, j'aurai besoin de tous s'ils veulent rester en vie, rétorqua Pablo.

62

Pitt suivit le conseil de Zhou et s'enfonça dans la jungle en direction de l'ouest. Il songea un moment à revenir sur ses pas pour essayer de repérer le bateau avec lequel Zhou avait dû arriver, mais il devait être bien caché. Tout en marchant, Pitt se demanda qui était cet homme et pourquoi il avait été envoyé pour détruire les installations de Bolcke. Certes, Pitt nourrissait les mêmes projets, mais il se doutait que c'était plutôt le commerce des métaux rares que des raisons humanitaires qui motivait le Chinois.

Le soleil avait maintenant disparu et l'obscurité s'était abattue sur la jungle. Pitt trébuchait, harcelé par des nuées de moustiques, et progressait de plus en plus difficilement. Les chiens continuaient leur traque méthodique. Pitt avait espéré qu'ils suivraient la piste de Zhou, malheureusement c'était sur ses traces qu'ils s'acharnaient. Seuls leurs aboiements obstinés lui permettaient de repérer leur position.

Avec la nuit, la jungle s'animait et résonnait de bruits, de hululements et de clameurs. Pitt gardait son bâton à la main, au cas où il devrait faire face non pas à un oiseau ou un crapaud mais à un jaguar ou à un caïman.

Ces rumeurs constantes lui faisaient oublier son épuisement. Sans l'eau et la tablette de protéine que lui avait données Zhou, il se serait sans doute effondré. Chaque pas lui coûtait un effort et, plus d'une fois, il avait été tenté de s'arrêter pour se coucher par terre. Il lui suffisait alors de penser à Giordino et aux autres prisonniers pour continuer à avancer.

Ses vêtements trempés avaient séché, et maintenant il ruisselait de sueur. Pitt priait pour qu'il pleuve, sachant que cela l'aiderait à échapper à ses poursuivants, mais le ciel du Panama, sur lequel on pouvait généralement compter, n'offrait qu'un peu de bruine de temps en temps.

Il glissa sur une flaque de boue, se rattrapa à une souche et s'arrêta pour se reposer. L'obscurité semblait avoir ralenti l'ardeur des gardes et un aboiement lointain lui révéla qu'il avait encore une confortable avance. Au bout d'un moment, il aperçut à travers le feuillage une faible lueur, sans doute celle des torches de ses poursuivants.

Pitt se releva non sans mal et s'enfonça dans la jungle. Il traversa un bosquet de bambous, marchant comme un zombie, quand brusquement ses pieds glissèrent dans le vide. Il trébucha et dévala la pente d'un petit ravin au fond duquel coulait un ruisseau.

Il resta là plusieurs minutes à se rafraîchir : l'eau lui offrait une chance d'échapper aux chiens. Après avoir rempli la gourde de Zhou, il avança prudemment jusqu'au milieu du torrent. L'eau lui arrivait à peine aux genoux, mais cela suffirait à brouiller sa piste. Il avait beau glisser, parfois même tomber, il avançait maintenant plus facilement. Il continua pendant ce qui lui parut des kilomètres alors qu'il n'avait avancé que de quelques centaines de mètres.

Profitant d'un passage où la berge était moins haute, il pénétra dans une forêt de fromagers et se réfugia sur une branche pour se reposer.

La jungle avait retrouvé son calme et il n'entendait plus les aboiements des chiens : il espérait leur avoir enfin faussé compagnie. Il luttait contre une forte envie de dormir lorsqu'il entendit un froissement dans les buissons sur la rive qu'il venait de quitter. Regardant par-dessus son épaule, il aperçut une forme jaune qui bondissait au milieu du feuillage. Il resta pétrifié en reconnaissant la silhouette d'un gros chien qui flairait le sol.

Pitt jouait de malchance : en suivant le lit du torrent, il était, sans s'en douter, revenu vers ses poursuivants.

Le berger allemand ne semblait pas l'avoir repéré. Pitt resta parfaitement immobile, retenant son souffle. Bientôt un garde, une torche électrique à la main, surgit d'un buisson et appela le chien qui se tourna vers son maître et le suivit docilement.

À trois mètres de Pitt, retentit un rugissement pareil à celui que pousserait un lion qu'on électrocuterait. Pitt faillit glisser lorsque le garde braqua sa torche sur l'arbre, dérangeant une créature au pelage noir et marron perchée un peu plus haut. C'était un singe hurleur, qui lança un second cri rauque avant de sauter sur une autre branche et de se perdre dans l'obscurité.

Pitt resta figé puis le faisceau de la torche, après avoir balayé les branches, se fixa sur lui. Il se laissa tomber sur le sol et se précipita à l'abri du bouquet d'arbres, sage précaution car, une seconde plus tard, une rafale de balles venaient déchiqueter la branche qu'il venait de lâcher.

L'écho de la fusillade s'éteignit et le silence retomba sur la jungle. De tous côtés jaillirent des cris et des hurlements poussés par des centaines d'animaux qui s'enfuyaient, affolés. Pitt en fit autant, fonçant, les mains tendues devant lui. Les premiers rayons de l'aube commençaient à éclairer le ciel, ce qui l'aidait dans sa course.

Le garde avait lancé le berger allemand à sa poursuite, mais le chien hésitait à franchir le torrent, ce qui donna à Pitt une légère avance. Pourtant, rapidement, l'animal trouva un passage plus étroit pour traverser et reprendre sa poursuite.

Pitt n'avait plus beaucoup d'énergie et il savait qu'il ne pourrait le gagner de vitesse. Il pensait avoir une chance de s'en sortir s'il parvenait à le séparer de son maître. Mais lui resterait-il assez de forces pour affronter le chien ?

Les aboiements se rapprochaient et Pitt décida que le moment était venu de faire face. Il s'aperçut que, dans sa fuite, il avait abandonné son bâton près de l'arbre. En scrutant le sol à la recherche d'une nouvelle arme, il heurta de plein fouet une branche basse qu'il n'avait pas vue : sous le choc, il s'écroula. Il était effondré sur le sol, un peu sonné, tandis que les aboiements étaient de plus en plus forts et qu'un grondement métallique faisait vibrer la terre.

D'instinct, il rampa et réussit à se hisser sur un petit monticule. Le bruit s'accentuait. Surmontant sa douleur, il regarda par-dessus le rebord du tertre.

Dans la pâle lumière de l'aurore, il aperçut un train – à quelques mètres seulement. Rejetant l'idée d'un mirage, il se releva. Le train était bien réel, traînant, par un étroit passage taillé dans la jungle, un interminable convoi de wagons-plates-formes chargé de conteneurs.

Les jambes flageolantes, Pitt se précipitait comme il pouvait vers le train, poursuivi par le berger allemand qui venait de l'apercevoir.

Avisant un wagon plate-forme à demi chargé, Pitt s'agrippa au plateau pour monter dessus au moment où le chien l'attaquait, lui plantant ses crocs dans le pied.

Pitt roula sur la plate-forme, le chien toujours accroché à son pied qui pendait dans le vide. Saisissant la gourde de Zhou pendue à son cou, il la lança sur le berger allemand. Frappé en plein museau, le chien poussa un gémissement et lâcha prise. Mais, à peine retombé sur les cailloux de la voie, il se lança à la poursuite du wagon. Sur près de cinq cents mètres, le berger allemand courut le long du convoi, grognant et bondissant. Puis le train franchit un ravin sur un pont à chevalets et le chien dut renoncer à sa chasse, poussant des hurlements derrière le convoi qui disparaissait. Rampant sur la plate-forme, Pitt se blottit alors contre un conteneur rouillé, ferma les yeux et ne tarda pas à s'endormir.

63

Le convoi stoppa dans une dernière secousse, réveillant du même coup son unique passager. Pitt, en ouvrant les yeux, découvrit un éclatant soleil matinal.

Le train de la Panama Railway avait atteint son terminus, la gare de triage du port de Balboa. Située près de l'entrée côté Pacifique du canal, à quelques kilomètres de la ville de Panama, Balboa était le point de passage obligatoire pour les navires voulant franchir l'isthme. Pitt sauta à bas du plateau et se trouva au cœur d'une cité d'acier. Des piles vertigineuses de conteneurs multicolores s'entassaient de tous côtés et, suivant du regard la longue file de wagons, il aperçut une grue montée sur un pont roulant près duquel une nuée d'ouvriers s'activaient.

Pitt, en queue du convoi, longea la voie pour sortir de la gare de triage en espérant que les employés du chemin de fer le prendraient pour un vagabond. Il franchit un grillage métallique et se retrouva au milieu d'entrepôts décrépits. À une centaine de mètres plus loin, il remarqua un bâtiment devant lequel plusieurs voitures étaient garées. C'était un vieux bar aux murs lézardés sans doute fréquenté par les dockers du port. Sur un panneau représentant un chat noir qui louchait, on distinguait les mots *El Gato Negro*.

Pitt entra, attirant les regards des clients matinaux déjà juchés sur les tabourets. Il s'approchait du barman lorsqu'il aperçut son reflet dans la grande glace derrière le comptoir : et ce qu'il vit lui fit presque peur.

Face à lui se tenait un homme épuisé, émacié, au visage couvert de contusions, dont les vêtements en lambeaux étaient tachés de sang. Il avait vraiment l'air de revenir d'entre les morts.

— *El telefono?* demanda-t-il.

Le barman regarda Pitt comme s'il débarquait de Mars, puis désigna un coin près des toilettes. Pitt fut soulagé de trouver là un téléphone payant comme on n'en voyait plus en Amérique depuis des années.

Il parvint à entrer en contact avec une opératrice parlant anglais. Elle commença par refuser son appel en PCV pour Washington puis finalement Pitt perçut une sonnerie.

La voix de Rudi Gunn monta d'une octave lorsqu'il entendit Pitt lui dire « allô ».

— Vous êtes sains et saufs, Al et toi ?

— À peu près.

Pitt expliqua le détournement de l'*Adélaïde*, leur arrivée à Panama et comment il s'était évadé.

— Panama, dit Gunn. Nous avons demandé à l'Autorité du canal de rechercher l'*Adélaïde*.

— Ils ont changé son nom en pleine mer. Ils avaient probablement préparé de faux papiers. Les installations de Bolcke sont quelque part au milieu de la Zone du canal, il doit sans doute avoir des accointances avec le personnel des écluses.

— Tu as dit Bolcke ?

— Oui, Edward Bolcke. Un Autrichien ancien ingénieur des Mines qui dirige un véritable camp de concentration. À ce qu'on m'a dit, un ponte sur le marché des métaux rares.

— C'était une des principales pistes que nous avions concernant votre enlèvement, dit Gunn. Il est le propriétaire du *Salzburg*, un navire qu'on nous a signalé près de l'*Adélaïde* au moment de sa disparition.

— C'est sans doute lui qui a attaqué le *Tasmanian Star* avant qu'on le retrouve au Chili, et peut-être aussi le *Cuttlefish*. Il est armé d'une sorte d'appareil à micro-ondes aux effets mortels.

— Bolcke a peut-être aussi une base à Madagascar, ajouta Gunn. Je vais alerter le Pentagone pour qu'on recherche Al et les autres. Il semble qu'une opération militaire conjointe avec les forces de sécurité panaméennes s'impose.

— Écoute, Rudi, nous avons une fenêtre de tir vraiment très étroite.

Pitt raconta sa rencontre avec l'agent chinois Zhou et le plan de ce dernier pour détruire le camp. Après avoir jeté un coup d'œil à sa montre, il ajouta :

— Nous avons moins de cinq heures pour les tirer de là avant le feu d'artifice.

— Fichtre !

— Appelle Sandecker et sors le grand jeu.

— Je vais faire ce que je peux. Où es-tu maintenant ?

— Dans un bar appelé *El Gato Negro*, quelque part à côté du terminus du chemin de fer côté Pacifique.

— Ne bouge pas, j'envoie tout de suite quelqu'un te chercher.

— Merci, Rudi.

Pitt sentit sa fatigue se dissiper, et faire maintenant place à un regain d'énergie. Sauver Giordino et les autres passait avant tout. Alors qu'il regagnait la salle, le barman lui désigna un tabouret libre devant lequel étaient posés un grand verre plein d'une liqueur de couleur claire ainsi qu'une longue pince coupante.

Pitt porta les mains à son cou : il avait complètement oublié le collier d'acier. Il se tourna vers le barman qui hocha la tête.

— *Muchas gracias, amigo*, dit Pitt en vidant le verre d'un trait. (Il s'agissait d'une liqueur locale appelée Seco Herrerano, qui avait un goût de rhum et vous brûlait la gorge.)

Puis il prit la pince et sourit au barman.

— Qui donc a dit qu'un chat noir portait malheur ?

64

— Tu es sûre que c'est là ? fit Dirk en lançant à sa sœur un regard agacé. Dans ce pays on n'a pas l'air d'aimer les plaques indiquant le nom des rues, mais je suis presque certain que ce n'est pas ici.

Il doubla rageusement un camion qui avait calé et appuya sur l'accélérateur de sa voiture de location. Depuis leur atterrissage ce matin à l'aéroport international de Tocumen, ils avaient sillonné Panama, en commençant par s'enregistrer à leur hôtel pour aller ensuite visiter les bureaux de Habsburg Industries, situés dans une minuscule boutique semblant fermée ce qui, apparemment, devait l'être souvent. Le propriétaire d'une boulangerie voisine confirma d'ailleurs qu'il la voyait rarement ouverte. Dirk et Summer commençaient à se dire qu'ils perdaient leur temps lorsqu'ils reçurent un appel de Gunn leur annonçant que leur père était vivant et qu'il les attendait à la sortie de la ville.

Lorsqu'ils passèrent devant un panneau qui leur souhaitait « Bienvenue au district de Balboa », Dirk se dit qu'ils étaient sur la bonne route. Il suivit deux semi-remorques qui, supposa-t-il, se rendaient au port puis, s'engageant dans une petite rue un peu crasseuse, ils aperçurent soudain les grilles du port et, trois blocs plus loin, l'enseigne du *Gato Negro*.

Dirk n'avait pas fini de se garer que déjà sa sœur sautait sur le pavé et se précipitait dans le bar malgré l'aspect peu recommandable de l'établissement. Elle faillit ne pas reconnaître son père, les vêtements en loques, assis au comptoir en train de dévorer une *empanada*, une sorte de petit chausson à la viande.

— Papa, laisse-nous te conduire à un hôpital, dit Summer.

— Pas le temps, répondit Pitt en secouant la tête. Nous devons coordonner avec les Panaméens une opération militaire pour sauver Al et les autres.

Dirk regarda les clients du bar interloqués par ce débarquement d'Américains.

— Papa, si nous discutions de ça dans la voiture ?

— D'accord, dit Pitt en regardant son verre vide et son assiette. Tu as de l'argent local ?

— On m'a dit que nos dollars étaient la monnaie préférée au Panama, fit Dirk en ouvrant son portefeuille.

Pitt y prit un billet de cent dollars, le donna au barman et lui serra la main.

— Ça représente deux jours de salaire, observa Dirk en sortant.

— Tu mettras ça sur ta note de frais, rétorqua Pitt avec un clin d'œil.

Avant de démarrer, Dirk étudia une carte routière.

— Quels arrangements Rudi a-t-il pris avec les Panaméens pour pénétrer dans le camp de Bolcke ?

— Rudi s'arrache les cheveux, expliqua Summer. Il a déjà appelé trois fois. Comme tu le sais sans doute, depuis la chute de Noriega, le Panama n'a plus d'armée régulière. Des groupes paramilitaires appartenant aux forces publiques panaméennes sont disposés à mener avec une équipe américaine une opération conjointe, mais seulement après avoir étudié la situation et dressé les plans d'une attaque organisée. Personne ne s'attend à voir un corps expéditionnaire se mettre en place avant quarante-huit heures.

Dirk regarda son père.

— Tu crois que d'ici là Al et les autres risquent quelque chose ?

Pitt raconta sa rencontre avec Zhou.

— Quand tout aura sauté, j'ai peur que les hommes de Bolcke exécutent les prisonniers. Avons-nous des troupes américaines capables de monter une opération en solo ?

Dirk secoua la tête.

— La meilleure solution, ce serait de faire venir les Forces spéciales de la Zone Sud. On les a mises en état d'alerte, mais elles sont encore à dix heures d'ici. Rudi assure que tout ce qu'il a pu trouver dans les parages, c'est un navire de la Marine qui croise dans le Pacifique en route vers le canal.

Après avoir traversé une partie de Balboa, la voiture gravit une côte puis s'arrêta devant un grand immeuble qui dominait la zone du port et le canal. Sur la pelouse impeccablement tondue, un panneau annonçait « ADMINISTRATION DE L'AUTORITÉ DU CANAL DE PANAMA ».

— L'Autorité est responsable de la sécurité du canal et de toute la zone, expliqua Summer. Rudi assure que c'est notre seul espoir d'avoir une réaction immédiate.

Dans l'immeuble, le passage de Pitt ne manqua pas d'attirer des regards surpris. Une réceptionniste les escorta jusqu'au bureau de Madrid. Le directeur de la Sécurité du canal était un homme posé du nom de Madrid qui arborait une fine moustache. Il regarda longuement Pitt et se présenta :

— On a insisté sur le caractère urgent de votre visite. Votre vice-président est quelqu'un de très persuasif.

— Des vies sont en jeu et le temps presse, dit Pitt.

— Pendant que nous discutons, je vais appeler notre infirmière et vous faire apporter des vêtements.

Il les fit entrer dans son bureau où une grande carte du canal occupait presque tout un mur. À une table, un homme en treillis étudiait des photos aériennes.

— Permettez-moi de vous présenter le commandant Alvarez, responsable de la sécurité de la Zone. C'est lui qui dirigera l'opération.

Ils s'installèrent autour de la table. Pitt raconta les circonstances de son enlèvement et décrivit les installations clandestines de Bolcke.

— Nous avons relevé dans les archives tous les passages effectués par Habsburg Industries et nous avons constaté quelque chose de bizarre concernant le transit de leurs navires par le canal, expliqua Madrid.

— Leurs navires entrent d'un côté, dit Pitt, et ne ressortent de l'autre côté que quelques jours plus tard.

— Correct.

— Ils livrent dans leurs installations du minerai brut et repartent avec le produit traité.

Madrid hocha la tête d'un air contrarié.

— Le passage par le canal des navires de commerce est strictement contrôlé. Ils disposent apparemment de la complicité des pilotes, et peut-être du personnel de nos écluses, pour effectuer ce genre de transit sans attirer l'attention.

— Il y a beaucoup d'argent en jeu, précisa Pitt. Ils peuvent se permettre des pots-de-vin substantiels.

— M. Pitt, pouvez-vous nous montrer où sont situées ces installations ?

Pitt s'approcha de la carte et désigna du doigt le tracé de la ligne de la Panama Canal Railway.

— Le camp se situerait quelque part entre le canal et la ligne de chemin de fer.

Alvarez prit un dossier dont il tira un paquet de photos aériennes en couleur.

— Ce devrait être dans ces parages.

Il examina attentivement chaque cliché avant de les faire circuler autour de la table. Les photos montraient des portions de la jungle qui bordaient le lac Gatun. Sur certaines, on distinguait la ligne de la Panama Railway, mais rien n'indiquait la présence des installations de Bolcke. Ils inspectèrent ainsi une quarantaine de clichés et un scepticisme grandissant s'emparait de Madrid.

— Attendez, dit brusquement Summer. Repassez-moi la dernière.

Dirk lui tendit la photo qu'elle aligna aussitôt à côté d'une autre.

— Regardez la jungle sur ces deux clichés.

Les quatre hommes se penchèrent et ne virent que le tapis verdoyant de la jungle qui s'étendait sur les deux photos.

Personne ne dit rien jusqu'à ce que Dirk fasse glisser auprès des deux clichés un troisième tirage.

— Observez bien la couleur, dit-il. Ce n'est pas la même.

— Exactement, acquiesça Summer en montrant un des documents. Il y a un endroit où la couleur de la jungle tourne un peu au gris.

— Je vois, dit Madrid.

— C'est la canopée artificielle qui recouvre les installations, dit Pitt. Son feuillage a fané avec le temps et tranche avec la jungle alentour.

Alvarez réunit quelques photos et cette image composite mit en évidence une péninsule bien visible, qui pointait vers le lac Gatun. Prenant un marqueur, il entoura les zones décolorées, qui formèrent un grand rectangle bordé par un patchwork de petits carrés.

— Le grand rectangle doit dissimuler le quai et la crique, dit Pitt. Des palétuviers artificiels bloquent l'entrée, on les déplace quand un navire accoste ou appareille.

— Et que cachent les autres carrés ? demanda Summer.

— Divers bâtiments du camp.

Il prit le marqueur d'Alvarez et leur pointa la résidence de Bolcke, le hangar de broyage, la maison des esclaves et les différents bâtiments. Il décrivit comme il le pouvait le cantonnement des forces de sécurité, ne négligeant aucun détail.

— Combien de prisonniers ? demanda Madrid.

— Quatre-vingts.

— Stupéfiant. Un camp d'esclaves caché sous notre nez. Vous avez tout noté ? dit Madrid en se tournant vers Alvarez.

— Oui, monsieur. Tout est là, indiqua-t-il en marquant les divers emplacements avec des punaises.

— C'est manifestement dans notre juridiction. Avez-vous un plan à suggérer?

— L'urgence nous impose une approche par le lac Gatun. Nous pouvons faire venir de Miraflores la *Coletta* pour y installer notre poste de commandement et utiliser trois ou quatre canots de patrouille pour l'assaut.

Il étudia les points indiqués par Pitt sur les photos.

— Si nous parvenons à franchir la barricade, nous pourrions envoyer un premier canot par le goulet et deux autres par l'extérieur avec les troupes d'assaut, expliqua Madrid. Une fois le camp sécurisé, la *Coletta* pourra venir à quai pour évacuer les prisonniers.

— Vous feriez bien de rassembler immédiatement les hommes et le matériel. Retrouvons-nous dans deux heures à bord de la *Coletta*, nous brieferons le groupe de débarquement pendant le trajet.

— Bien, monsieur.

Alvarez se leva et sortit du bureau.

— Si vous voulez vous joindre à nous sur la *Coletta* durant l'opération, vous êtes les bienvenus, proposa Madrid.

— Nous y serons, répondit Pitt. J'ai un ami blessé que j'ai laissé là-bas.

— Je comprends. En ce qui concerne le *Salzburg*, j'ai tenu compte de la requête de votre vice-président et ordonné un renforcement de la sécurité sur l'écluse de Gatun. Si le navire se présentait, nous serions prêts à l'arraisonner.

— Je suppose, dit Pitt, que saisir le navire de Bolcke pourrait apporter une réponse aux autres questions que nous nous posons.

Summer comprit que son père ne connaissait pas tous les éléments de l'affaire.

— Papa, Rudi ne t'a pas parlé de ton amie Ann Bennett ?

Pitt fit non de la tête.

— Elle a disparu il y a environ une semaine – en même temps qu'une sorte de moteur à propulsion a été volé sur un camion du laboratoire de recherche de la Marine. Rudi est sûr qu'il y a un rapport entre ces deux faits.

— Le *Sea Arrow*, murmura Pitt.

— Rudi est persuadé qu'on l'a enlevée avec le moteur. Hiram et lui ont découvert un e-mail énigmatique qu'elle t'a envoyé sur le site de la NUMA, indiquant qu'elle était dans le Kentucky.

— Alors, elle est toujours en vie.

— C'est ce que pense Rudi. Ils croient qu'elle leur disait dans ce message que le moteur était caché dans un camion de foin. D'après Rudi, les voleurs cherchaient à éviter la côte est pour le sortir du pays. Il pense qu'ils lui ont fait descendre le Mississippi par bateau ; Hiram a d'ailleurs trouvé une vidéo sur laquelle on voit une barge passer sous le pont Horace Wilkinson, à Baton Rouge, avec un camion de foin à bord.

— Ça me paraît un peu fragile comme indice, dit Pitt.

— Peut-être moins maintenant qu'on a découvert que le navire de Bolcke, le *Salzburg*, se trouvait au même moment à La Nouvelle-Orléans – et qu'il en est parti un jour plus tard.

— Le *Salzburg*, dit Pitt. Bolcke était donc depuis le début derrière le vol du *Sea Arrow*.

— Mais que compte-t-il en faire ? demanda Summer.

Pitt repensa à sa rencontre avec Zhou et à l'explication que celui-ci lui avait donnée sur sa présence là-bas.

— Il compte le vendre aux Chinois, peut-être dans le cadre d'un marché concernant les métaux rares, dit-il avant de se tourner vers Summer. Il y a combien de temps que le *Salzburg* a quitté La Nouvelle-Orléans ?

— Environ quatre jours.

— Les services portuaires ont signalé qu'il faisait route au sud vers le delta du Mississippi, précisa Dirk.

— Pourquoi les gardes-côtes ou la Marine ne l'ont-ils pas repéré et abordé ?

— Ils l'auraient fait, mais il y avait un hic, fit Dirk. Le navire avait disparu.

65

Depuis l'immeuble occupé par l'Administration de l'Autorité du canal, on aurait pu sans mal apercevoir un navire céréalier, à la coque rouillée par endroits, qui se laissait bercer par la douce houle du Pacifique. Baptisé *Santa Rita*, ce navire battait pavillon de Guam, et le gouvernement de l'île aurait été fort surpris en l'apprenant. Outre qu'elle n'avait jamais été enregistrée à Guam, la *Santa Rita* n'avait jamais transporté le moindre gramme de céréales.

Ce n'était en fait qu'un vieux rafiot, propriété du ministère de la Sécurité nationale chinoise. Il avait été aménagé à l'origine comme navire espion chargé de surveiller le détroit de Taïwan, puis la *Santa Rita* avait, toujours sous le couvert d'un prétendu navire céréalier, transporté en Iran plusieurs cargaisons de missiles. Désormais, elle se consacrait à des activités moins clandestines et était sous contrat pour livrer des produits pharmaceutiques mexicains à Shanghai quand Zhou en avait pris le commandement au large du Costa Rica.

Passablement fatigué par son incursion nocturne dans le camp de Bolcke, le vieil agent se reposait sur la passerelle quand son portable sonna. En voyant s'afficher le numéro de son correspondant, une expression de surprise se peignit sur son visage impassible.

— Zhou, répondit-il sèchement.

— Zhou, c'est Edward Bolcke. Je dois vous informer d'un léger changement concernant notre rendez-vous.

— Je croyais que le transfert devait s'effectuer d'ici une heure.

— Pour des questions de sécurité, il y a eu un petit retard, mais rien d'alarmant. La cargaison est intacte. Nous devrons toutefois repousser le rendez-vous de six heures.

Zhou resta silencieux. Ses explosifs devaient sauter sur le compound de Bolcke dans quatre heures environ. Il avait réglé les détonateurs pour que tout se passe après qu'il eut pris livraison du moteur et des plans du *Sea Arrow*, et voilà maintenant que tout ce transfert était compromis.

— Ce n'est pas acceptable, répondit-il très calmement. J'ai un horaire strict à respecter.

— Toutes mes excuses, mais vous pouvez comprendre à quel point la situation est délicate. Mon navire approche de l'écluse de Gatun et devra encore effectuer un trajet jusqu'au Pacifique. Si vous voulez accélérer les choses, vous pourriez entrer dans le canal par votre côté et faire route au nord par l'écluse de Miraflores. Nous pourrions alors effectuer le transfert sur le lac de Miraflores. Cela nous ferait gagner une heure ou deux. Je peux donner un coup de fil et vous faire passer l'écluse en urgence.

Le dernier endroit où Zhou avait envie de se trouver bloqué, c'était au beau milieu du canal de Panama. Mais si c'était la seule façon de se procurer les secrets du *Sea*

Arrow, pourquoi pas ? Avec un peu de chance, Bolcke pourrait ne pas encore savoir que ses installations étaient en cendres au moment où s'effectuerait le transfert.

— Très bien, dit Zhou. Prenez toutes les dispositions pour le transit, et je vais me rendre au lac de Miraflores. Mais faites vite.

Il raccrocha, regarda par le hublot de la passerelle, et se dit qu'il s'apprêtait à danser sur le fil d'un rasoir.

66

Comme une nuée d'abeilles bourdonnant autour d'une ruche, une quarantaine de navires étaient au mouillage dans la baie de Limon. Chacun attendait son tour pour passer de l'Atlantique dans le canal de Panama. Un petit porte-conteneurs arriva et doubla toute la file de cargos, de pétroliers et autres navires de transport pour se placer au premier rang de la file d'attente.

Le canal accueillait plus de bateaux que jamais, mais sa capacité n'allait pas tarder à se développer. On procédait à de grands travaux d'aménagement pour ajouter deux nouveaux jeux d'écluses capables de recevoir les plus gros porte-conteneurs du monde. Malgré le prix du passage, le canal de Panama permettait d'économiser des milliers de milles en évitant de doubler le cap Horn.

Les capitaines qui attendaient leur tour dans la baie de Limon savaient, en regardant le resquilleur, que, pour doubler ainsi tous les autres navires, il devrait payer une jolie somme.

Le navire ralentit pour laisser une vedette se ranger à sa hauteur et permettre à un fonctionnaire de l'Autorité du canal de monter à bord, accompagné d'un pilote. Le capitaine du porte-conteneurs les escorta ensuite jusqu'à la passerelle où, comme l'exigeait le règlement pour tous les bateaux transitant par le canal, il confia au pilote le commandement du navire pendant que le fonctionnaire vérifiait le tonnage et les dimensions du bateau afin de déterminer le tarif du passage.

— Le manifeste, je vous prie, demanda-t-il au capitaine.

Il feuilleta le document et prit quelques notes.

— La plupart de ces conteneurs sont vides?

— Oui, on les transporte à Balboa.

— J'ai remarqué que vous étiez assez haut sur l'eau, observa-t-il tout en calculant le montant des droits de passage, majoré d'un joli supplément pour être placé en tête. On débitera votre compte de cette somme, dit-il en se tournant vers le pilote. Le *Portobelo* est autorisé à passer.

Il quitta la passerelle, remonta à bord de la vedette qui l'avait amené et qui, maintenant, le conduirait jusqu'au navire suivant dans la file.

Le pilote guida alors le *Portobelo* par un long chenal jusqu'à l'écluse de Gatun, le point d'entrée par l'Atlantique. L'installation se composait d'un ensemble de trois énormes bassins successifs, permettant aux navires faisant route vers le sud d'être amenés à vingt-cinq mètres au-dessus du niveau de la mer et de franchir ainsi l'isthme.

Le canal de Panama a été construit comme un gigantesque gâteau de mariage. Son point culminant, situé au centre, est le grand réservoir artificiel du lac Gatun dont les eaux descendent en cascade par trois niveaux successifs à chacune de ses extrémités. Grâce à une bizarrerie géographique, l'eau déversée par le lac s'écoule au nord vers l'océan Atlantique et au sud vers le Pacifique.

Sa situation élevée permet, par la simple force de gravité, de remplir ou vider les écluses, et ainsi monter ou descendre les navires selon la route qu'ils veulent emprunter.

Cependant, en raison d'une séparation entre les écluses côté Pacifique, le canal de Panama est un peu de guingois. Alors que les trois bassins de Gatun côté Atlantique se succèdent, ceux du côté Pacifique sont éloignés les uns des autres : une écluse avec un seul bassin, celui de Pedro Miguel, donne sur le lac et une autre à deux bassins, la Miraflores, est située deux kilomètres plus loin. Un navire ordinaire effectue donc en huit heures les quatre-vingts kilomètres de trajet pour passer d'un océan à l'autre.

Le pilote amena délicatement le *Portobelo* près du premier bassin de Gatun, stoppant juste au bord de ses énormes portes béantes. On hissa à bord des filins reliés à de solides câbles de remorquage dont l'extrémité opposée était attachée à de petites locomotives appelées mules, et qui se déplaçaient sur les quais de l'écluse. Guidées par le pilote, les mules tirèrent doucement le cargo dans le bassin et le maintinrent en place pendant qu'on refermait les portes. L'opération terminée, on ajouta de l'eau jusqu'à ce que le navire monte d'environ une dizaine de mètres.

Des gardes armés, qu'on ne voyait pas d'habitude auprès des écluses, patrouillaient le secteur, surveillant avec soin le porte-conteneurs. Quand le niveau de l'eau atteignit celui du bassin suivant, on ouvrit les portes avant et le navire avança, tiré une nouvelle fois par les mules. On répéta à deux reprises l'opération jusqu'à ce qu'enfin le *Portobelo* pût activer ses propres machines pour sortir du dernier bassin et pénétrer dans le lac Gatun, vingt-cinq mètres plus haut. Le pilote commanda alors à l'homme de barre d'augmenter la vitesse.

— Timonier, ne tenez pas compte de cet ordre, lança le capitaine. Stoppez les machines.

Le pilote devint tout rouge.

— Durant toute la traversée du canal, c'est moi qui commande le navire, tonna-t-il avant de se radoucir aussitôt en voyant quelqu'un d'autre arriver sur la passerelle. Pablo, dit-il en le voyant. Je trouvais que ce rafiot ressemblait étrangement au vieux *Salzburg*. Depuis quand toi et tes copains vous êtes-vous lancés dans le marché des porte-conteneurs ?

— Depuis trente-six heures environ, répondit Pablo. À partir de maintenant, c'est nous qui prenons les commandes.

— Bien, bien, acquiesça le pilote qui aperçut le sac que tenait Pablo contenant le pot-de-vin habituel et une bouteille de Chivas Regal.

— Il y a cent billets de supplément pour toi, déclara Pablo en lui tendant le sac. Et on ne parle plus du *Salzburg*.

— Comme tu voudras. Les gorilles du quai t'avaient à l'œil, mais j'imagine que tu les as possédés. À la prochaine.

Des hommes d'équipage mirent à l'eau un Zodiac afin de reconduire le pilote à terre. À peine débarqué, il sauta dans un taxi et se fit déposer au bar le plus proche. Sitôt le canot pneumatique de retour, l'ex-*Salzburg* repartit.

— Tu es sûr qu'on peut lui faire confiance ? demanda le capitaine.

Pablo acquiesça d'un signe de tête.

— On aura fini le transbordement avant qu'il ait sifflé la moitié de sa bouteille de scotch.

Pablo se permit un soupir de soulagement. Depuis le coup de téléphone de Bolcke, deux jours auparavant, il redoutait chaque message radio, chaque navire qu'il croisait. Mais la transformation éclair du *Salzburg* en *Portobelo*, grâce à un coup de peinture sur la passerelle et la cheminée, le tout complété par un gros chargement de conteneurs vides, avait trompé les autorités du canal aux écluses de Gatun.

Il pouvait respirer.

67

La *Coletta* traversa le canal de Panama, dépassant en trombe les navires de commerce qui voguaient à la vitesse réglementaire. Ancien patrouilleur italien de quarante mètres, la *Coletta* arborait au-dessus de son étrave une tourelle d'où pointait un canon de 20 millimètres.

Sous le pont, trente commandos bien armés s'entassaient dans le carré des officiers pour suivre le briefing d'Alvarez. Ces hommes entraînés avaient participé, avec des contingents internationaux, à de nombreux exercices de défense du canal et Pitt s'efforçait de calmer leur enthousiasme en leur décrivant minutieusement les puissants moyens dont disposait Bolcke.

Lui-même éprouvait une grande impatience. Après avoir pris une douche, refait son pansement et enfilé un treillis qu'on lui avait prêté, il avait hâte de pénétrer dans le camp pour libérer Giordino. Mais une attaque en plein jour comportait toujours de nombreux risques et les chances de réussite reposaient sur sa brève rencontre avec Zhou. Pitt espérait seulement avoir raison de se fier à son instinct.

Alvarez lui tendit un SIG-Sauer P228 semi-automatique.

— Vous savez vous en servir ?

Pitt acquiesça.

— Nous devrions atteindre dans dix minutes la zone de déploiement. Je commanderai le canot numéro un pour pénétrer dans la crique. Nous sécuriserons le quai, détruirons le générateur et libérerons les prisonniers. Le canot numéro deux débarquera sur la péninsule et sécurisera la résidence avec, espérons-le, Bolcke à l'intérieur. Le canot numéro trois suivra, en réserve. Vous pouvez embarquer sur celui-là, mais je dois vous demander de vous cantonner à un rôle d'observateur.

— Vous pouvez compter sur moi. Bonne chance, Alvarez.

Pitt chercha en vain Dirk et Summer dans le carré qui se vidait peu à peu mais, en entendant les machines du patrouilleur ralentir, il dut suivre les hommes sur le pont.

La *Coletta* empruntait le chenal qui contournait la rive est de l'île de Barro Colorado, une vaste réserve naturelle située au milieu du lac Gatun. L'étroit passage était balisé de projecteurs et de panneaux afin d'empêcher les navires de s'échouer sur les hauts fonds. Peu chargée, la *Coletta* ne courait pas ce risque et coupa délibérément la route d'un porte-conteneurs qui arrivait. Elle continua sur un mille en gardant le cap à l'est jusqu'à ce qu'elle approche d'une étroite bande de terre couverte de végétation.

La *Coletta* dériva sous le soleil brûlant tandis qu'on mettait à l'eau trois canots gonflables, chacun chargé de dix hommes. Lorsqu'il se glissa entre deux membres des commandos sans arme et portant des chapeaux de brousse au bord rabattu sur le visage, Pitt eut l'impression qu'il y avait là deux passagers non prévus.

— Laissez quand même un peu de place pour le vieux, dit-il.

Dirk leva les yeux vers lui.

— Nous tenions à être là pour donner un coup de main.

— J'aurais préféré que vous restiez tous les deux sur le bateau, grommela Pitt en ôtant de sa ceinture son étui à revolver pour tendre à Dirk le SIG-Sauer. Surveille bien ta sœur.

— Ne t'inquiète pas, murmura Summer.

Les canots se dirigèrent vers la rive. Celui de tête vira à gauche tandis que les deux suivants prenaient à droite en direction d'une petite falaise qui les protégerait. Ils étaient à l'eau depuis à peine cinq minutes que tout leur plan d'assaut s'écroulait.

Un cordon de bouées contenant des détecteurs et des caméras de surveillance avait décelé leur présence et déclenché des sirènes dans tout le camp pour alerter les gardes. Après avoir soigneusement enfermé les prisonniers, un grand nombre de gardes se déploya sur le quai tandis qu'un autre groupe prenait position sur le toit de la résidence de Bolcke.

Les hommes du canot numéro un, avec Alvarez à leur tête, essuyèrent la première riposte. Ils avançaient cachés derrière les faux palétuviers et approchaient du quai quand une fusillade éclata. Alvarez et ses hommes continuèrent courageusement leur progression jusqu'à ce qu'une batterie de lance-grenades ouvre le feu sur eux et qu'un des projectiles touche l'arrière du canot avant d'exploser. Deux hommes furent tués sur le coup, et les survivants projetés dans l'eau.

Les canots deux et trois eurent un bref instant de répit avant d'essuyer une fusillade nourrie depuis le toit de la résidence de Bolcke. Plus proche de la rive, le canot deux fut touché le premier : il y eut plusieurs blessés. Le pilote réussit à atteindre le rivage et à se mettre à l'abri derrière un petit amas de rochers. Cependant les tireurs postés sur le toit les clouaient sur place.

— À droite toute ! hurla Pitt au pilote du canot trois.

Il avait compris les problèmes du canot numéro deux et fit signe au pilote de foncer sur la droite, hors de vue de la résidence. Affolé, le pilote mit les gaz à fond, bloqua le gouvernail et vira. Ils allaient s'en tirer sans dommage et le chef du commando, un robuste gaillard du nom de Jorge, organisait déjà la riposte quand les tireurs installés sur le toit s'attaquèrent à leur canot : Jorge reçut deux balles dans le ventre. Pitt vit les regards terrifiés des hommes, dont aucun n'avait jamais connu de combat à balles réelles. Il s'avança aussitôt.

— Il faut faire stopper les tirs du toit pour permettre aux hommes du deux de quitter leur abri sur la plage. Suivez-moi jusqu'à la maison.

Le fond du canot avait à peine touché terre que Pitt sautait par-dessus bord et fonçait dans la jungle. Fascinés par son intrépidité, les hommes se précipitèrent derrière lui.

— Je vais rester ici pour m'occuper de Jorge, dit Summer à son frère en cherchant une trousse de premiers secours. Va aider papa.

Dirk acquiesça, ôta le cran d'arrêt de son revolver, sauta à terre et eut tôt fait de rejoindre les autres. Pitt les arrêta au bord de la clairière qui entourait la maison. On apercevait distinctement sur le toit plusieurs tireurs qui attendaient de les voir émerger des fourrés.

Pitt, en examinant la résidence, remarqua un escalier extérieur qui accédait au toit. Il se tourna vers un jeune homme accroupi auprès de lui.

— Tu as des grenades ?
— Uniquement des fumigènes.
— Donne-moi ce que tu as.

Après avoir empoché quatre grenades fumigènes, Pitt regroupa les hommes.

— À mon signal, arrosez continuellement le toit pour me couvrir. Quand j'arriverai près de l'escalier, je balancerai les grenades. À ce moment-là, foncez et sécurisez-moi la zone.

Pitt se glissa plus près de la maison puis hurla : « Maintenant ! »

Un feu nourri jaillit de la jungle, visant les gardes postés sur le toit. Pitt se précipita mais les gardes qui s'étaient mis à l'abri pour se protéger ne tardèrent pas à se regrouper et à riposter. Courant vers la résidence, Pitt constata que les tireurs du toit avaient leur champ de vision en partie obstrué par le porche de la maison, il se dirigea donc de ce côté. Il approchait du perron au moment où la porte d'entrée s'ouvrait toute grande, livrant passage à deux gardes, suivis de Bolcke. Les trois hommes dévalèrent les premières marches. Brusquement, ils s'immobilisèrent en apercevant Pitt à quelques pas de là.

Bolcke parut surpris. Ce fut pourtant sans l'ombre d'une hésitation que, sa voix dominant le fracas de la fusillade, il lança :

— Tuez-le !

68

Prêts à faire feu, les gardes de Bolcke braquèrent aussitôt leurs armes sur Pitt qui, heureusement, fit preuve d'une grande rapidité en jetant sur les marches une de ses grenades fumigènes qu'il avait dégoupillée. Elle rebondit sur la pierre de l'escalier et vint s'arrêter aux pieds de Bolcke.

Les gardes lâchèrent leur kalachnikov, empoignèrent Bolcke et le firent passer par-dessus la balustrade. Un garde plongea derrière lui, mais l'autre hésita. Il avait entendu la grenade siffler et remarqué qu'un mince filet de fumée s'en échappait. Comprenant que ce n'était pas une grenade offensive, il l'écarta d'un coup de pied et un nuage gris se répandit sur la pelouse. Il se retourna alors vers Pitt, resté à découvert, à quelques pas de là.

Le garde leva son arme. Il n'eut pas le temps d'appuyer sur la gâchette que deux petites taches rouges apparurent sur sa poitrine tandis qu'il trébuchait en arrière, chancelait, puis s'écroulait sur les marches.

Pitt aperçut Dirk agenouillé sur la pelouse, tenant à deux mains le SIG-Sauer. Son fils se releva d'un bond et courut se mettre à l'abri de la maison tandis qu'une salve de balles arrosait la terre à côté de lui.

— Merci de ce renfort, dit Pitt.

— La fumée ne vaut pas le plomb, fit Dirk en souriant.

— Bolcke, dit Pitt en désignant le perron.

Dirk arriva le premier, mais Bolcke et l'autre garde avaient déjà disparu dans la jungle. Rebroussant chemin, Pitt entraîna son fils sur l'escalier extérieur. Il grimpa quelques marches, lança le reste des grenades sur le toit, qui se trouva aussitôt enveloppé d'un épais nuage de fumée. La fusillade en bas cessa soudain tandis que les hommes du canot trois jaillissaient de la jungle et grimpaient l'escalier. Quelques secondes plus tard, les survivants du deuxième canot surgirent à leur tour pour se joindre à l'assaut. Grâce à leurs forces combinées, balayant le toit à mesure que la fumée se dissipait, ils eurent tôt fait de se débarrasser des gardes survivants.

Le silence revenait petit à petit autour de la résidence, seuls quelques rares coups de feu venant du quai se faisaient entendre. Les hommes peu à peu se regroupaient sur le toit.

— Pas de nouvelles d'Alvarez ? demanda Pitt.

— Aucune, répondit le chef du canot deux. On devrait peut-être foncer vers le quai.

— Je vais vous montrer le chemin, dit Pitt.

Les hommes redescendirent précipitamment l'escalier, laissant un petit contingent sécuriser l'intérieur de la maison tandis que les autres, sous la conduite de Pitt, s'engageaient sur le sentier emprunté quelques instants plus tôt par Bolcke. Quand ils parvinrent au quai, ils découvrirent une demi-douzaine de gardes qui tiraient, ainsi que deux membres de l'équipage de l'*Adélaïde* postés un peu plus haut.

Les commandos de l'Autorité du canal ouvrirent le feu, touchèrent plusieurs hommes qui ne s'étaient pas mis à couvert tandis que les autres battaient en retraite et se réfugiaient dans la jungle. Les marins du navire continuaient à riposter. Il s'ensuivit alors un échange de coups de feu jusqu'à ce que les commandos, mieux entraînés, les eurent tous abattus.

Malgré le crépitement de la fusillade, Pitt avait entendu le bruit d'un moteur poussé à fond. Il aperçut une petite annexe qui débouchait de la crique et, bien visible à côté du pilote, la silhouette de Bolcke avec ses cheveux blancs.

Pitt se tourna vers le commandant du canot deux qui, agenouillé derrière un caoutchouc, rechargeait son fusil.

— Bolcke s'échappe sur un canot. Appelez Madrid sur la *Coletta* pour qu'il l'intercepte.

L'officier acquiesça. Ayant remis en place un nouveau chargeur, il appuya sur le bouton de sa radio et appela le navire.

À bord de la *Coletta*, Madrid suivait à la jumelle un petit porte-conteneurs qui approchait quand il reçut l'appel. Se retournant, il vit le canot de Bolcke surgir de la crique et se mit aussitôt en position de combat.

— Canonnier, prêt à tirer un coup de semonce devant le canot qui arrive, dit-il. Feu !

L'homme tira un obus du canon fixé sur le pont, ce qui fit jaillir une gerbe d'écume devant le canot. Ce dernier ralentit mais garda le cap par le travers de la *Coletta*. Ne pensant qu'à stopper l'annexe, Madrid ne s'occupait pas du porte-conteneurs qui approchait sur son arrière.

— Canonnier, paré à tirer sur le moteur. Feu !

L'homme pointa mais il n'eut même pas le temps de faire feu qu'il s'effondrait sur le pont, agitant les bras comme s'il était attaqué par un essaim d'abeilles. Poussant des cris de douleur, il roula jusqu'au bastingage et se jeta par-dessus bord afin de trouver quelque soulagement dans les eaux du lac.

Sur la passerelle, Madrid ressentit soudain sur sa peau une violente sensation de brûlure. Incapable de tenir les commandes, il fit un bond en arrière. Poussant des hurlements déchirants, il aperçut par le hublot le porte-conteneurs qui fonçait droit sur lui.

Le navire percuta la *Coletta* à petite vitesse, sa lourde masse broyant sans mal l'étrave du patrouilleur qui, basculant sous le poids de l'eau qui s'engouffrait, sombra en quelques secondes.

Bolcke le vit disparaître tandis que son canot s'amarrait au flanc du porte-conteneurs. Suivi de son garde, il sauta sur l'échelle de coupée, traversa le pont et s'engouffra dans la passerelle. Hors d'haleine, il se dirigea vers la barre où Pablo fixait un regard admiratif sur le disque du système antimanifestation placé à la proue du navire.

— On dirait que nous sommes arrivés à temps, constata Pablo.

— Ils ont... attaqué... les installations, dit Bolcke.

— Qui ça?

— Un des prisonniers. Il s'est évadé hier.

— Ce doit être des gens de l'Autorité du canal. Il m'a bien semblé reconnaître un de leurs navires. Johansson a dû leur régler leur compte.

— Non, Johansson a été tué. Par l'homme qui s'est évadé.

— Ils sont au courant de la livraison ?

Bolcke secoua la tête.

— Cinq cents millions de dollars, ça vous permettra de racheter pas mal de matériel, dit Pablo.

— Les plans et le moteur sont en sécurité à bord ? demanda Bolcke en inspectant la nouvelle peinture du *Salzburg*.

— Oui.

— Les Chinois nous attendent au lac Miraflores.

Pablo le regarda avec l'avidité d'un enfant devant son cadeau d'anniversaire.

— Alors, je ne vois vraiment pas pourquoi nous n'irions pas nous faire payer.

Il donna l'ordre d'engager le navire dans le chenal principal et le *Salzburg* repartit aussitôt.

69

Les commandos de l'Autorité du canal récupérèrent Alvarez avec le reste de son équipage éparpillé dans la crique et allèrent se regrouper contre les piliers du quai. Le chef des opérations avait l'air d'un rat trempé mais, malgré le choc causé par la perte de la moitié de son équipe, il retrouva assez d'énergie pour prendre le commandement de l'ensemble des forces dont il disposait.

Il désigna, au bout du quai, un large sentier qui s'enfonçait dans la jungle et demanda :

— Les prisonniers sont par là ?

— Oui, répondit Pitt. Ce chemin mène à un moulin. Les prisonniers sont enfermés juste derrière.

Alvarez divisa ses hommes en deux groupes et s'engagea sur le chemin avec l'avant-garde, Pitt et Dirk les suivant. Ils progressaient avec prudence par crainte d'une embuscade, et ne trouvèrent aucune trace des gardes qui avaient échappé à la fusillade. À l'approche du moulin, le sentier s'élargit. Par prudence, Alvarez envoya trois hommes en éclaireurs.

Ils n'allèrent pas loin. De toutes les portes ou fenêtres du bâtiment, des tireurs ouvrirent le feu. Le reste des forces de sécurité de Bolcke – une douzaine de gardes – s'était retranché là. Leur intervention inattendue mit hors de combat presque la moitié des hommes d'Alvarez.

Lui-même fut touché à la jambe et Pitt dut le traîner pour le mettre à couvert. Il s'empressa d'appeler ses réserves qui l'avaient suivi, mais la bataille semblait se prolonger sans résultat. Il réclama alors par radio de l'aide à la *Coletta* mais n'obtint pour toute réaction qu'un crépitement de parasites.

— Pas de réponse, dit-il à Pitt. Sans renforts, il faudra battre en retraite.

— Pas sans les prisonniers, déclara Pitt en saisissant le fusil d'un blessé qui avait perdu connaissance. En attendant, occupez-les; nous allons essayer de contourner le bâtiment, ajouta-t-il en s'adressant à Dirk.

Les deux hommes arrivèrent au centre d'une vaste clairière où rien ne les protégeait du tir des gardes postés dans le moulin. Pitt aperçut, derrière l'unique portail de leur dortoir, des prisonniers qui essayaient de suivre le combat.

Il remarqua alors un chariot de minerai garé à mi-chemin entre eux et les prisonniers

— Je vais courir jusqu'au chariot. Si j'y arrive sans être vu, je devrais pouvoir me glisser jusqu'à la porte.

Dirk estima la distance à franchir.

— Ça fait beaucoup pour te couvrir. Je vais avec toi.

Sans laisser à Pitt le temps de protester, Dirk fonça vers le chariot. Pitt le suivit malgré ses jambes fatiguées qui n'allaient pas lui permettre de courir très longtemps.

Un garde les repéra du premier étage du moulin. Des balles criblèrent le sol autour du chariot derrière lequel Dirk venait de s'abriter. À deux pas derrière lui, Pitt dut plonger à son tour tandis qu'un feu nourri labourait le sol.

Dirk sortit le SIG-Sauer de son étui et fit feu à deux reprises, avec pour résultat d'attirer vers lui les tirs des gardes, faisant trembler le chariot sous leur feu croisé.

— Ça n'est pas l'attaque surprise que j'espérais, constata Pitt.

— Ils ont posté des tireurs dans tous les coins du bâtiment, fit Dirk en jetant un coup d'œil par-dessus le chariot avant de tirer encore deux balles et se remettre à l'abri. Il y a au premier étage un type avec un lance-roquettes.

Pitt cala son fusil d'assaut contre le bord du chariot et tira une courte rafale sur une fenêtre ouverte. Les balles fracassèrent le châssis et la vitre vola en éclats. Un garde sortit de l'ombre, un gros engin de couleur verte calé sur l'épaule : Pitt savait qu'un tir au but du lance-roquettes les pulvériserait, Dirk et lui.

Il appuya le canon de son arme sur le chariot et s'apprêtait à tirer une nouvelle fois quand une explosion retentit comme un coup de tonnerre. La fusillade s'interrompit, tous les regards se tournèrent vers un nuage noir qui s'élevait par-delà le logement des prisonniers.

Pitt regarda sa montre en souriant. Zhou avait réussi.

— Dix minutes de retard, marmonna Pitt.

Une seconde plus tard, le moulin entier n'était qu'une boule de feu. Une demi-douzaine d'explosions successives retentirent encore, anéantissant les divers bâtiments de triage et de broyage disséminés aux quatre coins du camp. De tous côtés, la jungle crachait des flammes : les installations de Bolcke sautaient les unes après les autres. Zhou n'avait épargné que le logement des prisonniers, la résidence du maître de maison et un petit bâtiment dans lequel s'étaient réfugiés pendant l'attaque une douzaine de chercheurs.

Des fragments de toit du moulin pleuvaient autour de Pitt et de son fils, encore blottis derrière le chariot de minerai. Le souffle de l'explosion avait éventré le broyeur dont le cylindre géant roulait vers la jungle. La plupart des gardes furent tués sur le coup, ceux qui furent projetés par les fenêtres et atterrirent indemnes sur la pelouse furent aussitôt abattus par les commandos de l'Autorité du canal.

Pitt et son fils se précipitèrent vers le bâtiment des prisonniers. D'un coup de fusil, Pitt fit sauter la serrure et ouvrit grande la porte. La foule des prisonniers se précipita aussitôt dehors.

— Mon vieux, on est rudement contents de vous voir, dit Plugrad en courant vers Pitt pour lui donner une grande tape sur l'épaule.

Maguire et les autres accoururent aussi pour lui serrer la main. Pitt se fraya un passage à travers la cohue, comptant avec angoisse chaque homme et cherchant du regard son ami. Arrivé au dernier, un seul manquait : Giordino.

Très inquiet, Pitt traversa le réfectoire et les dortoirs. Personne. Comme il ressortait, il aperçut dans la cuisine à ciel ouvert un hamac accroché entre deux grils et y découvrit Giordino. Pitt s'approcha, regarda son ami avec appréhension. Un ronflement rassurant lui parvint aux oreilles.

Un sourire éclaira le visage de Pitt.

— Debout, là-dedans.

Giordino ouvrit un œil.

— Tu as fait rudement vite.

— Je savais que je te manquerais.

Giordino s'assit en bâillant.

— Joli feu d'artifice. Tu as eu Bolcke?

— Non, il a filé quand le bal a commencé, dit-il en tendant à Giordino une béquille grossièrement taillée dans un bâton de zingana. Comment te sens-tu?

— Comme un concurrent prêt pour un championnat de course à cloche-pied.

Giordino sautilla sur un pied et coinça la béquille sous son bras. Il avait un pansement à la jambe gros comme une souche. Pitt l'aida à boitiller jusqu'au portail où les autres prisonniers se pressaient, n'osant pas sortir.

Un homme des commandos passa en courant devant les décombres encore fumants du moulin et s'approcha de Pitt.

— C'est Alvarez qui m'envoie. Tous les prisonniers sont là?

— Oui, on les a tous comptés.

— D'où venaient ces explosions?

— Préparées depuis quelque temps. Ça nous a vraiment sauvé la peau.

— On peut le dire, fit l'homme. Alvarez demande de rassembler tout le monde sur le pont, ajouta-t-il en repartant au pas de course. Nous avons pas mal de blessés à soigner.

Pitt commençait à regrouper les prisonniers quand Giordino le prit par le bras en montrant le ciel.

— Quelqu'un part sans nous?

En levant les yeux, Pitt aperçut un panache de fumée noire s'élever au-dessus du quai : les gaz d'échappement chargés de suie d'un puissant moteur diesel.
— C'est l'*Adélaïde*, dit Pitt d'un ton décidé.
Leur combat était loin de se terminer.

70

Al! cria Pitt qui courait déjà vers le quai. Secoue un peu tout ce monde. Dirk, viens avec moi.

Dans sa hâte de libérer les prisonniers, Alvarez n'avait pas pensé à envoyer des hommes prendre le contrôle du navire. Dès le début de l'assaut, caché sur la passerelle de l'*Adélaïde*, Gomez avait remis les machines en marche. Il avait vu Bolcke s'enfuir, observé ensuite les multiples explosions dans la jungle, et ne voyait plus aucune raison de s'attarder.

Dès qu'ils émergèrent de la jungle, Pitt et Dirk découvrirent l'*Adélaïde* encore à quai. L'amarre arrière avait été remontée et Pitt aperçut Gomez en train de la haler sur le pont, avant de s'engouffrer à l'intérieur du gaillard d'avant. Sur le quai, un homme d'équipage détachait le cordage qui retenait encore l'avant du navire.

Pitt et son fils approchaient en courant. L'échelle de coupée avant était encore en place, ce qui leur laissait une chance de monter à bord. Mais cet espoir s'évanouit quand le matelot posté sur le quai fit glisser l'amarre puis tourna son regard vers l'embouchure de la crique d'où, malgré le ronronnement des machines de l'*Adélaïde*, on entendait approcher un petit hors-bord.

Summer, entourée de quatre ou cinq hommes complètement trempés, pilotait le canot numéro trois.

Surpris, le matelot s'arrêta un instant, lança d'un coup de pied le cordage dans l'eau puis, à l'approche de la petite embarcation, sortit tranquillement un revolver de son étui et le braqua en direction de Summer.

Aussitôt une rafale vint déchiqueter le dos du matelot. Deux balles au moins venaient du SIG-Sauer de Dirk et les autres du fusil d'assaut de son père. L'homme tournoya sous la violence du tir, parvint à tirer une balle au hasard puis s'écroula, foudroyé.

Une seconde plus tard, on entendit un grincement suivi d'un grand fracas.

— Ils s'en vont ! cria Dirk.

Gomez avait embrayé les machines, l'*Adélaïde* commençait à s'éloigner et l'échelle de coupée qui avait glissé venait de se fracasser contre la coque et pendait maintenant au bastingage.

Pendant que le cargo s'éloignait, Summer rangea son Zodiac le long du quai.

— Un porte-conteneurs est venu éperonner la *Coletta* ! cria-t-elle à Pitt et à Dirk.

Summer s'était enfuie avec le canot pneumatique et, tandis que le gros navire poursuivait sa route, elle avait réussi à repêcher les survivants.

— Je suis sûre qu'ils ont embarqué Bolcke. C'était peut-être le *Salzburg*.

Pitt réfléchit rapidement. Si Summer avait raison, les plans et le moteur du *Sea Arrow* devaient se trouver à bord et peut-être Ann aussi. Il fallait absolument intercepter le navire avant qu'il sorte du canal.

Sans quitter des yeux l'*Adélaïde* qui s'éloignait, il donna rapidement ses instructions :

— Dirk, cours au bout du quai. Summer, n'arrête pas le moteur, je viens avec toi.

Il passa sur son épaule la bandoulière de son fusil et sauta du haut du quai. Arrivé dans l'eau à quelques mètres du Zodiac, il se mit aussitôt à nager vers l'*Adélaïde*. Le navire allait bien trop vite pour lui, mais il avait repéré l'amarre qui pendait par un dalot et traînait dans l'eau. Il saisit le cordage, remonta sur toute sa longueur jusqu'à un gros nœud sur lequel était attaché un cordon plus léger qu'il lança à un des hommes du canot.

— Ne perds pas le navire ! cria-t-il à Summer en se cramponnant au flanc du Zodiac.

Madrid, encore un peu secoué, se pencha par-dessus bord pour aider Pitt à monter. À eux deux, ils enroulèrent le cordage tandis que Pitt faisait avancer sa fille en se servant de l'amarre comme d'une ancre. Dirk, lui, courait jusqu'à l'extrémité du quai où se trouvait une bitte d'amarrage. Comme le Zodiac se rapprochait, Gomez comprit ce qu'ils essayaient de faire. Il fit tourner l'*Adélaïde* en l'engageant aussi loin que possible dans le goulet de la crique.

Dirk comprit également la manœuvre et pressa Summer de faire vite. Pitt et Madrid avaient les bras endoloris à force de tirer le lourd cordage et, de son côté, Summer poussait l'accélérateur à fond pour se rapprocher de son frère. Celui-ci se coucha à plat ventre et se pencha au bord du quai au moment où le canot venait se ranger et où Summer coupait le moteur. Pitt souleva la boucle qui se trouvait à l'extrémité de l'amarre et Dirk s'en saisit juste au moment où la corde se tendait.

Il la fit rouler vers lui et parvint de justesse à la passer par-dessus l'extrémité de la bitte d'amarrage.

— Éloigne-toi au cas où le cordage claquerait ! cria Pitt.

Dirk se releva et courut un peu plus loin tandis que Summer faisait soudain virer le canot en direction de l'*Adélaïde*. Elle amena l'embarcation à côté de l'échelle de coupée qui pendait toujours sur la coque. Pitt sauta et s'y cramponna. Puis il gravit tranquillement un échelon après l'autre et monta à bord du navire.

L'amarre était tendue à se rompre et maintenait le navire par l'avant. Comme l'hélice tournait toujours, l'arrière se mit à virer sur tribord, menaçant de coincer le navire en travers du goulet. Sur le quai, les montures de la bitte d'amarrage résistaient à cette tension, mais jusqu'à quand ?

Comme la lutte se poursuivait, Summer amena le Zodiac devant une échelle de quai, ce qui permit à Dirk de débarquer Madrid et les blessés. Une fois le dernier éclopé transféré à terre, Dirk sauta dans le canot.

— Conduis-moi là-bas ! cria-t-il à sa sœur, je vais lui donner un coup de main.

Summer accéléra à fond, amena le canot contre le flanc de l'*Adélaïde* et Dirk sauta sur l'échelle de coupée bringuebalante.

— Sois prudent, lança-t-elle.

Dirk acquiesça.

— Et toi, surveille ce bout d'amarre.

Summer repartit aussitôt vers le quai mais elle entendit soudain claquer le gros cordage. Gomez avait tourné la barre tendant l'amarre au maximum. Il fallait bien que quelque chose cède, et ce fut le cas.

La boucle entourant la bitte du quai lâcha et l'amarre revint comme un coup de fouet vers le navire. Dirk eut juste le temps de baisser la tête pour ne pas être décapité. Les boucles de la corde retombèrent autour de lui pendant qu'il grimpait les barreaux de l'échelle de coupée et se hissait sur le pont.

Libéré de cette entrave, l'*Adélaïde* fonça pour s'engager de biais dans l'étroit passage. Dirk chercha des yeux son père mais, à part les corps des deux gardes à l'avant, le navire semblait désert. Il s'approcha d'une porte et s'engageait dans la coursive quand un tir nourri éclata au-dessus de lui.

Cela dura près d'une minute tandis qu'il remontait en courant l'escalier. Quand il arriva au quatrième niveau, la fusillade s'arrêta. Il continua prudemment jusqu'à la passerelle. Le doigt sur la gâchette du SIG-Sauer, il avança avec précaution.

À peine avait-il fait quelques pas qu'il sentit sur sa nuque l'acier d'une arme. Il se figea sur place, mais aussitôt le canon s'éloigna.

— Je ne me souviens pas de vous avoir donné la permission de monter à bord, jeune homme.

Dirk, tournant la tête, découvrit avec soulagement que c'était son père qui braquait sur lui son fusil.

— Je ne savais pas que c'était toi qui commandais ce rafiot, rétorqua Dirk.

— Apparemment, oui, fit Pitt en désignant la passerelle.

Autour d'eux, c'était un vrai carnage : les vitres avaient volé en éclats, les écrans du radar et du contrôle de navigation gisaient en miettes. Une fumée âcre s'échappait encore des appareils électroniques fracassés et tout au fond gisait le corps ensanglanté de Gomez.

— Je lui avais laissé une chance, mais il n'a pas voulu la saisir.

Dirk hocha la tête puis regarda par la vitre brisée du navire maintenant sans pilote. L'*Adélaïde* était sur le point de franchir le goulet de la crique mais un mur de rochers et de palétuviers lui barrait le passage.

— Il y a des rochers devant ! hurla-t-il en se précipitant vers la barre.

— Ils sont faux, répondit Pitt. Ils font partie du camouflage.

Quelques secondes plus tard, sans la moindre secousse, l'*Adélaïde* passa tranquillement dans le décor. Par un hublot, Dirk vit un gros rocher en mousse plastique s'éloigner au fil de l'eau.

Le goulet franchi, l'*Adélaïde* fendit rapidement les eaux du lac Gatun. Une grande grue flottante traversait le canal en direction du nord tandis que deux pétroliers et un porte-conteneurs amorçaient un virage vers le sud. Pitt vint se planter derrière la barre et régla l'accélérateur sur la vitesse maximale.

— On ne retourne pas avec les autres ? demanda Dirk.

Pitt fixait du regard le porte-conteneurs qui disparaissait au détour du chenal.

— Non. Nous avons encore un navire à rattraper.

71

Bolcke était planté derrière la grande baie vitrée de la passerelle du *Salzburg*. À l'horizon, des nuages de fumée noire montaient des bâtiments. Tout cela par la faute de ce prisonnier évadé qui avait lancé une grenade fumigène sur le perron de sa résidence !

Pablo avait raison. La somme qu'il toucherait pour la vente de la technologie du *Sea Arrow* lui laisserait largement de quoi reconstruire de nouvelles installations pour extraire des métaux rares. D'ailleurs, il avait déjà commencé des travaux sur un site à Madagascar ; il pourrait sans problème les poursuivre. Certes il perdrait des mois d'activité commerciale à une période critique du marché des minerais. Une fois à l'abri en Colombie, il enverrait Pablo à la poursuite du prisonnier pour qu'il lui rapporte sa tête sur un plateau.

Il se retourna tandis que le *Salzburg* abordait un rétrécissement du lac Gatun appelé le Cheval de Gamboa.

— On est loin de l'écluse ?

Pablo se retourna.

— À peu près à douze milles de Pedro Miguel.

Lisant la colère sur le visage de Bolcke, il précisa :

— J'ai envoyé un message radio. Le directeur du transit de l'écluse nous attend. Il n'y aura pas de problème.

Sur la radio de la passerelle, retentit la voix du pilote d'un pétrolier pestant contre un navire qui l'avait doublé sur le lac. Ignorant ces récriminations, Bolcke et Pablo contemplaient sur le pont inférieur le moteur du *Sea Arrow* recouvert d'une bâche et dissimulé derrière une pile de conteneurs.

À deux milles derrière eux, le pilote du pétrolier se répandait toujours en insultes contre le gros cargo qui lui avait coupé la voie.

« Dans cette section du canal, la vitesse maximale est de huit nœuds, pauvre cloche », envoya-t-il par radio.

De la passerelle de l'*Adélaïde*, Pitt ne pouvait rien entendre puisque la radio de bord avait été détruite lors de son échauffourée avec Gomez. Il ignorait également à quelle vitesse il filait car les instruments de navigation ne fonctionnaient pas non plus, mais il se doutait bien que le navire avançait certainement à plus des huit nœuds réglementaires.

Débarrassée de toute sa cargaison et de la plus grande partie de son carburant, l'*Adélaïde* avait des ailes. Pitt, poussant les machines à fond, devait atteindre près de vingt nœuds. Il s'intéressa au navire suivant : un immense pétrolier de la Dutch Panamax, construit selon les normes imposées par les écluses du canal et mesurant au moins trois cents mètres.

Le chenal s'était encore rétréci lorsque Pitt rejoignit le navire hollandais pour le doubler. L'*Adélaïde* allait se glisser à bâbord lorsque apparut un porte-conteneurs bleu qui faisait route dans la direction opposée.

Dirk estima la distance qu'il lui fallait pour doubler le pétrolier et secoua la tête.

— Pas moyen de le dépasser avec ce porte-conteneurs juste derrière.

Il s'attendait à voir son père ralentir et se ranger derrière le pétrolier en attendant de pouvoir passer. Mais Pitt, imperturbable, n'avait manifestement pas l'intention de ralentir.

Dirk regarda son père avec un sourire tout en secouant la tête.

— Nous n'allons pas nous faire des amis.

Le pilote du porte-conteneurs avait remarqué que l'*Adélaïde* se trouvait sur sa route et envoyait des messages furieux pour lui demander de dégager le passage. Mais sans résultat.

Pitt se rapprochait du pétrolier dont la monstrueuse longueur rendait l'opération interminable. Devant lui, le pétrolier et le porte-conteneurs commençaient à se croiser. Pitt avait estimé que la largeur du canal à cet endroit permettait aux trois navires de passer de front, mais ne savait pas si le chenal était assez profond pour cela. Comme il occupait la position centrale, celle où il y avait le plus de fond, il ne s'en souciait guère.

Le pilote du pétrolier s'efforça de ralentir au maximum son navire et serra autant que possible sur la droite mais, parce qu'il avait le plus fort tirant d'eau, il ne voulait pas se rapprocher trop près de la berge. C'était donc au pilote du porte-conteneurs de prendre tous les risques.

Pitt vint se coller au flanc du pétrolier pendant que le porte-conteneurs arrivait dans la direction opposée. Une collision semblait inévitable.

Pitt et Dirk se préparèrent au choc. Leur horizon totalement bouché par l'entassement des conteneurs, ils voyaient seulement l'étrave foncer droit sur eux. Le pilote décida sagement qu'échouer son navire contre la berge serait moins périlleux qu'une collision et donna un violent coup de barre de côté pour laisser passer Pitt.

Les deux navires se frôlèrent. La coque du porte-conteneurs racla le fond et l'hélice souleva des tonnes de boue. Le pilote et les officiers de pont déversèrent un torrent d'insultes lorsque les deux navires se croisèrent. Pitt se contenta de sourire et de les saluer de la main.

— On va te retirer ton brevet de pilote après un coup pareil, fit Dirk.

— Imagine un peu leur tête quand ils découvriront que je n'en ai pas.

Le chenal se rétrécissait dans un virage, masquant en partie la silhouette du *Salzburg*. Sur la passerelle, Bolcke et Pablo tressaillirent en entendant à la radio la dernière volée d'insultes en provenance du porte-conteneurs.

— Le *Labrador*! hurlait le pilote après avoir repéré le nom repeint à l'arrière de l'*Adélaïde*. Je vais officiellement porter plainte auprès des autorités du canal à Colon.

En entendant ce nom, Bolcke sursauta.

— Le *Labrador*. C'est le nom du navire détourné que nous avons laissé à quai.

Il saisit des jumelles et se précipita vers le hublot arrière. Pas d'erreur possible : ce gros cargo en train de doubler le pétrolier hollandais, à un mille derrière eux, était bien l'*Adélaïde*.

Il pâlit.

— Ils nous poursuivent, dit-il à Pablo.

Celui-ci examina tranquillement l'écran du moniteur.
— Nous devrions sans problème franchir les écluses avant eux. Sinon, ajouta-t-il d'un ton glacial, nous leur ferons regretter de nous avoir pris en chasse.

72

La Coupe Gaillard était une vallée artificielle constituant la section la plus dangereuse du canal. Longue d'un peu plus de douze kilomètres, elle franchissait la ligne de partage des eaux de l'isthme, et avait représenté la plus grosse difficulté rencontrée par les ingénieurs lors de la construction. Au prix de travaux herculéens, on avait ouvert une tranchée, profonde par endroits de quatre-vingts mètres, creusée à la pioche et parfois avec des pelles mécaniques à vapeur difficiles à manier. Des milliers d'hommes y avaient perdu la vie, certains à cause d'accidents ou de glissements de terrain, mais la plupart emportés par la fièvre jaune ou la pneumonie.

On oublia l'ampleur de l'exploit lorsqu'en 1914 on libéra les eaux du canal pour inonder la tranchée. Une apparente tranquillité dissimulait les courants sournois qui faisaient de ce passage un véritable défi pour la navigation.

Pitt aborda la Coupe sans se soucier du panneau qui recommandait aux gros navires une vitesse maximale de six nœuds. Il ressentait les effets du courant quand, par moments, l'arrière du cargo dérivait d'un côté ou de l'autre, mais refusait de ralentir. Maintenant il distinguait nettement le *Salzburg* à un demi-mille devant lui.

Pablo avait donné l'ordre au capitaine d'augmenter la vitesse, mais le *Salzburg* perdait un temps précieux. Se retournant vers l'*Adélaïde*, il se rendit compte qu'il allait devoir prendre l'initiative des opérations.

Lorsque Pitt remarqua que des hommes se rassemblaient sur le pont du *Salzburg*, il passa la barre à Dirk.

— Sache bien, fit Dirk, que je n'ai encore jamais piloté un navire de cette taille.

— C'est plus facile que de conduire une Duesenberg. Veille simplement à éviter la berge. Je reviens tout de suite.

Comme ils approchaient du *Salzburg*, Dirk vit trois hommes à l'avant en train de disposer sur le pont un objet ressemblant à un grand disque de radar. Ils le firent rouler devant les conteneurs et l'installèrent de façon à le braquer sur l'*Adélaïde*.

Quelques instants plus tard, Pitt regagnait la passerelle. Dirk resta abasourdi en découvrant son père vêtu d'une combinaison protectrice en tissu argenté identique à celles qu'on utilise pour manipuler les matériaux dangereux de niveau A.

— Qu'est-ce que c'est que ce déguisement?

— Nous les avons emportés par précaution quand nous avons embarqué, expliqua Pitt. Les navires de Bolcke sont équipés d'un ADS qu'on utilise pour disperser les manifestants, seulement le leur a des effets mortels. Ils en ont probablement un à bord du *Salzburg*.

— Tu veux parler de ce disque à la proue?

Pitt désigna l'Active Denial Sytem braqué droit vers eux et lança une combinaison à Dirk.

— Vite, enfile ça.

Dirk était en train de s'exécuter quand il ressentit sur son dos une impression de brûlure.

— Ils ont dû le brancher, dit-il en s'empressant de faire coulisser la fermeture de sa combinaison.

Pitt éprouvait la même impression de chaleur intense sur son visage. Il rabattit précipitamment le capuchon avec sa visière transparente et reprit la barre.

— Reste derrière la cloison, dit-il d'une voix un peu étouffée par le masque.

Il vira à fond sur tribord, sentant toujours cette même chaleur sur la poitrine et sur les bras. Debout derrière la vitre fracassée de la passerelle, il était juste dans la ligne de tir. La combinaison de protection atténuait les effets mais ne les annulaient pas totalement.

Installé à la proue du *Salzburg*, l'appareil devait être braqué à bâbord pour atteindre l'*Adélaïde*. Pour éviter les rayons, il devait prendre le chenal tout à fait à droite en s'abritant derrière le navire qui le précédait. C'est ce qu'il fit.

Bolcke regarda l'*Adélaïde* changer brusquement de cap.

— Tu l'as eue. Elle vire vers la berge.

— L'opérateur signale avoir touché la passerelle de plein fouet, dit Pablo.

Ils virent alors l'*Adélaïde* changer une nouvelle fois de cap. Elle progressait légèrement plus vite qu'eux et se rapprochait de l'arrière du *Salzburg*.

— On dirait, fit Bolcke, qu'ils cherchent à nous éperonner.

Pablo regarda l'écran du moniteur et constata qu'ils allaient bientôt approcher du premier des bassins de Pedro Miguel.

— Il faut absolument nous débarrasser d'eux avant d'être en vue des écluses.

Il échangea quelques mots avec le capitaine, puis quitta la passerelle.

Bolcke, le regard fixé sur la vitre arrière, suivait la marche de leur poursuivant.

Pitt maintenait avec l'autre navire un écart prudent. Il avait un moment espéré arriver au niveau du *Salzburg* pour le forcer à toucher la berge, mais l'apparition de l'ADS sur le côté bâbord l'avait contraint à y renoncer. Il réfléchissait à ce qu'il pourrait faire quand le *Salzburg* pivota devant lui.

Sur ordre de Pablo, le capitaine avait viré à bâbord toute. Les opérateurs de l'ADS braquèrent aussitôt leur rayon sur la passerelle de l'*Adélaïde*. Pitt sentit sur sa peau le picotement familier mais ce qu'il vit auprès de l'appareil lui fit froid dans le dos : le long du bastingage, Pablo et un autre homme tenaient chacun sur l'épaule un lance-grenade. Un instant plus tard, ils firent feu.

— Évacuez la passerelle ! cria Pitt tandis que les projectiles volaient vers eux.

N'ayant pas le temps de s'enfuir, il se jeta sur le plancher, donnant au passage un grand coup de pied pour faire virer la barre pendant que Dirk sautait dans l'escalier.

La première grenade frappa la paroi d'acier de la superstructure de l'*Adélaïde*, juste sous la passerelle. Elle retomba sur le pont et explosa sans faire de dégâts sur un panneau d'écoutille.

C'était Pablo qui avait tiré la seconde grenade et avait mieux visé. Elle passa par la vitre brisée juste au-dessus de la tête de Pitt. Son angle d'entrée l'envoya rouler contre le plafond de la cloison arrière où elle explosa. Le choc ébranla toute la structure et mit le feu à la passerelle qui s'embrasa aussitôt.

Observant la scène depuis le pont du *Salzburg*, Pablo eut un large sourire. Personne ne pouvait survivre à pareil enfer.

73

Ce fut un miraculeux concours de circonstances qui sauva la vie de Pitt. D'abord, la grenade vint ricocher sur la cloison pour exploser devant une console de navigation : les éclats s'abattirent sur l'ordinateur sans le traverser. La pluie de débris épargna donc Pitt qui se trouvait derrière le socle et sa combinaison de protection le protégea du jet de flammes qui accompagna l'explosion et balaya la passerelle. Le souffle le secoua et lui coupa la respiration, cependant, il se remit debout sans mal quand Dirk revint le dégager.

— Ça va ? lui demanda-t-il.

Ses oreilles sifflaient encore et ce fut à peine si Pitt l'entendit.

— Ça va, mais attention à l'abordage ! hurla-t-il pour se faire entendre.

À peine avait-il crié ces mots qu'un choc ébranla la proue. Pitt et Dirk se cramponnèrent à la cloison. Le navire stoppa brutalement.

Lorsqu'il était tombé, Pitt avait d'un coup de pied tourné la barre à bâbord toute, coupant ainsi la route au *Salzburg* et le coinçant dans l'étroit chenal. Le pilote avait bien tenté d'éviter l'*Adélaïde*, mais Pitt avait été trop rapide.

C'est donc sous le regard incrédule de Bolcke que l'*Adélaïde*, dont la passerelle n'était plus qu'un amas de décombres calcinés, fonça sur eux comme guidée par une main invisible. Le *Salzburg* avait effectué la moitié de son demi-tour lorsque la proue de l'*Adélaïde* l'éperonna par le travers et, dans un terrible grincement d'acier, ouvrit dans le *Salzburg* une brèche de près de six mètres, laissant l'eau s'engouffrer à l'intérieur. Si l'*Adélaïde* avait navigué à pleine charge, la pression sur la coque aurait coupé le cargo en deux. La collision enfonça quand même les plaques sur tout le côté.

Les conteneurs entassés sur le pont du *Salzburg* dégringolèrent les uns après les autres, certains basculant dans le canal après avoir défoncé la rambarde à tribord. Côté bâbord, deux caissons vides tombèrent sur l'ADS, écrasant d'un coup le disque et les deux opérateurs qui le faisaient fonctionner. Pablo regarda un autre conteneur glisser sur le côté, coinçant au passage la jambe de l'homme au lance-grenade. Il hurla pour que Pablo vienne à son secours, mais, impuissant, il s'éloigna sans dire un mot.

Les deux navires étaient mortellement blessés, mais le *Salzburg* paraissait manifestement le plus atteint. Il donnait rapidement de la bande à bâbord et, les uns après les autres, les conteneurs basculaient dans l'eau. Le bateau s'enfonçait de plus en plus à mesure que les eaux du canal envahissaient le pont principal. Il n'allait pas tarder à couler.

Pablo se précipita dans la passerelle où Bolcke, pétrifié, contemplait les dégâts. Pablo passa devant lui et courut jusqu'à un placard fermé à clef qu'il ouvrit d'un coup de pied. À l'intérieur se trouvait le sac en plastique contenant les plans du *Sea Arrow* dessinés par Heiland.

— Où est le capitaine ? demanda-t-il. Il faut quitter le navire.

— Il est allé avec le chef mécanicien.

— Nous n'avons pas de temps à perdre, il faut prendre la chaloupe. Suivez-moi.

Il prit le sac et sortit, Bolcke sur ses talons. Arrivés sur le pont principal, ils se précipitèrent vers le bastingage tribord où était suspendue une embarcation de sauvetage. Pablo y jeta le sac puis lança sèchement à Bolcke :

— Montez. Je vais vous descendre dans l'eau et je sauterai pour vous rejoindre.

Bolcke obéit. Pablo saisit la poignée du treuil et il commençait à descendre la chaloupe quand Bolcke l'arrêta.

— Regarde !

Au pied de la superstructure de l'*Adélaïde* se dressaient deux hommes en combinaison de protection. L'un était couvert de suie, Pablo vit que l'autre brandissait un revolver.

— Je sais comment les retarder.

Il laissa brutalement tomber la chaloupe dans l'eau, puis détacha la bouline pendant que Bolcke libérait le câble du treuil. Pablo se précipita alors vers les cabines et déverrouilla celle où était enfermée Ann.

Pour une fois, elle fut contente de le voir. Sans bien savoir ce qui se passait, elle avait compris que le navire coulait et craignait qu'on la laisse se noyer dans sa cabine.

— On s'en va !

Pablo la saisit par les menottes qui enserraient ses poignets et l'entraîna dans la coursive.

Arrivée sur le pont principal, elle fut abasourdie de voir l'énorme masse de l'*Adélaïde* encastrée dans le flanc du *Salzburg* qui gîtait dangereusement.

Pablo, pataugeant dans l'eau jusqu'aux chevilles, traîna Ann jusqu'à la rambarde bâbord. Il s'arrêta devant un conteneur isolé qui avait glissé sur le côté et enfoncé au passage une section du bastingage. Pablo s'assura qu'il était un peu à l'écart puis, poussant Ann près du conteneur, prit une clef dans sa poche et lui retira une des menottes.

Elle se laissa faire, prenant un air soumis. Puis, brusquement, elle fit un pas en avant et leva son genou, manquant de peu l'entrejambe de Pablo.

Il riposta aussitôt, la giflant à toute volée, ce qui la fit trébucher. Il saisit alors son poing encore menotté, la tira sans douceur sur le pont et referma la menotte libre sur une boucle à la base du conteneur.

— Je suis navré que les choses aient mal tourné, dit-il. Surtout, n'oublie pas de faire signe à tes amis.

Il s'avança sur le pont, et se baissa soudainement en entendant le claquement métallique d'une balle sur le conteneur placé derrière lui. Il hâta le pas, se retourna et aperçut un homme appuyé au bastingage de l'*Adélaïde* qui tirait sur lui. Pablo disparut derrière une rangée de conteneurs alors que deux coups de revolver retentissaient encore.

Dégoûté d'avoir manqué sa cible, Dirk abaissa son SIG-Sauer au moment où son père venait le rejoindre. Ils s'étaient tous deux débarrassés de leur encombrante combinaison protectrice et dégoulinaient de sueur.

— Il y a une femme attachée à un conteneur, annonça Dirk. J'ai tiré sur le type qui l'a amenée, mais je l'ai manqué.

Pitt regarda la femme aux cheveux blonds coupés court, affaissée au pied d'un caisson.

— C'est Ann.

Le soulagement qu'il éprouvait en la voyant en vie disparut vite quand il réalisa la situation précaire du *Salzburg*. L'*Adélaïde* l'avait éventré, l'eau s'infiltrait rapidement par la brèche ouverte et Pitt se rendit compte que le porte-conteneurs allait chavirer avant même de couler.

— Voyons si nous pouvons la tirer de là.

Il courut vers l'avant de l'*Adélaïde* qui restait coincé dans la coque broyée du *Salzburg*, se fraya un passage au milieu des plaques d'acier déchiquetées et sauta dès qu'il le put sur le pont du *Salzburg*. Se faufilant entre les conteneurs épars, Pitt arriva enfin près d'Ann qui lui lança un regard incrédule.

— Que faites-vous ici ?

— J'ai appris que vous vouliez partir en croisière sans moi, dit-il calmement.

Elle était encore trop terrorisée pour sourire.

— Vous pouvez me détacher ?

Ann était assise sur le pont, la main coincée sous l'eau qui avait déjà atteint son coude lorsque, dans un grand crissement, le conteneur se déplaça de quelques centimètres vers la rambarde, entraînant Ann dans sa glissade.

— C'est une menotte ? demanda Pitt.

Elle hocha la tête.

Dirk les avait rejoints. Ils se mirent tous deux en quête d'un outil pour la libérer mais durent bientôt déchanter. Le temps leur manquait car la moitié de la coque du navire était maintenant sous l'eau.

— Le bateau va basculer d'une minute à l'autre, murmura Dirk. Je ne vois pas comment la détacher.

Dirk acquiesça et jeta un coup d'œil à l'*Adélaïde*.

— Tu as raison, dit-il avec un sourire. Il va falloir les sauver tous les deux.

74

L'*Adélaïde*, comme le *Tasmanian Star* au Chili, était équipée de son propre convoyeur pour charger et décharger la cargaison. Il était monté côté tribord, juste au-dessus de l'endroit où se tenait Pitt.

Escaladant la proue défoncée du cargo, Pitt se précipita vers le poste de contrôle situé auprès du tapis roulant. La collision n'avait pas endommagé le moteur auxiliaire du navire et le générateur installé sous le pont bourdonna dès que Pitt le testa. Le convoyeur n'était qu'un large tapis roulant qu'on pouvait à volonté déplacer devant chaque cale pour les remplir ou les vider. De l'autre côté du pont, des grues étaient utilisées pour extraire le minerai de la cale et le déposer sur le tapis roulant.

Pitt mit en marche le convoyeur qu'il plaça devant la cale numéro un. Il manipula les commandes pour bien comprendre le fonctionnement de l'engin puis il le fit pivoter vers le conteneur auquel Ann était attachée.

Debout à côté d'elle, Dirk le guidait. Un profond grondement monta soudain des entrailles du navire : le *Salzburg* commençait à sombrer et les conteneurs glissaient pêle-mêle sur le pont dont l'inclinaison à bâbord ne cessait de s'accentuer, le flanc tribord du navire se dressant lentement.

Pitt bloqua le tapis roulant aussi loin que possible vers le bas et le mit en marche. Il ne voyait maintenant qu'un amoncellement de conteneurs qui flottaient, tandis qu'à l'arrière le capitaine et une poignée d'hommes d'équipage se jetaient à l'eau pour ne pas sombrer avec le navire qui chavirait.

Matériel, provisions et restes de la cargaison culbutaient en tous sens lorsque le navire se détacha brusquement de l'*Adélaïde*. La quille en l'air, il dériva une ou deux minutes puis s'enfonça dans les eaux du canal.

L'extrémité du convoyeur de l'*Adélaïde* plongea à son tour dans l'eau et Pitt crut que sa manœuvre avait échoué. Le tapis se mit à trembler, une bande beige apparut à la surface et quelques instants plus tard, un conteneur bringuebalant émergea, suivi d'Ann et de Dirk cramponnés au tapis roulant.

L'eau qui balayait le convoyeur fit passer le conteneur par-dessus la rambarde. Pitt stoppa le moteur de la machine.

— Belle prise, fit Dirk, même si je ne m'attendais pas à un bain en prime.

Il se laissa tomber sur le pont tandis qu'Ann sautait auprès de lui.

— Ça va ? demanda Pitt.

— J'ai cru que mon bras allait se démancher mais oui, ça va, fit-elle en ébouriffant ses cheveux trempés.

Dirk tendit le SIG-Sauer à son père qui, après l'avoir secoué pour en faire tomber l'eau, appuya le canon contre la menotte d'Ann. La balle trancha la chaîne et libéra Ann.

— J'aurais voulu le faire plus tôt, mais vous étiez trop loin quand nous vous avons repérée.

— Et puis j'aurais manqué la balade, dit Ann, souriant pour la première fois depuis des jours.

Elle se releva et regarda l'endroit du canal où le *Salzburg* avait disparu.

— Le moteur du *Sea Arrow* était à bord.

— Maintenant, ils ne l'ont plus, dit Pitt.

— Mais ils ont les plans, fit-elle remarquer. J'ai vu Pablo partir avec.

Pitt acquiesça. Il avait aperçu Bolcke et Pablo s'enfuir à bord de la chaloupe.

— Il n'y a qu'un seul endroit où ils peuvent aller.

Pitt en effet avait trouvé et examiné une carte du canal : il savait que la prochaine écluse n'était pas loin.

Dirk traversait déjà le pont, se dirigeant vers un canot pneumatique protégé par une bâche. En quelques minutes, il le fit passer par-dessus le bastingage puis le mit à l'eau, Pitt et Ann à peine installés. Il plongea alors depuis l'*Adélaïde* pour les rejoindre à la nage. Pitt mit le moteur en marche et bientôt, ils filaient sur les eaux du canal.

Le chenal s'incurvait pour franchir la petite colline de Gold Hill qui marquait la ligne de partage des eaux, puis reprenait une route droite. Deux milles plus loin apparaissaient les écluses de Pedro Miguel. Pablo était déjà arrivé et allait aborder le bassin nord dont les portes avaient été ouvertes pour laisser passer le *Salzburg*.

Pablo se plaça devant l'îlot central qui séparait les deux écluses. Il aida deux ouvriers à attacher les câbles d'amarrage à l'avant et à l'arrière de la chaloupe avant de sauter à terre. Bolcke était resté à bord pendant que les éclusiers halaient à la main la frêle embarcation, car les petites locomotives n'étaient utilisées que pour manœuvrer les plus grands bateaux.

Pablo se dirigea vers le poste de contrôle, un bâtiment blanc de plusieurs étages construit au milieu de l'île et abritant les bureaux de la gestion des bassins.

Un surveillant bourru, un registre à la main, l'accueillit.

— Ça n'est pas un vraquier de cent mètres.

— Nous avons eu un accident et nous devons continuer tout de suite. M. Bolcke paiera le triple du droit de péage habituel si vous le faites passer.

— C'est lui qui est dans la chaloupe ?

Pablo acquiesça.

— Ça fait un moment que je ne l'ai pas vu.

Il prit la radio accrochée à sa ceinture et appela le contrôle. Une minute plus tard, les lourdes portes de l'écluse commencèrent à se fermer. Bientôt, l'eau du bassin s'écoulerait par le bas, pour amener le bateau au niveau de la section suivante du canal.

— D'ici dix minutes, vous pourrez passer, dit le surveillant.

Pablo jeta un coup d'œil aux portes qui se refermaient. Un petit canot pneumatique approchait à vive allure avec trois passagers à son bord : deux hommes et une femme blonde aux cheveux coupés court. Ann Bennett.

— Une seconde, dit-il en désignant le canot. Ce sont ces trois-là qui ont attaqué et coulé notre navire. Considérez-les comme de supposés terroristes et retenez-les au moins pendant une heure.

L'homme regarda l'embarcation.

— Ils n'ont pas vraiment l'air de terroristes.
— Il y a un supplément de dix sacs pour vous.
Un grand sourire éclaira le visage du surveillant.
— Vous savez, dit-il, il m'est arrivé de me tromper. Mes respects à M. Bolcke.
Pour toute réponse, Pablo lui tourna le dos et l'homme partit d'un pas guilleret vers le navire suivant qui attendait son tour.

75

Alors que les portes du bassin nord se refermaient pour accueillir la chaloupe de Bolcke, celles du bassin sud s'ouvraient devant un cargo qui arrivait dans la direction opposée. Pitt, à bord de son canot, se glissa devant le gros navire et pénétra dans le bassin. Il se dirigea vers le poste de contrôle et s'arrêta devant le quai où le surveillant attendait, deux gardes armés à ses côtés. Dans l'autre bassin, le niveau de l'eau avait déjà baissé de plusieurs mètres, si bien qu'il avait du mal à voir l'équipage du canot pneumatique.

Dirk sauta sur le quai en tenant solidement la bouline du canot pour qu'Ann puisse descendre, puis il se tourna vers le surveillant.

— Vous voyez la chaloupe avec deux hommes à bord, dit-il en désignant l'embarcation qui se trouvait dans l'autre bassin. Il faut que vous l'empêchiez de passer.

— Je crois bien que c'est plutôt l'inverse, répondit le fonctionnaire. Gardes, arrêtez-les.

Au même instant, Pitt avait aperçu Pablo qui sortait du poste de contrôle et marchait sur le quai. Entendant les gardes appréhender Dirk et Ann, il ouvrit à fond la manette des gaz du canot. Dirk lâcha immédiatement la bouline et le petit canot démarra à toute allure.

Pablo avait presque parcouru les cinquante mètres qui séparaient le poste de contrôle des portes avant de l'écluse quand il entendit la pétarade du canot pneumatique. Il regarda derrière lui et eut un choc en voyant Pitt qui d'une main tenait la barre et de l'autre pointait vers lui son SIG-Sauer.

N'ayant pas d'arme, Pablo se tourna vers les gardes du poste de contrôle pour demander de l'aide, mais ils étaient occupés à maîtriser Ann et Dirk et ne firent aucun effort pour prendre Pitt en chasse. Leur fidélité chèrement achetée n'allait pas jusque-là.

Il était encore à quelques mètres de la chaloupe lorsque Pitt vira pour lui couper le passage. Sur le quai, Pablo repéra un bout de rail endommagé qu'une équipe d'ouvriers avait abandonné après avoir réparé un tronçon de voie. Il ramassa la barre de fer forgé d'environ deux mètres et s'avança.

Pitt passa devant lui et tourna le canot vers le quai. Il sauta à terre sans remarquer l'arme improvisée que dissimulait Pablo et braqua sur lui son revolver.

Mais la fatigue avait ralenti ses réflexes et il réagit trop tard quand Pablo brandit son morceau de rail. Il visa mais, lorsqu'il pressa la détente, sa main fut déviée par le bout de ferraille qui l'avait atteinte. La balle partit en l'air et le revolver tomba à l'eau.

Pitt évita un swing, mais écopa d'un crochet dans les côtes qui le fit tituber. Il parvint à rester debout et recula tandis que Pablo revenait à la charge, maniant le morceau de rail comme une faux.

— Tu es venu bien loin pour crever.

— Pas assez loin, je pense, répliqua Pitt.

Pitt esquiva de peu un nouvel assaut, il avait déjà presque atteint les portes de l'écluse et la chaloupe amarrée au bout du quai. Le bassin se vidait rapidement, le niveau de l'eau avait baissé de plus de six mètres. Un coup d'œil lui suffit pour constater que c'était trop pour sauter.

Pablo se rendit compte que son adversaire était aux abois. Il s'approcha en brandissant son bout de rail pour l'achever.

Par chance, Pitt s'aperçut que les bras de Pablo commençaient à fatiguer sous le poids de cette barre d'acier. Il décida de prendre l'offensive. Il recula au moment où Pablo allait le frapper mais, au lieu de continuer à battre en retraite, il prit solidement appui sur ses pieds et bondit en avant.

En voyant Pitt foncer sur lui, Pablo plaqua la barre contre sa poitrine. Pitt en profita pour lui faire perdre l'équilibre. Il saisit aussitôt le rail auquel Pablo se cramponnait toujours et poussa de toutes ses forces.

Pablo fit un pas en arrière pour recouvrer son équilibre, mais Pitt l'avait poussé sur le bord du quai et, quand il voulut poser un pied derrière lui, il ne trouva que le vide. Il dégringola du quai, entraînant Pitt dans sa chute.

Au pied du poste de contrôle et toujours sous la menace du fusil des gardes, Dirk et Ann avaient suivi le combat et vu les deux hommes tomber dans le bassin avec un grand plouf. Ils attendaient maintenant de les voir refaire surface. Comme les remous commençaient à se calmer, ils se mirent à compter les secondes avec une appréhension grandissante.

Une minute s'écoula sans qu'aucun des deux hommes ne remonte à la surface.

76

En tombant sur le dos, Pablo avait eu la respiration coupée et l'impression d'avoir heurté un bloc de ciment.

Quant à Pitt, il avait plongé sans trop de dommages. Il détendit énergiquement les jambes pour enfoncer plus profondément son adversaire sous l'eau, estimant que son expérience de plongeur lui permettrait de tenir plus longtemps que Pablo. Il s'accrocha donc au morceau de rail et poussa le plus possible vers le fond.

Concentré sur cet effort, Pitt ne remarqua pas que le tourbillon de l'eau l'attirait irrésistiblement et il fut bientôt surpris de sentir un bourdonnement dans ses oreilles.

De son côté, alors qu'il se remettait du choc, Pablo voulut se dégager de la barre d'acier avec laquelle Pitt le bloquait. Il se débattait frénétiquement lorsqu'il réalisa qu'il allait étouffer.

Par un phénomène étrange, au lieu de remonter, Pablo se sentait aspiré par une force invisible. De son côté, Pitt, qui avait de plus en plus mal aux oreilles, comprit qu'ils étaient happés vers le bas.

Les deux hommes étaient tombés dans l'écluse juste au-dessus d'un des puits de vidange qui parsemaient le fond du bassin. Lorsqu'on ouvrait les vannes, l'eau du bassin s'engouffrait dans un conduit latéral qui en alimentait un autre, plus large, de près de six mètres de diamètre. Cette énorme canalisation se déversait ensuite dans le lac Miraflores.

En surface, le mouvement de l'eau était à peine visible, mais au fond du bassin, c'était un maelström qui entraînait tout. Pitt lâcha le rail et essaya de battre des pieds pour remonter à la surface, mais la succion de l'eau était trop puissante et il dut se cramponner de nouveau au morceau de rail.

L'aspiration de l'eau se faisait plus forte, les attirant irrésistiblement vers l'ouverture béante du puits. Pablo luttait frénétiquement. Bientôt ses jambes et son torse furent aspirés dans le conduit. Le bout de rail allait à son tour être entraîné quand, à la dernière seconde, Pitt le dévia d'un coup de reins et le bloqua en travers de la paroi circulaire du puits, arrêtant du même coup les deux hommes qui, dans la secousse, faillirent lâcher prise.

Le choc déséquilibra Pitt dont les jambes se trouvèrent aspirées dans le puits. Le reste du corps suivit et il se trouva comme Pablo cramponné au morceau de rail au-dessus de leur tête, tandis que des milliers de litres d'eau déferlaient sur eux. Plus question maintenant de se battre, chacun luttait pour sa vie.

Leur chute n'avait duré qu'une demi-minute mais, épuisés, les deux hommes commençaient à manquer d'air. Pablo s'était efforcé de retenir son souffle depuis qu'il était tombé à l'eau, son cœur maintenant battait à tout rompre et il avait l'impression d'avoir la tête prise dans un étau. Convaincu qu'il allait se noyer, il s'affola.

Accroché à quelques centimètres de lui, Pitt voyait Pablo, les yeux exorbités, et le visage crispé par la terreur.

Le désespoir l'emporta : Pablo lâcha le bout de rail, battit des pieds et des mains et tenta de remonter à la surface.

Il n'avait aucune chance d'y parvenir.

Il fut entraîné devant Pitt par le tourbillon et disparut dans les profondeurs du puits.

Ce qu'il vit ne fit que renforcer la résolution de Pitt, qui concentra tous ses efforts pour rester cramponné au rail en essayant de ne penser ni à la peur qui l'envahissait ni au besoin irrésistible de respirer. Il savait que les écluses se remplissaient ou se vidaient très rapidement... Lorsqu'ils étaient tombés dans le bassin, le niveau de l'eau avait déjà baissé de plus de six mètres, Pitt se dit que le drainage de l'écluse ne devrait plus tarder à se terminer.

Ses doigts commençaient à s'engourdir, il avait l'impression que l'aspiration de l'eau se faisait encore plus forte. Il entendit un bang : c'étaient les valves à l'intérieur des puits d'écoulement qui se fermaient. L'eau cessa de l'entraîner.

D'abord incrédule, Pitt tira sur le bout de rail et se sentit remonter. Il lâcha prise, donna de grands coups de pied en exhalant profondément. Il était encore à dix mètres de profondeur, mais il eut tôt fait de retrouver la surface, aspirant goulûment l'air humide qui l'accueillait.

Il reprenait ses esprits quand il entendit des cris en provenance du quai et, très proche, le rugissement d'un moteur qui démarrait. Les portes de l'écluse s'étant ouvertes, Bolcke manœuvrait pour sortir du bassin. Deux ouvriers du canal qui halaient les amarres aperçurent Pitt dans l'eau et appelèrent un des gardes.

Bolcke qui l'avait vu aussi, emballa le moteur sans se soucier des amarres qu'on lui lançait. La chaloupe bondit vers les portes ouvertes de l'écluse, laissant traîner dans l'eau le filin qui pendait à l'arrière.

Pitt réagit immédiatement. En quelques brasses, il s'empara de l'amarre qui se tendit et le remorquant dans l'eau tandis que le garde accourait en ordonnant à Bolcke de stopper. Sans obéir à ses injonctions, celui-ci poussa à fond la manette des gaz.

Pitt eut l'impression que ses bras se déboîtaient de leur articulation, mais il tint bon derrière la chaloupe qui fonçait.

En sortant de l'écluse, Bolcke jeta un coup d'œil derrière lui et poussa un juron en voyant qu'il traînait Pitt en remorque. Il lâcha les commandes, s'approcha de l'amarre et la détacha du taquet du pont.

Le filin jaillit par-dessus la rambarde, libérant la chaloupe.

77

Rudi, tu ferais mieux de descendre dare-dare.
— Bon, Hiram, j'arrive.

Gunn raccrocha son téléphone et se précipita. Plutôt que d'attendre l'ascenseur, il dévala l'escalier et, quelques secondes plus tard, arriva dans le centre informatique de la NUMA.

Yaeger trônait dans son fauteuil devant l'énorme écran vidéo sur lequel on voyait un cargo avancer lentement dans un étroit couloir.

— Qu'est-ce que tu as là ?
— Le canal de Panama. Les écluses de Pedro Miguel sont filmées par une des caméras de surveillance de l'Autorité du canal. J'ai enregistré leurs vidéos en attendant des nouvelles de Dirk et de Summer.
— Justement, j'attends leur appel.
— Vérifie les images que je viens d'enregistrer.

Une séquence montrait une petite embarcation qui s'engageait dans un des bassins. Quelques minutes plus tard, un canot pneumatique pénétrait dans le bassin parallèle et s'arrêtait devant le poste de contrôle.

Gunn examina les silhouettes qui descendaient du Zodiac.

— On dirait Ann et Dirk.

— Alors, c'est bien elle, dit Yaeger. Je n'étais pas sûr de l'avoir reconnue, mais j'ai tout de suite repéré Dirk.

Ils regardèrent le reste des séquences défiler, y compris le combat de Pitt avec Pablo, son plongeon dans le bassin et la façon dont il en était sorti. Les deux hommes n'en croyaient pas leurs yeux.

— Est-ce que ça pourrait être Bolcke dans la chaloupe ? demanda Yaeger.

— Oui, dit Gunn. Il doit toujours avoir les plans, sinon Pitt ne lui courrait pas après.

— Que fait-on ? demanda Gunn, l'air désemparé. Sandecker, nous ferions mieux d'appeler Sandecker.

78

Après son bref trajet derrière ce traîneau aquatique improvisé, Pitt sentit l'amarre se détendre dans sa main. Il reprit son souffle et regarda, impuissant, Bolcke foncer sur le lac.

Il avait été traîné sur une portion du lac Miraflores et à quelques mètres, il aperçut sur le rivage un appontement où était ancré un bateau qu'il atteignit en quelques brasses. C'était un petit remorqueur auxiliaire utilisé par l'Autorité du canal pour manœuvrer les navires de moindre tonnage.

Pitt se hissa à bord, détacha discrètement les amarres et s'éloigna de la rive, sans se soucier de l'équipage occupé à manœuvrer les portes de l'écluse. Il s'engagea sur le lac, le moteur poussé à fond, remarquant quelque chose qui flottait sur l'eau : le corps de Pablo, broyé après son passage dans les conduits de drainage.

Le remorqueur allait moins vite que la chaloupe, mais peu importait : le lac Miraflores avait moins de deux kilomètres de long. Bolcke ne pouvait pas échapper au regard de Pitt. De plus, s'il comptait s'enfuir à bord de son embarcation, il lui faudrait franchir une autre série d'écluses. Pitt, qui le suivait à quelque huit cents mètres, comprit vite que ce n'était pas ce que Bolcke comptait faire.

La chaloupe vint se ranger le long d'un gros cargo... Deux hommes au physique asiatique abaissèrent l'échelle de coupée et maintinrent l'embarcation le long de la coque. Bolcke tendit à l'un d'eux le sac contenant les plans du *Sea Arrow*, puis escalada les premiers barreaux.

Pitt s'approcha par l'arrière. Le cargo s'appelait la *Santa Rita* et Guam était son port d'attache. Lorsque Pitt fonça avec son remorqueur sur les hommes qui se trouvaient au milieu de l'échelle de coupée, Bolcke se retourna aussitôt.

L'homme qui portait la sacoche s'empressa de monter les dernières marches de l'échelle, pendant que son acolyte épaulait son fusil. Il examina soigneusement le remorqueur et tira d'abord un coup de semonce, visant un peu trop haut. Puis il braqua son arme sur Pitt qui comprit le message et s'éloigna du cargo.

Au moment où Bolcke arrivait à bord, Zhou s'approcha.

— Soyez le bienvenu, dit-il, un peu gêné.

Bolcke s'arrêta, pétrifié, et encore essoufflé d'avoir escaladé les barreaux de l'échelle.

— On a éperonné et coulé mon navire, attaqué et détruit mes installations. Nous avons perdu le moteur et Pablo, mon assistant, a été tué. Mais j'ai pu m'échapper avec les plans de supercavitation. Ils valent plus que le moteur lui-même.

Zhou regarda l'Autrichien, soulagé de constater qu'il ne le soupçonnait pas d'être responsable de la destruction de son complexe. Mais, bien que les plans aient été sauvés, Zhou considérait la perte du moteur du *Sea Arrow* comme un échec.

— Voilà qui change notre accord.

— Bien entendu. Mais nous pourrons en discuter plus tard. Pour le moment, il faut absolument franchir tout de suite les écluses de Miraflores.

Zhou acquiesça.

— Nous sommes les prochains à passer. Qui était dans le remorqueur ?

Bolcke regarda le petit navire qui s'éloignait.

— Juste un gêneur. Il ne peut plus nous arrêter maintenant.

79

Le gêneur en question avait dépassé la *Santa Rita* et réfléchissait au moyen d'arrêter le cargo pour récupérer les plans. Seul sur son remorqueur, Pitt n'avait pas grand choix. Il constata qu'à l'extrémité du lac, l'étroite voie navigable se partageait en deux : une branche sud menait à un petit barrage suivi d'un déversoir qui régulait le niveau d'eau du lac. Au nord se trouvaient deux jeux d'écluses également appelées Miraflores. Les portes d'un des bassins venaient juste de s'ouvrir pour laisser passer un grand paquebot de croisière tout blanc.

Pitt savait qu'intervenir sur les écluses ne mènerait à rien. Bolcke avait certainement acheté les responsables, comme il l'avait fait à Pedro Miguel. Toute tentative pour empêcher le passage du cargo se solderait par l'arrestation de Pitt. Il fallait trouver autre chose pour empêcher la *Santa Rita* de filer en pleine mer.

Pitt longea à petite vitesse le rivage remarquant, arrêtée près du barrage, une vieille péniche chargée de boue. Continuant, il vira devant les écluses, passa à proximité du paquebot blanc dont l'aspect lui semblait familier. Il recula pour vérifier le nom qui figurait sous le pont arrière légèrement endommagé, puis sourit : un plan s'esquissait dans son esprit.

— Splendide, marmonna-t-il sous cape. Tout simplement splendide.

80

— Commandant, vous avez un appel radio du remorqueur à bâbord.

Le commandant Franco traversa le pont et prit un téléphone portable que lui tendait l'officier.

— Ici le *Sea Splendour*, commandant Franco à l'appareil.

— Bonjour, commandant. Ici, Dirk Pitt.

Il passa la tête par le hublot de la timonerie et salua de la main la paquebot.

— Mon ami Pitt! Comme le monde est petit! Que faites-vous ici? Vous travaillez pour l'Autorité du canal?

— Pas exactement. Je me trouve dans une situation critique et j'ai besoin de votre aide.

— Bien entendu. C'est à vous que je dois mon navire et ma carrière. Que puis-je faire pour vous?

Pitt lui expliqua en bref la situation puis il raccrocha, l'air soucieux, pour rejoindre le pilote que le canal lui avait assigné et qui tenait la barre.

— Roberto, fit le commandant Franco avec un sourire forcé, on dirait que vous avez faim. Pourquoi ne descendez-vous pas au mess manger quelque chose? On vous appellera sur la passerelle quand nous approcherons des écluses de Pedro Miguel.

Le pilote sauta sur l'occasion. C'était un homme grisonnant qui luttait pour maîtriser une gueule de bois due à une consommation immodérée de rhum.

— Merci, commandant. Le chenal est large sur tout le trajet, vous ne devriez pas avoir de problèmes, dit-il en quittant la passerelle.

Le second regarda Franco.

— C'est tout à fait inhabituel, commandant. Que faites-vous ?

Franco se planta derrière la barre et jeta par le hublot un regard rêveur.

— Je termine une carrière qui aurait dû s'achever à Valparaiso, répondit-il calmement tout en manœuvrant pour que le paquebot fasse demi-tour.

Pitt éloigna le remorqueur du paquebot et mit le cap droit sur la vieille péniche en train d'effectuer des travaux de dragage. Pleine à ras bord d'une vase épaisse, elle naviguait très bas sur l'eau en attendant l'aide d'un remorqueur pour aller vider son chargement dans le Pacifique.

Pitt s'interposa entre elle et la rive, amarra le remorqueur à la rambarde de la péniche et sauta sur le pont. Arrivé à la proue, il repéra le filin d'amarre de la péniche, le libéra du taquet auquel il était attaché et le lança à l'eau, puis il regagna précipitamment le remorqueur et se mit au travail.

Il se positionna parallèlement au flanc de la péniche et la guida dans une eau plus profonde. Elle dériva près du chenal principal. Pitt alors recula, pour se placer à l'arrière où la coque était bien plate et poussa la péniche vers les écluses.

À quelques centaines de mètres de là, le navire chinois, la *Santa Rita*, était juste devant les écluses, attendant qu'une porte s'ouvre. Pitt jeta un coup d'œil par-dessus son épaule et vit le *Sea Splendour* utiliser ses propulseurs avant pour pivoter rapidement.

Ce paquebot – le *Sea Splendour* qu'il avait sauvé au Chili – devait, pour aider Pitt, bloquer l'entrée des écluses. Malheureusement la *Santa Rita* s'était déjà placée en position, ne laissant plus au paquebot une place suffisante pour intervenir. La solution alternative vers laquelle Pitt se tourna était bien plus audacieuse, pour ne pas dire téméraire. Puisqu'il ne pouvait empêcher la *Santa Rita* d'entrer dans l'écluse, eh bien, il l'empêcherait d'en sortir. Etant donné la configuration du lac Miraflores, il n'y avait qu'une façon d'y parvenir.

Il continua à pousser la péniche vers les écluses, puis vira au sud en suivant l'embranchement du chenal. Au lieu d'aller vers les écluses, le remorqueur et la péniche se dirigeaient maintenant vers le barrage construit à côté. Pitt vit aussitôt l'ombre de l'énorme paquebot s'abattre sur lui.

— *Sea Splendour* à votre disposition, crachota la radio.

— Bien reçu, *Sea Splendour*, je vais vous guider.

Il écarta le remorqueur de la péniche pour céder la place au paquebot. La haute étrave du *Sea Splendour* avança lentement contre l'arrière de la péniche.

— Parfait, *Sea Splendour*. Je vais vous guider.

Le paquebot poussa la péniche. Il accéléra brièvement, mais assez pour faire littéralement voler la péniche sur les eaux du chenal.

Pitt s'efforça de suivre avec le remorqueur. Il voyait la masse du barrage se dresser de plus en plus près jusqu'à se trouver à cent mètres à peine.

— Machine arrière, lança Pitt par radio. Merci, *Sea Splendour*, je reprends la main.

— Bonne chance à vous, répondit Franco.

Pitt poussa à fond le moteur du remorqueur pour venir se coller à l'arrière de la péniche tandis que le paquebot faisait machine arrière.

La péniche filait comme un train emballé, le remorqueur se contentant de conserver son allure. Pitt vint heurter l'arrière de la barge pour la maintenir dans l'alignement du barrage. Elle fonçait maintenant de plus en plus vite en plein milieu du déversoir.

Pitt se prépara au choc, qui fut plus violent que prévu. La proue aplatie de la péniche s'engouffra dans le déversoir avec un bruit métallique, puis s'arrêta net. Le remorqueur rebondit sur l'arrière de la barge et Pitt fut précipité par-dessus le gouvernail. Il se releva en trébuchant, empoigna la barre pour virer brutalement vers la gauche. Il n'avait pas réussi à percer une ouverture dans un barrage construit en 1914. Il avait seulement pu coincer une péniche au milieu d'un déversoir vieux de cent ans.

Soudain, un sourd grondement monta des profondeurs. À quelques mètres au-dessous de sa ligne de flottaison, la péniche avait heurté la paroi du barrage. La fissure, sous la pression de l'eau du lac, s'agrandit rapidement et, dans un fracas monstrueux, une section de l'ouvrage d'environ vingt mètres se désintégra, provoquant l'effondrement du barrage tout entier.

Pitt vit avec effroi la barge glisser en avant et disparaître dans la brèche pour aller se démanteler dans le chenal, une vingtaine de mètres plus bas. La succion de l'eau qui s'engouffrait attira aussitôt le remorqueur et Pitt dut se cramponner au gouvernail pour éviter d'être aspiré à son tour. Le *Sea Splendour* avait déjà fait machine arrière, le commandant Franco s'empressant de ramener son paquebot dans la partie la plus profonde du lac, près de Pedro Miguel. Pitt se tourna alors vers la *Santa Rita*. Le cargo était toujours stationné devant l'écluse, attendant de pouvoir poursuivre son voyage vers le Pacifique.

Pitt manœuvrait pour écarter le remorqueur des débris du barrage quand il vit les portes du bassin nord s'ouvrir lentement. Il avait fait ce qu'il pouvait, se dit-il. Il n'avait plus maintenant qu'à laisser agir le temps et les lois de la physique.

81

Bolcke fut le premier à comprendre ce que Pitt tentait de faire. Comme la péniche s'engouffrait dans la brèche, il se tourna vers Zhou, installé comme lui sur la passerelle de la *Santa Rita*.

— Il essaie de faire baisser le niveau de l'eau pour nous coincer. Il faut tout de suite entrer dans l'écluse.

Zhou ne dit rien. Ce n'était pas lui qui contrôlait l'ouverture des portes, cependant il fut surpris de les voir s'écarter quelques instants plus tard comme si quelqu'un en avait donné l'ordre. Le navire chinois pénétra lentement dans le bassin tandis qu'on l'amarrait aux petites locomotives qui attendaient sur le quai.

Bolcke, un habitué des écluses, remarqua tout de suite une chose bizarre : le pont principal du cargo se trouvait très au-dessous des engins disséminés sur le quai. Cela ne pouvait se produire que si on vidait le bassin.

Il se précipita vers la radio de bord et hurla dans l'émetteur :

— Central Transit, ici la *Santa Rita*. Fermez tout de suite les portes derrière nous. Je répète, fermez les portes derrière nous.

Dans le poste de contrôle des écluses de Miraflores, l'appel de Bolcke passa totalement inaperçu. Tout le monde essayait de comprendre ce qui se passait côté déversoir. Quelqu'un avait vu le *Sea Splendour* et un remorqueur dans les parages, mais personne n'avait rien remarqué jusqu'au moment où la péniche avait basculé par-dessus le barrage. On avait aussitôt mobilisé les forces de sécurité de l'écluse et envoyé des canots pour inspecter les deux parois de l'ouvrage.

Une vedette noir et blanc intercepta Pitt qui se dirigeait vers l'écluse. Les hommes de la sécurité n'avaient même pas eu le temps de le héler que Pitt stoppa le remorqueur et cria :

— Un bateau a accidentellement heurté le barrage. Il y avait beaucoup de gens à bord. Vous devriez voir s'il y a des survivants. Je vais au poste de contrôle chercher de l'aide.

Le chef du petit groupe goba le récit de Pitt et ordonna à ses hommes d'aller sur les lieux. Ce serait bien plus tard qu'il se poserait des questions sur la présence de Pitt à bord d'un remorqueur de l'Autorité du canal.

Pitt continua son chemin et repéra au loin un navire de couleur grise qui, à l'autre extrémité de l'écluse, attendait d'entrer dans le bassin sud. Il se dirigea vers le bassin nord à la suite de la *Santa Rita* et remarqua au passage que le goulet du lac se vidait nettement plus vite qu'il ne s'y attendait. Une grosse canalisation qui amenait l'eau du lac dans les bassins émergeait de plus en plus à la surface.

Pitt remercia le ciel de trouver encore ouvertes les portes du bassin où se trouvait la *Santa Rita* et il réussit à y glisser la proue du remorqueur. Il devenait encore plus évident qu'une grande quantité d'eau avait disparu.

La *Santa Maria* était presque au fond du bassin et son pont principal à six bons mètres plus bas que le quai.

Mais ce n'était pas suffisant. La *Santa Rita* devait descendre de huit mètres encore pour franchir le bassin et se diriger vers le Pacifique. Il faudrait que le niveau de l'eau baisse encore davantage pour l'empêcher de poursuivre sa route.

— Central Transit à Remorqueur auxiliaire 16, veuillez préciser votre mission, lança une voix à la radio.

Pitt décrocha l'émetteur.

— Central Transit, ici la sécurité. Nous allons constater des dégâts éventuels aux portes du bassin nord.

Il ne fallut pas longtemps à Bolcke pour intervenir.

— Central Transit, le pilote de ce remorqueur est un imposteur. C'est lui le responsable des dégâts commis sur le barrage. Appréhendez-le immédiatement.

Pitt éteignit la radio, sachant que son rôle était terminé. Tout ce qu'il pouvait faire maintenant, c'était de bloquer les portes avec le remorqueur – dans la mesure où il ne se ferait pas tuer avant. Devant lui, des hommes armés apparurent sur le pont de la *Santa Rita* et prirent position sur les flancs et à l'arrière.

Plus loin – Pitt ne pouvait pas les voir –, un groupe d'hommes de la Sécurité du canal sortit en courant du poste de contrôle et se précipita vers le remorqueur.

À quelques centaines de là, les derniers vestiges du barrage de Miraflores cédèrent, libérant en aval une énorme masse d'eau. Sur la rive du lac, le niveau avait baissé de façon spectaculaire, laissant d'énormes bancs de boue au bord du chenal qui, jusque-là, avait toujours été soigneusement dragué pour permettre le passage des navires. Pitt sentit le remorqueur dériver quand il voulut ralentir tant le courant avait forci. Il constata, en franchissant les portes, que le conduit d'évacuation souterrain était maintenant totalement visible. Le niveau de l'eau avait baissé de près de quatre bons mètres depuis que Pitt était entré dans le bassin et continuait à descendre.

Les portes commençaient à se refermer lorsque Pitt s'engouffra une nouvelle fois dans le bassin. L'éclusier, qui ne se souciait plus du sort du remorqueur, ordonna qu'on poursuive leur fermeture. Pitt songea un instant à les bloquer mais se rendit compte que le petit remorqueur serait broyé par ces panneaux métalliques de six cents tonnes. Il jeta encore un coup d'œil à la *Santa Rita* et comprit que cela n'avait plus d'importance.

Le navire avait une légère gîte à tribord, la coque penchait de ce côté vers le flanc du bassin. Le niveau de l'eau à cet endroit avait baissé à tel point que le cargo reposait maintenant sur sa quille.

Pitt fonça avant que les portes ne se ferment complètement, longea le navire pour s'arrêter brutalement en face du pont avant. Des tireurs apparurent aussitôt, leurs armes braquées sur Pitt occupé à amarrer le remorqueur au cargo. Les mains levées, il s'approcha de la rambarde et monta à bord. Un des gardes le menaça en mandarin et appuya le canon de son fusil contre sa gorge.

Pitt le regarda sans broncher.

— Où est ton patron ?

Il n'eut pas à attendre l'arrivée d'un traducteur. Bolcke et Zhou, qui l'avaient vu accoster, apparurent quelques instants plus tard. Zhou le regarda avec curiosité, surpris de le revoir après leur rencontre dans la jungle. Bolcke, lui, foudroya Pitt du regard.

497

— Vous avez, je crois, dit Pitt, quelque chose qui appartient à mon pays.

— Vous êtes fou ! s'écria Bolcke.

— Pas du tout. La partie est terminée, Bolcke. Vous avez perdu. Donnez-moi les plans.

— Vous êtes stupide. Nous allons bientôt quitter l'écluse – en passant sur votre cadavre.

— Vous n'irez nulle part, répliqua Pitt. Votre navire est échoué et il n'y a plus d'eau dans le conduit pour remplir le bassin.

Dans la salle de contrôle, l'éclusier était arrivé à la même conclusion. Le niveau de l'eau du bassin où reposait la *Santa Rita* était maintenant considérablement plus bas que dans l'autre bassin. Plus question d'ouvrir les portes avec une telle différence de niveau.

— Ils vont simplement libérer une quantité d'eau supplémentaire du lac Gatun et nous poursuivrons notre route.

— Pas avec les plans.

— Zhou, fit Bolcke en se tournant vers l'agent secret, tuez-le. Tuez-le maintenant.

Zhou réfléchissait.

— Je ne m'attendais pas à ce que vous lui offriez un passage gratuit, dit Pitt à Zhou. Je présume que vous ne lui avez pas dit qui a fait sauter ses installations ? J'imagine que vous avez encore quelques sujets de conversation à aborder.

Une ombre de méfiance passa sur le visage de Bolcke.

— Des mensonges, dit-il. De purs mensonges.

Mais on lisait dans son regard la révélation désespérante que son monde était en train de s'écrouler autour de lui. Il n'avait pas d'autre choix que de faire taire ce messager de malheur.

Il se tourna vers un tireur à côté de lui et lui arracha des mains sa kalachnikov. Il braqua l'arme sur Pitt, cherchant d'une main tremblante la gâchette, quand un coup de feu claqua. Un petit cercle rouge bien net apparut sur la tempe de Bolcke et ses yeux brillants de rage roulèrent dans leurs orbites.

L'Autrichien s'écroula sur le pont, le fusil d'assaut tombant de ses mains avec un bruit métallique.

Pitt vit Zhou qui brandissait à bout de bras un 9 mm d'où s'échappait un filet de fumée.

L'homme se retourna lentement et braqua son arme sur la poitrine de Pitt.

— Et si je faisais ce que m'a demandé Bolcke ?

Pitt surprit chez l'agent chinois un sourire furtif auquel il répondit aussitôt avec une petite grimace.

— Alors, vous m'accompagnerez dans la mort une seconde plus tard.

Zhou sentit plutôt qu'il ne vit un mouvement au-dessus de leurs têtes. Il leva les yeux et aperçut sur le quai une douzaine de matelots qui pointaient sur eux des carabines M4. Ils venaient du *Spruance*, un destroyer américain qui occupait le bassin voisin.

Zhou resta impassible.

— Voilà qui risque de provoquer un incident gênant entre nos deux pays, dit-il.

— Vous croyez ? riposta Pitt. Des insurgés chinois armés à bord d'un navire battant pavillon de Guam, appréhendés en train de faire passer en fraude un criminel qui retient en esclavage des hommes sur ses terres ?

Oui, je pense que vous avez raison. Voilà qui serait embarrassant pour au moins un de nos deux pays.

— Et si je vous rendais les plans ? demanda Zhou d'un ton un peu hésitant.

— Alors, je pense que nous échangerions une poignée de main et que nous nous quitterions bons amis.

Zhou regarda Pitt dans les yeux, examinant cet ennemi plutôt sympathique qui avait fini par l'emporter. Il se tourna vers un de ses gardes. L'homme abaissa son arme et se dirigea vers la passerelle. Il revint quelques instants plus tard avec la sacoche contenant les plans du *Sea Arrow* qu'avec regret il tendit à Pitt.

Celui-ci la prit, se dirigea vers la rambarde et s'arrêta. Il revint vers Zhou et lui tendit la main. Zhou dévisagea un moment Pitt avant de lui serrer la main et de la secouer vigoureusement.

— Merci de m'avoir sauvé la vie, dit Pitt. Deux fois de suite.

Zhou hocha la tête.

— Je regretterai peut-être un jour de l'avoir fait la première fois, dit-il en esquissant un sourire.

Pitt repartit et, tenant soigneusement la sacoche, gravit une échelle fixée à la paroi du bassin. Arrivé en haut, il salua d'un grand geste les matelots de la Marine américaine massés sur le pont, avant d'être aussitôt appréhendé par les forces de sécurité de l'Autorité du canal.

ÉPILOGUE

La Mort rouge

82

— Tiens, patron, on dirait que nous avons de la compagnie.

Bien installé sur un transat à l'ombre d'un parasol, Al Giordino posa sur un petit réfrigérateur sa jambe entourée d'un gros pansement et examina le hors-bord qui approchait. Il avait beau être assis sur le pont d'une barge au milieu du canal de Panama, il était en tenue de plage : short et chemise à fleurs.

— J'espère que ce n'est pas encore un représentant de l'Autorité du canal, dit Pitt, agenouillé près de lui en train d'inspecter du matériel de plongée.

— À vrai dire, on dirait plutôt que c'est notre ami de Washington.

Le canot vint se ranger contre la péniche et Rudi Gunn sauta à bord, un sac de voyage en bandoulière. Il ruisselait de sueur dans son pantalon kaki et sa chemise oxford.

— Salut, les saboteurs, dit-il en étreignant ses amis. Personne ne m'avait dit que cet endroit serait plus épouvantable que Washington au mois d'août.

— Ça n'est pas si terrible, répliqua Giordino en lui sortant une canette de bière du réfrigérateur. Ici, les crocodiles sont plus petits.

— Tu n'avais vraiment pas besoin de prendre l'avion pour venir nous surveiller, dit Pitt.

— Crois-moi, je ne suis pas mécontent d'avoir quitté cette fichue ville. Tu as provoqué un vrai cataclysme au niveau des relations extérieures en bousillant un barrage et en coulant des bateaux dans tous les coins.

Gunn regarda un peu plus loin un gros navire de couleur verte échoué sur la rive du canal. Une équipe d'ouvriers s'affairait autour de son étrave enfoncée, en s'efforçant de la réparer pour qu'il puisse repartir.

— Ça n'est pas l'*Adélaïde* ?

— Mais si, dit Pitt. Et nous sommes amarrés au *Salzburg*.

Gunn secoua la tête.

— Les Panaméens sont fous de rage. Entre la réparation du barrage et les compensations à verser pour le trafic perdu sur le canal, Oncle Sam va devoir leur signer un joli chèque.

— C'est encore une bonne affaire, compte tenu de ce que nous avons failli perdre.

— Je suis bien d'accord. Sandecker est ravi et le Président extrêmement reconnaissant. Toutefois, pour des raisons de sécurité, il ne peut pas révéler ce qui était en jeu. Il se fait traiter de tous les noms pour ce que le Panama appelle l'aventurisme effronté des Américains.

Giordino sortit une nouvelle canette de bière du réfrigérateur et la décapsula aussitôt.

— L'aventurisme effronté des Américains ? Je bois à ça !

— Naturellement, reprit Gunn, le Président serait encore plus content si nous récupérions le moteur du *Sea Arrow*.

— Au moment où nous parlons, dit Pitt, j'ai ma meilleure équipe qui y travaille.

Gunn se tourna dans l'autre direction et aperçut un destroyer de la Marine amarré non loin de là.

— Le *Spruance*, notre navire d'escorte et, avec de la veine, notre récupérateur d'épaves.

Pitt regarda Gunn et ajouta : C'est de la chance que tu l'aies envoyé dans les écluses. Je ne serais probablement pas là sans l'aide qu'ils nous ont apportée.

— Hiram et moi, en voyant les événements qui se déroulaient sur la chaîne vidéo du canal, avons un peu accéléré le mouvement. Ou je devrais plutôt dire que le vice-président Sandecker a légèrement bousculé les choses.

Jetant un coup d'œil par-dessus le bastingage, il vit des bulles d'air monter à la surface : les plongeurs étaient à l'ouvrage.

— Et le paquebot de croisière ?

— Le *Sea Splendour* ? Son commandant est entré dans l'Histoire, mais le plus drôle, c'est que les médias italiens le considèrent comme un héros pour avoir arrêté Bolcke et révélé l'existence de son camp d'esclaves. De plus, quand la compagnie de navigation a découvert que c'était notre gouvernement qui payait la note pour tous les dégâts, elle lui a donné une décoration et de l'avancement. Le pilote du canal, quant à lui, s'en est moins bien tiré : il a perdu son poste. Mais, à ce qu'on m'a dit, le commandant Franco l'a fait engager sur sa compagnie.

— Peut-être, fit Gunn en souriant, qu'il pourrait me trouver un autre job aussi.

Les bulles montaient de plus en plus nombreuses jusqu'au moment où deux plongeurs apparurent. Gunn reconnut Dirk et Summer qui nageaient vers l'échelle de plongée et montaient à bord.

— Salut, Rudi, fit Dirk. Tu viens te baigner avec nous ? L'eau est chaude.

— Non, merci, répondit Gunn en lançant un regard dégoûté à l'eau boueuse. Pas trace du moteur ?

— Nous l'avons trouvé intact, encore attaché au plateau du camion, dit Summer. Il est tombé je ne sais comment à côté des autres conteneurs quand il a été éjecté du *Salzburg*.

— Le plateau est assez abîmé, mais je n'ai remarqué aucun dommage au moteur lui-même, précisa Dirk. Le *Spruance* devrait le remonter sans problème.

Gunn poussa un soupir.

— Excellente nouvelle. La NUMA maintenant n'aura pas à payer un nouveau barrage, dit-il en lançant à Pitt un regard en coulisse.

— Ça n'est plus de notre ressort, déclara Pitt en riant. L'Autorité du canal a accepté de nous laisser superviser le renflouement du *Salzburg*, alors il semble que allons pouvoir profiter quelque temps de ce délai de rêve.

Gunn s'essuya le front avec sa manche.

— Ne comptez pas sur moi. J'aimerais ramener Dirk et Summer avec moi pour qu'ils m'aident à faire mon rapport sur les événements, dit-il en ramassant son sac de voyage. Ce qui me rappelle que j'ai pour vous deux un paquet qu'on m'a demandé de vous remettre.

Il fouilla dans ses affaires d'où il repêcha une petite boîte qu'il tendit à Summer. Elle en sortit une longue lettre manuscrite agrafée à un livre de bord relié en cuir.

Pendant qu'elle lisait la lettre, Dirk regarda la boîte et lut l'adresse de l'expéditeur.

— C'est de Perlmutter. Qu'est-ce que raconte St Julien ?

— Il dit qu'au lieu de rentrer à Washington avec Rudi, déclara Summer en tournant vers son père un regard qui se voulait persuasif, nous allons faire un crochet par la Terre de Feu.

83

Le chemin de Mount Vernon offrait l'image même de la tranquillité, que seule venait troubler la rumeur étouffée de l'autoroute voisine. On ne croisait à cette heure que quelques joggeurs et cyclistes matinaux qui terminaient leur séance d'exercice quotidien avant de commencer leur journée de bureau.

Dan Fowler se força à sprinter sur les derniers mètres des cinq kilomètres qu'il s'était imposés. Puis, d'un pas normal, il marcha jusqu'à une fontaine voisine et but goulûment plusieurs gorgées d'eau fraîche.

— Bonjour, Dan. Bon jogging ?

Surpris, Fowler s'étrangla, l'eau ruisselant sur son menton. De toute évidence, il ne s'attendait pas à entendre la voix d'Ann Bennett, debout devant lui dans le tailleur habituel qu'elle portait au bureau.

— Ann... comment allez-vous ? balbutia-t-il.

— Mais très bien.

— Où étiez-vous passée ? Nous étions tous malades d'inquiétude.

— J'ai dû faire un petit voyage.

— Vous n'avez rien dit à personne. Nous avons alerté la police. Tout va bien ?

— Mais oui. J'ai dû régler à l'improviste un problème personnel.

Fowler jeta autour de lui un regard inquiet, mais ne vit que quelques joggeurs et un homme occupé à regonfler le pneu de sa bicyclette.

— Vous êtes toute seule ? J'avais peur que vous ne soyez en danger.

— Pas du tout. Je voulais juste vous parler en privé.

— Bien sûr.

Fowler aperçut près du Potomac un bouquet d'arbres un peu à l'écart.

— Si nous faisions quelques pas ? proposa-t-il.

— J'ai beaucoup réfléchi à notre affaire.

— Vous ne connaissez probablement pas les derniers développements, dit Fowler pour voir ce qu'elle savait. Quelqu'un s'est emparé des moteurs de propulsion du *Sea Arrow*.

— Oui, je suis au courant. A-t-on des suspects ?

— Non, le FBI fait chou blanc pour l'instant.

— Ça ne m'étonne pas. Dites-moi, Dan, que savez-vous du système ADS ?

— L'ADS ? Ce système concocté par l'armée pour maîtriser les manifestations ? Je n'y connais pas grand-chose.

— Concocté est le terme qui convient, dit Ann en repensant à son premier contact avec l'appareil à La Nouvelle-Orléans. Vous avez travaillé au Laboratoire de recherche de l'armée, je crois ?

— En effet, j'y ai fait un bref passage. Pourquoi me demandez-vous cela ?

— D'après leur directeur du personnel, vous étiez responsable du service de sécurité pour le programme

ADS, ce qui a dû vous donner accès à tous les développements. Cela vous intéresserait peut-être de savoir que l'armée n'est pas seule à maîtriser cette technologie. En fait, Edward Bolcke a une de ces machines installée sur un de ses navires.

— Où voulez-vous en venir, Ann ?

— Dan, depuis combien de temps êtes-vous à la solde de Bolcke ?

Ils avaient presque atteint le bouquet d'arbres. Fowler regarda Ann en souriant.

— C'est ridicule. Nous savons tous les deux que c'est Tom Cerny, à la Maison-Blanche, que vous soupçonnez. Ann, vous ne devriez pas vous jeter à l'eau si vous ne savez pas nager.

Ann ne releva pas l'insulte.

— Cerny, c'était pour brouiller les pistes. J'ai failli tomber dans le panneau, et puis j'ai passé en revue son dossier de sécurité. Malgré vos allusions, rien ne l'impliquait dans les affaires compromettantes concernant des technologies militaires. Et cela fait plus de vingt ans qu'il n'a pas mis les pieds en Amérique centrale. Il est blanc comme neige.

Ils étaient arrivés au pied des arbres et Fowler restait silencieux.

— En revanche, continua Ann, je viens de découvrir que vous étiez un des fondateurs de SecureTek, la société sous-traitante spécialiste des problèmes de sécurité qui, par la suite, a été vendue à Edward Bolcke.

— Vous dites n'importe quoi.

— Vraiment ? Nous avons retrouvé la trace de virements effectués par la société de Bolcke sur un compte bancaire à votre nom.

Cette fois, elle bluffait, mais ses allégations étaient vraisemblables.

Fowler continuait à marcher sous le couvert des arbres. Après une longue pause, il dit :

— Supposons que vous ayez raison. Et après ?

— Vous serez inculpé d'espionnage et vous passerez le reste de votre vie en prison.

Profitant de la pénombre, Fowler se jeta sur Ann et la prit par le cou, la plaquant contre le tronc d'un gros chêne.

— Non, dit-il. Je crois que ça s'arrête ici.

Coincée contre l'arbre, Ann vit Fowler sortir de sa poche un foulard, le rouler en un mince cordon qu'il lui passa autour du cou.

Elle chercha à repousser Fowler lorsqu'il tira les deux extrémités du foulard pour l'étrangler, mais il était trop fort pour elle et il réussit à l'immobiliser en la bloquant avec ses jambes. Elle commençait à suffoquer lorsqu'une grosse voix retentit derrière Fowler.

— Lâchez-la !

Se retournant, Fowler découvrit deux hommes en survêtement de jogging qui braquaient une mitraillette.

L'homme qu'il avait aperçu en train de réparer sa bicyclette arriva en courant.

— FBI ! cria-t-il. Vous êtes en état d'arrestation.

Fowler laissa le foulard tomber sur le sol. Un des agents du FBI l'empoigna pendant qu'un autre lui passait les menottes derrière le dos.

Avant qu'on le traîne jusqu'à une voiture en stationnement, Ann s'approcha et le regarda droit dans les yeux :

— Dan, cette fois vous auriez pu me faire confiance : je sais vraiment nager.

84

Les eaux qui baignaient la Terre de Feu se montraient à la hauteur de la réputation qui leur avait valu le surnom de cinquantièmes hurlants. Un fort vent d'ouest poussait d'énormes vagues qui venaient se briser dans de hautes gerbes d'écume. En plus de ce déferlement, des courants violents apportaient parfois un iceberg qui avait dérivé depuis l'Antarctique. Au fil du temps, l'accumulation de toutes ces forces avait englouti plus d'un navire au fond des eaux glacées qui baignaient le cap Horn. Il ne manquait qu'un bon coup de williwaw, ces violentes rafales de vent qui balayaient soudain le promontoire.

Un petit chalutier affrontait pourtant vaillamment ce maelström, donnant à ses occupants l'impression de franchir des montagnes russes. Dans la timonerie, Summer se cramponnait à la table des cartes pour résister aux secousses du navire qui affrontait des creux de cinq mètres.

— Tu n'aurais pas pu trouver un bateau plus gros ? demanda-t-elle d'un ton plaintif.

Dirk secoua la tête en souriant. Il n'y avait pas beaucoup de choix à Ushuaïa, la ville argentine la plus proche, quand il s'agissait de trouver à l'improviste une embarcation. Il s'estimait donc heureux d'avoir pu louer ce chalutier. D'Ushuaïa, la traversée par le canal du Beagle s'était faite dans un calme relatif mais, quand ils avaient atteint l'océan, tout avait été différent.

— Droit devant nous, c'est Isla Nueva, dit le capitaine, un homme trapu aux cheveux blancs.

Summer aperçut par le hublot de la timonerie une île verdoyante et un peu escarpée à un mille devant eux.

— Ça a l'air assez pittoresque dans le genre un peu isolé. L'île est grande ?

— Dans les douze milles de large, précisa Dirk. Nous devrions en faire le tour en quatre ou cinq heures.

— On peut dire qu'il est venu s'échouer loin de chez lui.

« Il », c'était le *Barbarigo*. Ils s'aidaient pour leurs recherches de ce que leur avait expédié Perlmutter à Panama. Ils avaient trouvé à l'intérieur le livre de bord que le navigateur Leigh Hunt avait tenu lors de son voyage autour du monde. Intrigué par ce que Summer avait découvert à Madagascar, Perlmutter avait recherché la famille de ce marin. Après de longues fouilles dans le grenier de la maison familiale, un des enfants de Hunt avait retrouvé le journal de bord. Le navigateur précisait sa position quand il avait aperçu le Vaisseau fantôme de l'Atlantique Sud.

Summer prit le journal de bord et, entre deux coups de roulis, examina une nouvelle fois ce que Hunt avait inscrit.

— Il a écrit qu'il croisait au nord des îles de Nueva et de Lennox quand il a aperçu le Vaisseau fantôme qui dérivait vers Nueva. Cela signifie que l'épave était déportée vers la côte ouest de l'île.

Le chalutier approchait des hautes falaises sombres de la côte est de Nueva sur lesquelles des vagues venaient se briser dans un tourbillon d'écume.

— J'espère que le paysage est plus accueillant sur la côte ouest, fit Dirk. Si l'épave a heurté les mêmes rochers qu'ici, ce n'est pas aujourd'hui que nous la retrouverons.

Il demanda au capitaine d'approcher le chalutier le plus près possible du rivage afin de commencer à faire le tour de l'île, au cas où le submersible se serait échoué sur la côte. En cas d'échec, dès l'arrivée d'un navire de recherches de la NUMA, il faudrait alors procéder à un examen au sonar des eaux avoisinantes.

Sur les douzaines d'images prises par satellite qu'ils avaient scannées apparaissaient diverses anomalies relevées et susceptibles d'être des débris du *Barbarigo*. La seule façon de s'en assurer était d'inspecter le site, sans se soucier de la mer déchaînée.

Ils atteignirent le nord de l'île, passant devant d'énormes rochers sur lesquels aurait pu se fracasser un navire imprudent. Deux anomalies repérées sur les clichés s'avérèrent des formations rocheuses ressemblant très vaguement à un sous-marin.

Ils continuaient vers l'ouest. La côte moins escarpée offrait un rivage de plages rudimentaires et de blocs de roche.

— Nous arrivons au troisième site, annonça Dirk en comparant une image satellite à celle de l'écran de navigation du chalutier.

Summer s'empara d'une paire de jumelles, s'efforçant, non sans mal, d'en ajuster la vision malgré le tangage.

— Dis-moi quand nous arriverons juste en face.

Dirk calcula la progression du bateau.

— À peu près maintenant.

Elle scruta le rivage, examina une petite plage de galets située entre deux amoncellements de rochers, et aperçut soudain une forme un peu plus lisse avant de trébucher contre le bastingage lorsqu'une grosse vague vint heurter le bateau.

— Approche-nous encore.

Elle essaya de retrouver l'endroit et repéra une bande arrondie coincée contre les rochers.

— Il y a quelque chose par là. Ça n'a pas l'air très gros, dit-elle en passant les jumelles à son frère. Regarde.

— Oui, ça ressemble à un objet de fabrication humaine, dit-il en se tournant vers sa sœur et ajouta : Allons voir ce qu'il y a là-bas.

Le capitaine dut longer la côte sur plus d'un mille avant de trouver une petite crique où mouiller pour leur permettre de mettre à l'eau un canot pneumatique. Dirk et Summer pagayèrent jusqu'au rivage. Au moment où ils halaient l'embarcation sur le sable, ils furent douchés par une bourrasque de pluie.

— La dernière fois où nous étions sur une île, soupira Dirk, j'aurais tué pour recevoir une pareille giclée.

Ils remontèrent péniblement la côte, luttant contre le vent du large et la pluie glacée qui leur cinglait le visage. Malgré ces conditions pénibles, Summer ne pouvait s'empêcher d'admirer la beauté de cet îlot à la pointe de l'Amérique du Sud. La côte devenait monotone sous cette pluie battante. Au bout d'une demi-heure de marche, ils commençaient à ne plus être très sûrs d'avoir remarqué quelque chose d'anormal dans le paysage.

Plantée au bord de l'eau pour examiner les rochers alentour, Summer finit par apercevoir un peu plus loin sur la plage l'objet qu'elle avait repéré : il s'agissait d'une plaque d'acier incurvée d'environ deux mètres de long couverte de rouille et coincée entre les rochers.

— Je vais voir, fit Dirk. Ça pourrait faire partie d'un kiosque de sous-marin.

Summer acquiesça.

— Il a probablement heurté les rochers et coulé au large. Ou a été emporté par la mer.

— Mais non, reprit Dirk d'un ton surpris. Je pense que nous n'avons pas regardé dans la bonne direction.

Il prit Summer par le bras et lui désigna l'intérieur des terres. Elle découvrit alors une étroite plage de galets et, un peu plus loin, au pied d'un tertre rocailleux, elle aperçut un creux recouvert d'arbustes. À cet endroit, la plage était nue. Elle observa plus attentivement ce petit creux – et resta bouche bée.

À l'intérieur des terres, quinze mètres plus loin, le reste du kiosque dépassait des buissons.

Ils se précipitèrent dans les fourrés et découvrirent la coque entière du sous-marin dissimulée dans les broussailles. Le submersible se trouvait aux trois quarts enterré. Dirk constata qu'ils l'avaient approché par l'arrière et ne virent qu'un puits béant là où se trouvait jadis une hélice. Ils avancèrent le long de la coque pour atteindre le kiosque qui dépassait, semblable à une tour en ruines. Summer tira de sa poche une photo noir et blanc pour la comparer à la carcasse d'acier rouillé. La ressemblance était saisissante.

Elle se tourna en souriant vers son frère.

— C'est le *Barbarigo*.

Ils contemplèrent la masse imposante du navire à demi enfouie dans les buissons.

— Comment a-t-il pu arriver si haut? demanda Summer.

— Sans doute une fausse lame. La zone du cap Horn est connue pour ce genre de phénomènes. Elle devait être monstrueuse pour le projeter aussi loin dans les terres.

Summer regarda la proue.

— Tu crois que la cargaison est encore à bord?

C'était la grande question – et la véritable raison qui les avait fait se précipiter jusqu'à la Terre de Feu. Car Perlmutter ne s'était pas contenté de découvrir le journal de bord du navigateur. Il avait reconstitué tout le mystère de l'ultime voyage du *Barbarigo*.

Tout avait commencé lorsque le physicien allemand Oswald Steiner avait embarqué à bord du sous-marin en Malaisie. Perlmutter avait appris que le savant était connu pour ses travaux dans l'électromagnétisme. Contraint par les nazis à concentrer ses recherches au domaine militaire, il avait un peu bricolé leur programme atomique avant de ce concentrer sur un de ses projets secrets : le canon à rail magnétique.

Steiner voulait prouver qu'un projectile lancé à une vitesse extrêmement élevée pouvait franchir une distance de plus de quatre-vingts kilomètres, ce qui permettrait aux Allemands de bombarder depuis la Normandie la côte sud-est de l'Angleterre. Pour faire fonctionner ce système, il fallait les aimants les plus puissants qui puissent exister et, pour les fabriquer, il n'y avait qu'une seule source : les métaux rares.

En 1942, il y avait peu de demandes pour ces métaux difficiles à extraire et à raffiner. L'Allemagne, dans ses conquêtes, n'en avait découvert que très peu, néanmoins Steiner avait repéré, en Malaisie dans une petite mine de grenat, un gisement isolé susceptible de satisfaire ses besoins. Dans cette mine, contrôlée par les Japonais, on extrayait de la samarskite. Ce minerai contenait de fortes concentrations de samarium – métal rare et élément clef dans la fabrication d'aimants à hautes performances.

Lors d'un voyage en Malaisie, Steiner fut stupéfait devant les stocks considérables amassés au long des années dans les exploitations minières. Les ouvriers appelaient ce minerai la Mort rouge, en raison de sa coloration d'un roux foncé, mais ce fut Steiner qui découvrit qu'il était légèrement radioactif, ce qui, avec le temps, provoquait des troubles de santé chez certains mineurs.

Fasciné par cette découverte, Steiner demanda qu'on transporte aussitôt un stock de samarskite en Allemagne. Un sous-marin italien, le *Tazzoli*, fut chargé de cette tâche, mais fut coulé en pleine mer. Lorsque le *Barbarigo* arriva à Singapour pour y prendre du caoutchouc et du zinc, Steiner fit modifier sa cargaison pour de la samarskite. Il voulut embarquer pour surveiller son précieux chargement et trouva la mort avec l'équipage italien quand il fallut abandonner le submersible endommagé.

Après avoir examiné l'épave, Dirk réussit à descendre jusqu'au pont avant couvert de boue et de pierres qu'il déblaya sommairement tandis que Summer le rejoignait. Il avisa une barre métallique terminée par un volant qui fermait le panneau avant.

— Tu crois qu'on va pouvoir le débloquer? demanda Summer.

Dirk donna quelques bons coups de pied puis, avec l'aide de sa sœur, après quelques essais, il ouvrit le panneau.

Une odeur de moisi monta jusqu'à eux. Il n'y avait pas grand-chose à voir car le compartiment était plein jusqu'au plafond d'un dépôt impossible à identifier : sable, boue ou minerai. Dirk plongea la main à l'intérieur et remonta une poignée de matériau qu'il montra à Summer.

La roche était foncée mais brillante et, sous ce ciel chargé de pluie, Summer distingua un reflet rougeâtre.

— C'est ça, la Mort rouge?

Dirk regarda la pierre avec un grand sourire.

— Non. Je crois que c'est plutôt de l'Or pourpre.

85

Six mois plus tard

Sous un ciel chargé de nuages, une foule de dignitaires et de vétérans de la Marine s'engouffrait par les grilles de la base navale de New London, dans le Connecticut. Les visiteurs étaient alors guidés jusqu'à un large quai où des rangées successives de chaises pliantes s'alignaient devant la Tamise.

Tous les regards se concentraient sur le dernier sous-marin d'attaque de la Marine, l'USS *North Dakota*. Ses essais en mer terminés, il attendait maintenant les dernières formalités administratives avant de prendre la mer au service de son pays.

Pitt et Loren se frayèrent un chemin dans la foule pour gagner leurs places, au second rang, derrière une cohorte d'amiraux en grande tenue. Contemplant ce scintillement de galons, Pitt se demanda s'ils avaient droit à cette place de choix dans la tribune en récompense des efforts qu'il avait déployés pour sauver le *Sea Arrow*, ou si c'était l'influence de Loren au Capitole qui leur valait ce traitement de faveur. Quand le chef des Opérations navales s'arrêta pour faire des grâces à sa femme, il conclut que la seconde explication était la bonne.

Un peu plus tard, le vice-président Sandecker arriva, comme d'habitude, un gros cigare aux lèvres, et précédé d'une cohorte de hauts fonctionnaires du Pentagone. Il allait s'installer près du podium quand il aperçut Pitt et Loren. Échappant à son escorte, il se dirigea vers eux.

— Loren, dit-il, vous êtes ravissante comme toujours, malgré le vaurien pendu à votre bras.

— Il a ses qualités, fit Loren en riant. Heureuse de vous revoir, monsieur le vice-président.

— Où sont donc Summer et Dirk ? Je pensais qu'ils seraient là.

— Ils sont à Rome, expliqua Pitt. Le gouvernement italien organise une cérémonie à la mémoire des membres de l'équipage du *Barbarigo* retrouvés à Madagascar, ils sont invités d'honneur.

— Sans eux, nous aurions été dans de beaux draps, dit Sandecker. Leur découverte des restes de l'équipage a décidé les Italiens à nous céder la cargaison retrouvée à bord du sous-marin.

— À propos de métaux rares, j'ai entendu dire au Congrès que les Chinois levaient leur embargo sur leur exportation, dit Loren.

— C'est ce qu'ils nous ont annoncé. À partir du moment où les Australiens sont intervenus et ont repris la mine de Mount Weld, qui appartenait à Edward Bolcke, les Chinois ont perdu tout espoir de monopoliser le marché. Nos efforts pour remettre en état les installations de Mountain Pass avancent plus vite que prévu. Heureusement, ce qui restait des stocks de minerai que nous avions achetés dans les anciens dépôts de Bolcke au Panama et à Madagascar nous ont permis de faire la soudure.

Un aide de camp surgit auprès de Sandecker pour annoncer que la cérémonie allait bientôt commencer.

— Le devoir m'appelle.

Il s'inclina devant Loren, serra la main de Pitt et regagna sa place.

Quelques instants plus tard, Ann Bennett se fraya un chemin jusqu'à eux et vint s'asseoir auprès de Loren.

— Vous venez d'arriver ? demanda Loren.

— Oui, on rendait ce matin le verdict du procès Dan Fowler et je ne voulais pas manquer cela.

— Quelle coïncidence, dit Pitt. De quoi a-t-il écopé ?

— De trente ans, fit-elle avec un sourire satisfait. Comme l'espérait le procureur.

Un amiral prit place sur l'estrade pour présenter le vice-président qui fit un vibrant discours sur la nécessité de protéger les mers de toute forme d'ennemis. Suivit après cela une succession de dignitaires de la Marine débitant le bla-bla habituel dans ce genre de cérémonie.

Ann se pencha devant Loren et murmura à Pitt :

— Il est à l'eau ?

Pitt acquiesça.

— Depuis deux nuits, sous l'averse prévue.

— Et prêt pour les essais en mer ?

— À ce qu'on m'a dit, tout est prêt.

— Je croyais que le *North Dakota* avait déjà procédé aux essais en mer, dit Loren.

— Oui, chérie, dit Pitt d'un ton un peu crispé.

Sur l'estrade, on présenta le parrain désigné qui prononça la formule consacrée : « *Man our ship and bring her to life !* »

Sous les applaudissements de la foule, l'équipage et les officiers du *North Dakota* embarquèrent à bord du sous-marin. Regardant au-delà du navire, Pitt tourna les yeux vers une péniche à moteur entourée d'une ceinture de bouées d'alerte rouge et blanc.

— Où est-elle? chuchota Ann.

— Près de la barge mais de l'autre côté.

Loren à son tour remarqua que certains dignitaires de la Marine semblaient s'intéresser davantage à la barge qu'au *North Dakota* flambant neuf.

— Qu'ont-ils donc? demanda-t-elle. On dirait à vous voir qu'il y a là quelque chose de plus important que le lancement du *North Dakota*. Et pourquoi tout le monde regarde les bouées autour de la péniche?

Pitt regarda sa femme en souriant et lui pressa la main.

— La mer ne révèle pas toujours tous ses mystères. Même sous la menace d'un couteau à beurre rouillé.